KB261145

널
사랑하게
해봐

널 사랑하게 해봐

정 정 희 소설

문학동네

차 례

만일에 그런 일이 생기면

……아내는 사라졌다. 아직 완전히 사라지지는 않았다. 하지만 사라지고 있다. 나는 남았다. 남아 있다. 아내는 곧 돌아올 것이다. 나는 갈 곳이 없다. 아내는 누구보다 그걸 잘 알고 있다. 나는 믿는다. 아내는 돌아올 것이다.

만일에 그런 일이 생기면

9월 16일 아내는 북경으로 출장을 갔다. 등에 멘 작은 배낭과 수영 갈 때 들고 다니는 커다란 비닐 숄더백이 그녀가 가져간 짐의 전부였다. 비닐 백 안에는 잠옷 대용으로 입는 커다란 티셔츠와 베이지색 면바지, 검은색 긴 팔과 짧은 팔 티셔츠 각기 한 장, 속옷 몇 장, 다이어리 겸 작업 노트 한 권, 레이먼드 카버의 『숏컷』, 니베아 로션 한 통이 들어 있었다. 아내가 일찍 자야겠다면서 방으로 들어가고 나서 나는 위스키에 얼음 세 덩어리를 넣은 후에 그걸 마시며 소파 옆에 입을 크게 벌리고 있는 아내의 비닐 백을 바라보고 있었다. 그 파란색 비닐 백을 바라보고 있자니 그 속에 무엇이 들었는지 궁금해지기 시작했다. 아내는 조심성이 없는 편이긴 해도 누군가 설사 그것이 자기 남편이라 해도 자기 일기를 읽어보거나 자기 가방을 허락 없이 들여다보는 걸 매우 싫어하는 여자였다. 결혼 초에 그녀에게 온 편지를 무심코 먼저 뜯어보았다가 이혼 운운하는 사태로까지 험악하게 부딪쳤던 경험이 있었다. 별로 중요한 편지도 아니었고 사실 편지라기보다 이름도 잊고 지내던 옛날 친구한테서 온 연하장이었다. 아내는 그때 얼굴을 붉히며 이렇게 외쳤다.

"가까운 사이일수록 예의를 지켜야 한다고 생각해. 나는 무례한 사람이 세상에서 제일 싫어. 당신이 나를 존중한다면 이런 식으로 나를 대해선 안 돼."

하지만 목구멍 저 깊숙이로 흘러들어간 위스키 반 잔이 속살거리는 유혹이 더 컸다. 나는 아내가 잠잘 때 입곤 하는 라지 사이즈의 빨간 티셔츠를 꺼내보았다. 그건 캐나다 출장 후에 그녀가 사온 것인데 캐나다 특유의 단풍잎 마크와 함께 '지구를 살리자'는 환경 슬로건이 한가운데 선명하게 박혀 있었다. 지구를 살리자는 티셔츠를 잠옷으로 입을 생각을 하다니 귀엽지 않은가. 카버의 책 역시 빨간색 티셔츠만큼이나 그녀의 잠자리에서 없어서는 안 될 물건이다. 언제인가부터 아내는 침대에 눕기만 하면 반드시 그 책을 펼쳐드는 습관이 있었다. 똑같은 책이 지겹지도 않은지 매일 밤 잠들기 전에 단편 하나씩을 읽곤 했다. 밤샘을 하고 돌아와서 블라인드를 꼭꼭 닫고 낮잠을 자기 전에도 충혈된 눈을 비비며 책을 펼쳤다가 툭 떨어뜨리곤 해서 귀퉁이가 까맣게 닳아버렸다. 카버의 소설은 좋은 작품이고 나쁜 작품이고를 떠나서 아내나 남편이 옆에서 열심히 읽는 게 달가운 글은 아니었다. 아내의 집착이 유난해서 나도 책을 들추어보았는데 그날 밤 나는 아내에게 이렇게 말하지 않을 수 없었다.

"당신 말이야. 혹시라도 누가 생기면 숨기지 말아줘. 솔직히 털어놔줘. 부탁이야."

내 말을 듣고 아내는 무슨 뜬금없는 소리냐는 듯 큰 소리로 하품을 했다. 나도 지지 않고 못을 박아두었다.

"만일에 말이야. 만일에 그런 일이 생기면 서로 숨기지 말자는 거야. 이 사람 소설을 읽고 그걸 깨달았어."

아내는 결국 대답도 하지 않고 돌아누워 잠이 들어버렸다.

나는 오 초 정도 망설이다가 결국 다이어리를 집어들었다. 갈색 가죽 장정의 그 다이어리는 그녀가 일하는 데서 신년마다 나눠주는 물건인데 아내한테는 아마 나보다 더 중요한 물건일 것이다. 다이어리에는 별로 눈에 띄는 게 없었다. 그건 물론 정확한 표현은 아니다. 아내의 다이어리는 동아대백과사전처럼 온갖 잡동사니로 가득 차 있다. 하지만 날아가는 글씨로 기록되어 있어서 아내 외에는 도저히 판독할 수 없는 물건이다. 내가 알아볼 수 있는 건 M으로 표시된 생리주기와 빌려다 본 비디오의 목록뿐이다. M도 처음엔 민이나 문이라는 남자를 지칭하는 줄 오해해서 한동안 아내를 찾는 전화가 걸려오면 상대의 성씨를 확인하곤 했었다. 다행인지 불행인지 아내의 주위에는 문씨도 민씨도 없었다. 비디오의 목록을 기록하는 것도 나로서는 이해하기 힘든 습관이다. 도대체 무얼 위해서 그걸 기록해두고 그 기록을 보관해야 하는 것일까. 아내에게 직접 물어보고 싶은 생각이 굴뚝같지만 참아야 한다. 다이어리는 아내의 프라이버시이기 때문이다.

아내는 아침 일찍 일어나 샤워를 하고 커피를 한 잔 마시고 방으로 뛰어들어와서 나, 간다 하며 건성으로 인사를 하고 북경으로 떠났다. 문이 닫히고 열쇠로 잠기는 소리가 들리고 나서 나는 침대에서 일어나 아내가 반쯤 남기고 간 커피를 마셨다. 우유가 섞인 흐린 부분은 늘 아내가 마시고 바닥에 남은 진한 부분은 항상 내가 마시게 된다. 아내가 알면 좋아하지 않을 습관이다. 욕조에 남아 있는 아내의 새까만 머리카락 몇 가닥을 훑어내 휴지통에 버리고 아내가 열어놓은 샴푸와 보디 클렌저의 뚜껑을 닫고 아내의 칫솔이 사라진 텅 빈 자리를 나는 한참 동안 바라보고 있었다. 보면 볼수록 그 작은 공간은 세상에서 가장 불길한 모양을 하고 있었다. 아내는 자신의 파란 손잡이 칫솔과 함께 영원히 돌아오지 않을 수도 있다. 나는 빨간 손잡이 칫솔과 함께 여기 혼자 남겨질지도 모른다. 아내가 출장을 갈 때마다 나는 목욕탕에 이렇게 우두커니 서서 항상 같은 생각을 하곤 한다.

그때 벨이 울렸다. 문을 여니 남자 셋이 나를 노려보며 서 있다. 전염병 예방을 위해 전체 소독이 있는 날이라고 했다. 아내로부터 얘기를 들은 것 같기도 하다. 엘리베이터에서 안내문을 읽은 모양이었다. 나는 도무지 밖에 나가지를 않기 때문에 이 고층 아파트에서 무슨 일이 일어나는지 아무것도 모른다. 전체 소독이라니 여긴 십오층이라서 쥐도 모기도 못 올라온다. 대장 격인 남자는 장부에 체크를 하고 한 남자는 농약통 같은 걸 어깨에 메고 있다. 마스크를 한 그 남자가 조금 전까지 내가 서 있었던 목욕탕으로 들어가 문을 탁 닫는다. 또 한 남자는 대형 치약 같은 튜브에서 젤 형태의 금색 약품을 짜내 향수를 바르듯 부엌 여기저기에 찍어바른다. 바퀴벌레 퇴치약이라고 했다. 그들이 가고 나서 싱크대 어디를 살펴보아도 금색 액체의 흔적은 찾을 수가 없었다.

오후가 되자 아내로부터 전화가 걸려왔다. 나는 전화를 받지 않고 외출한 체하고 응답기를 켜두었다. 북경이라서 감이 좋지 않을 거라 생각했는데 괜찮네 하는 것이 아내의 첫인사였다.

"점심 먹으러 나갔나보지? 여긴 무척 더워. 백년 만의 더위래. 백년 만이라니 이해가 가? 확실히 역사가 무구한 나라라 다르지? 아무튼 잊은 게 있어서 걸었어."

그때 한 남자의 목소리가 잡음처럼 끼어들었다. 그의 말을 알아들을 수는 없었지만 아내는 짜증을 내며 거기 있잖아, 거기라고 대답했다.

"백조세탁소에서 이불 찾아야 돼. 전화 걸면 배달해줄 거야. 믿어져? 우리가 이불도 없이 일 주일 이상 살았다는 거? 또 전화할게."

나는 침대로 가보았다. 정말 거기엔 이불이 없었다. 큰 타월이 한 장

마치 누군가 누워 선탠이라도 할 것처럼 활짝 펼쳐져 있었는데 그 위에는 밑도끝도없이 '개업 5주년 기념'이라고 씌어 있었다.

아내가 다시 전화를 건 것은 밤 열시쯤이었다. 술을 좀 마셨는지 목소리가 탁했고 그걸 감추기 위해 흠흠 하는 헛기침 소리를 자주 내고 있었다.

"이상하네. 집 귀신이 웬일로 외출이야? ……정말 나간 거야? 그래 잘했어. 당신한텐 외출이 필요해. 정말 이상하다. 왜 이렇게 감이 좋지. 아무튼 잘 자."

십 분 뒤에 아내는 다시 전화를 걸었다. 응답기에는 아내의 목소리로 녹음이 되어 있어서 자신의 목소리를 듣다가 이쪽에서 받지 않자 그대로 끊었지만 나는 그게 아내라는 걸 알 수 있었다. 수화기를 내려놓는 그 특유의 신경질적인 음색을 잘 알고 있기 때문이다. 아내 외에는 아무도 그런 식으로 수화기를 내려놓지 않는다. 그녀는 도대체 무얼 하고 있는 것일까. 첫날이니까 촬영은 아직 시작하지 않았을 것이다. 동행한 카메라맨과 작가, 현지의 코디네이터 등과 함께 어울려 오리고기를 먹으며 북경 요리와 상해 요리의 차이점을 토론하기라도 하고 있나. 아내가 수화기를 내려놓는 음색에는 뭔가 감지하기 힘든 울림이 있었다. 그게 무엇일까. 나에 대한 불안? 걱정?

케이블 TV 다큐멘터리 채널에서 일 주일 내내 아내가 만들었던 프로그램을 재방송하고 있었다. 재방송 위주의 채널이라서 같은 프로그램을 하루에 세 번 정도 방영해준다. 이걸 보기 위해서 나는 시계의 알람을 맞추고 새벽 다섯시에 깨어났다. 프로그램은 다섯시 삼십분에 시작할 것이었다. 나는 물로 대충 세수를 하고 커피를 만들어 TV 앞에 앉았다. 아직 제대로 걷히지 않은 잠의 막이 잠자리 날개같이 미세하게 흔들리며 망막에 남아 있었다. 나는 쏟아지는 하품을 지루하게 내뱉으며 프로가 시작되기를 기다렸다. 아내는 한 달에 한 편 정도를 만들고 있는데 시간을 맞춰 내가 볼 수 있는 건 일 년에 두어 편 정도다. 사실 이 프로는 내가 이미 본 적이 있는 프로그램이었다. 내가 굳이 이 프로를 보기 위해 알람을 맞춘 이유는 나 자신도 아직 잘 몰랐다. 아내는 자신이 만든 걸 나에게 보여주는 걸 달가워하지 않는 편이었고 내가 제대로 이해하고 있다고 생각하지도 않는 눈치였다.

프로가 진행되면서 점점 더 나는 왜 이걸 다시 보기 위해 새벽부터 잠에서 깨어날 생각을 했는지 자신을 이해할 수 없었다. 냉정하게 보자면 아내가 만든 다른 작품에 비해 잘 만든 거라고도 할 수 없었다. 인터뷰는 지루했고 구성은 산만했다. 별로 필요하지도 않은 주변 인물이나 상황도 자주 눈에 띄었다. 시간에 쫓겨 허겁지겁 짜맞춘 흔적이 역력했다. 귀에 익은 내레이터의 목소리는 신파조였고 간간이 끼어드는 아내의 질문 역시 다분히 통속적이었다. 방콕의 사창가를 다룬 그 프로그램의 억지는 제니라는 여자의 자살기도에서 절정에 이르렀다. 허름한 병원 침대에 누워서 그녀는 자신이 살아났다는 사실에 울분을 터뜨리고 있었다.

"빚을 다 갚고 집에 돌아갔지만 어머니를 비롯해 모두 나를 무시하고 벌레 보듯 피했다. 나는 빈털터리였고 여기 있을 때보다 더 희망이 없었다. 결국 다시 돌아왔다. 내가 돌아오자마자 새로 들어온 애가 창에서 뛰어내려 자살했다. 나는 그애가 부러웠다. 그날 밤 나는 아홉 명의 남자와 잤다. 한 남자는 내가 울자 기분이 나쁘다면서 내 얼굴에 침을 뱉고 담뱃불로 발바닥을 지졌다. 나를 샀으니 무슨 짓이든 할 권리가 있다고 했다. 나는 그가 나를 죽여주기를 바랐다. 내 머릿속에는 그 생각밖에는 없었다. 너무 기운이 없어서 죽을 수 있는 방법도 잘 생각나지 않았다."

어두운 창가에 앉아서 그녀는 발에 걸려 자꾸 넘어지는 듯한 말투로 쉼없이 지껄여댔다. 여전히 다 죽어가는 얼굴이었지만 처음 등장했을 때와는 사뭇 달라진 태도였다. 아무 희망이 없다고 하면서도 그녀의 가냘 픈 목소리에는 전에 없던 투지 같은 게 배어 있었다.

나도 모르는 사이 눈을 비비고 TV 화면 앞으로 몸을 기울였을 때 오른 쪽 코에서 콧물이 주욱 흘러내렸다. 버릇처럼 손을 뻗어 티슈를 찾았지 만 탁자에 놓인 티슈갑은 텅 비어 있었다. 나는 화장실로 뛰어가 급하게 휴지를 뜯어냈지만 이미 입 안으로 찝찔한 콧물이 흘러들고 말았다. 세 면대에 침을 뱉고 얼굴까지 닦았다. 손에 두툼한 휴지 뭉치를 들고 TV 앞으로 다시 왔을 때 이미 제니라는 여자는 사라지고 없었다. 이번엔 나 탈리라는 여자애가 담배를 피우며 시큰둥한 태도로 인터뷰를 하고 있었 다. 연달아 세 번 재채기를 하고 나는 휴지에다 힘껏 코를 풀었다. 여자 애의 크고 거무스름한 입술을 보자 이비인후과의 의사가 생각났다. 삼 년째 그를 찾아가고 있지만 단 한 번도 그의 얼굴을 본 적이 없다. 그는 항상 입 주변을 완벽하게 가리는 푸른 마스크를 쓰고 컴퓨터 앞에 앉아 있다가 환자가 들어가면 의자를 돌려 치료를 해주고 치료가 끝나면 다시 컴퓨터 앞으로 돌아가 처방전을 썼다. 말을 할 때도 마스크를 벗지 않았 기 때문에 그가 자상한 어투로 느릿느릿 말을 할 때마다 마스크의 가운 데 부분이 과장되게 부풀었다가 졸아들곤 해서 디즈니의 만화영화에 나 오는 캐릭터처럼 보였다. 나는 속으로 웃음을 삼키며 그에게 죄책감을 느끼곤 했다. 그가 너무나 친절했기 때문이다. 그의 친절함 때문에 그의 치료도 대폭 신뢰하게 되었지만 그가 차례로 코 속에 집어넣는 길다란 송곳 모양의 의료 기구를 생각하면 도저히 열심히 병원에 갈 수가 없었 다. 그건 아주 길고 뾰족한데 콧구멍을 통해 몸의 어디까지라도 닿을 수 있을 것만 같았다. 나는 그가 오른쪽 코에 처음 그걸 침투시켰을 때 배에 칼이 꽂힌 것처럼 흠칫 놀랐고 증세가 없는 왼쪽 코에도 그걸 집어넣어 야 한다는 걸 알고는 거의 기겁했었다. 코에 관해서만 관심이 있는 그에게 그것이 코에 들어갈 때마다 배가 아프다는 소리를 할 수는 없었기 때문에 자연히 치료에 소홀했고 이 비염은 나에게 고질적인 증상이 되고 말았다. 코를 막고 있던 휴지는 이미 흠뻑 젖었다. 나는 TV를 끄고 소파에 드러누워 병원이 문을 여는 시각까지 잠시 눈을 붙이기로 했다.

인터폰 앞에는 낯선 여자가 서 있었다. 어깨까지 오는 금발에 푸른 눈을 한 젊은 여자였다. 분명 꿈일 것이다. 금발에 푸른 눈의 젊은 여자가 이 집에 올 일이 뭐가 있겠는가. 하지만 그런 여자가 이 집에 올 가능성보다 더 희박한 게 내가 꿈을 꿨다는 사실이었다. 나는 지난해부터 전혀 꿈이란 걸 꾸고 있지 않다. 아내는 자주 식탁에서 꿈 얘기를 하곤 하는데 다채로운 그녀의 꿈은 아마도 직업 의식에서 비롯되는 것 같다. 아내는 다큐멘터리를 찍으러 다니는 것도 모자라는지 쉬는 날에는 디지털 카메라를 들고 여기저기 쑤시고 다니는 취미가 있었다. 자신이 만든 프로는 잘 보지 않아도 자신이 찍은 영상들은 밤새도록 편집을 해서 테이프에 차곡차곡 정리를 해놓았다. 그렇다면 저 여자는 다름아닌 이 집 벨을 누르고 있는 것이다. 나는 총알같이 일어나 문 앞으로 가서 도어아이로 바깥을 살펴보았다. 한 여자가 썬, 썬 하며 문을 두드리고 있었다.

사실 인터폰은 흑백이기 때문에 그녀의 금발이나 푸른 눈은 비쳐질 수가 없었다. 게다가 그 여자는 금발도 푸른 눈도 아니었다. 하지만 복도의 창 앞에 선 그녀의 머리카락은 이른 햇살 아래 눈부시게 번쩍거리고 있었다. 내가 얼굴을 찡그리자 그녀는 해썬이 여기 사는지 물었다. 아내는 해썬이 아니라 해선이었다.

"이거 받으세요."

그녀는 커다란 꾸러미를 나에게 주고 자신은 소파로 가서 앉았다.

"어제부터 계속 전화를 했어요. 전화를 받지 않아서 이렇게 왔어요. 해썬은 언제 오나요?"

아내가 북경에 일하러 갔다고 하자 그녀는 한숨을 내쉬며 콧등을 긁었다. 가운데 코뼈가 도드라진 그녀의 코는 누구라도 긁기에는 안성맞춤인 듯 보였다. 나는 새로 커피를 만들어 그녀에게 주었다. 소파는 이인용이었기 때문에 한눈에 무척이나 풍만해 보이는 그녀의 엉덩이 옆에 가서 앉자면 상당한 용기가 필요했다. 내 몫의 커피잔을 탁자에 내려놓고 식탁 의자를 가져오기 위해 몸을 돌리자 그녀는 흠칫 놀라며 소파의 팔걸이 쪽으로 바짝 다가앉았다. 나는 하는 수 없이 반대편 팔걸이 쪽으로 빨려들어가기라도 할 것처럼 구석을 향해 최대한 엉덩이를 붙여보았다. 그럭저럭 자리를 잡고 앉아 우리는 말없이 커피를 마셨다.

작년 내내 아내는 경기도에 있는 한 종합병원에 상주하며 다양한 이유로 죽어가고 있는 환자들에 관한 다큐멘터리를 찍었다. 그로 인해 아내는 불면증에 시달렸고 자주 술을 마셨으며 다섯 번인가 나에게 헤어지자고 요구했다. 식탁 위에는 내가 사인만 하면 곧장 법원에 접수될 이혼 서류가 가지런히 놓여 있었다. 나는 그때 회사를 그만두고 함께 무역회사를 차려보자는 친구와 열심히 어울려 다니고 있었다. 스페인에 지사를 세우고 유럽을 공략하자던 친구녀석은 현지 사정을 알아보겠다며 그라나다로 떠났다가 거기 투우장에서 만난 스페인 여자와 살림을 차리고 말았다. 곧 돌아오겠다는 그의 다짐을 나는 끈질기게 믿어보았지만 그는 아이를 낳고는 아예 처가에서 하는 식당의 막일꾼으로 자리를 잡고 말았다. 우울한 아내 옆에서 나는 매일 스페인어를 연습했다. 이 운동화는 아주 질깁니다. 당신이 좋아하는 스포츠는 무엇입니까? 나는 축구를 좋아합니다. 당신이 좋아하는 축구선수는 누구입니까? 기타 등등. 나는 아내가 놓아둔 이혼 서류가 창문을 열 때마다 펄럭거리자 그 위에 물컵을 얹어놓았다. 동그란 자국 위로 물기가 번져 내 주민등록번호를 적어놓은 부분이 얼룩덜룩해졌다. 아내는 그걸 들여다보며 술을 마셨다.

"여기 좀더 있어도 될까요? 친구가 전화하면 같이 동대문에 쇼핑을 가기로 했어요. 늦잠을 자나봐요. 한 달에 한 번 휴가를 받아요. 그래서 한 달에 한 번 동대문에 가요. 이태원보다 훨씬 재미있어요. 옷도 더 싸요. 해썬하고 같이 간 적도 있어요. 그때 당신 준다면서 바지와 티셔츠를 샀는데 마음에 들었나요? 당신 마음에 들지 않을 거라고 무척 걱정했거든요."

한나는 긴 얘기를 하지는 않았다. 아내를 어떻게 만났는지 아내와 얼마나 친한 사이인지 아무것도 말하지 않았다. 취재하다가 만났을 것이다. 아내의 프로에 나간 후에 사람들의 모금으로 신장을 이식받은 러시아 여자인지도 모른다. 동대문의 여관에서 매춘을 하다가 한국 남자의 칼에 찔려 응급실에 실려왔던 여자일 수도 있다. 아내는 수많은 여자와 남자, 아이들을 병원에서 만났다. 그들은 아내에게 고통을 주고 죽고 싶게 만들었다. 실업자인 남편에게 우울해서 혼자 있고 싶으니 이혼해달라고 말하게 만들었다. 남편은 비굴하게 매달렸다. 갈 곳이 없다는 게 이유였다. 난 갈 곳이 없어. 나를 그냥 없다고 생각해. 생물이 아니라 무생물이라고 생각해. 그렇게 여겨지도록 죽은 듯이 조용히 있을게. 나는 말없이, 심지어 꿈도 꾸지 않고 존재하기 시작했다. 새로운 프로를 맡고 나서 유럽에 출장을 다녀온 후에 아내는 면세점에서 산 선물을 내밀며 그 동안 미안했다고 용서해달라고 말했다. 내가 어떻게 됐었나봐. 우리 빨리 아이를 갖자. 아이를 갖고 싶어. 나는 다시 아내에게 매달렸다. 실업자 아버지를 어떤 애가 좋아하겠어. 조금만 더 기다리자. 우리 아직 젊은데 아이는 나중에 가져도 늦지 않잖아. 나한테 시간을 좀 줘. 친구녀석만 오면 금방 회사를 차릴 거니까. 아내는 잠든 내 얼굴을 들여다보며 다시 술을 홀짝거렸다. 다행히도 이혼 얘기는 꺼내지 않았다.

"커피를 한 잔 더 마셔도 될까요? 티나가 정말 늦네요. 어젯밤에 남자

친구와 데이트를 했나봐요."

　핸드폰이 울리는지 좀 봐달라며 화장실에 들어갔던 한나는 오 분쯤 뒤에 아내의 목욕 가운을 입고 나왔다. 굉장히 미안하지만 너무 더워서 그러는데 샤워를 해도 되겠느냐는 거였다. 이미 목욕 가운을 입고 있는 그녀에게 아내의 목욕 가운을 당장에 벗으라고 할 수가 없어서 나는 그러시라고 해선의 목욕용품을 쓰시라고 말했다. 그녀는 고맙다고 당신도 해썬만큼 친절하신 분이라고 깍듯하게 인사를 하고 목욕탕으로 돌아갔다. 잠시 후에 듣기에도 시원스런 물소리와 함께 한나의 콧노래 소리가 들려왔다. 나는 한나의 핸드폰을 뚫어지게 지켜보면서 샤워를 하고 있는 그녀의 몸뚱어리를 제멋대로 상상해보았다. 봄에 아내와 함께 놀이동산에 갔었는데 밤이 되자 색색의 전구를 붙인 인어공주나 백설공주가 퍼레이드를 시작했다. 형형색색의 마녀도 지나가고 피에로도 지나갔다. 그들은 사람들이 환호성을 지를 때마다 음악에 맞춰 춤을 추며 인사를 했다. 하나같이 키가 큰 외국인들이었다. 특히 백설공주는 아름다웠다. 몸집이 풍만한 금발의 백설공주였다. 나는 기어이 쫓아가 공주와 악수를 하고 그녀가 흔드는 지휘봉에 맞춰 춤을 추었다. 아내는 그런 내 모습을 카메라에 담고 있었다.

　백조세탁소에서 이불을 가져왔다. 남자는 커다란 비닐 광주리에서 이불을 꺼내주면서 혹시나 해서 가져왔는데 댁에 계시군요, 다행입니다라고 말했다. 계산은 이불을 맡기면서 아내가 이미 했다고 했다. 그 하얀 낯익은 이불을 침대 위에 까는데 전화벨이 울렸다. 아내였다.

　"나야. 어제 버스를 타고 어떤 마을로 들어왔어. 사람들이 모두 떠난 마을이야. 텅 빈 마을을 두 시간 넘게 걸어다녔어. 우리는 오늘 이 텅 빈 마을에서 묵을 계획이야. 여긴 정말 아무도 없어. 쥐도 없고 개도 없어. 북경에서 고작 두 시간이 걸리는 곳인데도 말이야. 여긴 정말 어딜 봐도 텅 비어 있어. 모든 게 죽어버렸어. 몇 달 뒤엔 이 마을 자체가 사라져버릴지도 모른대. 당신이 원하는 게 이런 거지? 사라져버리거나 텅 빈 곳에 홀로 남는 거."

아내가 갑자기 전화를 끊었다. 나는 그 텅 빈 마을에서 그녀가 도대체 무슨 수로 전화를 할 수 있었는지 궁금해졌다. 아내의 목소리는 침통했고 그것은 몹시 불길하게 들렸다. 아내는 감정을 드러내는 걸 극도로 혐오해서 아무리 심각해도 그걸 내색하지 않았다. 오히려 더 명랑한 척 꾸며대곤 했다. 게다가 아내는 오해하고 있었다. 나는 그게 무엇이든 익숙한 것이 곁에서 사라지는 걸 두려워했다. 낡아빠진 티셔츠 하나도 그래서 쉽게 버리지 못했다. 걸핏하면 대청소를 한다는 명목으로 아내는 이것저것 마구 버리곤 했는데 그럴 때마다 아내가 무섭다는 생각이 들곤 했다. 무엇보다 내가 두려워하는 건 아내가 사라지는 것이다. 그러므로 아내는 자신이 원하는 걸 그 텅 빈 마을에서 자신도 모르게 말해버린 것이다. 나는 응답기의 테이프를 돌려 다시 들어보았다. 꺼져들어가는 아내의 우울한 목소리보다 더 귀에 거슬리는 것은 배경음악처럼 간간이 끼어드는 건조한 바람소리였다. 도대체 아내는 황사로 사라져버린 마을 한복판에서 무슨 생각을 하고 있는 것일까. 나는 불안해지기 시작했다.

한나는 젖은 머리를 손으로 툭툭 털며 티나와 통화하고 있었다. 그녀가 핸드폰에다 지껄이고 있는 말 가운데 간신히 알아들을 수 있는 건 티나라는 단어뿐이었다. 들으면 들을수록 어느 쪽 말인지 짐작하기가 어려웠다. 빠른 속도로 말할 때는 남미 쪽 말 같기도 했고 딱딱한 어조는 북구 쪽 말과 비슷했지만 어떤 문장은 가글하는 것 같은 인도의 말과 흡사하게 들렸다. 그것은 코다이의 변주곡처럼 불협화음으로 가득 차 있었다. 나는 아내의 것과 똑같지만 다르게 맡아지는 한나의 샴푸 냄새를 의식하며 소파 주변을 서성거렸다.

한나와 통화한 지 채 삼십 분도 되지 않아 티나가 도착했다. 내가 어리둥절해하자 한나가 나서서 설명을 해주었다. 한국 사람들이 막무가내로 쳐다보는 통에 만날 만한 장소가 없어서 그들은 항상 서로의 집에서 만나 동대문으로 가곤 했다. 하지만 마침 티나의 집이 이 근처고 해썬을 만나고 싶어해서 여기서 만나기로 한 것이다. 해썬이 없으면 해썬의 남편이라도 보고 싶다고 해서 실례를 무릅쓰고 티나를 이리로 오게 한 것이다. 한나는 정말 한국어가 유창하다는 생각이 새삼 들었다. 구사하는 단어 수가 많아서가 아니라 한국어를 아주 예의 바르고 논리적으로 말할 줄 알았다. 무엇보다 너무나 깍듯해서 도무지 그녀의 말을 듣고 있으면 그녀가 바라는 걸 거절하거나 그녀가 하는 말 아래 깔린 저의 같은 걸 의심해보게 되지 않는 것이었다. 나는 또 그러시라고 나로선 아무 상관이 없다고 말하지 않을 수 없었다. 티나는 굉장한 미인이었다. 한국 사람들이 막무가내로 쳐다보는 것도 당연했다. 키도 나보다 훨씬 컸다. 자세도 꼿꼿해서 문으로 들어서는 폼이 미인대회의 본심에 오른 여자처럼 당당했다. 그녀는 몸에 딱 붙는 검은색 원피스를 입고 빨간 하이힐을 신고 있었다. 티나는 한나가 좋아한다는 피자와 자신이 좋아하는 족발을 사가지고 왔다. 식탁에 음식을 모두 펼쳐놓고 나서 늦은 점심을 먹기 위해 자리를 잡자 핸드백에서 보드카도 한 병 꺼냈다. 우리는 피자와 족발을 앞에 놓고 보드카로 건배를 했다. 보드카를 한 잔 마시고 나자 피자도 족발도 먹을 마음이 일지 않았지만 두 여자는 기세 좋게 손으로 피자와 족발을 집어먹었다. 음식을 먹는 사이사이 보드카도 들이켰다. 엄청난 식욕이었다. 티나의 핸드폰이 울리기 시작했다. 그녀는 우아한 동작으로 족발을 내려놓고 옆에 있던 티슈를 뽑아 입과 손가락을 닦아내고 나서 천천히 핸드폰을 꺼내들었다. 나는 전화를 받는 그녀의 앞에 재떨이를 놓아주었다. 그녀는 우아하게 재를 떨었다. 티나는 하드보일드 영화에 나오는 여주인공처럼 모든 행동이나 동작 하나하나가 의미심장해 보였다. 하지만 둘 중에 하나를 선택하라면 나는 한나를 택할 것이다. 한나에게는 심플한 정감 같은 게 있어서 친근했다. 마치 새하얀 베일 뒤에 가려진 처녀의 얼굴처럼 다소곳한 정감이었다. 그녀는 속옷도 순면으로 된, 직접 수를 놓은 새하얀 걸 입을 것 같다. 내 생각을 읽기라도 한 것처럼 한나가 검은 족발을 뜯던 입술로 나를 향해 미소를 지었다. 기름기가 묻은 번들거리는 입술이었지만 왠지 어린애처럼 순진해 보였다. 티나가 마침내 전화를 끊었다. 그녀는 우아하게 담배를 눌러 끄고 잠시 실례하겠다면서 화장실로 들어갔다. 한나는 금세 슬픈 얼굴이 되어 한숨을 내쉬었다.

"당신한테 우는 모습을 보여주기 싫은 거예요. 요즈음 티나는 그 남자와 전화를 하고 나면 항상 울어요. 이 년 전에 결혼하기로 약속했지만 그 남자는 티나의 돈만 축내고 있어요. 이제 티나는 집에 돌아갈 비행기표 살 돈도 없어요. 모두 그 남자한테 바쳤어요. 티나는 바보예요. 그 남자한테 왜 그렇게 집착하는지 나는 이해가 안 가요. 해썬도 티나에게 우선 그 남자와 헤어지라고 백 번도 넘게 충고했어요. 하지만 티나는 완전히 미쳐 있어요. 그 남자를 위해서라면 죽는 것도 무섭지 않대요. 그 남자 욕을 자꾸 하면 나도 만나지 않겠다고 했어요. 정말 티나는 미쳐버린 것 같아요."

화장실에 들어간 티나는 한동안 밖으로 나오지 않았다. 한나는 나에게 보드카를 따라주며, 음악을 듣고 싶어요라고 말했다. 오디오 근처로 갔지만 어떤 음악을 틀어야 할지 감이 잡히지 않았다. 한국 노래도 좋아요. 나를 응원하듯 한나가 웃는 목소리로 뒤에서 말했다. 클래식은 지나치고 재즈는 가식적일 것이다. 보사노바가 적당할지도 모르지만 그건 너무 나른해서 위험했다. 아내가 좋아하는 샤데이가 몇 장 있었지만 술 취해서 들으면 선정적이었다. 김정호나 김현식은 너무 절절해서 우울해질 수도 있고 조용필은 음색이 슬퍼서 기분이 가라앉게 될 게 뻔했다. 양희은은 지루할 거고 들국화는 황당할지도 모른다. 한국 음악은 그게 전부였다. 록은 시끄러울 거고 발라드는 너무 처질 것이다. 나는 작은 오디오와 빈약한 시디를 앞에 두고 우왕좌왕했다. 한나가 다시 아무 거나 트세요, 망설이지 말고라고 소리쳤다. 나는 망설이지 않고 아무 거나 틀었다. 아내가 아는 피디에게서 선물받은 건데 드라마의 주제가를 옴니버스로 묶어놓은 거였다. 그런 대로 나쁘지 않았다. 내 마음을 읽듯 한나가, 참 좋은데요라고 속삭였다. 나는 자리로 돌아와 족발 한 점을 손에 들었다. 한나는 피자 위에 소스를 치고 있었다. 갑자기 전화벨이 울렸다. 한순간 긴장한 듯 보였던 한나는 응답기에서 녹음된 아내의 목소리가 새어나오자 고개를 끄덕이며 눈웃음을 쳤다. 아내는 아무 말도 하지 않고 전화를 끊었다. 왜 전화를 받지 않으세요? 해썬일지도 모르잖아요. 한나는 나무라듯 말하고는 붉은 소스가 뚝뚝 떨어지는 피자를 재빨리 물어뜯었다. 화장실에서 나온 티나의 얼굴을 보고 나는 새삼 속으로 놀랐다. 새로 분을 바르고 립스틱을 다시 칠했는지 영화상 시상식에 나온 배우처럼 요염해 보였다. 티나가 한나 곁에 선 채 뭔가 말하자 그들은 큰 소리를 내며 싸우듯 말하기 시작했다. 사실 큰 소리를 내는 건 한나뿐이었다. 한나는 빠른 속도로 총을 쏘듯 말하고 티나는 여전히 우아하게 받아쳤다. 그들이 같은 말을 사용하고 있는지도 의심스러웠다. 하지만 한나가 쌀쌀맞게 뭐라고 말하자 티나는 남아 있던 보드카를 단번에 들이켜고 갑자기 울음을 터뜨리며 다시 화장실로 뛰어들어갔다. 한나도 티나의 이름을 부르며 화장실로 뒤쫓아들어갔다. 어안이 벙벙해진 나는 그들이 언제쯤 돌아가줄지 처음으로 생각해보았다. 족발을 먹다보면 항상 흰 뼈다귀 부분과 털이 박힌 끝 부위가 어떻게 해볼 수 없는 모양으로 남곤 해서 끔찍해지는데 이상하게도 그들이 먹어치운 족발은 매우 깨끗했다. 말끔히 발라먹어서 찌

꺼기가 별로 없었다. 피자도 남아 있는 조각들이 산뜻하게 붙어 있을 뿐 부스러기 하나 보이지 않았다. 그때 마치 기다렸다는 듯 아내가 다시 전화를 걸었다. 화장실에선 두 여자가 소리를 죽이고 다투는 소리가 여전히 새어나오고 있었다.

"당신 정말 집에 없는 거야? 당신이 없는 집을 상상할 수가 없어. 아주 낯설게 느껴져. 하긴 집 자체가 지금은 너무 멀게 느껴지지만. 집에 가고 싶어. 하지만 집에 갈 수 있을지 모르겠어. 예정대로 돌아갈 수 있을지 모르겠다. 카메라맨이 없어졌어. 부인이 임신중인데 몸이 좋지 않다고 계속 걱정하더니 약을 사러 시장에 나갔는데 아직 돌아오지 않고 있어. 일단 경찰에 연락은 했는데 아무 도움이 안 돼. 무조건 밀입국자로 몰아붙이고 있어. 여긴 너무나 위험한 곳이야. 왜 말리지 않았을까. 그의 부인한테는 뭐라고 말하지. 길을 잃어버린 기분이야. 당신하고 통화하고 싶었는데 하지만 그러지 않는 편이 더 나을지도 모르지."

아내는 뒤죽박죽의 얘기를 늘어놓다가 또다시 툭 전화를 끊어버렸다. 미친놈. 간덩이가 단단히 부었군. 밤에 혼자서 중국 시장을 나다니다니 백 번 없어져도 싸지. 혼잣말을 하고 있는데 한나와 티나가 그만 실례하고 돌아가야겠다고 말했다. 이제 동대문이 문을 열 시각이 됐다는 것이다. 보드카가 반 넘게 남았지만 나는 그들을 붙잡지 않았다. 그들이 없는 데서 아내의 전화 내용을 다시 들어보고 곰곰이 생각해보고 싶었다. 그들이 간 지 한 시간쯤 지난 후에 한나가 다시 왔다. 그녀는 들어서자마자 내 목에 달라붙어 키스를 하려 했다. 나는 고개를 이리저리 돌리며 그녀의 얼굴을 피하다가 결국 한나의 허리를 떠밀었다. 한나는 별로 무안해하지도 않고 소파에 털썩 앉으며 말했다. 너무 취해서 집에 갈 수가 없어요. 오늘 하루 여기서 자야겠어요. 그녀의 무례함에 약간 놀라긴 했지만 화가 나지는 않았다. 사실 아무래도 상관없었다. 나는 상관없다는 뜻으로 어깨를 으쓱해 보였다. 그녀는 목욕탕으로 들어가 얼굴을 씻은 후에 아무렇지도 않은 태도로 성큼성큼 침실로 들어갔다. 나는 소파에 앉아 왜 화가 나지도 않고 이제는 별로 놀라지도 않는지 생각해보았다. 한나 에게 호감을 느꼈기 때문일까. 아내의 지적처럼 이것 역시 내가 절대적 으로 에너지가 부족한 인간이기 때문인가. 나는 아무것도 제대로 느끼지 못하고 인간답게 대처하지 못하는 병에 걸린 것일까. 내가 침실로 들어 가지 않자 한나는 자신이 소파에서 자겠다고 말했다. 그녀는 침대 발치 에 떨어져 있던 내 티셔츠를 입고 있었다. 이제 보니 그녀는 풍만한 게 아니라 뚱뚱한 편이었다. 나는 한나에게 소파를 내주고 말없이 침실로 들어갔다.

그렇게 하고 있으면 전화가 울리기라도 할 것처럼 나는 아내의 화장대 의자를 끌어다 놓고 앉아 뚫어져라 전화기를 쳐다보았다. 쳐다보고 있는 사이에 눈 안쪽에서 도깨비불 같은 게 번쩍거리기 시작했다. 나는 눈을 깜박거리며 숫자를 세었다. 삼백칠십구까지 세자 전화가 울렸다. 소파에 서 자고 있던 한나가 깨어나 들을 수도 있었지만 낮고 침울한 목소리로 전해지는 아내의 말을 제대로 알아들을 리 없었다. 그녀의 유창한 한국 어는 아직 일상어 수준을 넘지는 않았다. 예상과는 달리 아내의 목소리 는 그다지 낮지도 침울하지도 않았다. 다음날 해변에 가기로 계획한 것 처럼 들떠 있는 목소리였다. 다짜고짜 아내가 말했다.

"나 좀 취했어. 걱정만 하기가 지루해서 술을 좀 마셨는데 의외로 기분 이 괜찮아지네. 그 사람 죽지 않았으면 어디선가 잘 있겠지. 아내의 약을 산다는 핑계로 좋은 데 혼자 숨어버린 건지도 몰라. 생각해보니 그 사람 확 숨어버리고 싶다는 소리를 자주 했거든. 그냥 숨는 것도 아니고 확 숨 고 싶다는 거야. 그게 어떤 걸까. 이 술은 아주 조그만 병에 들었는데 한 약 냄새 같은 게 난다. 목구멍에 넘어갈 때 마치 뜨거운 코끼리 한 마리가 코를 길게 뻗어서 내 몸 속으로 마구 밀고들어오는 것 같은 느낌이야. 당신은 술을 안 마시니까 그게 어떤 느낌인지 잘 모를 거야. 아무튼 제법 불쾌하면서 아주 시원한 느낌이야. 벌써 두 병이나 마셨어. 세 병을 마시면 치사량이 될 수도 있대. 멋지지? 세 병을 마셔볼 생각이야. 하지만 걱정 마. 서른 병을 마신다 해도 나한테 별일이 없을 거라는 걸 잘 아니까. 내가 술이 세서가 아니라 그런 운이 내 인생엔 없을 거라는 얘기야. 화장대 서랍 안에 저금통장이 있어. 필요하면 찾아서 써. 비밀번호는 우리 결혼기념일인 거 알지? 그리고 또 할말이 있었는데…… 아 정말 너무나 뜨거운 술이야…… 신발장 뒤에 보험 증서가 있어. 설계사 전화번호도 있고. 그냥 알려주고 싶었어. 자는 거 깨웠지? 더 자. 이불은 찾았어? 그 이불 생각난다. 거기다 몸을 감고 얼굴을 대고 자면 낮에도 참 잠이 잘 오는데 말이야. 그렇다. 당신은 지금 덮고 있겠지? 부럽다. 잘 자."

저금통장은 내게도 하나 있었다. 이사 가는 걸 포기하고 퇴직금을 고스란히 남겨두었다. 아내의 배려였다. 그 동안 생활비는 아내가 벌었다. 술도 밥도 아내가 샀다. 나는 신발장으로 가서 아내의 샌들 아래 놓아둔 봉투를 가져왔다. 보험증서가 세 장이나 있었다. 건강보험, 종신보험, 생명보험이었다. 수혜자는 모두 내 이름으로 되어 있었다. 보험증서에서 내 이름을 발견하자 어렴풋했던 두려움이 생생한 공포로 급변했다. 갑자기 아랫배가 아플 때처럼 팔에 소름이 돋았다. 아내가 떠나기 전에 다이어리에서 왜 아무런 징후도 읽어내지 못한 것일까. 나는 자신의 우둔함에 더욱 소름이 끼쳤다. 나는 식탁 위에 남아 있던 보드카 병을 집어 잔에 따랐다. 한나는 내가 아무리 들락날락거려도 자세 하나 변하지 않고 깊은 잠에 빠져 있었다. 저 여자의 심플함은 우둔함에서 비롯된 것이었다. 아마 나와 같은 별에서 이 예민한 지구로 떨어진 모양이다. 보드카를 마시면서 나는 북경으로 떠나던 날 아침의 아내의 행동 하나하나를 다시 그려보았다. 그리고 지금 아내가 치사량의 술을 마시며 좌초해 있는 낯선 감정의 덩어리를 공감해보려고 기를 써보았다. 예상대로 짐작하기조차 힘들었다. 거의 불가능했다. 아내는 전과 다름없었고 현재 아내의 감정 상태는 만져지지 않아서 가늠해볼 수도 없었다. 이해의 능력이 부족한 내가 할 수 있는 건 믿는다는 것뿐이다. 친구를 믿었듯 나는 아내를 믿고 있었다. 아내는 돌아올 것이다. 내가 갈 곳이 없다는 걸 잘 알고 있기 때문이다. 나는 심지어 술 마시는 것도 포기했다. 도저히 마실 수가 없었다. 나는 코끼리는커녕 개미 한 마리도 삼킬 능력이 없었다.

아침에 나가보니 한나는 이미 가고 없었다. 나는 아내의 회사로 전화를 걸어 아내가 묵기로 예정된 호텔을 알아보려 했다. 호텔 이름은 알아냈지만 전화번호는 모른다고 했다. 더 황당한 것은 카메라맨이 같이 가지 않았다는 것이었다. 임신한 부인이 병원에 입원해서 나중에 합류하려고 했지만 아내가 혼자 처리할 수 있다고 해서 아예 가지 않았다는 것이었다. 나는 대사관을 통해 어렵게 호텔 전화번호를 알아내 아내를 찾았지만 투숙객 가운데 한국 사람은 없다고 했다. 나는 다시 한번 확인해달라고 부탁하며 계속해서 아내의 이름을 외쳤다. 강해선, 강해선 플리즈! 나는 티나와 한나가 남기고 간 쓰레기를 대충 치우고 아내의 서랍과 가방 등을 뒤지기 시작했다. 결혼 성혼문이 꽂힌 앨범과 아내의 우편물이 보관된 상자를 샅샅이 살펴보았다. 아내의 책들을 꺼내 일일이 넘겨보았고 옷장에 걸린 옷들을 휘저어보았다. 속옷까지 더듬어보았지만 실낱같은 흔적도 찾아낼 수가 없었다. 나는 아내가 그리워한 이불을 덮고 잠을 좀 자기로 했다. 머릿속에 커다란 점 하나가 박힌 채 모서리가 날카로운 주사위처럼 굴러다니고 있었다. 나는 뭔가 잊고 있는 게 있었는데 그게 무엇인지 알아낼 수 없었다. 꿈속에서 긴 여운을 남기며 전화벨이 울렸다. 받아야 한다고 생각했지만 결국 받지 못했다. 전화는 곧 끊어졌다.

전화가 끊기고 나서야 나는 깜짝 놀라 정신을 차리고 수화기를 들었다. 생경한 잡음만 들렸다. 나는 아내의 이름을 비명을 지르듯 소리쳐 불렀다. 전화한 것은 아내가 분명했지만 그게 좋은 징조인지 나쁜 징조인지는 알 수 없었다. 다시 전화벨이 울렸고 나는 황급히 수화기를 들었다. 당신 거기 어디야? 지금 어디 있는 거야? 하지만 그건 한나였다. 한나예요. 인사도 못 하고 나와서 미안하다는 말을 하고 싶었어요. 나는 아무 말도 하지 않고 그대로 전화를 끊어버렸다.

나는 꼼짝 않고 앉아서 아내의 전화를 기다렸다. 아내는 전화하지 않았다. 나는 서성거리며 전화를 기다렸다. 아내는 여전히 전화하지 않는다. 나는 밥을 먹고 TV를 보고 옷을 갈아입었다. 침착하게 기다리자는 생각에서 오래도록 목욕도 했다. 기분이 좀 나아졌다. 불안이나 초조함 등이 눈에 띄게 줄어들었다. 안심이 되었고 자신감이 생겼다. 다시 전화를 기다렸지만 그 사실을 간간이 잊어버릴 정도로 느긋한 기다림이었다.

아내는 사라졌다. 아직 완전히 사라지지는 않았다. 하지만 사라지고 있다. 나는 남았다. 남아 있다. 아내는 곧 돌아올 것이다. 나는 갈 곳이 없다. 아내는 누구보다 그걸 잘 알고 있다. 나는 믿는다. 아내는 돌아올 것이다.

공룡

기억난다. 지독히도 어두운 방. 침체된 공기. 그는 침대에 누운 채 긴 팔만 움직여 책을 꺼내고 오디오의 시디를 바꾸고 유리컵에 소주를 채웠다. 낮이 갔는지 밤이 왔는지 도무지 알아낼 수 없는 지하방에서 그는 서서히 퇴화되고 있는 중이었다. 말 그대로 그는 퇴화되고 있는 공룡 같은 인간이었다.

영운

내가 기다리는 천사

처음에 나는 그를 천사라고 불렀다. 물론 그는 천사라기엔 너무나 어두운 모습을 하고 있었다. 머리칼은 〈엔젤 하트〉에 나오는 로버트 드니로처럼 새카맸고 먹구름처럼 불안하게 구불거렸으며 검은색의 옷을 입고 잘 웃을 줄 모르는 입매로 딱딱한 표정만을 짓고 있었다. 목소리도 낮고 음울했다. 내가 재미있는 농담을 지껄여도 그는 쉽사리 웃지 않고 얼굴 한 귀퉁이에 어정쩡한 주름만을 인색하게 만들어낼 뿐이었다. 햇볕 아래선 찡그리고 어둠 속에선 미소지었다. 어둠에 집착하는 그의 속성을 나는 이해하기 힘들었다. 내가 이해한 것 혹은 이해하고 싶었던 것은 그의 어둠이 아니라 외로움이었다. 그는 자주 내 눈앞에서 금방이라도 녹아서 사라져버릴 듯 보였으며 손가락 하나라도 잘못 갖다대면 커다란 구멍이 뻥 뚫려버릴 것만 같았다. 실제로 나는 어느 날 꿈속에서 그가 얇은 습자지처럼 갈가리 찢겨나가 조각조각 바람에 날아가버리는 걸 보았다. 그 꿈은 내용이나 상황이 황당한 만큼 더욱 선명하고 생생했다.

그가 사라질까 두려워서 나는 신경을 곤두세우고 그를 지켜보았다. 찻물을 끓일 때도 가스레인지 앞에 팔짱을 끼고 서서 십 초에 한 번씩 그가 있는 쪽을 돌아보았고 그의 집 앞 구멍가게에 맥주나 담배를 사러 나갈 때도 백 미터 달리기를 십구 초로 달린 실력이 무색하게 화닥닥 뛰어나갔다가 달려들어오곤 했다. 그가 볼일이 있어서 코트를 입고 서류 봉투를 들고 집을 나서던 날 오후에 나는 그의 원룸 아파트 안을 열 바퀴쯤 맴돌았다. 세 바퀴 정도는 마음을 가다듬고 천천히 돌았지만 나중엔 미친 다람쥐처럼 뱅글뱅글 돌면서 뛰다가 침대 모서리에 부딪히고 책상 모서리에 부딪히고 그랬다. 여섯시쯤 돌아오겠다던 그가 다섯시도 안 돼 초인종을 눌렀을 때 나는 너무나 지쳐서 그가 되돌아가버렸으면 할 정도였다. 그가 내게 준 터무니없는 위태로움과 불길한 상상력, 광기에 가까운 연민을 다 태워버리고 예의 바르게 돌아와 이제 시간이 되었으니 너는 네가 있던 곳으로 돌아가라고 말해주길 진심으로 원했다. 하지만 그는 찬바람에 더욱 창백해진 모습으로 나타나 꺼져들어가는 목소리로 말했다.

나 아닌 누군가가 내 집에 있다는 생각이 그다지 나쁘지 않았어. 그 동안 뭐 했니?

그는 허수아비같이 축 늘어진 긴 코트를 옷걸이에 걸며 조금 웃었다.

이 방 안에 몰래 카메라가 있는 것 같아 샅샅이 뒤졌어. 있지? 뭔가 있는 것 같애. 누가 계속 나를 보고 있는 것 같은 느낌을 지울 수 없었다니까.

그를 기다리며 보냈던 세 시간에 가까운 시간 동안 내가 할 수 있는 건 아무것도 없었다. 그를 기다리고 그 기다림 속으로 기어들어가 다시 기다렸다. 깊이 들어가면 그 속에 무언가 나를 변화시킬 수 있는 단서가 있을 것 같기도 했지만 실제로는 아무것도 없었다. 나는 그 방에 잔뜩 쌓여 있는 잡지나 책을 단 한 글자도 읽을 수가 없었다. 커피 한 잔도 타 마실 여유가 없었다. 아주 길고 예민한 촉수를 가진 기다림의 곤충이 마음 가득 도사리고 있어서 그 움직임에 따라 얼빠지게 순종할 수 있었을 뿐이다. 내 마음속에 기생하는 뜨거운 곤충은 지렁이처럼 땅을 풍요롭게 만드는 유익한 벌레가 아니라 모기나 파리처럼 시끄러운 소리를 내며 마음의 세포 한 가닥 한 가닥을 철저히 파먹어들어가는 냉혹한 해충이었다.

바람에 약간 찌그러져버린 것 같은 그의 불쌍한 얼굴을 바라보며 나는 황당한 결심을 했다. 그 결심은 그를 죽이기로 결정하는 것만큼이나 자신의 일상에 폭격을 가하는 짓이었다. 말하자면 일종의 테러였다. 자신을 이루는 모든 걸 두부처럼 으깨버리고 그런 후에 새출발을 하게 되든 말든 운명에 맡기는 수밖에 없었다.

내가 그의 아이를 가진 걸 안 것은 일 때문에 지방에 내려가 있는 동안이었다. 비행기 티켓도 끊어놓았고 동행할 사람은 이미 공항에서 기다리고 있는데도 나는 여전히 그의 방을 떠나지 못하고 있었다. 내가 문을 열고 방을 나서는 순간 그의 냄새가 떠도는 이 공간은 완전히 다른 곳으로 변해버릴 것만 같았다. 그 역시 다른 존재로 변해버려 나를 알아보지도 못할 것만 같았다. 그는 비행 시각을 환기시키며 어서 떠나라고 나를 종용했다. 나는 일어났다 다시 주저앉고 문을 열었다가 다시 닫고 하면서 떠나는 시각을 좀더 연장해보려 했다. 하지만 결국 문을 열었고 간간이 빗줄기가 흩뿌리는 골목을 나와 택시를 잡아탔다. 인상이 좋은 운전사는 굳어 있는 내 인상이 어색했던지 시시한 농담을 쉬지 않고 지껄였다.

동행과 함께 도착한 곳은 남부지방의 해안도시였다. 성수기가 지난 바닷가는 초라하고 고즈넉했다. 한눈에 바다가 내다보이는 방을 찾기 위해 오후 내내 해안가를 기웃거렸다. 누런 이를 내놓은 주인남자가 부끄러운 듯 보여준 방에선 깜짝 놀라게 활짝 열린 바다와 하늘이 눈앞에서 일렁거리고 있었다. 동행과 나는 환성을 지르며 창문 앞으로 뛰어갔다가 더러운 커튼과 구멍난 방충망을 보곤 주춤 뒤로 물러섰다. 바다보다 더 잘 보이는 곳에 곰팡이가 눌러붙은 벽지와 담뱃불에 데인 자국이 무수히 박혀 있는 핑크색 비닐장판, 세탁한 지 십 년은 된 것 같은 얼룩덜룩한 이부자리, 제대로 닫히지 않는 화장실 문 등이 있었다. 치아 상태가 아무래도 신경에 거슬리는 주인남자는 수줍어하며 방값을 흥정하려 했다. 원래 실내에서 취사는 불가능하지만 특별히 허락해주겠다고 했다. 심지어 김치 등 밑반찬을 나눠줄 수 있다고도 했다. 그 방은 너무도 환해서 하루만 머물러 있으면 더러운 주변도 잊고 스위스의 요양원에 결핵을 치료하기 위해 찾아든 것처럼 노곤하게 누워 있기 시작할지도 몰랐다. 주인남자만 없다면 당장에라도 방바닥에 길게 누워 그 노곤함을 경험해보고 싶었다. 그때 갑자기 온갖 소리들이 들려왔다. 근처 카페에서 틀어놓은 눅눅한 가요와 아래층에 급조된 디스코텍으로부터 난타되는 전자 음악, 해안가를 따라 길게 늘어선 횟집에서 경쟁적으로 보글대는 수족관의 물소리까지 가세해, 오히려 파도 소리는 이명인 듯 작고 희미하게 들렸다. 더러운 건 참아도 소음은 곤란해. 동행은 눈짓으로 그렇게 말하고 있었다. 주인남자는 여전히 미안하고 걱정스런 얼굴로 아래층까지 우리를 배웅했다.

　결국 팔절지 두 장만한 창문으로 바다와 하늘이 인색하게 보이는 방을 잡고 동행과 나는 저녁을 먹기 위해 밖으로 나왔다. 근처의 대학에서 학생들이 몰려와 모래 위에 자리를 잡고 폭죽을 터뜨리고 있었다. 아직 어둠이 짙어지지 않아서 그들이 만들어내는 폭죽 소리와 번쩍거리는 불빛은 어색하고 약간 우스꽝스럽게 보였다. 그래도 그들이 내지르는 환호성은 폭죽보다 더한 기세로 바닷가에 메아리쳤다. 횟집에서 간단히 저녁을 먹고 동행과 나는 와인 두 병을 사들고 바다가 보이는 방으로 돌아왔다. 내가 화장실에서 얼굴을 씻고 나오자 동행이 등을 구부리고 방바닥을 걸레질하고 있는 게 보였다. 나는 어리둥절해져서 말없이 와인을 땄다. 가게에서 준 약식의 와인 따개로는 도저히 병을 열 수가 없어서 나는 스위스 칼로 코르크 마개를 안으로 집어넣느라 끙끙거리고 있었다. 동행이 걸레질을 멈추고 갑자기 나를 쳐다보더니 일어나서 와인병과 칼을 빼앗다시피 가져가 힘을 줘서 코르크를 병 속으로 밀어넣었다. 피웅, 하는 소리가 나면서 와인이 몇 방울 방바닥에 떨어졌고 사이다잔에 넘치게 따른 와인도 몇 방울 탁자로 흘러내렸다.

열흘이 지났는데 생리가 없어. 아무래도 임신인 것 같아.

나는 따라놓은 와인을 한 모금 마시면서 도대체 어떤 말을 해야 할지 생각해보았다. 마땅한 말이 생각나지 않았다. 동행의 애인이 누구인지 나는 알지 못했다. 하지만 얼마나 사랑하는지 얼마나 행복해하는지는 잘 알고 있었다. 동행도 사이다잔에 든 와인을 조금 마셨다. 와인 때문인지 임신에 대한 의심 때문인지 미소를 짓고 있었다. 자신도 모르게 번져나오는 그런 미소였다. 나도 웃었다.

아이를 원해?

동행은 그 질문에는 단호했다.

아니, 절대로 원하지 않아. 생기면 무조건 지울 거야. 하지만…… 기분이 묘해. 그의 아이를 갖는다는 게 어떤 건지 알고 싶어. 그 사람 지갑에 항상 아이들 사진을 넣어가지고 다녀. 우연히 보게 됐는데 기분이 참 이상하더라. 그를 닮은 아이들 왠지 낯설지가 않았어. 처음엔 까마득하게 기분이 나쁘더니 차츰 웃음이 나더라. 이 남자도 아이를, 자기 애를 사랑하는 사람이구나 싶어서. 하지만 그날 밤 미치도록 싸웠지. 이 고통에는 너무나 여러 겹의 혼란이 있어서 자주 지겨워. 그만둘 거야. 빨리 그만둬야지.

　하지만 술에 취하자 동행은 애인을 그리워하며 수도 없이 삐삐를 꺼내 전화번호를 확인해보았다. 일은 제쳐두고 동행과 나는 바다가 보이는 창문에 양쪽으로 붙어서서 낄낄거리며 두 사람이 동시에 저지르고 있는 우울한 잘못에 대해 떠들어댔다. 우리의 두서 없는 대화 속에서 두 남자는 무참히 발가벗겨졌다가 터무니없이 치장되고 온갖 미사여구로 보온되었다가 비판적인 언어로 냉각되기도 하면서 새벽이 가깝도록 유령처럼 두 여자의 곁에 떠돌았다. 진심으로 우리는 시간이 가는 줄도 날이 새는 줄도 몰랐다. 나는 동행과의 대화에 몰두하며 그에게 전화 걸고 싶은 욕구를 억지로 눌러껐다. 마침내 긴 하품 끝에 동행이 잠들고 나서 나는 혼자 창 앞에 남았다. 바다가 여전히 거기에 있었다. 여명 속에 드러난 바다는 아주 천천히 색깔을 바꿔가고 있었다. 흐린 잿빛이, 부서지는 붉은 빛살 아래서 점차로 푸른 기운을 머금어가고 있었다. 새하얀 포말이 마치 무언가를 요구하듯 긴 띠를 이루며 세차게 눈앞으로 달려오고 있었다. 갑자기 가슴 저 아래서 억눌린 비명 같은 게 터져나오려고 했다. 이 터무니없는 감정의 과격한 소용돌이가 언제쯤 잦아들 것인가. 나는 자신을 어딘가 으슥한 곳으로 끌고 가 흠씬 두들겨패주고 싶었다.

　아침을 먹고 긴 산책을 했다. 식당의 아줌마는 동행과 나의 밥 주발 뚜껑에 계란 부침을 한 장씩 놓아주었다. 밥은 별로 맛이 없었지만 아줌마의 계란 서비스는 정겨웠다. 하지만 완숙된 계란 프라이는 완숙된 모든 게 그렇듯 역겨운 구석이 있었다. 반찬도 제대로 간이 된 게 하나도 없었다. 불만에 찬 얼굴로 내가 젓가락으로 노른자를 꾹꾹 찔러대는 꼴을 보고 동행이 한마디 했다.

　왜 그럴까. 모두들 연애하면 마음이 너그러워져서 무슨 일에든 긍정적으로 변하는데 우리한테는 왜 그런 일이 일어나지 않는 것일까. 버드나무처럼 헤롱거리고 싶은데 그게 왜 안 되는 거지. 어쩌면 이렇게 다 맛이 없니. 삼천원이니까 봐주지 삼천오백원만 됐어도 어림없어.

그날 밤 동행이 잠들고 나서 나는 기어이 공중전화가 있는 모텔의 로비로 내려갔다. 어찌나 빠른 속도로 뛰어내려갔던지 계단참마다 불을 밝히고 있는 비상계단 표시등에 비친 내 그림자는 도저히 살아 있는 사람의 그것으로는 보이지 않을 정도였다. 바지 주머니는 낮에 바꿔놓은 오십원짜리 동전들로 묵직하게 늘어져 있었다. 하지만 나와 그는 각기 다른 이유 때문에 이 동전의 반도 사용하지 못할 것이다. 다이얼을 누르는데 코 고는 소리가 들려 깜짝 놀랐다. 아무도 보이지 않는 모텔 수부의 구멍으로부터 파노라마처럼 여러 종류의 코 고는 소리가 새어나오고 있었다. 나는 수화기를 귀에 댄 채 그쪽을 흘깃 돌아보았다. 주인집 가족들이 비좁은 내실에서 이재민처럼 겹겹으로 포개 누워 자고 있었다. 비수기라 빈방이 널렸을 텐데 굳이 두 평이 될까 말까 한 좁은 공간에서 포개고 잠들어 있는 이유를 알 수 없었다. 엉뚱한 궁금증으로 그의 여보세요 하는 목소리를 놓치고 말았다. 그는 단 한 번도 반갑게 전화를 받는 법이 없었다. 항상 잠에 취한 목소리로 느릿느릿 마지못해 받곤 했다. 달콤한 인사 따위는 기대하지도 않았다. 하지만 내 목소리를 알아듣지 못하는 데는 질려버렸다. 내가 침묵하자 그도 아무 말이 없었다. 주인집의 아이인 듯한 뚱뚱한 남자아이가 어느새 수부에 앉아 내 뒤통수를 쳐다보고 있었다. 몽유병 비슷한 것인가. 모텔의 아들이 비수기의 새벽에 겪어야 하는 몽유병. 주인여자가 어서 와서 자라고 아들에게 냅다 소리를 질렀다. 괴괴한 밤이었다.

나야. 여전히 거기 있구나. 너한테 무슨 일이 생긴 것만 같아서 잠을 잘 수 없었어. 아직 거기 있니?

……그래 ……결국 바다를 보았어? 거기서 보이는 바다는 어떤지 애

기해줄래? 아니 얘기하지 마. 바다가 늘 똑같다는 걸 잘 알고 있으니까.

아주 작아. 마치 액자 속에 정지해 있는 그림처럼. 하지만 점점 액자만 한 창으로 보이는 바다에 익숙해져가고 있어. 여기 오지 않을래?

내가 가주길 바래?

네가 오면 더 힘들어지겠지. 네가 오지 않을 걸 아니까 네가 오길 바라는지도 몰라.

어쩌면 갈 수도 있어. 날 한번 거기 가도록 만들어봐.

그의 고약한 말버릇에 울컥 화가 치밀었다. 널 사랑하도록 만들어봐. 날 일어나게 해봐. 날 걸어다니게 해봐. 날 뛰게 해봐. 마치 자신이 태엽으로 움직이는 장난감이기라도 한 것처럼 그는 자주 그런 식으로 나를 아연하게 만들었다. 하지만 번번이 나는 그의 태엽장치를 잘 찾아내지 못했다. 그 장치는 지능적인 폭파범이 만들어놓은 여러 가닥의 전선처럼 복잡했고 목숨을 걸고 잘라내야 하는 파란색 빨간색의 전선 아래 또 다른 노란색이나 검은색의 전선이 기다리고 있는 식이었다. 나는 단순한 편이어서 고집스레 전선을 잘라내고야 말았다. 초반에 폭파되고 말 때도 있었고 마지막에 숨겨놓은 재깍거리는 사발형의 시계를 찾아낼 때도 있었다. 숫자는 계속해서 줄어들고 있었다. 시간이 없었다. 6, 5, 4, 3……

결국 그는 오지 않았다.

일에도 별 진전이 없었다. 깊은 좌절감 때문인지 동행과 나는 공항에서도 비행기에서도 내내 서로 말하지 않다가 아주 매운 걸 먹고 헤어지기로 했다. 교보문고 근처에 있는 유명한 낙지집에서 밥을 먹는데 탁자 아래로 쥐가 지나갔다. 밥에 비빈 매운 낙지덩어리가 한순간 내장 어딘가에서 얼어붙는 듯했다. 우리가 비명을 지르자 주인아줌마는 콩나물국을 마시라고 권했다. 정말 서울은 이상한 곳이야. 무서운 곳이야. 우리는 얌전히 콩나물국을 마시고 남은 낙지를 열심히 먹었다. 아무도 어떤 것에 대해서도 사과하지 않는 곳, 용서받길 원하지 않는 곳. 우리는 서울로 돌아온 것이다. 겨우 이 주일 떠나 있었지만 재빨리 적응하기가 어려웠다.

나는 오피스텔로 돌아와 블라인드를 모두 내리고 침대에 벌렁 드러누웠다. 예정보다 이틀 일찍 왔으니까 그 동안 그에게 연락하지 않고 생각을 좀 해보기로 했다. 하지만 밤이 되어 하얀색의 버티컬 블라인드가 어딘가로부터 새어들어오는 바람에 달그락거리기 시작하자 나는 마치 모르모트처럼 자리에서 일어나 전화기로 걸어가서 이미 그의 번호를 누르고 있었다. 이 병은 일단 걸리면 치료 같은 건 꿈도 꾸지 말아야 한다.

언제 온 거야?

오늘. 세 시간 전에.

이리로 올래?

나는 다시 그의 방에 돌아와 있었다. 하지만 나는 혼자가 아니었다. 꽤 오래 전부터 나는 땅콩보다 더 작은 존재와 함께 눕고 걸어다니고 먹고 마시고 울고 화내고 기뻐하고 기다리고 상심하면서 살아가고 있었다. 의사는 깜짝 놀라는 나에게 웃으며 물었다. 전혀 몰랐단 말입니까? 그가 차가운 실리콘 젤리를 바른 배를 플라스틱 봉으로 서슴없이 문질러댈 때마다 간지러워서 웃음이 터져나올 것만 같았다. 모니터에는 의미를 알 수는 없지만 뭔가가 살아 있다는 증거로는 지나치게 확실해 보이는 물체가 아가미를 건드린 생선처럼 규칙적으로 팔딱거리고 있었다. 내 눈에는 그저 작고 두루뭉실한 덩어리가 추상화처럼 화면에 박혀 있는 듯 보였지만 의사는 여기가 머리고 여기가 심장이라면서 그 작은 물체를 이리저리 가리켜 보였다. 간호사는 초음파 화면을 녹화한 비디오테이프와 하얀 점이 마치 잘못 인화된 사진의 스크래치처럼 또렷하게 박혀 있는 초음파 사진을 임산부 수첩과 함께 나에게 주었다. 대기실에는 외계에서 온 개

구리들처럼 배가 불룩한 예비 산모들이 차례를 기다리고 있었다. 그들은 하나같이 평화롭고 약간 슬퍼 보이는 어정쩡한 미소를 띠고 있었다.

예상과는 달리 나는 무척 놀랐다. 그의 아이를 원하는 것과 실제로 그의 아이를 갖는 것은 이상하게도 전혀 다른 상황으로 여겨졌다. 게다가 내 마음속의 모성본능은 대기실의 행복한 산모들과는 조금 달랐다. 너무나 과격했고 변덕스러웠다. 나의 모성애는 정서불안에서 기인한 것이지 좋은 엄마가 될 자질을 의미했던 게 아님을 비로소 깨달았다. 줄 하나를 매달고 번지점프를 할 때도 이렇게 공포스럽지는 않았었다. 나는 비틀거리며 허둥지둥 오피스텔로 돌아왔다.

옆집에 사는 신혼부부는 일 주일 가까이 좁은 오피스텔 문을 열어놓고 집들이를 하고 있었다. 시댁 식구들 집들이는 조용했고 회사나 친정 식구들 집들이는 소란스러웠다. 부부가 합창하는 노랫소리를 이미 세 번이나 들었는데 또 손님을 불렀는지 느끼한 음식 냄새가 벽으로 스며들고 있었다. 저들에게 일어나야 할 일이 왜 나에게 일어난 것일까. 전 부치는 냄새, 고기 굽는 냄새를 맡고 있자니 자신이 코를 킁킁거리며 기민하게 음식 냄새를 감지해내는 소나 돼지 같은 것으로 느껴졌다. 말 그대로 새끼를 밴 짐승의 예민한 감각으로 나는 옆집 사람들에게 화가 났다. 오피스텔에서 집들이라니 웃기는 사람들이 아닌가. 여기는 자장면이나 피자 같은 걸 배달시켜 먹어야 마땅한 곳이다. 여기는 혼자 사는 사람들의 배타적인 유니언 같은 구역이다. 음식에 손님에 고성방가라니. 행복한 신혼부부는 하루빨리 이 고요한 빌딩에서 제거되어야 한다. 그들이 빠른 시일 내에 수도권에 있는 소형 아파트 분양권에 당첨될 수 있기를.

나는 그의 존재를 쪼개내 그 속에서 또다른 존재를 꺼내오고 싶었다. 마치 그의 존재 저 안쪽에 하얗고 연한 속살이라도 있는 것처럼, 그 하얀 살을 발라내면 그와 닮았지만 전혀 색다른, 정결한 핵심이 숨어 있기라도 한 것처럼 그를 속속들이 파헤쳐보고 싶었다. 나는 간절히 원했었다. 철저히 그로부터 기인하지만 내 힘으로 만들어내야 하는 은밀한 존재를. 그의 자리에서 돋아나 나와 즐겁게 놀아줄 아름다운 새싹을.

태풍

　남편은 나를 충무로에 있는 병원 앞에 내려주고 황급히 차를 돌렸다. 급한 약속이 있다고 했다. 아침부터 간간이 흩뿌리던 빗발은 점차 굵은 소나기로 변해가고 있었다. 한 차례 일본을 휩쓴 태풍이 서서히 한반도를 향해 북상하고 있었다. 남부지방에는 이미 태풍주의보가 내려졌고 주말쯤에는 중부지방에 상륙할 예정이었다. 남편은 어둠만큼이나 비를 좋아해서 며칠째 일기예보를 열심히 시청하고 있었다. 그는 베란다에 나가 담배를 피울 때마다 하늘을 바라보며 혼잣말처럼 중얼거리곤 했다. 비나 좀 오지. 빗소리에도 무척 예민해서 아주 작은 탬버린을 두드리는 듯한 미세한 빗소리도 금세 눈치채곤 했다.
　나는 비를 피하기 위해 배를 감싸안고 뒤뚱거리며 병원 입구를 향해 뛰었다. 어떤 상황에서도 뛰는 건 금기였지만 비를 맞아 감기에 걸리는 것보다는 낫겠다는 생각에서였다. 수납창구와 약국이 있는 일층을 지나 산부인과 외래병동이 있는 이층으로 올라가면서 이미 익숙해진 권태와 조급증이 다시 밀려왔다. 한 달에 한 번씩 있던 정기검진은 만삭이 가까워오면서 이 주에 한 번으로 늘어났다. 곧 일 주일에 한 번 와야 할 것이다. 하지만 아무리 자주 드나들어도 산부인과에는 도무지 익숙해지지가 않는다. 병원에 올 때마다 여전히 놀라게 된다. 산부인과 전문 병원이어서 그런 줄 잘 알면서도 마치 이 세상의 모든 여자들이 임신을 하고 있는 게 아닌가 여겨질 정도로 눈앞을 오가는 모든 여자들의 배가 불룩하기 때문이다. 내 배도 도저히 어떻게 해볼 수 없을 정도로 불러 있는 상태였지만 자꾸만 자신의 처지는 잊고 기우뚱거리며 위태롭게 스쳐가는 다른 임산부들 때문에 신경이 곤두서곤 한다. 이 세상에서 절대로 감출 수 없는 부자연스러운 몸의 어떤 상태가 있다면 바로 임신한 여자의 몸뚱어리다. 직립하는 인간의 신체에는 도무지 어울리지 않는 우스꽝스러운 모양새다. 너무 크게 균형이 깨져버린다. 사람들이 그 꼴을 보고 웃음을 터뜨리지 않는 게 이상하기만 하다.

언젠가부터 나는 샤워를 할 때 절대로 거울을 보지 않는다. 눈으로 아래쪽을 보는 것보다 거울 속에서 자신을 보는 게 더 끔찍하기 때문이다. 아기는 자궁을 향해 몸을 돌리지 않고 여전히 머리통을 꼿꼿이 세운 채 뱃속에 떠 있기 때문에 가슴 바로 아래에 마치 돌산처럼 뾰족한 돌기가 불쑥 솟아 있다. 그 때문에 내 배는 봉분처럼 둥글게 솟은 게 아니라 기하학적인 모양으로 울퉁불퉁하게 튀어나와 있다. 손으로 만져보면 아기의 머리가 있는 쪽이 돌덩어리처럼 딱딱하다. 돌덩어리처럼 냉담하다. 한밤중에만 깨어나 사지를 버둥거리며 움직인다. 지난주에 태아의 심장 박동을 검사했는데 대여섯 명의 임산부가 한 방에 들어가 일제히 드러누웠다. 전기장치 같은 걸 배에 감고 손에는 버튼을 쥐어주었다. 아기가 움직이면 버튼을 누르라고 했다. 하지만 내 아이는 꼼짝도 하지 않았다. 다른 임산부들이 버튼을 누를 때마다 삑삑, 하는 전자음이 커다랗게 울렸다. 나는 불안 속에서 버튼을 손에 꼭 그러쥐고 미세한 움직임이나마 감지해보려 했지만 오후 두시에 내 아기는 잠만 자고 있는 모양이었다. 간호사가 와서 원래 이렇게 태동이 없느냐고 물었다. 밤에는 심하다고 나는 대답했다. 간호사가 전기장치로 내 배를 이리저리 눌러보았다. 그래도 아기는 고집스레 대답이 없었다. 이십 분 동안 아기는 단 한 번도 움직이지 않았다. 나는 속으로 애원해보았다. 아기야 아기야 네가 기운차게 존재하고 있다는 걸 이 어설픈 전기장치에다 좀 얘기해주렴. 그저 발을 약간 들어올리고 아주 잠깐 힘을 주면 되는 거야. 여전히 묵묵부답.

나는 초음파 검사를 하기 위해 다른 방으로 갔다. 거기서도 의사는 아기가 뒤로 돌아누워 몸을 웅크리고 있기 때문에 자세히 판독할 수가 없다고 말했다. 등뼈는 정상이군요. 하지만 아이가 움직여야 여기저기 볼 수가 있는데…… 잠깐만 기다리세요. 의사는 내 배에 차가운 젤을 잔뜩 발라놓고 나가버렸다. 나는 새파란 젤 아래서 빙산처럼 굳어 있는 배를 바라보며 한숨을 내쉬었다. 너는 마치 거기서 나오기가 싫은 듯 구는구나. 널 걱정하는 이 많은 배려에 심술을 부리고 싶은 거지. 대답하기가 귀찮은 거지. 한참 뒤에 돌아온 의사는 건성으로 몇 번 배를 문질러보고 모든 게 정상인 것 같다고 말했다. 정상인 것 같다니. 무슨 이상이 있는 건 아니죠? 초음파로는 작은 기형은 알아낼 수 없습니다. 작은 기형이라니? 기형에도 작고 큰 게 있었나. 나는 공포에 떨며 담당의사한테 내려갔다.

이즈음 나의 소원은 이 사람과 오 분 이상을 얘기해보는 것이다. 그의 방 앞에는 그날 만날 환자의 명단이 서너 장씩 붙어 있었다. 처음 병원에 온 날 일층에 있는 안내창구에서 이 의사를 소개받았는데 붙임성도 없고 빠른 말투에 환자를 편안하게 만드는 데는 전혀 재주가 없는 그가 웬일인지 마음에 들었다. 말투뿐 아니라 모든 동작이나 태도가 무슨 교관처럼 기계적이고 건조했다. 동네에 있는 병원에 다녔던 나는 어머니의 강요에 못 이겨 나이 든 임산부들이 많이 모여든다는 이 병원에 다니게 되었다. 명성에 걸맞게 온갖 종류의 검사를 치렀고 비용도 만만치 않았다. 동네 병원의 의사는 나이가 지긋한 사람으로 아이를 사랑하는 휴머니스트였고 산부인과 검진과는 상관없는 얘기도 많이 늘어놓곤 했다. 이를테면 그 병원에서 낳은 아이가 기형인 어떤 부모가 병원 앞에서 시위를 벌이고 있었는데 그들의 시시콜콜한 과거사와 재판과정, 산부인과 의사가 아이에 대해 장담할 수 있는 한계에 이르기까지 병원에 갈 때마다 들어야 했던 얘기는 내 직업이 밝혀지면서 더욱 장황해지고 구차해졌다. 병원을 바꾸기 위해 검진결과를 받으러 갔을 때도 그 의사는 매우 섭섭해하며 남편까지 불러들여 사설을 늘어놓았다. 물론 그가 편안하기는 했다. 하지만 내가 원하는 것은 정확한 어떤 것이었다. 짧고 정확한 것. 치마를 벗고 드러누워도 과학적인 느낌만 주는 상황이 내게는 필요했다. 자상하고 따뜻해서 조금만 나쁜 생각을 해도 금세 들켜버릴 것 같은 의사는 무서웠다. 그런 점에서 나의 새로운 담당의사는 만족스러웠다고 할수 있다. 그는 차트를 넘겨보면서 나는 쳐다보지도 않았다. 나는 단지 그가 그날 만날 수십 명의 임산부 가운데 하나였다. 게다가 그는 인상이 기묘했다. 인상이 익은데 이유를 알 수 없었고 누군가를 연상시키는데 그게 누군지 결국은 생각해내지 못했다.

병원에서 주는 치마를 입고 검진대에 올라가 기다리고 있으면 그가 들어와서 재빨리 내진을 하고 초음파를 들여다보며 몇 마디 하고는 황황히 자리를 뜬다. 나는 옷을 입고 옆방으로 들어가 그를 만난다. 그의 책상 위에는 아이 사진이 하나 세워져 있다. 그도 아이의 아빠인 모양이다. 차트를 보며 검진결과를 말하고 컴퓨터를 보며 다음 검진날짜를 잡는다. 그는 마치 채플린의 영화에 나오는 기계화된 공장처럼 의사 노릇을 하고 있다. 젊고 유능한 과학적인 의사다. 그에게도 일상이 있다는 게 놀랍다. 하지만 나는 내 아이에 대해 궁금한 게 많아서 차분히 대화를 좀 나누고 싶었다. 그는 엉뚱한 말을 꺼냈다. 태아의 심장에도 이상이 없고 초음파 진단에도 이상이 없는데 나한테 임신성 당뇨가 의심되니까 다음주에 와서 정밀검사를 해보라는 것이었다. 임신성 당뇨는 태아에게 치명적일 수도 있다고 했다. 당뇨라니. 어안이 벙벙했다. 나는 단 음식을 먹지 않은 지 너무도 오래됐다고 했더니 그가 웃는다. 어이가 없어하는, 환자를 무시하는 웃음이었다.

당뇨 검사라는 건 당뇨병만큼이나 희한했다. 빈속에 포도주스 같은 걸 한 시간 간격으로 마셔야 했는데 그 포도주스의 양도 엄청났지만 포도주스의 당도도 내가 그 동안 얼마나 단 걸 먹지 않고 지내왔는지 상기시켜줄 만큼 강력했다. 단맛이 입에서 쉽사리 떨어져나가주지를 않았다. 주스를 마시고 삼십 분 간격으로 가서 피를 뽑아야 했다. 오른쪽 팔의 정맥 부근에 시퍼렇게 멍이 생길 정도였다. 오전을 주스를 마시느라 모두 보내고 오후가 돼서야 내과의를 만날 수 있었다. 그는 식이요법과 운동을 병행하라고 충고했다. 일 주일 후에 다시 검사를 해보기로 하고 병원을 나왔다.

소나기가 살갗을 뚫을 듯이 쏟아붓고 있었다. 너무나 배가 고팠다. 검사 때문에 전날 저녁부터 굶었기 때문이다. 아이를 위해서라도 뭔가를 먹어야 했다. 이즈음에는 꼬박꼬박 챙겨먹었더니 한끼라도 먹지 않으면 뱃속에서 아이가 옐로 카드를 흔들어댄다. 맛은 없어도 달지만 않으면 무엇이든 먹을 수 있을 것 같았다. 병원 바로 앞에 있는 분식집에 들어가 콩국수를 시켰다. 다행히도 음식은 빨리 나왔다. 그런데 한 젓가락 먹어보니 뭔가 이상했다. 다시 먹어봤지만 아무래도 뭔가 잘못됐다. 나는 결국 콩국수를 갖다준 아주머니를 불렀다. 이 콩국수 맛이 이상해요. 콩이 상한 것 같아요. 그 여자는 주방 카운터에 서 있던 여자에게 큰 소리로, 어제 그 콩 냉장고에 안 넣었어? 라고 물었다. 주방에 있던 여자가 대답을 하기도 전에 나한테 콩국수를 가져다준 여자가 메뉴판을 들고 내게로 뛰어왔다. 아무거나 다시 주문하라고 했다. 나는 된장찌개를 시켰다. 음식은 아주 빨리 다시 나왔지만 나는 콩국수의 그 쉰 맛을 쉽게 떨쳐낼 수 없었다. 임신한 여자들은 사과도 예쁜 것만 먹는다는데 나는 쉰 콩국수를 허겁지겁 집어먹고 다시 콩으로 만든 된장찌개를 먹었다. 아마도 내 아기는 어미가 허둥거리며 겪은 모든 상황과 죄책감 따위를 고스란히 섭취하고 이 세상이 살 만한 곳이라는 확신을 점점 잃어가고 있는지도 몰랐다. 그사이 빗줄기는 가늘어져 나는 택시 잡는 걸 포기하고 지하철을 향해 걷기 시작했다. 애견센터가 늘어선 거리는 개 짖는 소리로 시끄러웠다. 개들이 어수선하게 짖어대는 걸 보니 다시 빗줄기가 거세질 모양이었다. 나는 늑장을 부리며 천천히 걷고 있었다. 전에도 이 거리를 이런 식으로 걸었던 적이 있었다. 추적거리며 내리는 빗속을 작은 우산을 들고 넋 나간 사람처럼 걸어다녔던 기억. 내 기억력은 한심하게 미묘해서 무엇 때문에 이 거리를 헤매다녔는지 어떤 지점을 걸었는지는 전혀 기억나지 않았다. 그저 이 거리를 불안한 슬픔에 젖어서 걸었던 것만 기억이 났다. 나는 자신을 깨우는 기분으로 마음을 다잡고 입구를 찾아 지하철역으로 내려갔다. 진작에 택시를 잡아타고 집으로 가야 했지만 나는 그러지 않았다. 아는 사람이라도 만날까봐 두려우면서도 나는 계속해서 걷고만 싶었다. 걷다보면 무슨 해답이라도 나올 것인가. 나는 이제 아무것도 원하지 않는 인간이 된 것일까. 오로지 건강한 아이 하나만 원하는 인간이 되었나. 남편을 꼭 닮은 아이를 원했지만 그를 꼭 닮은 아이를 나는 잘 받아들일 수 있을까. 그는 자주 나를 슬프게 하고 심지어는 아프게 하는데 그와 꼭 닮은 작은 인간이 나에게서 튀어나와 다시 나를 슬프게 하고 아프게 만들면? 사랑한다고 아무리 말해도 쓸쓸히 웃기만 하면?

좋은 엄마가 될 자신이 없어질 때마다 호주 여행 때 기차에서 만났던 십대의 여자가 생각난다. 그 뚱뚱한 여자는 엉성하게 애를 안고 기차에 타자마자 바닥에 애를 내려놓았다. 아직 걷지 못하는 아기는 기차의 통로를 한없이 기어다녔다. 악을 쓰고 울어대면서 아이가 흡연실에 모여든 사람들의 다리 사이를 기어다니는 동안 아이 엄마는 담배를 입에 물고 무슨 벌레 보듯 피곤한 표정으로 아기를 내려다보기만 했다. 아기가 엄마한테 달려들면 그 여자는 담배연기를 뿜어내 아이를 자지러지게 하거나 발로 밀어내 다른 쪽으로 가게 만들었다. 누군가 아기에게 관심을 보이면 그 여자는 눈을 반짝이며 매점에 가야 하니까 잠시 아기를 봐달라고 부탁하곤 했다. 나는 그 불충한 어미를 보며 맹렬히 화가 났다. 푸른 눈의 아기는 예뻤지만 흉한 꼴을 하고 있었다. 눈물 콧물로 얼굴은 더러웠고 금발은 헝클어져 있었다. 어미가 될 준비가 되지 않은 엄마만큼 아기도 그런 어미를 이해할 준비가 되어 있지 않았다. 끊임없이 어미를 갈구하는 아기의 태도는 옆에서 보기에 거의 허무맹랑하게 보였다. 털어내면 울면서 기어갔다가 다시 돌아오고 다시 돌아오고 그것만 반복할 뿐이었다. 마지못해 여자가 아기를 안아올리면 아기는 언제 그랬냐는 듯 울음을 뚝 그쳤다. 내가 만약 저 아이의 엄마라면 나는 절대로 저렇게 하지 않을 자신이 있었다. 나는 아이를 크리스털처럼 소중히 다루고 이 세상에 그 아이와 나 둘만 남아 있는 듯 굶며 사랑해줄 것이다. 나같이 허름한 존재에게 기꺼이 찾아와준 아이에게 죽을 때까지 감사하며 받들어 모실 것이다.

이제 나는 자못 중도적인 입장이 되었다. 엉겁결에 어미가 된 십대 여자애의 욕구에도 생각이 미친 것이다. 십대의 여자에게 아기는 감지덕지 받아들여야 하는, 하늘이 주신 선물이 아니라 느닷없이 나타난 진입금지 표시판처럼 황당한 장애물일지도 몰랐다. 그녀가 기꺼이 아이를 낳은 그 용기가 가상했다. 개미만큼이나 작은, 아직 제대로 만들어지지도 않은 존재 때문에 어린 여자가 고민했을 시간을 생각하면 더욱 그녀가 가엾어진다. 아이는 잔혹할 정도로 철저히 어미의 젊음을 빼앗고 금세 늙은 여자로 만들어버리고 말 것이다. 그녀에게 아이를 가져다준 아비보다 더

혹독하게 인생의 쓴맛을 치르게 할 것이다. 임신중에 겪는 감정들은 낱낱이 흩어져 끝도 없이 위로 치솟거나 바닥 끝까지 곤두박질치곤 한다. 기분이 추락하기 시작하면 걷잡을 수 없이 우울한 상태가 돼버리고 만다. 나는 〈배트맨〉에 나오는 펭귄맨 데니 드 비토처럼 땅딸막한 몸매에 배만 툭 불거져나온 꼴을 하고 있었고 임신성 당뇨에 걸려 운이 나쁘면 출산 때 고생만 하다가 모자라는 아이를 낳을 수도 있었고 쉰 콩국수를 갖다준 식당에 잔소리도 하지 못했고 태풍이 다가오는 거리에 손바닥만한 우산을 들고 서 있었다. 아이 때문에 마음껏 비틀거릴 수도 흔들릴 수도 없었다. 나는 어처구니없는 슬픔에 사로잡혀 사람들이 뛰어들어가는 지하철의 어두운 입구를 망연히 바라보았다.

비가 오기 때문인지 낮시간인데도 지하철은 사람들로 붐볐다. 나는 출구의 창문 앞에 바짝 붙어 서 있었다. 누구라도 눈이 마주치면 자리를 양보할까 두려웠기 때문이다. 눈에 띄게 배가 불러오면서 버스나 지하철을 타면 누군가가 미안한 얼굴로 벌떡 일어나곤 했는데 그것만큼 황당한 일도 없었다. 처음에 지하철에서 앞에 앉아 있던 젊은 남자가 화들짝 놀란 얼굴로 자리에서 일어났을 때는 너무 당황해서 얼굴까지 붉어졌다. 괜찮다고 아무리 얘기해도 그는 말을 듣지 않고 멀찌감치 비켜서기까지 했다. 사실 그 당시는 언뜻 보면 알아채지도 못할 정도로만 배가 불러 있어서 그 남자의 기민함에 나는 더욱 놀랐었다. 임신한 여자들의 배가 어딘지 모르게 뻔뻔스러워 보인다는 생각을 항상 해왔던 터라서 나는 절대로 배를 내밀고 다니지 않았다. 가끔 노약자석에 앉아 있던 노인이 자리를 양보하겠다고 일어설 때도 있었는데 임산부와 노인네가 서로 자리를 양보하겠다고 옥신각신하고 있는 꼴이라니. 여름만 아니면 시커먼 망토라도 두르고 다니고 싶었다.

지하철에서 나오자 눈앞을 분간할 수 없을 만큼 세찬 비가 쏟아지고 있었다. 사위는 어둑했고 위협적인 소리를 내며 천둥 번개가 치고 있었다. 나는 낭패감에 젖어 뿌연 안개가 피어오르는 보도에 내려섰다. 택시는 여간해서 잡히지 않았다. 금세 스커트의 끝자락이 젖기 시작했고 팔에는 소름이 돋아났다. 치마가 젖자 봉긋하던 배 부분의 천이 살에 딱 달라붙었다. 갑자기 오늘 안으로 집에 들어갈 수 있을지 자신이 없어졌다. 택시로는 겨우 오 분 거리에 있는 집인데도 우산이 뒤집히는 빗속에서는 아득히 멀게만 느껴졌다. 겨우 잡아탄 택시의 운전사는 반대방향에서 차를 탔다며 내려서 다시 차를 잡으라고 권했다. 나는 돌아가도 좋으니까 제발 그냥 가달라고 부탁했다. 그는 쩝쩝거리며 멍청한 손님을 탓하고 비를 탓하고 교통정보가 흘러나오는 라디오의 볼륨을 높였다. 여자 아나운서는 비로 인해 정체되고 있는 구간을 쉴새없이 떠들어대고 있었다. 내가 살고 있는 아파트의 입구는 급경사의 오르막이었다. 기어를 바꾸지 않고 올라가던 차는 중간쯤에서 스르륵 밀려내려오기 시작했고 운전사는 다시 짜증을 부렸다. 결국 그는 차가 수동이라서 못 올라가니까 여기서 내리셔야겠다고 고압적으로 말했다. 화가 났지만 나는 순순히 택시에서 내렸다. 나한테 자리를 양보해주던 사람들이 그리웠다. 분명 이 여름을 잊지 못할 것이다. 이 불친절한 택시 운전사도 이 태풍도 오늘 마신 몇 리터의 포도주스도 쉰 콩으로 만든 국수도 누군가와 함께 신이 나서 비를 바라보고 있을 남편도 잊지 못할 것이다. 나는 제구실을 못 하는 우산을 들고 아파트로 가는 오르막길을 헐떡거리며 올라갔다. 아파트는 말 그대로 텅 비어 있었다. 빗속을 걷는 건 나뿐이었다. 수위도 수위실 문을 닫고 앉아 혀를 차며 나를 바라보고 있었다. 온몸이 철저히 비에 젖었지만 이상하게 기분이 상쾌했다. 분노와 짜증은 사라지고 이대로 계속 걷다보면 빗속을 헤엄쳐올라나와 아이가 풍선처럼 둥실 떠오를 것만 같았다. 나는 아이에게 속삭여주었다.

지금 엄마의 기분이 나쁠 거라고 생각하면 그건 정말 오해야. 어쨌든 우리는 집에 돌아왔고 오늘의 여행이 그다지 유쾌하진 않았지만 너도 곧 알게 될 거야. 인생의 대부분이 이런 날들로 채워지리라는 걸. 물론 지레 겁먹을 필요는 없어. 이건 지나가는 날들, 아무것도 아닌 날들일 뿐이니까. 저기 산이 보이지? 비에 젖어 얼마나 싱그럽니? 이 냄새, 맡을 수 있니? 비에 젖은 풀냄새야. 엄마가 너에게 주고 싶은 많은 것들이 바로 이런 냄새 같은 거야. 너도 느끼지? 의심하지 마. 엄마는 의심이 많은 사람이지만 너는 절대로 그걸 배워선 안 돼. 느끼고 믿고 사랑해야 돼.

나는 집에 돌아와 쌀부터 씻었다. 쌀이라도 씻어놓지 않으면 번번이 밥 먹을 의무를 잊어버리기 때문이다. 나는 먹어야 했다. 먹여주는 기분으로 열심히 먹어야 했다. 내가 먹으면 내가 가장 사랑하는 한 존재가 먹게 될 것이니까 먹는 걸 잊어선 안 된다. 집은 괴괴한 걸 느끼기 힘들 정도로 좁아서 다행이었다. 거실 겸 침실인 조금 큰 방과 아주 작은 방이 전부였다. 거실에선 북한산이 꽤 가깝게 보였다. 바로 앞에는 절 표시보다 더 커다랗게 마음 심자를 걸어놓은 사찰이 있었다. 스님 한 분이 새벽에 불경을 외우며 목탁을 두드리거나 종을 쳤다. 보살인 듯한 여자는 가끔 마당에 나와 배추 같은 걸 다듬었다. 그 절의 풍경은 계절이 변해도 별로 달라지는 게 없었다. 신도는 거의 없는 듯했고 스님의 목탁 소리도 불규칙했다. 처음엔 너무도 선명한 마음 심자가 눈에 거슬렸는데 자주 바라보곤 했더니 마음속이 뒤숭숭하거나 이유 없이 우울해질 때는 그 글자를 바라보는 것만으로 그럭저럭 기운이 나기도 했다. 제대로 살고 싶은 욕구가 생겨날 때도 있었다. 침대에 누워 텔레비전을 켰다. 쇼핑 채널에선 개량한복을 입은 남자 아나운서와 유명한 코미디언이 한 조가 되어 열심히 갈치와 고등어를 팔고 있었다. 갈치를 사면 고등어를 사은품으로 주고 고등어를 사면 갈치를 사은품으로 주었다. 남편은 생선을 좋아했다. 나는 갈치를 사야 할지 고등어를 사야 할지 망설이다가 결국 티브이를 꺼버렸다. 아주 빠른 속도로 나는 홈쇼핑 중독자가 되어가고 있었다. 이런 게 없었던 옛날에는 도대체 어떤 식으로 살았는지 모르겠다. 만삭의 여자에게 홈쇼핑은 거의 구세주나 다름없었다. 몇 개의 전화다이얼만 누르면 의식주 대부분이 해결되었고 며칠 후에 택배아저씨한테 문만 열어주면 그만이었다. 나는 일반 회원에서 골드 회원이 되었고 VIP 회원이 될 날도 멀지 않았다. 우산이나 슬리퍼, 스카프 같은 게 심심찮게 덤으로 배달되기도 했다. 내게 오는 우편물의 구십 퍼센트는 홈쇼핑 카탈로그였다. 신용카드나 보험상품을 홍보하는 전화만 걸려오지 않는다면 나는 언제까지고 즐겁게 익명의 회원으로 성실하게 주문을 일삼을 것이었다.

남편은 정크 메일을 열심히 탐독하는 나를 언젠가부터 노골적으로 못마땅하게 바라보았다. 나는 일부러 그런 것처럼 고집스레 소위 태교에 도움이 되는 아무 짓도 하지 않고 있었다. 책을 읽지도 않았고 음악을 듣지도 않았다. 아이한테 생각이 미치기 시작하면 결국 불안 때문에 평화가 깨져버리기 때문에 되도록 임신을 잊고 있는 듯 굴었다. 심지어 남편은 그러다 바보 천치가 나오겠다고 비아냥거리기까지 했다. 나는 웃으며 못 들은 척했다. 이 모든 걸 겪는 건 그가 아니라 나였다. 내가 보기에 그가 겪는 건 소소했다. 한밤중에 느닷없는 태동 때문에 잠을 설치는 것도 나였고 그런 밤 침대 주변을 서성이며 아이를 달래는 것도 나였다. 그의 이기적인 불면증과는 달리 나는 아기의 무게 때문에 심장이 짓눌려 헐떡이느라 쉽게 잠들지 못했다. 부른 배 때문에 내 발끝도 보이지 않았다. 재빨리 앉지도 못했고 일어서지도 못했다. 내 몸뚱어리는 눈사람처럼 점점 부풀어오르고 있었지만 내면의 어떤 부분은 말린 과일처럼 메말라가고 있었다. 나는 차라리 폭발되기를 기대하는 심정으로 재깍거리는 시침을 뚫어지게 지켜보며 하루빨리 열 달이 지나가버리기를 기다리고 있었다. 인내심이 부족한 인간에게 열 달이라는 임신기간은 너무나 지루하고 길기만 한 유예였다.

　남편이 외출할 때마다 나는 작은 방을 청소했다. 그 방에는 책상으로 사용하고 있는 낡은 식탁과 콤포넌트 오디오, 책장과 시디 등이 빼곡하게 들어차 있었는데 그는 일개미처럼 아주 작은 부스러기도 쌓아두는 습성이 있어서 방 안은 언제나 뒤죽박죽이었다. 무심코 청소를 하다보면 지뢰처럼 발견되는 물건들 때문에 번번이 기분이 상하곤 했지만 나는 고집스레 청소를 계속하고 있었다. 여자와 함께 찍은 사진이나 생일카드, 오래된 연애편지, 수첩을 찢어서 적어준 핸드폰 번호 등 그가 보관하고 있는 기념물들은 어디에서건 불쑥불쑥 튀어나오곤 했다. 심지어 시집 갈피에서 콘돔이 떨어질 때도 있었다. 누군가 열심히 줄을 그으며 읽고 나서 건네준 소설책, 사랑을 고백한 크리스마스 카드, 외국 여행지에서 사다준 목각으로 된 성기도 있었다. 그 모든 걸 방치해둔 그의 무신경이 역겨웠지만 기억의 아주 작은 실마리도 용납하지 않으려는 나의 정리벽에 비하면 그의 관대함은 귀여운 편에 속했다. 모든 걸 버리고 그걸 정리라고 생각하는 나와 아무것도 버리지 못하지만 그에 대해 특별한 감정이 없는 그 가운데 누가 더 한심한 것일까. 나는 시끄러운 소리를 내며 진공청소기로 좁은 집을 샅샅이 훑었다. 줄을 더 늘이기 위해 스위치를 껐을 때에야 누군가 초인종을 누르고 있는 소리가 들렸다. 비디오폰 앞에는 아래층 여자가 입을 앙다문 채 서 있었다. 안경 낀 동그란 얼굴의 그 여자는 인상과는 달리 목소리가 높고 빨랐다. 그녀를 보자 짜증보다 먼저 겁이 덜컥 났다.

　며칠 전 오전에 누가 황급히 문을 두드리길래 나가보니 어떤 키 작은 여자가 화난 얼굴로 서 있었다. 그녀는 다짜고짜 좀 조용히 해달라고, 자신은 음향관계 일을 해서 굉장히 소리에 예민한데 밤새도록 쿵쿵거리는 소리 때문에 잠을 자지 못한다고 말했다. 그리고 새벽부터 켜놓은 티브이 소리 때문에 늦잠을 잘 수 없다는 것이었다. 그녀는 내가 말할 기회는 주지도 않았다. 하지만 나도 결혼한 후로는, 임신해서 배가 부른 후로는 호락호락 당하고만 있지 않는 성격이 되었다. 뭔가 잘못 아셨다. 이 집도 밤에 일을 해서 아침엔 잠만 자기 때문에 아무도 티브이를 켜놓지 않는다. 그건 우리집 텔레비전 소리가 절대 아니다. 게다가 우리는 아이도 없어서 집 안을 쿵쾅거리며 뛰어다닐 사람이 없다. 아마도 위층이나 옆집 아이들이 뛰는 소리를 우리가 낸 소리로 착각하신 것 같다. 그렇게 말하면 자신이 잘못 알았으니 미안하다고 사과라도 할 줄 알았지만 그녀는 청천벽력 같은 소리를 했다. 하도 시끄러워서 어떤 사람들이 사는지 궁금했다는 것이다. 아파트는 성냥갑처럼 다닥다닥 연결되어 있어서 소음의 사각지대가 많다. 특히 위층에서 소리를 내면 아래층에선 고스란히 그 소리를 감내할 수밖에 없는데 여기서 아무리 시끄럽게 해도 위층에는 영향을 안 주고 아래층에만 전달되니 복수할 길도 없다. 한동안 위층에선 뭔가를 빻는 소리가 밤마다 들려왔는데 처음에 우리는 호러무비를 보고 나서 위층 남자가 부인을 죽이고 그 뼈를 빻고 있나보다고 실없는 무시무시한 농담을 주고받기도 했다. 하지만 남편 역시 아래층 여자만큼이나 소음에 민감해서 몇 번이나 위층으로 뛰어올라갔다. 아래층에 중환자가 있다고 사정해보기도 하고 계속해서 이러시면 법적 조치를 취하겠다고 엄포를 놓기도 했지만 아이들은 여전히 뛰어다니고 부인은 여전히 뭔가를 빻고 남편은 확성기 볼륨으로 라디오를 들었다. 그런데 우리가 똑같은 꼴을 당하고 있는 것이다. 하지만 억울했다. 우리는 최소한의 소리만 내고 살고 있으니 그 여자의 불만이 너무나 지나친 것이다. 게다가 음향관계 일을 하는 여자라니. 북한산 절에 살지 왜 아파트에 살고 있느냐 말이다. 그 여자는 진공청소기의 긴 줄을 혐오스럽게 쳐다보며 제발 좀 하고 말했다. 제가 삼일째 잠을 못 잤어요. 나는 그녀가 빗소리는 어떻게 참는지 궁금하다고 말하고 싶었지만 비아냥거리는 걸로 오해할까봐 그만두었다. 미안해요. 집이 너무 지저분해서. 이제 다 끝났어요. 그녀는 다시 제발 좀 부탁해요, 말하고 아래로 내려갔다.

정전

　어둠이 짙어지자 빗소리는 마치 공습 때의 폭격 소리처럼 크게 들렸다. 베란다의 파이프에선 코끼리가 오줌누는 소리같이 거센 물소리가 쉴 새없이 아래로 흘러내려가고 있었다. 나는 베란다에 앉아 물감이 번진 듯한 풍경을 멍청히 바라보았다. 어머니가 사준 전기밥솥에선 아래층 여자가 다시 뛰어올라올 것 같은 시끄러운 소리가 끊임없이 새어나오고 있었다. 김이 빠지는 소리, 베토벤과 모차르트가 살아 있으면 금방 기절해버릴 것 같은 시그널 음악 등이 끝도 없이 들려왔다. 이 전기압력밥솥은 밥이 되어가는 단계별로 온갖 예고음이 펼쳐졌지만 황당하게도 정작 모든 단계가 끝나면 아무 소리도 나지 않았다. 그래서 번번이 다 된 밥을 휘저어놓아야 할 단계를 놓쳐버리고 말았다. 베란다에 앉아서 아무것도 하지 않고 그 소리만 듣고 있었는데도 나는 다시 그 단계를 놓쳐버렸다. 한참 후에 들어와보니 이미 보온에 불이 켜져 있었다. 나는 주걱으로 밥을 휘저어 가운데 모아놓고 냉장고를 열어보았다. 어머니가 담가준 열무김치와 물김치 외에는 아무것도 없었다. 그가 마실 소주와 맥주뿐이었다. 냉동실에는 조기나 고등어, 삼치 등이 있었지만 나는 혼자 있을 때는 절대로 생선을 굽지 않는다. 생선을 굽고 나면 사나흘은 생선 비린내가 아파트 안에 배어 있었다. 나는 어패류의 냄새에 민감했지만 남편을 위해 자주 생선을 구웠다. 매운탕이나 조림 같은 요리에 비하면 굽는 게 손이 덜 갔기 때문이다. 생선을 맨손으로 다듬는 건 정말 질색이었다. 냄새도 냄새려니와 손에 묻을 비늘을 생각하면 왠지 끔찍해서였다. 땅을 뛰어다니는 동물보다 물 속을 헤엄쳐다니는 생물이 더 아름답다고 생각했지만 움직이지 않는 물고기는 생명이 사라진 어떤 것들보다 더 비참하고 즉물적으로 보인다. 내가 좁은 부엌에 서서 생선을 굽고 있으면 그는 슬며시 방문을 닫았다. 그럴 때마다 프라이팬에서 위엄을 잃고 굳어 있는 생선 같은 무엇이 가슴속 깊은 곳으로부터 치밀어오르곤 했다. 아이 때문에 서로 부딪치는 걸 자제하고 있었지만 그와의 일상 주변에는 분노를 숨기고 있는 부유물들이 가득 떠 있었다. 위험한 암초 사이를 곡예 운전하면서 우리가 탄 배는 가까스로 항해를 계속하고 있었다. 하지만 우리가 같이 항해하는 목적지가 도대체 어디인지는 정확히 알 수 없었다.

결국 밥 먹는 건 포기하고 스파게티를 삶았다. 명란젓을 터뜨려 면에 비비고 토마토를 조금 썰어 위에 올려놓았다. 이상스러운 맛임에 틀림없었지만 먹을 만했다. 이런 엉성한 퓨전 요리에 길든 건 내가 몇 년을 외국에서 보냈기 때문이다. 중국식 소스를 일본 면에 넣고 볶거나 김치볶음밥에 일본 소스를 쳐서 먹는 식이었다. 스파게티는 정말 온갖 소스를 다 넣어서 만들어보았다. 한국 음식을 해먹기 어려운 상황에서 어떻게든 입에 맞는 간단한 요깃거리가 필요했기 때문이다. 이러저러한 요리법을 시도해보다가 한동안은 진심으로 요리에 관심을 가져보기도 했었다. 하지만 결정적인 욕구가 늘 부족했다. 멕시코나 브라질, 쿠바 음식 같은 게 꽤나 입에 맞아서 한번 배워볼까 생각해봤지만 실천에까지 옮기지는 못했다. 의욕이 없었기 때문이다. 궁금하긴 해도 항상 그 정도에서 멈췄다. 더이상을 들어가려고 하면 뭔가 속에서 한순간에 굳어버리곤 했다. 무엇이든 계속하는 것, 계속해서 전진해나가는 것, 계속하기 어려운 것, 그게 바로 나의 문제였다.

　접시를 씻고 있는데 전화벨이 울렸다. 이즈음에는 손까지 부어올라 미디엄 사이즈의 고무장갑이 빨리 벗겨지지가 않았다. 간신히 고무장갑을 벗고 수화기를 들자마자 전화가 끊어졌다. 아무래도 상관없었다. 내가 받아야 할 급한 전화란 거의 없었다. 잠시 후에 전화벨이 다시 울렸고 나는 천천히 수화기를 들었다. 여보세요 하는 내 목소리를 듣자마자 저쪽에서는 덜컥 전화를 끊었다. 남편을 찾는 전화였나. 그의 개인적인 전화는 모두 핸드폰으로 걸려왔다. 어쩌면 그는 핸드폰이 제대로 연결되지 않는 지하 술집에 있거나 핸드폰을 아예 꺼놓았는지도 모른다. 단순히 잘못 걸린 전화였다고 해도 결국 그건 그를 찾는 전화였다. 내 마음속의 눅눅한 불쾌감이 그렇게 단정짓고야 말았다.

　며칠 전 밤에 J가 찾아왔다. 술에 취해 우연히 전화를 걸었다가 내가 혼자 있는 걸 알고는 택시를 타고 달려온 것이다. 아파트 입구에 있는 슈퍼에서 소주 한 병과 오징어 한 마리를 사들고 그녀는 옆집 벨을 열심히 눌러대고 있었다. 다행히 직장에 출근하는 옆집 부부는 퇴근이 항상 늦었다. 나는 복도에 면해 있는 작은방 창문으로 그녀를 발견하고 비틀거리며 엉뚱한 집 문을 발로 차고 있는 그녀를 데리고 들어왔다.

　"문은 왜 발로 차냐? 깡패같이."

　그녀는 숟가락으로 익숙하게 소주병을 따며 히죽히죽 웃었다.

　"나 깡패 다 됐어. 요즘 다들 깡패 얘기만 하잖아. 우리 문화 최대의 아이콘은 바로 깡패라구. 비가 와서 그러나. 자꾸 술이 깰려구 그러네. 그러면 안 되는데."

　그녀의 첫 직장은 학교였다. 대학 시절 교생실습을 나왔던 학교여서 여러 가지로 익숙한 점이 많아 빠른 속도로 선생질에 적응하게 되었다. 꽤 진보적인 국어선생이었던 그녀는 학생들 사이에서도 인기가 높았다.

하지만 신입선생 딱지를 떼자마자 문제가 발생했다. 옆반의 수학선생과 사랑에 빠진 것이다. 그는 마침 전에 J가 교생을 맡았던 학급의 담임선생이었기 때문에 이미 안면이 있는 사이였다. 너무 일찍 담임이라는 중책을 맡아 긴장한 J는 선생인 자신이 선생님이라고 부르는 그에게 기꺼이 달려가 불편을 호소하고 도움을 청하고 문제를 상의했다. 조회를 설 때도, 체육대회 때도, 소풍을 가서도 그들은 나란히 붙어 있을 수 있었다. 옆반이었기 때문이다. 심지어 교무실에서도 옆자리에 앉았다. 시시하고 지루한 아이들의 행사가 그들에게는 하나하나 보석같이 에로틱했다. 같이 학교에 늦게까지 남아 있을 수 있는 구실은 무궁무진했다. 국어선생과 수학선생인지라 채점할 시험지도 많았고 교과목을 준비하기 위해 공부도 해야 했다. 그들은 학교로 저녁을 배달시켜 먹고 커피를 마신다는 핑계로 뻔뻔스럽게 옥상으로 올라가 길고 탐욕스러운 키스를 하거나 단체영화를 보러 간 극장에서 수백 명의 제자들이 옆에 앉아 있다는 사실에 흥분하며 은밀히 서로의 손을 애무하거나 했다. 함께 야근을 하던 어느 여름밤에는 급기야 교장선생의 책상 위에서 엉켜버리고 말았다. 그후로는 두 사람 다 이성을 잃고 말았다. 물불 안 가리고 섹스에만 전념하는 사이가 된 것이다. 운이 나쁘려고 했던지 그들이 투숙한 여관의 막내아들이 그 학교의 학생이었다. 여관 주인이 교장한테 전화를 걸었고 소문은 삽시간에 번져나갔다. 결국 J는 권고사직을 당했다. 수학선생은 학교에 남았다. 부양할 가족이 있었기 때문이다. 그들은 한동안 계속 만났지만 관계는 시들해지고 말았다. 그후로 J는 철새처럼 직장을 옮겨다니다 인도로 여행을 떠났다.

인도로 간 많은 사람들이 얻고 돌아오는 종교적인 깨달음 대신 그녀는 말라리아에 걸려서 돌아왔다. 그때 죽을 고비를 넘긴 후로 그녀는 완전히 다른 사람이 되었다.

"정말 단 한 번도 내가 그런 식으로 죽을 거라는 생각은 해본 적이 없어. 적어도 이런저런 순서를 다 밟고 아주 나중에 어쩔 수 없는 나이가 되면 찾아오는 게 죽음인 줄 알았단 말이야. 그런데 아니야. 오늘 그냥 이 세상에서 사라져버릴 수도 있다니까. 난 뭔가 만들어야겠어. 그래야 안심이 될 것 같아."

느닷없이 J는 영화판에 뛰어들었다. 이름도 없는 영화사의 라인 프로듀서라는 직책이 요즘 그녀가 하는 일이었다. 영화판에 뛰어든 무수한 사람들처럼 그녀의 최종 목표도 감독이 되는 것이었다. 그녀는 강박적으로 이 지상에 새로 나온 영화들을 철저히 찾아가서 보고 그에 대한 단상을 기록하고 인상적이었던 영화는 시나리오를 찾아내서 바둑을 복기하듯 제 손으로 베껴보곤 했다. J가 전화를 걸어 환희에 찬 목소리로 새로운 아이디어를 얘기하면 그 내용이 굉장한 것이든 초라한 것이든 간에 그 순수한 집중과 열의가 부러웠다. 조만간 그녀는 감독이 되어 영화를 만들고야 말 것이다.

"남편은 어디 갔어?"

"몰라."

"지난주에 남편 봤는데…… 그 얘기 해줄까?"

나는 그녀에게 소주를 따라주고 오징어를 찢어 입에 넣었다. 정말 오징어만큼 맛이 독특한 어떤 것도 이 세상에 없는 것 같다. 내가 아무 대꾸도 않자 그녀가 다시 이죽거렸다.

"얘기해? 말아?"

"기분 나쁜 얘기면 하고 기분 좋은 얘기면 하지 마."

"그 배를 해가지고 잘난 척은 여전하네. 에이 시시하다. 얘기 안 할래. 대신 더 재미있는 얘기 해줄게."

나쁜 기집애. 안 할 거면 아예 꺼내질 말든가. 대충 무슨 얘기인지는 감이 잡히지만. 나는 속으로 실컷 투덜거렸다.

"지난주에 수학선생 만났어. 알지? 내 수학선생 말이야. 어디서 만났을 것 같아? 시청역에서 만났어. 그 인간이나 나나 시청역에 갈 일이 없는 사람들인데 말이야. 도대체 그런 식으로 만날 수 있는 확률이 얼마나 될까. 아마 십억짜리 복권에 당첨될 확률만큼 희박할 거야. 그렇게 희박한 확률로 당첨돼서 그렇게 불쾌한 일을 겪다니 내 불운도 무시무시하지 않아?"

"그렇게 안 반가웠어?"

"지나가다 딱 마주쳤는데 그 인간이나 나나 너무 놀라서 입이 저절로 벌어졌지. 차나 한잔 하자는 걸 차라리 호텔로 가자고 했어. 갑자기 궁금해졌거든. 예전의 그 미칠 듯한 감정이 도대체 어떤 거였는지 그 당시는 알 수 없었지만 이젠 알게 되지 않을까. 궁금하다, 알고 싶다. 그런데 여전히 모르겠어. 그게 뭐였지, 도대체?"

"그럼 같이 잤단 말이야?"

"그게 잔 건가? 잔 거지 뭐 결국. 자긴 잤는데 얘기는 여기서 끝이야. 기억나는 게 하나도 없거든. 그런데 이 결혼 의미 있는 거야?"

의미라니. 어떻게 그런 식으로 물을 수 있는 거지. 나는 짜증이 나서 입에 물고 있던 오징어를 내려놓고 방으로 들어와버렸다. J는 그사이 담배에 불을 붙이고 비와 어둠에 더욱 짙어진 산자락을 멍하니 바라보고 있었다. 더이상 남편 얘기 안 할 테니까 담배 다 피고 나면 나와. 그녀는 장난스럽게 혀를 내밀며 유리문을 톡톡 두드렸다. 나는 부엌 싱크대 아래 숨겨두었던 와인병을 들고 다시 베란다로 나갔다. 내가 와인잔을 내밀자 J는 혀를 끌끌 찼다.

"정말 제 버릇 개를 못 주는구만. 술 먹으면 애 머리 나빠져. 네 애가 지진아가 돼서 방과후에 맨날 보충수업 받아야 되면 어떻게 할래? 공부가 인생의 전부는 아니다, 그렇게 위로해줄 자신 있어?"

"나쁜 기집애. 와인 한잔 먹었다고 아이가 다 지진아 되면 프랑스 애들은 모두 바보겠네. 아무튼 설사 공부를 잘 못해도 지진아여서 못하는 건 아닐 거야. 우리 유전자가 그렇게까지 후지지는 않단 말이야."

내 항의에 J는 웃음을 터뜨렸다. 나도 웃었다. 오랜만에 마음 편하게 웃어보는 웃음이었다.

"영화 얘기나 해봐. 뭐 새로운 시놉시스 없어?"

"듣고 싶어?"

나는 버건디 와인을 소중하게 한 모금 들이켜고 오래도록 입 속에서 그 차갑고 떫은 맛을 즐겼다. 미국에서 생산적인 어떤 일을 한 것이 하나라도 있다면 그건 내가 마신 와인의 상표를 기록해둔 것이었다. 일기를 쓰듯 나는 와인의 상표와 출생연도, 가격을 기록해놓았다. 밖에서 우연히 입에 맞는 와인을 마셨는데 필기도구가 없으면 상표를 떼어오기도 했다. 그 시절이 그리운 것일까. 어떤 점에선 무척 그리웠다. 하지만 반대 방향으로 고개를 돌리면 그 시절에도 끔찍했던 기억이 많았다. 아마 펭귄처럼 뒤뚱거리며 자신의 신세를 한탄하고 있는 이 순간에도 나중에 그리워할 만한 어떤 부분이 만들어지고 있을 것이다. 이 터무니없는 긍정주의는 출산과 함께 사라지게 될까. J는 두 손을 탁자에 올려놓고 끄덕끄덕 졸고 있었다. 누군가를 기다리다 온 것 같은데 그게 누구인지는 얘기하지 않았다. 임신한 여자친구에게는 말할 수 없는 사연이 있을 것이다. 나는 혼자서 와인을 반 병 가까이 마셨다. 오랜만에 마시는 술이라 어지러웠다. 아이가 남편을 닮아 소소한 일에는 무신경한 성격이라면 와인 반 병이라도 마셔야 하는 어미의 혼란을 이해할 것이다. 괜찮아요. 나는 건재해요. 걱정하지 마세요. 아이와 나는 정말 완벽하게 한 몸인 것일까. 나는 J의 손을 잡고 억지로 일으켜세웠다. 나쁜 놈, 나쁜 자식. 잠결에 중얼거리며 그녀는 순순히 침대에 누웠다. 그녀가 잠들고 나서 남편이 들어왔고 남편이 잠든 사이에 J는 집으로 돌아갔다. 그 좁은 집에서도 그들은 마주치지 않을 수 있었다.

아침에 같이 커피를 마시고 J와 나는 북한산 유원지에 잠깐 올라갔다. 우산을 받고 서서 우리는 말없이 계곡을 내려다보았다. 유원지는 텅 비어 있었고 계곡의 물소리는 청량했다.

"여기 참 좋다. 나중에 네 아이랑 다시 오자. 어떤 아이일까. 갑자기 궁금해지네. 어떤 아이였으면 좋겠어?"

"모르겠어. 아무 생각도 안 나."

사실이었다. 조카가 올케의 뱃속에 있었을 때만 해도 나는 온갖 상상력을 동원해 호들갑스럽게 아이의 모습을 그려보곤 했었다. 미국에서 그 소식을 듣고는 너무나 흥분해서 한 일 주일은 잠을 설쳤던 기억이 난다. 내가 고모니까 조금은 나도 닮아주지 않을까 턱도 없는 기대까지 품었었다. 백일잔치를 하기 위해 일본에서 태어난 아이가 귀국하던 날, 공항에서 조카를 기다리던 나는 검은 코트를 입은 올케가 아이를 감싸안고 자동문 앞에 나타나자 두근거리는 가슴을 안고 그쪽으로 뛰어갔었다. 집으로 오는 차 안에서 조카가 꼬물거리는 작은 손으로 내 손을 꽉 쥐었을 때 너무나 감격스러워 눈물이 날 것만 같았다. 그렇게 놀라운 존재가 내 주변에 생겨났다는 게 도무지 믿어지지 않았다. 하지만 내 아이의 경우는 좀 복잡했다. 어떤 아이가 태어날지 짐작할 수도 없었고 짐작하기도 싫었다. 그 아이에 대한 애정으로 속수무책일 나의 미래를 생각하면 미리 한숨부터 나왔다.

"솔직히 말하면 네가 부럽기도 해. 네가 별로 행복해 보이지 않을 때도 어쩐지 그 불행조차 부러울 때가 있어. 아무 일도 일어나지 않는 것보다는 나쁜 일이라도 일어나는 편이 더 낫다는 평소의 내 인생관 때문인지도 몰라. 네가 곧 엄마가 되다니. 생각하면 생각할수록 놀라워. 나 배 좀 만져봐도 돼?"

J는 우산 아래서 가만가만 내 배를 쓰다듬었다. 간지러워서 미칠 것만 같았다. 나는 결국 낄낄거리며 J의 손을 털어냈다. J가 나를 부러워하다니 의외였다. 내가 아는 어떤 누구보다도 그녀는 결혼에 대해 회의적이었다. 내가 결혼하겠다고 하자 그녀는 들고 있던 전화기를 집어던졌다. 결혼식에도 오지 않았고 집들이에도 오지 않았다. 섭섭해 죽겠다고 해도 막무가내였다. 그 결혼에 동의할 수 없으니까 참석할 수도 없다는 것이었다. 아직도 늦지 않았어. 이게 정말 최선이라고 생각하니? 결혼식 전날 밤에도 그녀는 날이 선 목소리로 그렇게 외쳤다. 그녀의 소망은 감독으로 성공해서 그리스에 별장을 갖게 되는 것이었다. 내 아이의 대모가 되어 지적으로 같이 놀아주고 다정한 이모가 되어 부족한 어미 대신 인생을 풍요롭게 해주고 싶은데 그러자면 여름별장 정도는 갖고 있어야 하지 않겠냐고 했다. 그렇게만 되면 오죽 좋을까.

"외계인이 안에 들어 있는 것 같아. 내가 마취되어 있는 사이에 발만 잔뜩 달린 정체불명의 생명체가 태어날지도 몰라. 〈히든〉이라는 영화 봤지? 혹시 내 배를 찢고 튀어나온 촉수동물이 엄마 친구라고 너를 찾아오면 달아나지 말고 잘 숨겨줘. 엄마가 얼마나 저를 사랑했는지 얘기해주는 것도 잊지 말고."

"아예 〈X파일〉을 쓰는구나. 엽기적인 농담 나는 취미 없어. 너도 조심해. 애가 다 들어."

"들으라고 하는 얘기야. 이제 세 달 남았어. 하루하루가 왜 이렇게 늦게 가니? 겨울 오기만 기다리고 있는데 아직도 여름이야. 도대체 이 여름이 지나가주기나 할까."

"조급할 게 뭐 있어. 정말 이상한 애네. 책이나 읽으면서 마음 편하게 지내."

"아무것도 못 읽겠어. 난독증에 걸린 것같이 집중도 안 되고 이해도 잘 안 돼. 심지어 신문 읽는 것도 힘들어. 머릿속에 구멍이 뻥 뚫려버린 것 같아."

"남편 때문에 그러니? 제발 남편은 잊어. 지겹지도 않냐?"

"같이 사는 데 어떻게 잊어. 매일 얼굴을 보면서 어떻게 신경을 끄느냐 말이야. 나는 정말 방법을 모르겠어. 그 사람이 도대체 뭘 필요로 하는지, 부족한 게 뭔지 그거만 궁금했었는데 내가 이만저만 잘못 생각한 게 아니야. 그는 필요한 것을 필요로 하지 않는 인간이야."

"그렇게 잘 알게 됐으면 이제 궁금할 것도 없잖아. 너랑 다르고 그걸 깨달았고 그러면 됐지 뭐가 여전히 문제야? 그는 그의 길을 갈 거고 너는 너의 길을 가야 돼. 그러니 애한테로 생각과 관심의 방향을 완전히 돌려보란 말이야."

"이건 병이야. 헤어지기 전에는 벗어나지 못할 거야. 아니 헤어져도 벗어나지 못할 게 뻔해."

"적어도 예전처럼 미쳐서 날뛰는 단계는 지났잖아. 너는 이미 잊었겠지만 전에는 꼭 공수병 걸린 개처럼 헐떡헐떡 쫓아다녔어. 죽여서 팔부터 먹어버리고 싶다고 했던 거 기억나냐? 네 열정이 무서웠어. 옆에서 구경하는 나도 무서웠는데 당하는 그 사람은 더 무서웠을 거야. 혼자 애 키우겠다고 큰소리 땅땅 치고 다니더니 결국 결혼까지 했지. 내용이야 어떻든 너는 공식적으로 그 사람을 가지게 된 거야. 행복한 척이라도 해봐. 그러면 조금은 행복한 기분이 들 거야. 이젠 그 사람을 좀 놔줘."

J는 택시를 타고 영화사로 가고 나는 아파트 놀이터의 그네에 앉아서 그가 자고 있는 집을 올려다보았다. 오래도록 잊고 있었다. 내가 얼마나 그를 사랑했었는지. 그게 바람직한 형태의 애정이 아니었다고 해도 그를

두고 전에 내가 다짐했던 무수한 결심들을 생각하면 저절로 미소가 지어졌다. 십계명처럼 그를 위해 하고 싶은 일들을 줄줄이 지어내던 시절 그를 행복하게 만들 수만 있다면 살인이라도 할 수 있을 것 같았다. 허풍이 아니었다. 나는 매우 심각했다. 그가 하는 모든 행동과 말, 몸짓 등이 하나같이 너무나 사랑스러워서 매일매일 아찔했던 걸 생각하면 지금의 내 슬픔과 불만이 믿어지지가 않는다. 그는 여전히 내 곁에 있고 곧 내 아이의 아버지가 될 것이다. 나는 녹내가 나는 젖은 그네를 조금 흔들었다. 그리고 얇은 원피스 아래 적나라하게 튀어나와 있는 배를 내려다보았다. J처럼 손을 갖다대고 가만히 쓰다듬었다. 미세한 태동이 느껴졌다. 이 아이를 긍정하는 것. 그것이야말로 나한테 남은 마지막 희망인지도 몰랐다. 미래의 어느 날 아이는 잊어버리기 잘하는 덜렁거리는 엄마를 나무라며 그 비 오는 아침을 기억해보라고 요구하겠지.

　얼마 전에 나는 결혼 전에 살았던 오피스텔에 가보았다. 겨우 일 년 정도 지났을 뿐인데 그 빌딩도 주변 거리도 아주 달라진 듯 보였다. 카운터 아래 소주병을 숨겨놓고 낮이나 밤이나 늘 술에 취해 있던 수위는 여전히 해고되지 않고 같은 자리에 앉아 있었다. 늦은 밤에 엘리베이터에서 그를 만난 적이 몇 번 있는데 인사를 건네는 그의 입에서는 항상 술냄새가 짙게 풍겼고 핏발 선 눈에선 이상한 광기 같은 게 느껴져 섬뜩했던 기억이 난다. 낮에는 수줍어하며 똑바로 쳐다보지도 않던 사람이 횡설수설하며 수다스러워진 것도 무서웠다. 그의 손에는 커다란 랜턴이 들려 있었다. 열두시가 넘으면 이십층 건물의 모든 전등을 소등시키고 비상등을 확인하는 게 그의 임무였다. 랜턴을 들고 있는 그의 손이 오랜 알코올의 영향으로 덜덜 떨리고 있는 걸 발견하자 두려움은 사라지고 푸른 형광등 아래 여지없이 드러난 그의 늙은 얼굴만 부각되었다. 그는 갑자기 나에게 고향이 어디냐고 물었다. 서울에서 태어난 나는 고향이 어디냐 물으면 서울이라고 대답하기가 멋쩍었다. 서울, 청량리예요. 더 정확히 말하면 중랑교 근처랍니다. 확실히 우스꽝스럽다. 그러고 보니 며칠 후면 추석이었다. 그는 쉽사리 고향에 가지 못하는 실향민인지도 몰랐다. 아저씨는 고향이 어디신데요? 그렇게 물을 수도 있었지만 나는 그러지 않았다. 이미 내가 내릴 십오층에 다다랐고 그의 대답은 술기운에 길어질 게 뻔했기 때문이다. 드디어 엘리베이터 문이 열렸다. 나는 목례를 하며 멀어졌고 그는 내 뒤통수에다 대고 혀 꼬부라진 소리로 깍듯하게 인사를 했다.

이층에 있는 호프집에선 아직도 시대에 뒤떨어진 통기타 라이브 무대를 열고 있었고 지하에 있는 테크노 클럽에선 쿵쾅거리는 음악이 새어나오고 있었다. 십오층은 여전히 고요했다. 내가 살던 방에 새로 세를 든 남자는 벤처 사무실을 열겠다고 했었다. 내 방의 오른쪽에는 여대생 자매가 살고 있었고 왼쪽에는 신혼부부가 살았다. 복도 끝 방에는 키 작은 남자가 아주 커다란 개를 데리고 살고 있었다. 개는 조용했지만 신혼부부와 여대생들은 무척 시끄러웠다. 신혼부부는 자주 집들이를 했고 여대생들은 걸핏하면 친구들을 몰고 와 술 파티를 벌였다. 그들이 변기에 토하는 소리를 샤워할 때마다 듣곤 했다. 하지만 낮에는 믿을 수 없을 만큼 조용한 곳이었다. 가끔 나는 문을 열어놓고 텅 빈 복도의 그 고요한 공기를 숲속이기라도 하듯 깊이 들이마시기도 했다.

그곳은 나에게 깊은 강물의 밑바닥 같았다. 무거운 돌덩어리를 매달고 가라앉은 채 잊혀진 시체처럼 방 안에서만 서성거리고 흔들리고 뒤척이며 지내고 있었다. 하루에도 몇 번씩 공기가 희박해진 듯한 답답증에 시달렸지만 나는 쉽사리 밖으로 나오지 못했다. 아무도 만나지 않았고 전화기는 코드가 뽑혀진 채 바닥에 뒹굴고 있었다. 가끔 목욕탕에 붙은 거울을 바라보고 서 있으면 자신이 샤워 커튼이나 목욕 가운보다 더 생명이 없는 존재로 느껴졌다. 내가 다다른 늪에는 끈끈한 진흙도 살랑거리는 물풀도 없었다. 박하처럼 건조한 무생명의 사물들만 존재하는 장소였다. 나는 마치 그 방의 벽이나 붙박이장처럼 점점 더 움직이는 횟수가 줄어들었다. 크고 단단한 나사못으로 고정시킨 것처럼 내 존재를 이루는 모든 것이 그 방에 동화되어가고 있었다. 자신을 덮친 엄청난 의욕상실과 무미건조함, 무감각, 무기억, 소통 불능 앞에서 나는 철저히 무기력했다. 한밤중에 깜짝 놀라 깨어나서 어머니가 가져다준 김치를 썰거나 뭔가를 만들어보기 위해 된장이나 고추장을 꺼내기도 했지만 결국 냉장고에 다시 넣어야 했다. 라면 하나를 제대로 끓일 수가 없었다. 나는 식욕에 무관심했고 만들고 먹고 치우는 절차를 견뎌낼 수 없었다. 그러므로 나보다 더 움직이지 않고 나보다 더 실내에서만 존재하는 그를 만나 내가 움직이게 된 것은 신선하다면 신선한 변화였다.

기억난다. 지독히도 어두운 방. 침체된 공기. 그는 침대에 누운 채 긴 팔만 움직여 책을 꺼내고 오디오의 시디를 바꾸고 유리컵에 소주를 채웠다. 낮이 갔는지 밤이 왔는지 도무지 알아낼 수 없는 지하방에서 그는 서서히 퇴화되고 있는 중이었다. 말 그대로 그는 퇴화되고 있는 중인 공룡 같은 인간이었다. 몇 세기 전의 공룡이 이 세상에 동화되지 못하고 퇴화되어버리고 말았듯 그는 생활이나 일상, 햇빛, 특별한 애정, 자신이 육체를 지닌 인간이라는 사실 등에 적응하지 못하고 자발적으로 유폐된 채 하루하루 퇴화되어가고 있었다. 그가 원하는 건 스스로를 산 채로 천천히 박제시키는 것이었다. 그는 최소한의 음식과 최소의 공기만 섭취하면서 간신히 목숨을 부지하고 있었다. 나는 그를 잘 먹이고 잘 재우고 싶었지만 그는 자신에게 필요한 것을 필요로 하지 않았다. 하지만 그의 집에 갈 때마다 나는 고아원을 방문하는 독지가처럼 온갖 음식을 싸들고 헐레벌떡 뛰어들어갔다. 그는 별로 반가워하지도 않고 그대로 누워서 멀뚱히

나를 쳐다보기만 했다. 나는 개의치 않았다. 그가 어떻게 나오든 크게 신
경이 쓰이지도 않았다. 나는 내 감정이 요구하는 대로 신이 나서 움직였
다. 정말 오랜만에 살아 있는 기분을 느끼고 있었고 그것만으로도 그에
게 고마웠다. 그러나 고마움이란 길게 지속되는 감정이 아니다. 나는 그
의 무기력함에 지치기 시작했고 내 감정의 격랑에 스스로 좌초하고 말았
다. 불만은 맹렬해졌고 맹렬함은 쌓여갔다.

　결혼식을 치르고 나서 친구들과 술을 조금 마시고 우리는 먼저 집으로
돌아왔다. 택시를 탔는데 그가 가장 먼저 한 일은 꺼놓았던 핸드폰을 다
시 켠 것이었다. 핸드폰을 켜자마자 벨이 울렸다. 그의 목소리는 평소와
다름없이 차분하고 우울하게 들렸다. 그래요. 결국 했어요. 저는 더욱 밀
어지지 않아요. 나는 얼굴이 보이지 않는 핸드폰 저편의 여자도, 그런 식
의 대답으로 여자의 기분을 맞추는 그도 불쾌했다. 당장에 차가 뒤집혀
서 나는 죽고 그는 불구가 되어버리면 속이 후련할 것 같았다. 다시 전화
벨이 울렸다. 이번에도 그는 비슷한 대답을 하고 있었다. 섭섭하지만 참
을게요. 안 오는 게 나았다는 생각이 나한테도 드니까. 그를 속속들이 알
아가는 건 지옥이라는 고층건물의 내부를 샅샅이 알게 되는 것과 다름없
었다. 그를 사랑해서 전전긍긍했던 건 이런 천벌을 받기 위해서였다. 나
는 자신을 실컷 비웃으며 잠들었다.

　다음날 아침 우리는 아무 일도 없었던 것처럼 알람 소리에 깨어나 싸
놓은 짐을 사이 좋게 나누어 들고 공항으로 갔다. 신혼여행을 가기 위해
서였다. 발리는 아름다웠고 그래서 우리의 갈등과 무관하게 다시 올 계
획을 세워야 했다. 온갖 괴상한 내용의 코미디로 쌓아올린 탑의 끝이 흔
들리며 결혼식의 절차는 끝이 났다. 우리는 아파트로 돌아왔다.

　텔레비전에선 태풍의 피해가 속속 보도되고 있었다. 노란 비옷을 입은

아나운서가 빗속에 서서 교통이 통제되고 있는 구간과 점점 늘어나고 있
는 한강의 수위, 댐의 방출량 등을 자세히 알려주고 나서 북한산에선 야
영중이던 등산객 두 명이 불어난 계곡 물에 휩쓸려 실종되었다고 말했
다. 나는 창가로 가서 검푸르게 젖어 있는 북한산을 새삼스럽게 바라보
았다. 어디쯤에 그들이 있을까. 세찬 물살에 만신창이가 된 야광의 등산
복 두 벌이 떠오르는 것 같기도 했고 커다란 나무나 동굴 같은 데서 구조
되기를 기다리며 죽음과 사투하고 있는 젖은 얼굴이 보이는 듯도 했다.
어떤 죽음은 비닐 텐트의 지퍼 바로 밖에서 그 본질을 숨기고 있다가 아
이들의 얼굴 감추는 놀이처럼 키득거리며 튀어나오기도 한다. 그런데 그
들은 왜 이 태풍 속에 등산을 간 것일까. 남편 역시 비가 오면 산에 가고
싶어했다. 언젠가 지리산 중턱에서 비를 만났는데 낯모르는 동행들과 텅
빈 오두막에서 이틀을 보내야 했다. 동행들은 조난이 길어질 걸 걱정하
며 발을 동동 굴렀지만 그는 느긋하게 그 단절을 즐겼다. 그대로 영원히
구조되지 않고 세상에서 나가버리는 것도 괜찮을 것 같았다고 했다. 그
는 어디 있는 것일까. 나는 그를 걱정하기보다 언제든 스스로를 조난시
킬 수 있는 그의 자유를 질투하고 있었다.

아홉시 뉴스가 끝날 즈음 전화벨이 울렸다. 어머니였다. 이즈음 어머
니는 사흘이 멀다고 전화를 걸어 내 끼니를 챙겨먹었는지 남편의 끼니를
챙겨주었는지 물으셨다. 잘 챙겨먹고 있으니 걱정하지 말라고 하면 전화
가 짧게 끝났고 뭘 먹었는지 자세히 말해야 하면 전화가 좀 길어졌다. 태
풍에 대한 염려와 산부인과 검진, 남편의 부재 등이 겹쳐져서 오늘은 전
화가 한없이 길어지고 있었다. 아버지도 아직 집에 들어오지 않았다고
했다. 하지만 어머니는 아버지는 걱정하지 않으면서 사위의 외출에는 민
감하게 반응했다.

“병원에는 데려다줬니? 그게 얼마나 걸린다고 검사 끝나면 집에 데려

다놓고 나가지 이 빗속에 배 나온 애를 걸어다니게 하냐? 어떻게 집에 왔어? 택시 탔어? 그놈의 아파트 오르막이 좀 심해야지. 재수 없어서 미끄러지기라도 하면 너는 끝이야."

어머니는 가끔 느닷없는 문장에서 과격한 표현을 쓰곤 했다. 예를 들어도 꼭 극단적인 예를 들었다. 새끼손가락에 감각이 없다고 하면 손끝이 저리다가 결국 중풍 맞은 사람 얘기를 꺼냈고 아파트 알뜰시장에서 참외를 싸게 샀다는 말에는 밤에 참외를 깎아먹고 다음날 급사했다는 친구의 아들 얘기를 하는 식이었다. 올케가 두 조카를 업고 안고 다니는 게 신기하다고 나는 아직 뱃속에 있는 애도 무거워 죽겠다고 했더니 자기 친구 하나는 옛날에 터울이 많이 지는 동생을 업고 다니다 아이가 뻗대는 바람에 바닥에 떨어뜨려서 곱사등이가 되어버렸다고 했다. 나는 질려서 속으로 어머니의 부처님이라도 외치고 싶었다.

"전화는 왔니? 물귀신이 들렸나 이 빗속에 어디를 그렇게 헤매고 다닌다니. 아무튼 나는 욕해도 너는 남편 욕하지 마라. 너 좋아서 한 결혼이고 그 사람이 아니면 도저히 안 되겠다고 해서 허락한 거니까 죽이 되든 밥이 되든 참고 살아. 애 아버지 되면 정신 차리겠지."

"그런 거 기대하지도 않아. 결혼이 맞지 않는 사람이야."

거기서 어머니는 소리를 빽 질렀다.

"시끄러워. 결혼 전에는 그런 사람인 거 몰랐어? 어쩌면 그렇게 못났니. 공부 많이 하고 책 많이 읽었으면 뭐 해. 헛똑똑이. 여보세요? 너 우나? 울긴 왜 울어. 정말 속상해서 못 살겠네."

이게 문제였다. 임신은 눈물이 별로 없는 나를 걸핏하면 질질 짜는 한심한 여자로 만들어놓았다. 특히 태어날 아이나 나와 남편의 문제를 생각하면 자다가도 일어나 흐느껴 울어야 했다. 그것도 습관이라면 습관이었다. 나는 일 주일에 한 번은 침대나 목욕탕에서 울고 있는 자신을 발견해야 했다. 어머니의 목소리가 잦아들었다.

"울지 마. 너 울면 뱃속에서 아이도 우는 거야. 어려서도 그렇게 울어 대서 엄마 속을 썩이더니. 그러다 너 닮은 울보 낳겠다."

내가 어릴 때 지독히 울어댄 얘기는 친척들이 모였을 때 단골로 나오는 얘깃거리였다. 고모는 내가 무슨 큰 병에 걸린 게 틀림없다고 생각했고 입덧이 심해서 임신 초에 먹는 게 부실했던 어머니는 그게 이유가 아닐까 자책했다.

"지금 생각해도 아찔하다. 밤마다 어찌나 심하게 울어대는지 너 달래다가 나도 같이 울고 잠을 제대로 자지 못해서 입까지 부르텄어. 그래서 외할머니가 너를 얼마나 미워했게. 저러다 엄마 잡겠다고. 지나가던 사람이 아이를 어떻게 하길래 그렇게 우나, 해서 창문으로 들여다볼 때도 있었어. 혹시 바늘 같은 게 들어가기라도 했나 옷 속을 다 뒤집어보고 경기라도 할까봐 늘 조마조마했어. 너는 그냥 앵하고 우는 것도 아니고 꼭 뒤로 넘어가면서 얼굴이 빨갛게 돼서 까무러칠 듯 울곤 했어. 왜 그렇게 울었을까. 생각 안 나니 왜 그랬는지?"

"나는 어땠어? 많이 운 거 말고는 다른 특징이 없었어?"

"뭐든 빨랐지. 말도 빨랐고 기는 거 걷는 것도 빨랐어. 말을 얼마나 똑똑하게 하는지 너 말 시키는 재미에 고모가 매일 집에 왔지. 아버지한테도 아빠라고 안 하고 큰애처럼 꼭 아버지라고 했어. 어디서 배웠는지 엄마한테 욕도 하더라. 화나면 나한테 이 나쁜 년아 그러는 거야. 어찌나 얄미운지 빗자루로 손바닥을 때리면 잘못했다고 손을 싹싹 빌고는 돌아서면 다시 엄마 나쁜 년 그러면서 도망갔어. 너는 혼자 다 큰 거 같지?"

외국생활을 하고 돌아온 후부터 나는 어머니와 매우 친밀해졌다. 미국에 도착하고 일 주일 후에 어머니의 편지를 받았다. 나는 랭귀지 스쿨로 가는 이른 아침의 버스 안에서 그 편지를 읽었다. 이 세상에서 제일 사랑하는 내 딸 보거라, 라는 말로 시작되는 어머니의 편지는 옛날식 맞춤법과 문장마다 노래의 후렴구처럼 붙여진 사랑하는 내 딸아, 라는 호칭, 네가 떠난 집이 너무 허전해서 걸레질할 때마다 눈물이 난다는 표현 등 딸에 대한 애정과 염려로 가득 차 있었다. 편지를 읽으면서 나는 하염없이 울었다. 옆에 앉았던 미국 남자가 몇 번이나 아 유 오케이 하며 물어왔을 정도로 나의 울음은 격한 것이었다. 미국에 오기 전에 나는 집에선 말도 잘 안 하고 뚱하니 방 안에만 처박혀 지내는 무뚝뚝한 딸이었다. 사사건건 어머니와 충돌했고 미국행을 반대하는 부모를 제대로 설득하지도 않고 거의 가출하다시피 떠나왔다. 비로소 내가 얼마나 자주 어머니의 애정과 기대를 쉽사리 배반하며 살아왔는지 그 버스 안에서 깨달았다.

"애 생각해서 남편한테도 잘 해. 올케 하는 거 좀 봐라. 십 년을 똑같이 네 동생을 아끼고 사랑하잖아. 애들 그렇게 예뻐해도 남편이 더 좋다더라. 아마 네 동생이 죽으라면 죽는 시늉도 할 거다. 네가 그렇게까지 하는 거 나는 바라지 않지만 남자는 여자 하기 달렸어. 아무리 특이한 남자라도 다 똑같애. 저한테 잘 해주면 그거 싫다 할 놈이 어딨니. 네가 잘 해주고 살갑게 대해봐라. 뭐가 달라도 달라질 거야."

"오는 게 있어야 가는 게 있지."

그때 개 짖는 소리가 요란하게 들려왔다. 아버지가 돌아오신 모양이었다. 성질 급한 어머니는 버릇처럼 끊는다는 예고도 없이 전화를 끊으려고 했다.

"한번 집에 오세요. 점심이나 같이 먹게."

어머니는 내 말은 들은 척도 하지 않고 문 쪽으로 뛰어가고 있었다. 사실 어머니도 올케 못지않았다.

"아버지 오셨다. 그만 끊자. 문단속 잘 하고 자."

어머니 역시 올케가 동생에게 하는 것만큼이나 아버지에게 헌신적이었다. 철이 바뀔 때마다 손수 끓이고 달인 보양식을 아버지에게 해드렸다. 녹용을 비롯해 개소주, 호박, 미꾸라지 등을 커다란 들통에 달였고 아침엔 케일이나 마, 샐러리를 짜낸 녹즙을 마시게 했다. 등산을 갈 때도 여행을 갈 때도 꼭 아버지가 먹을 것부터 챙겼다. 그런 탓에 아버지는 모임에 나갈 때도 집에서 식사를 하고 나가셨고 어머니가 없으면 자신의 양말 한 짝도 찾지 못했다. 어릴 때 나는 어머니의 헌신을 못마땅하게 여기면서도 그런 게 결혼이려니 생각했었다.

어머니의 목소리가 사라지자 어두운 집 안이 더욱 괴괴하게 느껴졌고 갑작스런 상실감 같은 게 고통스럽게 밀려왔다. 나는 집 안의 모든 불을 켜고 잠긴 현관문을 다시 한번 확인했다. 작은방 창문에는 커튼 대신 인도의 비슈누 신을 그려넣은 주홍색 바틱이 걸려 있었다. 바람이 불 때마다 검은 여신은 분노한 듯 세차게 펄럭거렸다. 무심코 책 한 권을 꺼내 넘겨보다가 화장을 지우지 않은 게 갑자기 생각나서 목욕탕으로 들어갔다. 나는 클린싱 크림을 덜어내 얼굴에 두껍게 발랐다. 워낙 옅게 했던 화장이라 거의 다 지워져버렸지만 립스틱 자국이 가장자리에만 어렴풋이 남아 있는 게 몹시도 흉하게 보였기 때문이다. 거울 앞에 서 있기가 민망할 만큼 내 꼴은 형편없었다. 하나로 질끈 동여맨 헤어스타일은 이제껏 해본 적도 없었고 나한테 전혀 어울리지도 않았다. 뺨에는 기미가 끼어 전체적으로 얼굴이 얼룩덜룩하게 보였다. 눈 밑과 입가에는 잔주름이 부쩍 늘어나 어떤 표정을 지어봐도 변비에 걸린 우울한 노파 같았다. 크림을 닦아내기 위해 크리넥스를 찾아 고개를 돌리는데 무거운 물건이 뚝 떨어지듯 갑자기 불이 나갔다. 온 집 안에 불을 켜둔 직후라 더욱 눈앞이 깜깜했다. 거울 속엔 분명 내가 서 있을 텐데 내 앞에는 아무것도 없었다. 검은 에나멜같이 짙은 어둠만 꽉 차 있었다. 가끔 나는 어둠을 액체 같은 걸로 느끼는 때가 있었는데 그건 내가 그 어둠에 공포를 느낄 때였다. 어둠에 익사하고 말 것 같은 기분. 곧 질식하고 말 것 같은 느낌.

　나는 초나 라이터가 어디에 있었는지 기억해보려 애쓰며 목욕탕에서 뛰어나왔다. 성북구 전체가 정전이 되었는지 눈이 닿는 시계 어디에도 빛의 기미는 없었다. 집 안도 바깥도 완벽하게 깜깜했다. 늦은 시간이고 비가 내리고 있어서 대부분의 사람들이 집에 들어와 있을 텐데 그 어둠 속 어디에도 사람이 있을 것 같지가 않았다. 작은방으로 가서 복도를 내다보았다. 기대와는 달리 아무도 나와 있지 않았다. 이게 아파트란 곳의 본질인가. 모두들 궁금해하면서도 두려워서 나와보지 않는다. 나는 현관문을 열고 나가 아파트 단지가 내다보이는 복도에 서서 이 갑작스런 정전에 당황한 누군가가 나와 교신해주기를 기다렸다. 하지만 그 많은 창문들은 철저히 어둠에 묻혀 있었고 벌레같이 꼬물거리던 사람들은 그림자도 보이지 않았다. 물받이통을 뒤흔드는 빗소리만 공허하게 크게 들렸다. 나는 집에 들어와 문을 잠그고 다시 초를 찾았다. 차라리 집 안보다 바깥에 있는 게 더 편했지만 아무도 그러지 않는다는 사실이 마음에 걸렸다. 초는 도저히 찾아낼 수 없었다. 이상한 일이었다. 불면증이 있는 데다가 전깃불을 싫어하는 남편은 자주 초를 켜놓고 밤을 지새우곤 했다. 내 오피스텔에 와서 지낼 때도 밤에 선잠이 깨서 눈을 떠보면 남편이 마치 조로아스터교의 신자처럼 앞에 초를 켜놓고 심각한 얼굴로 앉아 있는 모습이 보이곤 했다. 처음엔 이게 꿈인가 싶을 정도로 비현실적으로 보였지만 차츰 나는 그의 불면증에 익숙해지게 되어 이제는 먼저 잠을 자면서도 별로 미안하거나 안타까워하지 않았다. 나는 초와 라이터 찾는 걸 포기하고 베란다로 나가 옆동을 바라보며 불이 들어오기만 기다렸다. 내가 느닷없이 느끼는 공포가 어리둥절한 만큼 남편에 대한 절망적인 분노가 끓어올랐다. 그에게 이런 식으로 분노를 느끼기는 처음이었다. 나는 자신의 발소리조차 두려워 맨발로 베란다를 서성거리며 속으로 중얼거렸다.

"이 시간은 지나갈 거야. 결국은 아무튼 지나가줄 거야. 지나가고 말 거야."

하지만 마음속 깊은 곳에서는 절대로 이 시간은 지나가지 않을 거고 죽을 때까지 나는 이 끈적끈적한 정전 속에 갇혀 있게 될 거라는 확신이 들었다. 나는 이 고통스런 어둠과 공포를 잊지 않기 위해서 긴 비명이라도 지르고 싶었다.

꽤 오랜 시간이 지난 후에 불이 나갈 때처럼 갑작스럽게 딸칵, 하고 불이 들어왔다. 나는 베란다에서 낯선 눈으로 다시 환해진 집 안을 바라보았다. 아무것도 변한 건 없었다. 놀랄 만큼 없었다. 집 안으로 들어가 차례로 불을 껐다. 어두웠지만 액체같이 끈끈한 어둠은 이미 아니었다. 관리실에서 사과방송을 하고 있었다. 우천으로 인한 전기회사의 사정으로 비상등이 작동할 수 없었다는 것이다. 그러고 보니 스위치가 없는 전등이 거실에 하나 있었는데 그게 바로 정전시 켜지는 비상등이었던 모양이다. 비 때문에 그것도 켜지지 않았다니 사람들이 실내에 숨어 숨소리도 내지 않은 이유를 알 만했다. 그들 역시 나처럼 공포를 겪었던 것이다.

새벽 세시가 되어도 남편은 집에 들어오지 않았다. 나는 현관문에 달린 걸쇠를 걸어버렸다. 세시는 내가 정해놓은 데드라인이었다. 세시 이전에는 괜찮아도 세시 이후는 곤란했다. 물론 술을 마시다보면 열두시 이후에는 시간이 쏜살같이 흘러가버린다는 걸 나도 겪을 만큼 겪어서 잘 알고 있었다. 하지만 세시 이후에 들어오는 건 들어와보려는 노력도 안 해보고 작정하고 늦는다는 의미였다. 그렇다면 그에게 집은 집이 아니었다. 네시가 다 되어 열쇠 돌아가는 소리가 들렸다. 문이 열리고 걸쇠가 걸려 있자 그는 다시 문을 닫고 초인종을 눌렀다. 어쩌면 저리도 뻔뻔스러울까. 비디오폰에는 마르고 창백한 그의 얼굴이 저승사자처럼 침울하게 떠올랐다. 나는 이불을 뒤집어쓰고 귀를 막았다. 절대로 열어주지 않을 것이다. 그가 어디로 가든 어디서 자든 아무 상관이 없었다. 하지만 그는 계속해서 끈질기게 벨을 울리고 서 있었다. 한참 뒤에 소리가 끊어지고 나는 살며시 일어나 현관으로 가보았다. 비디오폰을 켜보니 그의 얼굴은 보이지 않았다. 조용히 걸쇠를 풀어내는데 그의 목소리가 들렸다. 다 죽어가는 메마른 목소리였다. 문 좀 열어줘. 나는 결국 문을 열어주고 얼굴을 씻는 그를 지켜보기까지 했다. 목이 마르다는 그에게 차가운 맥주까지 꺼내주었다. 그는 맥주를 들고 일을 하겠다면서 작은방으로 가버렸다. 그가 문 닫는 소리를 듣자 밤 내내 겪었던 공포가 다시 차갑게 등골을 쓸고 지나갔다. 나는 또 그를 용서했다. 그리고 그 용서를 후회하고 있었다.

도대체 언제까지 이런 짓을 반복할 것인가. 용서하고 후회하고 후회하면서도 다시 용서하고…… 끝도 없을 것이다. 아마도 저 공룡이 종국에는 퇴화되어 껍질이 벗겨지고 부패한 속살이 드러날 때까지 나는 그를 용서할 것이다.

잠을 자기는 글렀다. 나는 녹화해둔 시트콤 테이프를 비디오에 집어넣었다. 웃고 싶었다. 거짓말처럼 십 분 뒤에 나는 깔깔거리며 웃고 있었다. 거실 창문에 비친 한 여자도 덩달아 웃고 있었다. 그 여자는 커다란 원피스 잠옷을 입고 불룩한 배에 손을 대고 멈추지 않는 웃음을 지그시 누르고 있었다. 그 여자의 무덤 같은 배도 웃음의 리듬에 맞춰 경쾌하게 실룩거렸다.

자두 잼

자두나무는 무척 키가 크고 우람했다. 관리를 잘 해서 가지 하나하나 풍성한 이파리 한 잎 한 잎이 반짝반짝 윤이 나고 있었다. 이런 자두나무 같은 게 크리스틴의 집에는 단 하나도 없었다. 아마 남편 정도가 그런 존재였을 것이다. 윤이 나고 건강한 존재. 하지만 그 존재조차 곧 그녀의 집을 떠날 것이다.

자 두 잼

그녀의 마지막 선물

크리스틴은 평소와 다름없이 남편과 함께 아침을 먹었다. 그녀가 구운 베이컨과 계란, 감자튀김 등을 먹는 동안 남편은 선 채로 차가운 우유를 시리얼에 부어 먹었다. 제리가 꼬리를 흔들며 다가와 남편의 발치에 매달렸다. 작은 푸들이나 테리어를 좋아하는 그녀의 취향을 무시하고 남편은 언제나 큰 개를 사들였다. 개 두 마리가 이유도 없이 시름시름 앓다가 죽은 뒤로 남편은 제리를 보물단지 모시듯 아끼고 보살폈다. 크리스틴은 제리의 누런 털이 보기만 해도 역겨웠다. 그녀는 눈처럼 하얀 털을 가진 우아한 개를 원했다. 남편은 그녀의 의견을 묻지도 않고 크리스틴의 접시에 있던 베이컨 한 덩어리를 집어 제리에게 먹여주었다. 평소 같으면 소리를 지르며 화를 냈겠지만 크리스틴은 참기로 했다. 어차피 그들은 이혼을 앞두고 있었다. 게다가 오늘은 남편의 마흔다섯번째 생일이었다.

크리스틴은 베이컨을 꼼꼼히 씹으며 남편을 훔쳐보았다. 아무리 봐도 남편은 마흔다섯 살로 보이지 않았다. 많이 봐줘야 서른다섯 정도였다. 수영으로 단련된 몸은 알맞은 근육으로 덮여 있었고 특히 배는 군살 하나 없이 매끈했다. 뉴저지에 있는 오래된 대학의 도서관에서 처음 만났을 때와 달라진 게 별로 없었다. 그때는 마른 편이었지만 지금은 그 위에 근육이 덮여 있다는 게 차이라면 차이였다. 한마디로 남편은 더 멋있어졌다. 금발에는 약간의 잿빛이 더해져서 폴 뉴먼처럼 보였고 눈동자는 여전히 서늘한 푸른빛으로 빛나고 있었다. 올리브색 아르마니 수트에 폴 스미스의 익살스런 오렌지색 넥타이를 매고 있었는데 그의 눈동자 색깔과 대조되어 젊고 유머러스한 인상을 풍겼다. 도대체 불행하고는 거리가 먼 모습이었다. 누구도 그를 보고 이혼을 앞둔 남자라고 생각하지 않을 것이다.

그에 비해서 자신의 모습은 어떤가. 크리스틴은 쓸쓸한 기분을 참지 못하고 가운의 허리띠를 졸라맸다. 가운은 라지 사이즈인데도 몸에 꼭 끼다시피 했다. 마흔을 넘기면서 그녀의 체중은 그야말로 기하급수적으로 늘어나, 옷을 입는 게 괴로울 정도였다. 그래서 그녀는 가급적이면 외출을 삼가고 집 안에서 주로 가운을 입고 지내고 있었다. 남편과 부부동반 파티라도 가야 할 때면 한 달 전부터 그녀한테 맞게 옷을 맞춰놓아야 했다. 여러 번 다이어트를 시도해보고 개인 트레이너까지 고용해보았지만, 트레이너가 멕시칸 가정부와 눈이 맞는 바람에 스트레스를 받아 전보다 더 체중이 늘어나고 말았다. 남편은 언젠가부터 그녀를 "달콤한 뚱뚱이"라고 불렀다. 자신은 상관없으니까 그 때문에 스트레스 받을 필요가 없다고도 했다. 자신의 사랑은 그녀가 날씬하든 뚱뚱하든 변하지 않는 것이라고 했다. 그 말을 듣고 그녀는 감격해서 눈물을 흘렸다. 그를 그녀에게 보내준 하느님에게 감사했다.

그들이 대학 도서관에서 처음 만났을 때 크리스틴은 졸업을 앞두고 있었다. 아버지가 뉴욕에서 작은 기업을 운영하고 있었는데 망나니 오빠를 제쳐두고 그녀에게 회사를 물려주겠다고 약속했기 때문에 야망에 부풀어 있던 참이었다. 회계와 정치를 전공한 그녀는 사 년 내내 장학금을 받았고 중학 때부터 아버지로부터 받은 용돈을 증권에 투자해 이미 꽤 많은 저축액을 가지고 있었다. 아버지는 그녀를 꼬마 재벌이라고 부르곤 했다.

남편에게 첫눈에 반한 건 아니었다. 사실 그 당시 그녀는 남자한테는 관심도 없었다. 그녀의 관심사는 연애나 결혼이 아니라 성공이었기 때문이다. 아버지의 회사를 열 배 백 배로 키워서 미국에서 가장 큰 회사로 만드는 게 그녀의 꿈이었다. 남편은 도서관의 옆자리에 앉아 있었는데 그녀가 쌓아놓고 있는 책들을 보고 휘리릭 휘파람을 불었다. 크리스틴은 그가 꽤 잘생긴 남자라는 것 외에는 아무것도 느끼지 못하고 읽고 있던 책으로 돌아갔다. 도서관에서 책을 잔뜩 들고 나오는데 입구에서 그가 기다리고 있다가 데이트 신청을 했다. 그녀는 바쁘다며 거절했고, 그는 그녀가 허락할 때까지 매일 도서관으로 그녀를 찾아왔다. 결국 그들은 데이트를 했고, 한 달도 못 가 사랑에 빠졌다. 고등학교 동창인 남자애와 졸업파티에서 키스를 해본 뒤로 크리스틴은 남자라고는 경험해보지 못한 상태였다. 친구들이 하버드, 프린스턴, 브라운 등의 학교로 원정을 가서 남자를 헌팅하는 동안 그녀는 오로지 사업계획만 세우며 대학생활을 보내왔던 것이다. 그러므로 그는 첫사랑이었고 첫 섹스의 상대였으며 그녀가 어렴풋이 꿈꿔왔던, 그녀의 옆자리에 존재하기에 완벽한 남자의 전형이었다.

그의 특징은 핸섬하다는 걸 빼고는 완벽하게 가난하다는 것이었다. 심리학과 철학을 전공하고 있었는데 그전에는 고향인 달라스의 대학에서 미술을 일 년 공부하기도 했다. 그는 마티스를 존경하고 노먼 메일러의 열정을 이해한다고 했다. 그의 꿈은 놀랍게도 글을 쓰는 것이었다. 좋아하는 작가는 고어 비달. 그녀로서는 처음 듣는 이름이었다. 친구 세 명과 같이 아파트를 쓰고 있었기 때문에 그들은 언제나 그녀의 아파트에서 만났다. 뉴저지 특유의 숲속에 위치한 방 세 개짜리 아파트였다.

주말마다 그는 샴페인을 사들고 그녀를 찾아왔다. 그들은 화사한 크림색으로 치장된 크리스틴의 안락한 침대에서 사랑을 하고 차가운 샴페인을 나눠마시고 다시 사랑을 했다. 그가 들려주는 심각한 얘기들은 크리스틴에게는 너무나 낯선 분야였기 때문에 쉽게 그녀를 매혹시켰다. 그의 얘기가 끝나면 크리스틴도 자신의 사업계획을 그에게 들려주었다. 주말을 보내고 그가 집에 돌아갈 때마다 크리스틴은 좀더 머물다 가라고 떼를 썼다. 그는 쓰고 있는 원고가 있다면서 냉정히 옷을 주워입곤 했다. 크리스틴은 그가 떠난 침대에 홀로 누워 그 남자가 갑자기 그녀의 인생에 가져다준 다채롭고도 황홀한 혼란을 잘 녹지 않는 사탕처럼 두고두고 음미했다.

어느 날 크리스틴은 그가 잠들어 있는 동안 그의 옷을 모두 감췄다. 그는 여기저기 집 안을 뒤지다가 포기하고 어깨를 으쓱하더니 다시 그녀의 곁으로 돌아왔다. 당신은 정말 두통거리야. 그녀의 얼굴에 키스를 퍼부으며 그가 속삭였다. 일 주일 뒤에 그는 종이상자 두 개를 안고 그녀의 집으로 들어왔다. 하나는 페이퍼 백 책으로 가득 차 있었고 다른 상자에는 낡은 옷들이 들어 있었다. 책상자 속에는 그의 고향에서 가져온 몇 개의 돌멩이와 죽은 어머니의 유물이라는 터키석 목걸이, BMW 자동차의 마크가 들어 있었다. 그는 천 달러를 주고 그 중고차를 샀었는데 이십 년 된 그 차가 더이상 움직이질 않자 푸른 십자가 마크를 스크류 드라이버로 뽑아내고 차를 버렸다는 것이었다. 그 차는 그가 인생에 처음 소유했던 차여서 추억이 많았기 때문에 어떤 식으로든 기억을 간직하고 싶었다고 했다. 크리스틴은 그의 생일선물로 똑같은 모델의 BMW를 사주겠다고 약속하고 그의 이마에 키스를 해주었다.

아버지는 그를 만나보고 나서 그들 관계를 걱정했다. 그가 너무 가난했기 때문이다. 그가 정말 너를 사랑한다는 걸 믿느냐고 몇 번이나 물었다. 사실 그녀는 상관하지 않았다. 그와 같이 있으면 편안하고 행복했고 그가 가난한 건 그의 잘못이 아니기 때문이었다. 졸업하고 크리스틴은 아버지의 회사에 출근하기 시작했고 그는 계속 학교를 다녔다. 글을 쓰는 데 대학 졸업장은 아무 필요가 없는 거라면서 그는 학업을 포기하고 싶어했지만 크리스틴의 생각은 달랐다. 그가 졸업도 하지 않고 빈둥거리는 걸 그녀는 원하지 않았다. 게다가 그녀는 그가 작가가 되기보다는 공부를 계속해서 교수가 되기를 바랐다. 글은 쓰려는 마음만 있으면 언제든 쓸 수 있지 않느냐고 그를 설득했다. 그도 바쁜 그녀를 방해하고 싶지 않다면서 그녀가 없는 시간을 공부로라도 때워보겠다며 계속해서 학교에 나갔다. 그가 졸업하고 나서 그들은 뉴저지의 큰 교회에서 결혼식을 올렸다. 아버지는 여전히 그들 관계를 의심스러워했지만 그녀가 워낙 정열적으로 회사 일에 매달리고 사윗감은 회사일에는 영 관심이 없어 보였기 때문에 딸의 판단을 믿기로 했다.

그녀는 타고난 사업가였다. 그녀의 아이디어로 진행된 일은 무엇이든 성공했다. 그들은 한창 뜨고 있는 캘리포니아로 사세를 확장했고 그녀의 예감은 적중했다. 그들의 부부관계도 순조로웠다. 남편은 진지한 잡지에 단편을 기고하기 시작했는데 평판이 좋았다. 철학 논문도 몇 편 발표했다. 몇몇 주립대학에서 강의 요청이 들어오기도 했다. 아이도 생겼다. 아들은 남편의 작은 모조품처럼 아름다웠다. 금발에 푸른 눈동자, 날씬한 몸매, 다정한 목소리…… 그녀는 미칠 듯 행복했다.

그들이 캘리포니아로 이사하자마자 아버지가 돌아가셨다. 남편은 급한 약속 때문에 갈 수 없었기 때문에 그녀 혼자 뉴저지로 가서 아버지의 장례를 치렀다. 어머니가 돌아가신 뒤로 아버지는 재혼을 하지 않았다. 어머니를 크게 사랑해서가 아니라 사업 때문에 여가가 없었기 때문이다. 지쳐서 집에 돌아와보니 남편은 여전히 집을 비우고 있었다. 아이를 보는 가정부는 짧은 영어로 그녀에게 무언가를 설명하고 싶어했다. 남편이 그 동안 집에 있었다는 뜻인 것 같았지만 정확히 그녀가 무슨 말을 하려는지는 이해할 수가 없었다. 아버지를 잃은 슬픔 때문에 경황이 없어서 그녀의 말을 건성으로 듣기도 했다. 크리스틴이 침체되어 있는 동안 남편이 마지못해 회사 일에 나섰다. 남편은 그녀의 우려와는 달리 많은 일을 잘 처리했다. 인기도 좋았다. 그녀가 다시 회사에 나갔을 때 모두들 그녀의 슬픔을 위로하기보다 남편의 안부를 물었다. 그렇게 해서 남편이 조금씩 회사 일에 관여하게 되었다.

처음에 그들은 훌륭한 사업 파트너처럼 보였다. 크리스틴은 기쁜 한편으로 의아했다. 그녀가 오랫동안 노력해서 쌓아온 것을 남편은 한순간에 거둬들일 수가 있었다. 그의 매력은 주로 여자들에게 통했지만 남자들도 예외는 아니었다. 경쟁 회사의 사장조차 그를 칭찬했다. 그는 사람들에게 항상 이런 일을 해서는 안 될 사람으로 비쳤다. 하지만 그게 불이익으로 작용하지는 않았다. 그가 실수를 해도 질책이 되어 돌아오지 않고 오히려 격려와 응원을 얻는 것이었다. 크리스틴이 느낀 감정을 질투라고 단정지을 수는 없다. 단지 남편이란 사람을 이제껏 잘못 알고 있었을지도 모른다는 불안을 느꼈을 뿐이다.

둘째아이를 가진 후에 몸이 좋지 않아서 크리스틴은 몇 달간 회사를 쉬었다. 독자적으로 새로 추진하고 있던 프로젝트가 있어서 오래 회사를 비울 수는 없었다. 하지만 큰아이가 갑자기 수두에 걸려서 입원을 했고, 다음날 의사는 그 아이가 수두가 아니라 뇌종양에 걸려 있다는 청천벽력 같은 소리를 했다. 종양을 떼어내도 그들의 바람만큼 오래 살지는 못할 거라고 말했다. 한 달이라도 더 살게 해달라고 의사에게 매달렸다. 아이는 수술을 받았고 병원 침대 위에서 두 달을 더 살다가 떠났다. 그 동안 남편 덕분에 그녀는 회사 일은 걱정하지 않고 아이한테만 전념할 수가 있었다. 아이를 잃은 슬픔을 잊기 위해서라도 하루빨리 회사에 나가고 싶었지만 뱃속에 있는 둘째아이 때문에 모든 사람들이 그녀를 걱정하고 있었다. 워낙 그녀가 큰 충격을 받아서 뱃속의 아이도 건강한 상태는 아니라고 했다. 남편과 의사의 충고를 받아들여 그녀는 침대에 누워서 잠으로 대부분의 시간을 보내기 시작했다. 그녀가 아무리 물어도 남편은 회사 애기를 일체 해주지 않았다. 회사 일은 잊고 당신 건강만 생각해. 그게 모두를 위하는 일이야. 사실 회사는 이제 안정된 궤도에 올라서 나날이 성장하고 있었다.

아이를 낳고 깨어나보니 남편이 슬픈 눈으로 그녀를 바라보고 있었다. 전에도 그런 남편의 눈빛을 본 적이 있었다. 그녀는 모든 걸 이해하고 비명을 질렀다. 아이와 산모가 위험해지자 남편은 주저 없이 그녀를 택했다. 둘째도 아들이었다고 했다. 크리스틴은 한동안 남편을 원망했다.

아이를 잃은 남편의 고통이 그녀만큼 크지 않을지도 모른다는 걸 깨달은 것은 훨씬 뒤의 일이었다. 슬픔 속에서 한가해진 그녀와 달리 남편은 회사 일로 무척이나 바빴다. 그녀는 이제 사업에 대한 열의와 현실감을 잃었기 때문에 대주주라는 상징적인 직분에 만족하고 있었다. 남편의 제안으로 이것저것 취미생활을 하며 그녀는 사장 부인으로서의 평온하고 권태로운 삶을 보내고 있었다. 그녀는 가정부의 은밀한 귀띔이 아니더라도 남편에게 여자가 있다는 사실을 알고 있었고 이해하기도 했다. 누가 봐도 그는 피어나고 있는 중이고 그녀는 시들어가고 있었기 때문이다. 일 년에 한 번쯤 남편은 여자를 바꿨다. 그가 옷 입는 취향이나 음식에 대한 습관, 그녀를 부를 때 사용하는 애칭 등을 일 년 주기로 바꾸곤 했기 때문에 쉽게 눈치챌 수 있었다. 대상은 주로 자주 바뀌는 여비서였고, 회사 제품을 광고하는 여배우일 때도 있었다. 그가 일 년을 다녔던 고향 학교에 기부하는 장학금을 받고 있는 여학생일 때도 있었다. 하지만 남편은 그녀에게 항상 다정했고 그런 관계에 심각하게 빠져들 정도로 멍청하지도 않았다. 그는 이 모든 걸 그의 인생에 선물한 사람이 자기 아내라는 사실을 잊지 않고 있었던 것이다.

하지만 수잔은 다른 것 같았다. 그가 이혼을 요구해서가 아니라 정말 사랑에 빠진 것 같기 때문이다. 지난 크리스마스에 남편은 선물로 받은 것이라면서 잼 몇 병을 집에 가져왔다. 그런 선물을 받은 것도 처음 있는 일이었고 남편은 그뒤로 아침마다 그걸 꺼내 토스트에 발라 먹었다. 잼은 아주 맛있었다. 예쁜 유리병에 담겨 있었고 빨간 리본으로 테두리가 쳐져 있었다. 누군가 집에서 딴 자두로 직접 담근 것이었다. 자두잼의 위협은 생각보다 빨리 진행되었다. 남편이 이혼을 요구하기 시작한 것이다. 그녀가 듣고 싶지 않다는데도 남편은 모든 걸 고백하기까지 했다.

"그녀의 이름은 수잔이야. 수잔 길포드. 디자이넌데 우리 회사 일을 몇 번 맡아서 한 적이 있어. 이년 전에 남편이 자동차 사고로 죽고 지금은 딸애를 키우며 혼자 살고 있어. 물론 당신이 실망한 걸 알아. 하지만 우리는 이제 때가 됐어. 우리 사이에 더이상 아무것도 남아 있지 않다는 걸 서로 잘 알잖아. 이렇게 사는 건 서로에게 지옥이야. 그녀를 사랑해. 늦기 전에 가정을 갖고 싶어. 나는 아무것도 필요 없어. 회사도 포기할 수 있어. 하지만 그녀를 포기할 수는 없어. 이건 내 인생의 마지막 기회야."

크리스틴이 충격받은 건 남편이 그녀를 사랑한다고 고백해서가 아니라 회사를 포기할 수 있다고 말했기 때문이다. 그녀가 그에게 준 많은 것들은 이렇게 쉽게 포기되는 것, 수잔을 얻기 위해서라면 당장에라도 던져버릴 수 있는 하찮은 것들이 되고 말았다. 크리스틴이 거절하자 그는 재판이라도 하겠다고 맞섰다. 그냥 집을 나가버릴 수도 있다고 했다. 그녀가 울며 매달리자 무릎을 꿇고 빌기까지 했다. 나를 이해해줘. 수잔 없이는 이제 못 살겠어. 크리스틴은 결국 그의 요구를 승낙했고 그녀가 복귀할 때까지 회사일도 남편의 도움을 계속 받기로 했다.

남편이 출근하고 나서 크리스틴은 차를 몰고 수잔의 집으로 찾아갔다. 남편이 이름을 말해주었기 때문에 주소를 찾기는 쉬웠다. 해안가에 있는 집은 아담했고 차고 앞에는 하얀색 도요타 캠리가 주차되어 있었다. 장을 보고 오는 길인지 차의 뒤 트렁크가 열려 있었다. 크리스틴이 집 앞에 차를 세우는데, 수잔이 남은 물건들을 트렁크에서 꺼내기 위해 밖으로 나왔다. 크리스틴은 다가가서 인사를 건넸다. 수잔은 남편의 애인이 아니라 동생 같았다. 금발에 푸른 눈동자, 날씬한 몸매에 기분 좋은 미소까지 모델을 해도 될 만큼 아름다운 여자였다. 그녀가 밉지 않은 게 이상했다. 수잔은 당황한 듯 보였지만 크리스틴을 집 안으로 안내했다. 딸은 학교에 가고 없었다.

곧 이혼할 거라고 얘기하자 수잔은 눈을 내리깔며 머리를 끄덕였다. 거실 바닥에는 딸아이의 것인 듯한 장난감과 인형들이 어지럽게 널려 있었다. 수잔과 그애가 찍은 사진도 벽에 잔뜩 걸려 있었다. 혹시 남편의 체취가 남아 있지나 않나 하고 크리스틴은 코를 킁킁거렸다. 커다란 고양이 한 마리가 안마당으로 통하는 문을 쉴새없이 긁어대고 있었다. 수잔은 실례한다면서 일어나서 고양이를 위해 문을 열어주었다. 청록색의 줄무늬 고양이는 무척 컸고 늙어 보였다. 고양이 알레르기가 있는 크리스틴은 재채기를 하며 얼굴을 찡그렸고, 수잔은 즉시 고양이를 다시 안

마당으로 내쫓았다.

크리스틴은 자두나무를 보고 싶다고 말했다. 수잔은 놀라면서도 크리스틴을 안마당으로 안내했고 양지바른 마당 가장자리에 서 있는 커다란 자두나무를 볼 수 있었다. 자두나무는 무척 키가 크고 우람했다. 관리를 잘 해서 가지 하나하나 풍성한 이파리 한 잎 한 잎이 반짝반짝 윤이 나고 있었다. 이런 자두나무 같은 게 크리스틴의 집에는 단 하나도 없었다. 아마 남편 정도가 그런 존재였을 것이다. 윤이 나고 건강한 존재. 하지만 그 존재조차 곧 그녀의 집을 떠날 것이다. 자두나무, 딸, 아담한 집, 몰두할 수 있는 직업, 부자 애인…… 그 모든 걸 갖고 있는 여자가 왜 아무것도 갖고 있지 못한 자신의 남편을 가져가려 하는 것일까. 크리스틴은 화가 나서 갑자기 돌아서며 수잔의 뺨을 갈기지 않을 수 없었다.

그녀가 나타나자 회사 사람들은 억지로 반가운 표정을 짓긴 했지만 그 표정이 오래 가지는 않았다. 그들 모두가 알고 있었다. 그녀는 아이를 둘이나 잃었고, 비행접시처럼 뚱뚱해졌고 머지않아 남편도 잃을 거라는 사실을. 전화로만 목소리를 익히고 있던 새로운 비서는 남편이 점심 약속 때문에 외출중이라고 쌀쌀맞게 전해주었다. 평소 같았다면 남편은 벌써 그녀의 차지가 됐겠지만, 수잔이라는 강한 적수 때문에 섹시한 여비서는 상당히 의기소침해 있는 눈치였다. 크리스틴은 남편의 책상 위에 생일선물 상자를 놓고 집으로 돌아왔다. 배가 고팠다. 오랜만에 양고기 생각이 났다. 그녀는 평소 애용하는 중동식당에 들러 양고기 꼬치와 볶음밥을 사고 후식으로 먹을 자두 푸딩도 샀다. 오늘만은 다이어트 따위 잊고 싶었다. 남편의 생일을 축하하고 싶었기 때문이다.

인숙의 경우

인숙이 일하는 슈퍼마켓은 아침부터 온통 크리스틴에 대한 소문으로 들썩거리고 있었다. 그녀가 남편의 생일선물로 애인의 머리를 잘라서 보냈다는 것이다. 남편은 심장마비를 일으켜서 병원으로 실려가고, 크리스틴은 집에서 혼자 저녁식사를 하고 있다가 체포되었다. 인숙은 자두잼 때문에 크리스틴을 기억했다. 그녀는 마켓에 올 때마다 새로 나온 모든 브랜드의 자두잼을 사곤 했던 것이다. 인숙이 바코드를 찍으며 인사를 건네면 거구의 크리스틴은 활달하게 웃으며 명랑하게 대꾸하곤 했다. 자두잼을 정말 좋아하시나봐요, 올 때마다 사시는 걸 보면. 인숙의 물음에 크리스틴은 수줍게 웃으며 남편이 요즘 자두잼에 미쳐 있다고, 하루에 반 통은 먹는 것 같다고 말했다.

"집에 자두나무가 있어서 해마다 젤리를 만들곤 했는데, 지난 홍수 때 나무가 죽어버렸지 뭐예요. 남편은 상심해서 아예 나무를 파내버렸어요. 나도 이젠 그쪽은 쳐다보지도 않는답니다. 자두는 비타민이 풍부해서 심장에도 좋대요."

그건 처음 듣는 얘기였다. 인숙은 뚱뚱한 크리스틴을 볼 때마다, 그녀가 입에 달고 있는 남편 얘기를 들을 때마다 그들 부부한테 무슨 문제가 있는가보다 생각했었다. 그렇지 않다면 마켓에서 바코드를 찍고 있는 동양 여자한테 시시콜콜 남편 자랑을 할 턱이 없지 않은가. 한마디로 크리스틴에게는 남편 얘기를 들어줄 상대가 없었던 것이다.

인숙은 매니저가 읽다가 던져둔 신문을 챙겨서 집으로 돌아왔다. 남편의 점심을 차려주기 위해서였다. 그녀는 아침부터 저녁까지 꼬박 일을 했지만 다행히 아파트가 근처라, 점심시간마다 잠깐 집에 들를 수가 있었다. 그들이 세 들어 살고 있는 아파트는 마켓에서 걸어서 십 분도 걸리지 않았다. 아파트 입구에서 올려다보니 여전히 남편은 창가에 앉아 거리를 지켜보고 있었다. 남편의 얼굴은 평화로워 보였고 햇살은 따스하게 그를 비춰주고 있었다. 볕이 잘 드는 이 작은 아파트는 집세도 쌀뿐더러 길 건너에 초등학교가 있어서 남편은 거리에 면한 침실 창가에 앉아 지나는 아이들을 바라보며 지루하지 않은 시간을 보낼 수가 있었다.

인숙이 쟁반에 밥을 차려 방으로 들어가자 그는 잘 움직이지도 못하는 손을 억지로 들어 창 밖을 가리켰다. 아이들 여러 명이 스케이트보드를 타고 지나가고 있었다. 서로의 이름을 불러대며 떠드는 그들의 목소리가 이른 오후의 텅 빈 동네를 가득 채우고 있었다. 저거, 저거 하며 남편은 무엇인가 말을 하고 싶어했다. 여느때보다 기분이 좋다는 표시였다. 남편은 그들이 언젠가 아들에게 사준 적이 있는 스케이트보드를 기억하고 있는 것이다. 인숙은 남편의 가슴에 턱받이를 해주며 피식 웃었다.

"맞아. 진수가 저걸 사내라고 일 주일 넘게 단식투쟁을 벌였지. 나는 위험해서 사주고 싶지 않았는데, 어느 날 당신이 저걸 사들고 들어왔잖아. 그 녀석 저걸 안고 좋아서 펄쩍펄쩍 뛰었지. 애가 운동신경이 빨라서 배우기도 금방 배웠어. 공부를 그렇게 열심히 했으면 좋았을 텐데."

남편은 금세 못마땅한 듯 쯔쯔, 하는 혀 차는 소리를 냈다. 인숙이 진수에 관해 조금이라도 듣기 싫은 소리를 하면 그는 즉시 혀 차는 소리를 내서 인숙에게 눈치를 주었다.

"알았어. 알았어. 욕 안 할게. 이거 먹고 신문 읽어줄까? 내가 아는 어떤 여자가 남편 생일선물로 남편 애인 머리를 보냈어. 얼마나 남편이 미웠으면 그런 짓을 했을까. 듣기 싫어? 그럼 목욕할래?"

점심을 먹고 남편이 조는 옆에 앉아서 인숙은 신문기사를 읽었다. 크리스틴이 한 짓은 이해 못 해도 그녀의 마음은 이해가 갔다. 하지만 죽은 여자의 아이는 앞으로 어떻게 살아갈까. 인숙은 크리스틴이나 그녀의 남편보다 어른들의 싸움에 희생된 아이가 걱정되어 마음이 아팠다. 약하게 코를 골기 시작하는 남편에게서 턱받이를 떼어내며 그녀는 아들 진수를 생각했다. 그 아이는 남편이 이토록 그를 그리워하는 걸 알기나 하는 것인지.

남편은 죽어가는 나무처럼 하루하루 시들어가고 있었다. 체중이 오십 킬로그램도 되지 않았고, 자주 음식을 거부했다. 틈만 나면 마사지를 해주는데도 마비는 점점 깊어지고 있었다. 욕창도 문제였다. 하루 종일 휠체어에 앉아 있으니 그녀가 아무리 주의를 기울여도 메마른 피부에 빨갛게 번져가는 욕창을 막을 도리가 없었다. 마비와 함께 그는 말도 잃었다. 원래 말수가 적은 사람이어서 말을 못 하게 되자 급속도로 말하는 법을 잊어버리고 말았다. 그래도 인숙은 포기하지 않고 그에게 말을 걸었다. 그가 곧 죽을 거라는 생각을 하면 무서웠다. 남편이 떠나면 그녀 혼자 남을 것이기 때문이다. 진수가 돌아온다면 남편이 좀 힘을 얻을 텐데. 아들로부터 소식이 끊어진 지 오 년이 넘었다. 가끔 잘못 걸려온 전화를 받을 때마다 그것이 아들일지도 모른다는 생각으로 가슴이 철렁했다. 크리스마스나 남편의 생일 무렵이면 아무 말도 하지 않고 그녀의 목소리만 듣고 있는 전화가 가끔 걸려오곤 했다. 아들은 무얼 기다리는 것일까.

미국에 이민 와서 그들은 밤잠도 제대로 자지 않고 일을 했다. 남편은 트럭을 몰았고 그녀는 한국식당 주방에서 일을 했다. 그렇게 삼 년 동안 모은 돈으로 쇼핑몰 한 구석에 햄버거 가게를 열고 그들은 아이가 학교에서 공부하는 동안 하루에 백 개씩 햄버거를 만들었다. 진수도 가끔 가게에 와서 그들을 도왔다. 착한 아이였다. 언젠가 성공해서 부모들의 노고를 백 배로 갚겠다고 다짐하곤 했다. 진수가 하이 스쿨에 입학했을 때 그들은 햄버거를 팔아 모은 돈으로 작은 레스토랑을 열 수 있었다. 아마도 그 시절이 그들의 인생에서 가장 행복했던 시기였던 것 같다. 행복의 꼬리에는 항상 불행의 어둡고 끈끈한 입이 붙어 있는지도 모른다. 아들이 빗나가기 시작한 것도 그즈음이었기 때문이다.

레스토랑 주방에서 일하는 멕시칸들과 친하게 지내기 시작하더니 나쁜 친구들과 어울렸고 마약에도 손을 대는 눈치였다. 결국 마약 문제 때문에 학교에서도 퇴학을 당하고 말았다. 그때에도 남편은 아들을 원망하지 않았다. 남자의 긴 인생에서 젊은 시절 잘 안 풀리는 시절도 있는 법이라고 했다. 인생의 쓴맛을 아는 사람이 나중에 더 성공하게 되는 법이라고도 했다. 이런 경험이 다 좋은 교훈이 되는 거라면서 남편은 오히려 아들을 위로했다. 하지만 아들은 남편의 말에도 인숙의 말에도 귀를 기울이지 않았다. 사사건건 불평을 늘어놓았고 자기는 한 번도 행복한 적이 없었다고 악을 썼다. 그 말은 그들에게 충격이었다. 아들을 위해서 모든 걸 참아왔는데, 아들에게 모든 걸 주기 위해 살아온 것인데 이제 아들은 아무것도 받은 게 없다고 했다. 아들의 불행한 얼굴을 보는 게 무엇보다 큰 괴로움이었다. 착하고 순진했던 아들은 사라지고 그 자리에 불행한 괴물만 남아 있었다. 남편은 자책했고 인숙은 화가 났다.

그로부터 얼마 지나지 않아 아들이 집을 나갔다. 침대 밑에 감춰둔 소형 금고에 전기 드릴로 구멍을 내서 통장과 현금을 모두 훔쳐내 달아났다. 마음 같아선 경찰에 신고라도 해서 당장에 아들을 붙잡아오고 싶었지만 남편의 만류로 그럴 수가 없었다. 쪽지 한 장 남기지 않고 떠난 아들을 처음으로 미워했다. 남편은 매일 아들의 연락을 기다렸다. 혹시라도 그들이 집을 비운 사이에 아들이 집에 올지도 모르니까 항상 밥상을 차려놓으라고 했다. 그것이 또 큰 빌미가 되어 그들은 밤늦게 식당에서 돌아올 때마다 아들이 집에 돌아와서 밥을 먹고 있을지도 모른다는 생각 때문에 설레게 되는 것이었다. 하지만 아들은 한 번도 집에 오지 않았고, 밥상은 항상 싸늘하게 식어 있었다.

그들은 늙어가고 있었다. 아들이 사라진 후로는 장사도 홍이 나지 않았다. 일하는 사람들은 노상 말썽을 부렸고 크고 작은 문젯거리들이 끊임없이 터졌다. 가게를 처분하고 어디 양로원이나 들어가자고 말해보았지만 남편은 고개를 젓기만 했다. 아들보다 남편이 더 걱정이었다. 밤마다 그는 아내 몰래 흐느껴 울었다. 인숙은 모른 체했지만 남편의 우울증이 겁이 났다. 그는 말없이 자기 생각 속에 빠져 있었고 아들에 대한 근심 때문에 모든 일에 의욕을 잃고 말았다. 그런 즈음 남편이 사고를 당했다. 평소처럼 인숙은 마지막 정리를 하고 있었고 남편은 미리 밖에 나가 셔터 문을 내리고 있었다. 갑자기 천둥 치는 소리 같은 게 났다. 곧이어 어지러운 발소리와 여자의 비명 소리가 들렸다. 남편은 가게 앞에서 강도한테 총을 맞았다. 그것도 얼굴에 두 방이나 맞았다. 아마도 그녀는 죽을 때까지 총 맞은 남편의 얼굴을 잊지 못할 것이다. 피범벅이 돼서 실신한 남편을 싣고 병원으로 가면서 그녀는 또 아들을 생각하고 있었다. 아마도 남편 역시 생사의 혼곤한 의식불명 속에서도 아들을 생각하고 있었을 것이다.

두 번의 대수술 끝에 남편은 간신히 생명을 건졌지만 몸의 반 이상이 마비되고 말았다. 신문을 읽고 아들이 병원으로 찾아왔을 때, 인숙은 처음으로 아들의 뺨을 때렸다. 남편은 그렇게라도 다시 아들을 보게 된 걸 다행스러워했다. 인숙은 아들에게도 남편에게도 화가 났다. 그 아들이 다시 집을 나갔다. 이번엔 상해보험금으로 받은 돈을 전부 가지고 갔다. 남편은 아들을 위해 잘 움직이지도 못하는 손으로 사인을 해주었다. 그녀가 울면서 아들을 원망하자 남편은 자기가 주고 싶어서 준 거라며 돈 문제는 잊으라고 했다. 남편의 치료비 때문에 가게를 처분하고 그들은 후미진 동네로 이사를 가야 했다. 그래도 식당을 운영했던 경력이 인정돼서 인숙은 대형 마켓에서 금세 일자리를 얻을 수 있었다.

　시간이 지나자 울분이나 미움은 사라지고 그리움만 남았다. 인숙도 아들을 그리워하고 있었다. 남편에게는 시간도 필요하지 않았던 것일까. 침묵하는 남편의 마음속 목소리를 요즘은 그녀도 제법 알아들을 수 있게 되었다.

　벌써 한시가 지났다. 남편 얼굴만 봐도 그녀가 나갈 시각이 되었다는 걸 알 수 있었다. 남편은 그녀가 나갈 시간이면 으레 조는 척을 했다. 인숙의 수선스런 배려가 불편하기 때문이다. 휠체어를 창에서 더 가까운 쪽으로 밀어주고 인숙은 집을 나섰다. 밖에 나와 올려다보니 남편은 미소를 띤 채 천천히 고개를 끄덕였다. 마음이 놓였다. 개나 고양이를 한 마리 키웠으면 하는 생각이 들었다. 하다못해 금붕어 한 마리라도 남편 곁에 놓아주고 싶었다. 생명 있는 무언가가 곁에 있으면 남편도 덜 적적할 것이다. 죽음 근처에 있는 남편 앞에 하루 종일 고스란히 떨어지는 고요는 너무나 큰 형벌 같았다. 죄도 짓지 않은 사람에게 그게 벌일까. 이 년 뒤부터는 연금이 나오니까 그때까지만 남편이 버텨준다면 얼마나 좋을까. 연금이 나오면 그녀가 더이상 일을 하지 않아도 된다. 그것이 지금의 그녀에게는 가장 큰 유일한 희망이었다.

　한 여자가 자두잼을 두 병 카운터에 올려놓았다. 크리스틴보다 키가 작고 몸집은 그다지 크지 않았지만 역시 미쉐린 타이어맨처럼 울퉁불퉁 부풀어오른 몸매를 하고 있는 여자였다. 오늘 어떻게 지냈느냐는 인사를 건네며 인숙은 여자의 눈치를 살폈다. 이제부터 뚱뚱한 백인 여자만 보면 크리스틴이 생각날 것만 같았다. 남편의 애인 머리를 잘라 상자에 넣고 그것을 남편에게 선물한 크리스틴. 그녀는 도대체 남편을 얼마나 사랑했던 것일까. 오늘은 참으로 여러 가지 의문들이 떠오르는 날이다. 봄이 가까워온다는 징조일까.

　한국은 아직 봄이 오려면 멀었다. 한국에 대해서 생각을 안 하고 산 지도 꽤 됐다. 이민 초기에는 기쁜 일이 있거나 힘든 일이 있거나 언제나 한국 생각이 났다. 거기 있는 친척들, 돌아가신 어머니, 고향의 가난한 살림살이, 설날에 먹던 음식 등 시시콜콜한 모든 것들이 향수병의 옷을 입고 그녀를 괴롭혔었다. 하지만 언젠가부터 향수병도 없어져버렸다. 그건 잘된 일인지도 몰랐다. 그녀는 여기서 죽어갈 것이다. 이곳이 그녀가 살아남아야 할 장소였다. 그런 생각이 든 후부터는 무얼 해도 부끄럽지가 않았다. 인숙과 남편은 한 번도 한국에 가지 않았다. 남아 있는 친척도 별로 없었고 거기 가면 마음이 더욱 쓸쓸할 것 같았다. 고국 관광이다 뭐다 해서 단체로 어울려 한국으로 나가는 사람들도 많았지만 고국이란 관광을 갈 수는 없는 곳이다. 적어도 인숙에게는 그랬다. 아마도 크리스틴에게 사랑이 그런 의미였는지도 모른다. 왜 자꾸만 크리스틴 생각을 하는 것일까. 자신은 크리스틴을 동정하고 있는 것일까. 극악한 방법으로 살인을 하고 한 아이를 고아로 만든 여자를? 그녀가 아이 둘을 차례로 잃었다는 사실은 사람들에게 연민을 일으키고 있었다. 아마도 그녀는 재판을 받고 정신병원에서 치료받게 될 것이다.

일 주일이 지나자 크리스틴에 대한 사람들의 관심은 말끔히 사라지고 말았다. 미국에는 그보다 더한 사건들이 끊임없이 일어나기 때문이다. 인숙은 여전히 자두잼이 카운터에 놓이면 크리스틴 생각을 했다. 홍수 때 죽었다는 그녀의 자두나무와 자두잼을 좋아하는 남편, 죽은 그녀의 아이들과 죽은 수잔 길포드, 고아가 된 수잔 길포드의 딸 등을 생각했다. 남편은 한국 신문에 난 크리스틴의 기사를 읽어달라고 했다. 인숙은 남편이 앉은 휠체어에 등을 기대고 이제는 충분히 낯설어진 한글을 더듬더듬 읽어내려가기 시작했다.

'말리브에 사는 크리스틴 패트리라는 여성의 엽기적인 살인행각이 미국 전역을 들끓게 하고 있다. 크리스틴 패트리는 이혼을 요구하는 남편에게 앙심을 품고 남편의 애인 머리를 잘라 남편의 생일선물로 보낸 것이다. 애인의 머리는 예리한 공업용 칼로 잘리워져 있었고 눈을 뜬 상태였다고 한다. 크리스틴의 남편은 선물상자를 열어보고 심장마비를 일으켜 곧바로 병원으로 실려갔다. 경찰이 찾아갔을 때 놀랍게도 크리스틴은 혼자 저녁식사를 하고 있었다. 메뉴는 양고기와 볶음밥이었다고 한다. 이 음식을 판 중동식당 주인에 의하면 평소 단골손님이던 크리스틴으로부터 아무런 이상한 점도 발견하지 못했다고. 단지 배가 몹시 고프니까 빨리 만들어달라고 두 번이나 요청했다고 한다. 크리스틴에게 살해당한 수잔의 나머지 몸뚱어리는 그녀의 집 소파에 그대로 남아 있었다. 그녀의 딸은 현재 수잔의 부모가 보호하고 있다. 수잔이 반항한 흔적을 찾을 수 없는 점으로 미루어 수잔보다 몸집이 월등히 큰 크리스틴이 수잔을 살해하기는 어렵지 않았던 것으로 보인다. 완력으로 기절을 시킨 후에 목을 잘랐을 가능성이 현재로선 가장 크다고 한다. 소식통에 의하면 크리스틴은 아이 둘을 연달아 잃고 심한 자폐증과 우울증을 앓아왔으며 남편의 이혼 요구로 증상이 악화돼 이런 사태에까지 오게 된 거라는 의견이 지배적이다……'

곧 잊혀질 오후

그것은 단지 얼굴 없는 그리움 같은, 서른 살이 넘어 이제 막 인생의 달콤함에 대해 추억처럼 말할 수 있게 된 어떤 연대감, 구체가 없는 꿈 같은 기다림일 뿐. 그녀와 나누었던 몇 시간은 곧 사라질 것이고—이미 사라져가고 있다—나는 덜 고되게 늙어갈 것이다.

곧 잊혀질 어느 오후

그녀가 나를 방문하기 전 어떤 전화를 받았다. 물론 그 전화를 그녀가 건 것인지 물어보지는 않았다. 하지만 그런 전화를 걸 사람은 내 주변에 아무도 없었다.

나는 그때 혼자 파스타를 만들어 먹으면서 뉴스를 보고 있었는데 마침 티브이에서는 한국인 두 사람을 전국적으로 지명수배하고 있다는 방송을 내보내고 있었다. 그런 방송을 보게 되면 어쩔 수 없이 가슴이 철렁했다. 그들은 한국인이 경영하는 슈퍼마켓의 점원들이었다. 캐나다를 통해 밀입국한 사람들이었는데 한국인 주인은 그들이 한국인이어서 또 일손이 달려서 그들을 채용했던 것이다. 그들은 주인의 집을 털기로 하고 차고에서 기다리고 있었는데 주인보다 먼저 그의 부인이 그들을 발견했다. 주인이 차를 주차시키는 동안 그들은 부인을 난도질하고 도망가버렸다. 미국에서 부녀자를 살해하는 건 어떤 종류의 범죄보다 심각하게 취급된다. 더구나 그들은 총이 아니라 칼을 사용했다. 뉴스에서는 그들이 수십 번 그녀를 찔렀다는 사실을 강조하고 그들을 잡기 위해 핫라인을 개설했다는 사실도 강조했다. 그들 두 사람의 흑백사진이 일 분도 넘게 화면에 보여졌다. 나는 기분이 저조해져서 파스타를 끝까지 먹을 수가 없었다. 그때 전화벨이 울렸다.

헬로우, 하자 저쪽에선 아무 말이 없었다. 다시 헬로우, 하자 수화기를 덜컥 내려놓았다. 나도 모르겠다. 웬일인지 뚜 하는 소리가 들리자 나는 자신도 모르게 그녀를 떠올리고 있었다. 물론 그녀를 특별히 생각하고 살아와서가 아니다. 살다보면 그럴 때가 있지 않은가. 섬광처럼 어떤 기억이 다른 기억을 덮쳐누르고 일상 속으로 아무렇지도 않게 침범해들어오는 것이다. 게다가 내 성격이 그런 섬광을 자주 겪고 있는 것도 아니다. 하지만 그때 수화기를 내려놓으면서 전화를 한 것이 그녀일지도 모른다는 생각, 물론 속으로 피식 웃는 걸 잊지 않으면서도 그 생각이 얼마나 짙은지 얼마나 느닷없이 무언가를 떠올리는지를 깨닫지 않을 수 없었다.

그리고 거짓말처럼 그녀가 내 아파트를 방문했다. 금요일이었는데 나와 같이 사는 룸메이트는 벌써 일 주일째 커트 코베인의 생가를 방문하겠다고 시애틀의 애버딘에 가 있었다. 어느 날 히로노리와 함께 그가 유일하게 보는 방송인 MTV를 보고 있었는데, 시애틀에서 커트 코베인을 사랑하는 한 무리가 종교를 결성하고 그의 무덤 앞에서 첫 모임을 갖고 있다는 내용이 방송되었다. 그들은 코베인의 얼굴이 새겨진 티셔츠를 입고 코베인의 이름을 쓴 피켓을 들어올리면서 커트, 커트 외치고 있었다. 히로노리는 약간 충격받은 얼굴로 담배를 마구 피워대더니 자신을 공항까지 태워다달라고 부탁했다. 시애틀에 가서 그들을 만나보겠다는 것이었다.

학교 게시판에 룸메이트를 찾는다는 광고를 붙이자마자 다양한 학생들이 전화를 걸어왔다. 목소리가 간드러지는 베네수엘라 여자애도 있었고 그 여자보다 더 느글거리는 영어를 구사하는 프랑스 남자애, 코리아 타운에서 이 년간 살아서 웬만한 한국말은 눈치로 알아들을 수 있다는 태국 남자애도 있었다. 히로노리와 통화가 된 것은 태국 아이 쪽으로 마음이 기울고 있을 때였는데 단 한 가지 걸리는 건 그 태국 애가 자신의 방에 불단을 만들어도 좋은지 물어왔기 때문이었다. 불단을 만들든 십자가를 붙이든 그의 방이 된 후에는 내가 참견할 문제가 아니겠지만 술 한 방울, 담배 한 모금 입에 대본 적이 없다는 그의 순진무구가 어쩐지 당황스럽던 참이었다. 나는 알코올 중독까지는 아니지만 냉장고나 찬장 속에 항상 맥주를 비치해두고 살고 있었다. 내가 원하는 건 편안하고 인간적인 동거인이지 얼룩 한 점 없는 어린애가 아니었다.

히로노리는 몇 개의 종이박스를 안고 나타났다. 그 속에는 일본으로부터 가져왔다는 시디가 가득 들어 있었다. 그의 주머니 여기저기에는 말보로 갑이 들어 있었는데 그는 무슨 얘기를 하든 얘기를 시작하기 전에 담배를 피워도 좋은지 묻고 나서 주린 듯 담배를 빨아대면서 말을 하는 경향이 있었다. 그의 영어는 일본어 억양에도 불구하고 문법이 정확해서 알아듣기는 쉬웠다. 그가 방 안에서 무얼 하는지는 전혀 알 수 없었다. 학교도 자주 빠졌다. 부엌 근처에서도 몇 번 보지 못했다. 말만 룸메이트이지 그가 나와 같은 아파트에서 살고 있다는 증거는 별로 없었다. 그는 단지 음악만을 들었다. 가끔 크게 틀어놓기도 해서 그가 늘상 듣고 있는 전자기타의 단순한 소음에는 내 귀도 점차 익숙해져갔다. 물론 그가 개인적인 인간인 것은 무척 마음에 들었다. 한동안 한국에서 온 남자애와 살았던 경험으로 미루어 개인적인 인간과 사는 건 단순해야 할 유학생활에 매우 유용하다는 걸 알게 되었다. 하지만 나는 일 주일 내내 같이 사는 인간으로부터 굿나잇 밖에는 들을 수 없는 생활에 불안을 느끼기 시작했다. 한 달이 넘도록 그와 단 한 번도 식탁에 같이 앉아보지 못했다.

나는 몇 번인가 그에게 얘기란 걸 시켜보려고 시도했다. 한국에서 불가사의한 인기를 누리고 있는 일본 작가가 일본에서는 어떤지 물어보기도 했다. 히로노리는 별 설명 없이 쌀쌀맞게 그는 가짜야 하고 말했을 뿐 왜 가짜인지 그의 작품을 읽어보기나 한 것인지는 말하지 않았다. 내가 영화 공부를 하고 있기 때문에 영화 얘기를 시도해보기도 했다. 유명한 배우나 감독 가운데 그가 기억하는 이름은 하나도 없었고 특별히 인상적이었던 영화도 그에게는 없었다. 단 한마디 이상한 소리를 하기는 했다.

"커트 코베인이 리버 피닉스의 시사회에 간 적이 있어. 그는 〈마이 프라이빗 아이다호〉를 높이 평가했어. 나도 동의해. 그 영화는 가짜가 아니야."

그에게 어떤 것이든 가짜인지 아닌지는 굉장히 중요한 것 같았다.

"나도 그 영화는 좋아해. 그나저나 커트 코베인이 누구지?"

히로는 놀란 얼굴로 담배를 끄고 허겁지겁 새 담배에 불을 붙였다.

"농담하는 거야? 그는 너의 웃기는 영화들보다 백 배는 더 중요한 인물이야."

그는 진심으로 화가 난 것 같았다.

며칠 후에 다운타운에 있는 한 클럽에서 히로가 전화를 걸었다. 말하자면 나를 초대한 것이었다.

그날 밤 우리는 함께 데킬라를 마시고 귀가 닳도록 커트 코베인의 노래를 들었다. 히로는 비장한 목소리로 한 열 번쯤 말했다.

"나는 커트 코베인을 사랑해. 그는 나의 인생을 바꿔놓았어. 내 인생에서 가장 큰 불행은 그가 죽고 나서 미국으로 왔다는 거야."

나에게 미국이 헐리우드로 상징되듯 그에게는 미국이 단지 커트 코베인으로 상징되고 있었다.

그 이후로 룸메이트와 관련된 나의 불안은 사라졌다. 적어도 나는 그가 왜 미국에 왔는지 왜 미국에 있는 것인지는 알게 되었기 때문이다.

　무얼 마시겠느냐고 묻자 그녀는 맥주가 있느냐 되물었다. 맥주도 있었고 그녀가 좋아했던 걸로 기억되는 감자칩도 있었다. 웃으면서 내가 그렇게 말하자, 감자칩은 내가 아니라 당신이 좋아했던 거라고 항의했다. 그러면서 너란 인간은 참 변하지 않는구나, 하는 표정을 잠깐 지었다. 사실 나도 얼마든지 그녀 앞에서 그런 표정을 만들어낼 수 있었다. 사람은 누구나 쉽게 변하지 않는다. 그녀의 표정은 다른 사람의 변화에 민감하기 때문에 만들어지는 것이다.

　갑작스러운 방문에도 불구하고 나는 그녀가 내 앞에 있다는 사실에 별로 당황하지 않았다. 약속도 없이 예고도 없이 찾아온 것에 대해서도 당황하지 않았다. 아무것도 묻고 싶지도 않았다. 어디에 살고 있는지 미국에 온 지는 얼마나 됐는지 무슨 변덕이 발동해서 여기 내 앞에 이러고 있는지 정말 아무것도 궁금하지 않았다. 그녀한테 특별한 느낌을 갖게 되지도 않았다. 미국의 내 집에서 그녀와 마주 앉아 있는 따위의 그림을 한 번도 상상해본 적이 없었기 때문일 것이다.

　그녀의 모습은 별로 달라진 게 없었다. 여전히 마른 편이었고 눈이 커서 얼굴 전체가 불안해 보이는 인상에 즐겨 입는 반바지, 화장은 하지 않고 입술에만 새빨간 립스틱을 바르고 있었다. 맥주를 소주 마시듯 홀짝거리는 버릇도 여전했다. 달라진 게 있다면 담배를 피지 않는 것이었다. 내 기억으로 그녀는 참 멋있게 담배를 피는 여자였다. 멋있다는 건 자연스러워 보였다는 뜻이다. 정말 자연스러웠다. 담배를 피우고 있을 때 그녀는 다른 어떤 걸 할 때보다 침착하고 세련되어 보였다. 웬일인지 그녀는 정서불안이 심해서 무얼 하든 아슬아슬해 보이는 여자였다. 말을 할 때도 웃을 때도 심지어 걸을 때도 섹스를 할 때도 그녀의 정서불안은 마치 전염성이 강한 병원체처럼 나를 불안하게 만들었다. 특히 그녀가 큰 소리로 웃을 때는 매번 깜짝깜짝 놀라곤 했다. 처음엔 그녀의 웃는 모습에 격하다고밖에는 할 수 없는 강한 매력을 느낀 게 사실이다. 그녀는 마치 인생의 침전된 모든 것을 끌어올려 휘저어놓듯 웃는 것이었다. 어떤 점에선 연기 같았고 상당히 가식적이기도 했다. 하지만 나는 그 때문에 그 웃음에 사로잡혔다. 그 당시엔 정신을 못 차리고 쩔쩔맸다. 그 웃음이 아름답다고도 생각했다.

말투도 특이했다. 그녀의 십팔번은, 어떻게 생각해? 였다. 육체에 대해서 어떻게 생각해? 술에 대해서 어떻게 생각해? 장미희에 대해서 어떻게 생각해? 그 많은 어떤 생각들에 대해서 확실한 답을 알고 있는 그녀와 달리 나는 자신의 생각에 대해서 자세히도 많이도 알고 있지 못했다. 우리 사이에 금이 가기 시작한 것도 그 때문인지 모르겠다. 나는 그녀의 주장처럼 답을 원하는 그녀에게 늘 혼란만을 주었다. 처음엔 그저 웃기만 했다. 하지만 집요한 그녀에게 저절로 신경질을 내게 되었다. 우리는 그즈음 각자 다른 방식으로 결혼에 대해서 생각하고 있었기 때문에 서로간의 소통에 문제가 생긴 것에 불안해하기 시작했다. 어느 순간부터 나는 그녀의 모든 질문을 공격으로 간주하게 되었다. 어제 어디 갔었어? 하는 말에도 속에서 아주 커다란 가시가 돋아났다. 어느 날 밤 술에 취해 전화를 걸었는데 그녀 역시 술에 취한 목소리로 전화를 받았다. 내가 횡설수설하자 그녀는 아무 말 없이 듣기만 하더니 당신은 왜 그렇게 변하질 않는 거지? 하는 것이었다. 그때 내가 생각한 것은 그녀가 나와 매우 다르다는 사실뿐이었다. 나는 화가 나서 소리질렀다. 너랑은 얘기가 안 돼. 너랑 얘기하다보면 머리가 터질 것 같다.

하지만 내 머리는 터지지 않았다.

갑자기 그녀가 어깨를 움찔하며 뒤쪽을 돌아보았다. 무슨 소리가 난 모양이었다. 나는 그녀를 마지막으로 본 게 언제였는지 헤아려보고 있는 중이었다. 삼 년 전인지 사 년 전인지 불분명했다. 여름이었는지 겨울이었는지도 희미했다. 그녀에게 물을 수도 있었지만 왠지 그래선 안 되겠다 싶었다. 이런 시간은 늘 있는 게 아니기 때문이다. 이런 시간은 막 냉장고에서 꺼낸 맥주병에 매달려 있는 찬 물방울처럼 어느 사이엔가 사라져버리는 것이다. 그녀도 알고 나도 알고 있다. 그래서 그녀는 갑자기 나를 방문할 수 있었고 나는 그 방문에 놀라지 않을 수 있었다.

"빗소리 같은 게 들리는데? 비가 올 리가 없을 텐데."

그녀가 이번에는 아예 반쯤 일어나 고개를 돌려서 뒤를 보았다.

나도 번번이 그게 빗소리인 줄 알고 새벽녘에 잠이 깨곤 했다. 하지만 여긴 일 년에 열 번도 비가 오지 않는 곳이다. 그건 빗소리가 아니라 아파트 앞 잔디밭에 물 주는 소리였다. 시간을 맞춰놓은 기계가 하루에 두 번씩 쐬아아아 하는 소리를 내며 잔디에 물을 주는 것이다. 새벽마다 그 소리 때문에 잠이 깨니까 시간을 좀 조정해달라고 아파트 관리인한테 부탁했더니 이 아파트가 생긴 이래로 한 번도 잔디에 물 주는 시간을 바꿔본 적이 없다면서 그는 나의 요구를 거절했다.

"저 소리 은근히 신경이 쓰이네. 음악이라도 틀어봐."

내가 시디를 뒤적거리기 시작하자 그녀는, 혹시 한국 가요 없어? 했다.

원래 음악을 즐기지 않아서 시디는 열 장도 되지 않았다. 가요는 더구나 하나뿐이었다. 몇 달 전에 미국 오기 전에 만나던 영주가 불쑥 전화를 해서 뭐 필요한 거 없냐고 묻길래 조용필 시디 한 장을 보내달라고 부탁해서 겨우 구비하게 된 것이었다. 그녀는 전주의 첫 소절을 듣더니 대뜸 조용필이잖아, 여기서 조용필을 듣는 건 너무 위험해, 했다.

뭐가 위험해? 내가 묻자 그녀는 피식 웃으면서 대답했다.

"너무 절절해. 죄책감을 느끼게 만든단 말이야."

그녀는 약간 휘청거리며 화장실로 들어갔다. 벌써 취한 것일까. 내 기억으로 그녀는 꽤 술이 셌다. 어떤 술자리든 그게 몇차까지 연장되든 끝까지 남아 있곤 했다.

서머타임 때문에 이미 어둑해지기 시작했지만 시계는 아직 여섯시도 되지 않았다. 내일은 수잔 서랜든이 특별 강의를 하는 날이다. 지난 학기에는 그녀의 남편인 팀 로빈스가 특강을 했다. 특강을 하는 사람들은 한물간 감독이나 배우가 아니라 지금 한창 헐리우드에서 자기 몫을 하는 작가나 배우, 제작자였다. 그들의 강의도 명성만큼이나 실용적인 것이었다.

나한테 가장 인상적이었던 건 '헐리우드에서 시나리오를 파는 방법'이라는 강의였다. 이 강의를 듣고 나서 나는 머릿속에서만 맴돌던 시나리오를 세 편이나 시작했다. 나와 같이 강의를 들은 사람 가운데는 피터 정이라는 현역 시나리오 작가가 한 사람 있었다. 그는 한국말을 한마디도 하지 못하는 이민세대였는데 어느 날 내가 한국에서 온 걸 알고는 강의 중간의 휴식시간에 커피를 한잔 같이 마시자고 청했다. 한국말은 한마디도 못 한다고 했지만 그의 생김새가 지독히도 한국 사람다워서 나는 놀랐다. 이상한 것은 요즘 한국에도 이렇게 한국적인 생김을 가진 사람은 드물다는 것이다. 언젠가부터 한국 젊은이들의 얼굴이나 신체는 서구적으로 변한 것 같다. 하지만 미국에서 태어나고 자랐다는 이 남자의 얼굴은 마치 몇 세대 전의 흑백사진 속에서나 볼 수 있는 그런 고전적인 생김새였다. 눈은 길게 찢어졌고 광대뼈는 양쪽으로 툭 불거져나왔다. 키도 아주 작았다. 나에게 첫인사로 키가 참 크다고 말했을 정도였다.

솔직히 처음에는 현역으로 헐리우드에서 일하고 있는 그가 부러웠다. 적어도 중간고사를 앞두고 그의 초대를 받아 마리나 델레이에 있는 아파트에 찾아가기 전까지는 그랬다. 그의 집은 아파트 정보지의 맨 앞장에 사진이 실리는 그런 동네에 있었다. 앞에는 새하얀 요트들이 잔뜩 떠 있는 해안이 보이고 커튼만 열면 하루 종일이라도 선탠을 할 수 있을 만큼 햇살이 그득한 곳이었다. 곱슬곱슬한 금발머리를 엉덩이까지 늘어뜨린 백인 여자가 그의 부인이라고 자기 소개를 했다. 그녀 역시 현역으로 헐리우드에서 일하는 배우였다. 얼굴은 기억이 안 났지만 그녀가 자신이 출연했다며 모아놓은 비디오테이프 가운데는 내가 본 적이 있는 영화도 몇 편 있었다. 피터 정이 나를 초대한 것은 그에게 친구가 없기 때문이었다. 저녁을 먹으면서 그는 자신의 상황을 한탄했다. 자신은 미국에서 한국인으로 태어나고 자라는 동안 줄곧 마음 붙일 친구가 없었다고 했다. 미국인들은 편견이 없는 것같이 보이고 그렇게 행동하지만 결국 이들만큼 배타적인 인간들도 드물다는 것이었다.

"나는 빙골이라는 도시에서 자랐어요. 뉴욕에서 한참 위로 올라가야 되는 곳이죠. 아버지가 처음에 뉴욕에 살 때 생선가게를 했는데 그러다 보니 해안을 따라 자꾸 위로 올라오게 된 거죠. 내가 살 때만 해도 그 도시에 한국 사람은 단 한 사람도 없었어요. 한국 사람뿐 아니라 동양계가 거의 없는 동네였죠. 거기서 내가 이런 얼굴을 하고 있으니 누가 내 친구가 되려 했겠어요. 물론 학교 다니던 시절 많은 아이들을 만나기는 했죠. 하지만 나도 그들도 마음을 열지 않았어요. 그들 부모가 내 부모에게 마음을 열지 않았듯이. 그래서 내 인생이 마치 좁은 엘리베이터 속에 갇힌 것처럼 영화나 보다가 이렇게 된 거예요."

그래도 나는 그가 부러웠다. 영화야 누구나 보지만 누구나 헐리우드의 현역 시나리오 작가가 되는 건 아니니까. 저녁을 먹으면서 내가 사온 와인 두 병을 나눠마시다 보니까 기분이 고조되어서 우리는 그의 집에 있는 보드카에 레몬주스와 칼루아를 타서 마구 들이켜기 시작했다. 운전해서 갈 일이 막막했지만 그런 생각이 드는 것은 우습게도 술을 마시는 도중이 아니라 꼭 술잔에 술이 떨어졌을 때였다. 아무래도 상관없었다. 여차하면 이즈음 친해진 히로에게 전화를 걸어 시속 백팔십으로 고속도로를 주파하는 그의 혼다를 불러낼 수도 있었다. 내가 히로에 관한 얘기를 잠시 비추자 그의 부인 신디가 자신이 고교 시절 만난 적이 있는 일본 남자에 대한 얘기를 하기 시작했다. 신디 역시 메인 주에서 자랐고 부모가 폴란드 계여서 늘 외톨이였다고 했다. 그들이 만난 것은 피터 정이 스티븐 킹의 소설을 각색하고 있을 때였다. 물론 영화가 나왔을 때 그의 이름은 사라져버렸다. 워낙 큰 프로젝트였고 쟁쟁한 사람들이 참여했기 때문이다. 그래도 그들은 그 때문에 만나게 되었다. 신디는 피터 정을 처음 만났을 때 그의 작은 눈 속에서 너무나 많은 것을 볼 수 있어서 깜짝 놀랐다고 했다.

"우리는 둘 다 참 멍청했어. 피터는 메인에서 자라서 스티븐 킹을 누구보다 잘 각색할 수 있다고 생각했고 나는 또 나대로 메인에서 자랐기 때문에 킹의 소설에 나오는 강박적인 여주인공을 누구보다 잘 연기할 수 있다고 믿었거든요. 하지만 제작자의 말대로 우리는 그저 이방인들일 뿐이죠. 게다가 우리는 엘에이에 살고 있지만 킹은 여전히 메인에서 버티고 있으니까요. 하지만 나는 피터의 감수성을 잘 알아요. 그는 어떤 백인보다 미국을 잘 표현할 수 있어요."

신디의 빠른 영어를 들으면서, 취기로 붉어진 그녀의 하얀 얼굴을 보면서, 흥분 때문에 고조된 그녀의 믿음을 보면서 나는 문득 내가 한국에서 알던 한 여자를 떠올렸다. 내가 헤맬 때마다 그녀는 술기운을 빌려 나를 더욱 좌절시키는 충고란 걸 하곤 했다. 넌 재능이 있다, 너의 재능을 믿는다 했던 말. 그 말들은 처음에는 나를 우쭐하게도 했지만 결국 내가 참아낼 수 없는 어떤 것, 간지러운 거짓말이 되고 말았다. 신디의 말을 묵묵히 듣고 있는 피터 정의 얼굴에도 그런 곤혹이 스며들고 있었다. 이런 이기심으로 우리 남자들은 결속되는 것일까. 우리는 어색하지만 납득

되는 미소를 언뜻 주고받을 수 있었다.

그날 밤 나는 피터 정이 처음 썼다는 시나리오를 읽어보게 해달라고 부탁했다. 그는 자신의 시나리오와 여러 사람들이 식인 물고기처럼 달려들어 고쳐놓은 영화대본을 같이 주면서 여기서 똑같은 건 자기 이름뿐이라고 헐리우드가 그런 데라고 씁쓸히 말했다. 내가 히로를 불러내지 않고도 몇 개의 프리웨이를 달려 집에 돌아올 수 있었던 건 그의 마지막 말 때문이었다. 내가 부럽다는 말, 나는 적어도 남의 땅에서 남의 말로 먹고 살려고 발버둥치지 않아도 되기 때문에 무얼 배워도 진짜 공부일 수 있을 거라던 말 때문이었다.

이제 슬슬 밤이 오고 있다. 여긴 밤이 되면 완전히 어두워지는 동네다. 근처에 술집 비슷한 것도 없다. 맥도널드와 도넛 가게뿐이다.

그녀는 취기가 오르는지 완연히 풀어진 모습을 하고 있었다. 다리를 이쪽 저쪽으로 포개기 시작하더니 급기야 두 무릎이 소파 위로 올라가서 지금 그녀는 책상다리를 하고 앉아 있었다. 현실감각이 느린 나에게도 그녀의 그런 모습을 보고 있자니 불안이 밀려들기 시작했다. 불안이라는 건 틀린 말일지도 모른다. 무엇에 대해서 불안하단 말인가. 그녀가 완전히 취해서 소파에서 잠드는 것, 혹은 찔끔거리며 운다거나 기억도 안 나는 옛날 일들을 꺼내며 횡설수설하는 것? 사실 생각해보니 내가 불안할 이유는 전혀 없었다. 아마도 나는 오랜만에 그녀로 인해 불안해지고 싶은 모양이다. 여자의 태도 때문에 불안해본 지가 하도 오래돼서 오히려 불안하다는 것이 맞는 말일 것이다.

그게 삼 년 전인지 사 년 전인지는 기억이 희미해도 그녀가 그때 어떤 모습이었는지는 기억에 남아 있다. 그녀는 심하게 울었다. 양쪽 눈에서 굵은 눈물을 뚝뚝 떨구면서 그녀는 어쩔 줄 몰라했었다. 우리는 어떤 창문 앞에 앉아 있었는데 그녀는 바보 같게도 창 앞을 스쳐가는 모든 풍경 앞에서 눈물을 생산해내고 있었다. 그렇게 막 울다가 이젠 됐다고 집에 가겠다고 그녀가 말했을 때 나는 오히려 어리둥절했다. 광적이라고밖에는 표현할 수 없는 그녀와의 연애는 일 년도 되지 않아 나를 피곤하게 만들었고 이미 나는 다른 여자를 만나고 있었다. 그녀가 자아내는 신파는 그녀와 전혀 어울리지 않았다. 나는 울고 있는 그녀 옆에 앉아서 이 자리가 끝나면 만날 다른 여자가 있다는 데 감격에 가깝게 안도했다.

조용필은 이제 두번째 돌아가고 있었다. 내가 조용필의 시디를 보내달라고 하자 영주는 코웃음을 치며 웬 조용필? 향수병에 걸린 거 아냐? 라고 물었다. 영주는 그녀와는 달랐다. 훨씬 젊었고 헤어질 때도 울지 않았다. 훈제한 햄처럼 담백해서 내가 공항에서 전화를 걸었을 때, 어머 아직 안 갔어? 황송하게 웬 전화? 했을 뿐이다. 영주의 담백함도 그녀의 신파만큼이나 나를 어리둥절하게 만들었다.

나는 어떻게 우리가 최소한의 안부도 주고받지 않고 몇 시간째 같이 맥주를 마실 수 있는지 의아해지기 시작했다.

한참 후에 그녀는 무릎을 소파에서 내리고 심각한 어조로 내게 물었다. 그 질문을 듣고 나는 예전 같았으면 그녀에게 따귀라도 한 대 갈겨줬을 거라고 생각했다. 그녀가 나한테 한 질문은 이런 거였다.

"요즘 싫어하는 사람 있어?"

"뭐?"

"그 사람 이름이 뭐야?"

나와 만나던 시절에도 그녀는 물론 말도 안 되는 질문을 하고는 했다. 그때 나는 그녀가 너무 지적인 여자여서 아니면 철학이란 걸 공부해서 그러려니 하고 생각했었다. 하지만 지금 그녀의 얼굴은 히로가 미쳐 있는 커트 코베인보다 더 심각하다.

"윌리엄 캔우드. 영어선생이야."

정말 나는 그가 너무 싫어서 죽을 지경이었다. 그는 한국에 있는 사설 외국어학원에서 이 년간 영어선생을 했던 경험이 있어서 걸핏하면 빨리 읽어보세요, 떠들지 마세요, 하며 한국말을 섞어대는 걸로 처음부터 내 신경을 건드렸다. 그가 한 질문이 거짓인지 진실인지 ○× 표시를 하는 문제 안에도 그는 자신이 한국 여자와 결혼을 했는지 아닌지 하는 질문을 넣어서 혐오감을 부채질했다. 결정적으로 그가 미운 건 능력이 없는 선생이라는 사실이었다. 학생들 모두 그의 교습방식이나 후줄그레한 옷차림을 싫어했다. 그는 이혼한 가난한 남자였고 머리가 벗겨진 무능한 선생이었다. 학기가 시작될 때마다 그가 잘릴 거라는 소문이 돌았다. 그래서 나는 그를 싫어했다. 그녀는 나의 설명을 듣고 나서 내가 그 선생을 볼 때 지을 것 같은 그런 표정을 지었다.

나는 비로소 깨달았다. 나도 그녀도 똑같이 대화란 걸 두려워하고 있었다. 대화란 어떤 것일까. 대화란 대화를 열심히 해왔던 사람들에게나 쉽게 해질 수 있고 자연스레 필요한 것이다. 우리의 연애도 사실 비슷한 것이었다. 우리는 단 한 번도 대화란 걸 연애중에 제대로 해본 적이 없었다. 그래서 나는 그녀의 부모가 어떤 사람인지 왜 그녀가 하고많은 학과 중에 철학을 택했는지 하고많은 남자 중에 나를 택했는지 알지 못했다. 그녀는 가끔 내가 누구와 비슷하다는 말을 하곤 했었다. 그중에는 배우도 있었고 가수도 있었고 시인도 있었다. 그녀의 옛 애인 가운데도 나와 비슷한 사람이 있다고 했다. 정신이 멀쩡한 현명한 여자라면 그런 얘기는 입에 올리지도 않았을 것이다. 그녀는 심지어 내가 팔십년대에 전경한테 맞아 죽은 유명한 투사와 닮았다고 말해서 나를 질리게 만들었다.

정말 기억이 나지 않는다. 왜 나는 어느 날 그녀를 택해서 얘기를 걸고 술을 마시고 입을 맞추고 여관으로 유인했던 것인지. 그녀는 술 취한 나에게 이건 아무것도 아니라고, 이런 건 아무것도 아니니 우린 친구가 되는 게 좋겠다고 어른스럽게 말했었다. 하지만 그녀의 기대와는 달리 우리는 연인이란 게 되었다. 그녀를 생각하면 단순하게 가슴이 뛰었고 작은 일에도 흥분되었고 그러면서 점점 그녀의 연인이란 자리로 다가갔다. 하지만 우리는 대화는 하지 않았다. 그녀와 나는 생각하는 게 달랐고 말하자면 추구하는 것도 달랐다.

화장실에 다녀온 그녀가 소파에 털썩 주저앉으며 갑자기 말을 쏟아내기 시작했다. 마치 요 몇 시간 입을 다물고 맥주만 홀짝거린 건 농담이었고 더이상 그 농담이 재미없으니까 이제 아무 말이나 지껄일 수밖에 없다는 듯한 태도였다. 우선 나와 헤어진 후 그 배신감 때문에 자신이 얼마나 괴로운 시간들을 보냈는지 아느냐고 물었다. 물론 당신은 모르겠지. 정말 그녀는 참았던 말을 마구 토해낼 모양이다. 그녀가 당신이라는 호칭을 사용하는 건 그 당신이라 불린 상대와 전투하겠다는 의미다. 사실 나는 오래도록 당신이 왜 갑자기 변했는지 이유를 알지 못했어. 그녀는 내 라이터를 집더니 엄지손가락으로 찰칵찰칵 켜대기 시작했다. 불안해 보였고 눈물을 참는 것도 같았다. 나는 그녀의 손짓에 따라 피어올랐다가 사그라지는 라이터의 무의미한 불꽃만을 멍청히 쳐다보고 있을 뿐이었다. 아무런 할말도 없었고 그녀가 내 말을 기대하는 것 같지도 않았다.

어느 날 그녀는 아침에 일어나서 나에게 편지를 썼다고 했다. 그녀에게 받은 편지는 아무것도 기억나지 않았다. 헤어질 즈음 그녀는 자신이 보낸 편지를 모두 돌려달라고 요구했고 그걸 가보로 간직할 이유도 없어서 모두 돌려주었다. 편지는 부치지 않았다고 했다. 나중에 후회할 것 같다는 생각이 들어 반항심에 그대로 부쳐버릴까도 생각했지만 내가 다른 편지들을 너무 순순히 되돌려주어서 그때 상처를 받았기 때문에 다시 편지를 보내면 내가 그걸 무슨 빌미로 생각할까봐 두려웠다는 것이다. 내가 담배를 물고 라이터가 필요해서 손을 내밀자 그녀는 순간 흠칫하는 눈길로 나를 보았다. 나는 라이터를 받아서 담배에 불을 붙였다. 정말 어떻게 담배를 끊었을까. 비결을 물어보고도 싶었지만 아무래도 그런 걸 물어볼 분위기는 아니었다.

그녀는 그날 밤 그러니까 나에게 편지를 썼던 그날 밤에 녹음기를 틀어놓고 이제부터 열심히 살아보자고 자신한테만 관심을 갖자고 각오 비슷한 것을 녹음했다고 했다. 단편소설로 쓸 몇 가지 소재에 관해 녹음하는 소득도 있었다는 것이다. 그후로 한두 달간을 계속해서 밤마다 녹음을 하는 버릇이 생겼다고 말했다. 그녀가 차츰 재미를 붙이기 시작한 녹음작업을 갑자기 그만둔 것은 자신이 아끼는 것, 사랑하는 것, 이제껏 살면서 인생에서 중요하다고 생각하는 것들을 녹음하다가 마지막에 내 얘기가 나왔기 때문이었다. 처음엔 물론 고상하게 나갔다. 밀란 쿤데라의 소설, 프라하의 풍경, 듀크 엘링턴의 연주, 맨발로 나무바닥을 걷는 거, 어머니의 농담, 그러다가 마지막에 자신도 모르게 이렇게 말했다는 것이다. 그의 얼굴, 전화로 듣는 그의 목소리…… 그녀는 자신의 의식 속에 크게 얼룩져 있는 어떤 걸 깨닫고 너무 당황해서 테이프가 다 돌아가서 뚝 끊어질 때까지 뚫어지게 녹음기 속에 들어 있는 그 테이프만을 바라보았다고 했다. 그리곤 밤 내내 좁은 방 안을 가로로 세로로 왔다갔다했다는 것이다. 바닥을 밟아대는 자신의 발자국도 자신의 몸뚱어리도 자기 것 같지가 않았다고 했다. 자기 것 같지가 않아서 어떻게 내팽개쳐버릴 방법이 없을까 밤 내내 고민했다는 것이다.

복도의 여기저기서 사람들이 문을 따고 들어가는 소리가 들려오기 시작했다. 이 아파트의 출입문은 모두 복도를 향해서 나 있다. 출근시간이 되면 문이 열리고 실내생활에 익숙한 개들이 작은 소리로 주인을 배웅하는 소리를 들을 수 있고 퇴근 무렵이면 그들이 주차공간에 차를 들이미는 소리, 열쇠로 문을 따고 들어가는 소리들이 한동안 들려온다. 주말에는 이 방 저 방에서 파티를 열면서 유행하는 음악을 크게 틀어놓기도 해서 소란스러워진다. 옆방의 실라가 돌아왔는지 그녀가 키우는 개가 컹컹하며 짧게 짖는 소리가 들린다. 그 개는 아주 새카맣고 다 자란 송아지만 했는데 어느 날 창가에 나와 있다가 나를 보더니 송곳니를 세우며 창을 뚫고 나올 듯이 낮게 으르렁거리는 것이었다. 거기 사는 동안 나는 단 한 번도 그 개를 보지 못했었다. 언제나 작은 소리로 짖곤 해서 치와와나 테리어 종류로만 생각했는데 실은 커다랗고 사나운 도베르만이었다. 이 아파트는 특이하게도 애완견이나 고양이를 키울 수가 있어서 입주자들 대부분이 개나 고양이를 소유하고 있었다. 하지만 그들은 여간해선 짖지 않도록 잘 훈련되어 있었다. 매니저의 말에 따르면 그들이 일제히 짖어대며 난리를 피운 건 지진이 났을 때뿐이었다고 했다. 그 유명한 지진 당시 이 아파트에서 인명 피해는 없었다. 사람들 모두 출근한 시각이었기 때문이다. 하지만 방에 갇혀 있던 많은 개들이 죽었다.

그러고 보니 나는 아직도 히로가 실라에게 전해주라고 놓고 간 물건을 그녀에게 갖다주지 못했다. 실라는 처음 봤을 때 남자인 줄 알았다. 웬 키 큰 동양 남자애가 기타를 어깨 뒤로 사선으로 두른 채 계단을 터벅거리며 올라오는 모습을 보고 막연히 음악을 하는 사람인가보다 했다. 허벅지가 미어질 듯한 가죽바지에 한쪽이 쭉 찢어진 런닝만 입고 있었고 어깨까지 기른 머리칼은 샛노랗게 염색을 하고 있었다. 히로가 어느 날 밤 그를 데리고 집에 왔는데 알고 보니 일본 여자였다. 그녀는 시내에 있는 클럽에서 기타를 연주한다고 했다. 록본기에서 연주를 하다가 그녀의 어머니가 갑자기 미국 남자와 재혼하는 바람에 LA로 왔다고 했다. 가슴은 절벽이고 목소리마저 허스키해서 그녀가 여자란 걸 알고 나서도 볼 때마다 헤매곤 했는데 아무래도 히로와 문제가 생긴 모양이었다. 히로는 음악 얘기만 하는데 그녀는 다른 얘기를 하기 시작한 것이다. 히로가 그

너에게 전해주라고 한 것은 몇 통의 편지였다. 그 편지를 직접 전해줄 만큼의 성의도 용기도 없는 게 그였다. 그의 동거인인 나도 이 찝찝한 부탁을 어떻게 해결해야 할지 엄두를 내지 못하고 있었다. 그녀의 개도 무서웠고 그녀가 나를 붙들고 쏟아놓을지도 모르는 고통도 두려웠다.

나는 그 부탁을 그녀가 들어줄지도 모른다고 생각했다. 그녀는 여기 살고 있지 않고 여기 다시 올 일도 없을 테고 실라와 아는 사이도 아니다. 그저 우편배달부 노릇만 하면 되는 것이다. 가짜로 히로의 연인인 척해도 나쁠 게 없다. 무심코 그런 얘기를 꺼내다가 문득 나는 그녀와 눈이 마주쳤다. 벌써 몇 시간째 그녀와 마주 앉아 술을 마셨으면서도 그녀와 정면으로 눈이 마주친 적은 없었다는 생각이 들었다. 그녀는 큰 눈을 나에게 고정시킨 채 뚫어져라 나를 보았다. 여전히 너는 참 변하지 않는 인간이구나 하는 표정, 너를 알아 내 인생 여기저기가 고장나고 어긋나서 신경통에 시달리고 있다고 소리지르는 저 표정. 물론 나는 그녀가 얘기를 쏟아내는 와중에 어느 틈에 다른 생각을 하고 있었는지도 모른다. 그녀는 하던 얘기를 잃어버렸고 ─ 아마도 얘기를 계속 할 의욕도 ─ 나는 갑자기 기억도 희미한 예전의 신경질이 내 몸에 새로이 고이기 시작함을 느꼈다.

긴 플라스틱 통에는 감자칩 부스러기만 남아 있었다. 맥주도 이제 한 병밖에 없다. 벽장 속에 열두 개들이 캔맥주 한 박스가 있긴 했지만 그게 냉장고에 들어가 충분히 차가워지려면 적어도 두세 시간은 걸릴 것이다. 내 기억 속의 그녀는 인내심이라곤 없는 여자였다. 그 순간에 필요한 무언가가 있고 없고는 그녀의 인생관에 비추어 자주 큰 상징이 되고는 했다. 아직도 그녀가 자기 앞에 놓인 맥주병 하나 감자칩 접시 하나에도 자신의 삶을 휘두르는 크나큰 상징을 느끼곤 하는지 궁금했다. 나로 말하자면 단 음식이나 달콤한 음악에 대한 식욕, 취향 등을 모두 잃어버렸듯이 소소한 상징이나 상징의 가능성들을 느끼지 않은 지 오래되었다. 절실히 필요한 게 없는 만큼 잃어도 크게 상심할 것도 없었다. 미국에 오기 전 몇 년간 나는 내 삶을 "버틴다"고 즐겨 표현했다. 술을 마시면서 영화를 보면서 사람들을 만나면서 어디서도 아무런 연고를 느낄 수 없어서 절망하곤 했다. 그녀와 헤어질 무렵 내가 가장 무서워한 것은 그녀가 나에게 쏘아대는 그 감정의 연고였다.

나는 마지막 남은 맥주병을 땄다. 그녀는 조용히 내 손끝을 보고 있다가 내가 맥주병을 자기 앞에 놓자 슬며시 웃었다. 그러면서 맥주병을 내 쪽으로 밀었다. 그 순간 나는 이게 맥주병이 아니라 그녀와 내가 만나던 시절의 어떤 기억이나 혹은 추억이라면 이걸 내가 마셔야 하나 그녀에게 양보해야 하나 어떻게 해야 하나 하는 생각이 들었다. 그녀도 알듯 나는 결론을 잘 내릴 줄 모르는 인간이다.

히로 생각을 지울 수가 없다. 시애틀에서 그는 사랑하는 가수 죽은 가수의 어떤 흔적을 보고 있을까. 그의 책꽂이에 가득 꽂혀 있는 너바나의 가사집을 찾아보고서 놀란 적이 있다. 가사가 아름답거나 절망적이어서가 아니라 섬뜩했기 때문이다. 마치 자신의 절단된 다리나 팔을 보고 쓴 것처럼 하나같이 섬뜩했다. 환상이 없었다. 열몇 살에 한 조각의 환상도 자기 인생에서 느끼지 못했던 아이는 가수가 되었고 히로는 죽은 그를 만나기 위해 시애틀로 갔다. 아마도 히로는 돌아오지 않을 수도 있고 돌아온다고 해도 전 같지는 않을 것이다. 앞으로의 그의 인생 전체가 전 같지 않을 가능성도 있다. 그는 이제 단순히 죽은 가수가 남긴 음악을 열심히 듣는 것만으로는 만족하지 않을 것이다.

나는 그녀를 바라보았다. 이 순간이 그녀에게 앞으로의 인생과는 다른 어떤 기점이 되지 않기를 나는 바라고 있다. 왜냐하면 나도 지금 이 순간 이후로는 그녀가 나에게 강요하고 있다고 느껴지는 이유 없는 죄책감을 경험하고 싶지 않기 때문이다. 물론 나는 그녀가 이 아파트를 나가서 어디에서든 잘살아나가길 바란다. 그것이 그녀에 대해서 내가 가지는 유일하게 진지한 감정이다. 나는 찬 맥주를 한 모금 쭉 들이켜고 나서 그녀에게로 맥주병을 건네주었다. 그녀도 맥주병을 받아 릴레이를 하듯 쭉 들이켰다. 그리고 맥주병은 다시 내 앞으로 돌아왔다. 이런 걸 어색한 순간이라고 하는 거다. 물론 어색했다. 누구나 이럴 땐 어색함을 느낀다. 어색함은 빨리 사라지고 빨리 되돌아온다. 나는 갑자기 이 어색한 순간을 그녀와 함께 따뜻하게 느끼고 있다는 걸 깨달았다. 감상적인 음악의 전주같이 우리는 함께 기다리며 웃고 있다. 무언가 더 좋은 순간을 기다리고 있는 거다. 사실 더 좋은 순간이란 이 세상에 별로 없다. 그래도 우리는 기분이 나쁘지 않다. 마치 그녀와 내가 여든이 넘도록 별 충돌 없이 살아온 부부 같다. 이 연민을 죽기 전까지 수줍게 간직하다가 서로의 등을 두드려주며 죽어갈 것만 같다. 이런 식의 취기는 오랜만이다. 맥주는 이제 반도 남지 않았다.

이 아파트가 잠시 들려주던 저녁의 소음도 이제 사라졌다. 밤이 되면서 더 견고해지는 고요가 납덩이처럼 수십 개의 창문을 막기 시작할 시간, 그녀는 이 막을 뚫고 히로처럼 어딘가로 떠날 것이다. 나는 아주 순진해져서 그녀가 떠날 거라는 생각을 지금 하고 있다. 정말 기분이 좋다.

"나는 반성은 하기 싫었어. 원망만 했어. 정말 원망만. 그러다보면 길을 찾을 거라고 생각했어. 내 감정의 길이란 항상 자신을 배반하게 마련이니까, 그래도…… 나는 길을 찾고 싶었나봐. 당신한테 배웠지. 지금도 배우고 있어. 내가 어디로 갈지. 요즘 나는 아침에 일어날 때마다 밤에 잠들 때마다 그리워하는 감정을 느껴. 아주 짙게. 하지만 얼굴이 없어. 그 얼굴을 찾을 때 나는 더욱 많이 배우겠지."

그녀는 맥주 반 병을 마저 비우지 않고 떠났다. 나는 그녀를 더 잘 배

응할 수도 있었다. 문을 열고 그녀가 내려가는 계단을 내려다보며 손을 흔들 수도 있었다. 창가로 가서 그녀의 차가 떠나는 걸 바라볼 수도 있었다. 하지만 소리만 들었다. 그 소리에 귀 기울였다. 아파트 앞에 세웠던 차에 시동을 걸고 그녀가 멀어져가는 소리를. 그리곤 오 분쯤 기다렸다. 그녀가 되돌아와서 아 맥주가 반이나 남았지 그걸 잊고 일어나다니 내가 어떻게 됐었나봐 해주길 기다린 건 아닌지도 모른다. 아니면 그녀와 내가 전에 자주 그랬던 것처럼 그녀가 아주 넓은 치마를 펼치고 나는 무릎을 꿇고 앉아서 그녀의 허리를 안고 달콤한 사탕을 빨듯 시간을 느릿느릿 보내길 기다린 것도 아니다. 그것은 단지 얼굴 없는 그리움 같은, 서른 살이 넘어 이제 막 인생의 달콤함에 대해 추억처럼 말할 수 있게 된 어떤 연대감, 구체가 없는 꿈 같은 기다림일 뿐. 나는 남은 맥주를 개수구에 흘려버리고 맥주병과 빈 감자칩 통을 치우기 시작했다. 배가 고팠다. 이건 좋은 징조다. 언젠가부터 나는 이런 징조를 좋아한다. 저녁을 먹고 텔레비전을 조금 보다가 나는 잠들 것이다. 그녀와 나누었던 몇 시간은 곧 사라질 것이고—이미 사라져가고 있다—나는 덜 고되게 늙어갈 것이다.

지하철에서 그녀가 음악을 듣고 있었을 때

당신이 생일날 사준 카세트로 음악을 듣고 있었어. 난 지하철을 타면 항상 그걸로 음악을 들어. 다른 건 자세히 생각나지 않아. 그 사람이 어딘가에서 탔고 내 앞좌석에 앉았어. 모르겠어. 사실 그를 본 기억이 전혀 나질 않아. ……그 남자가 나를 물었어. 내 허벅지를 갑자기 깨물었어. 마침 전철이 섰고 난 그 역에서 내렸어. 그게 다야.

지하철에서 그녀가 음악을 듣고 있었을 때

이번 달부터 새로운 일을 하게 되었다. 친구 부인이 아파트 상가에서 아동복을 팔고 있는데 장사가 너무 안 돼서 인터넷에 사이트를 개설한 것이다. 외국 도매상과 거래선을 터서 아기 엄마들한테 인기 있을 만한 상품들 위주로 보따리 무역을 시작했는데 이게 상당한 반응을 불러일으 켰다. 나는 그 사이트를 관리하는 일을 맡게 되었다. 무엇보다 컴퓨터 앞에 앉아서 모든 일 처리를 할 수 있어서 다행이었다. 물론 지금의 나에게 가장 절실한 건 바깥바람을 좀 쐬는 것이긴 하지만, 퇴직한 후로는 일종의 대인공포증 비슷한 증세에 시달리고 있어서 구멍가게에 담배 사러 가는 것도 하루 종일 미루고 있다가 어둑해지고 나서야 뛰어나가 사들고 오는 실정이었다. 사이트를 관리하는 게 아주 편한 일만은 아니었다. 수시로 체크를 해야 했고 한심한 질문에 일일이 친절하고 꼼꼼한 답을 보내주어야 했다. 인기가 좋은 상품은 하루에도 수십 개의 메일이 들어왔다. 생후 12개월은 사이즈 90이라고 명시를 했는데도 아기 엄마들은 구천원짜리 옷을 사면서 제 아이는 이제 돌이 지났는데 키가 좀 크거든요 사이즈를 어떻게 선택해야 할까요 하고 멍청한 메일을 끊임없이 보내왔다. 답장을 좀 늦게 보낸다 싶으면 상점 주인인 친구 부인한테 전화를 걸어서 마구 항의를 했다. 친구 부인은 내가 이 일을 맡는 게 여전히 불편하고 못미더운 눈치다. 중간에 끼인 친구 녀석이 애처로울 따름이다. 친구 녀석은 나와 회사 동기인데 저는 남고 나 혼자 잘린 게 아직도 영 미안한지, 엄한 부인한테 자꾸 성질을 부리는 모양이다. 나는 친구 녀석의 인정을 생각해서 커피를 타다놓고 오전 내내 아기 엄마들의 메일에 답장을 써서 보냈다. 저희 제품이 마음에 드셨다니 다행이네요. 사이즈 90은 품절이지만 아기들은 쑥쑥 자라니까 내년을 생각해서 100으로 주문하셔도 무난할 거라 생각되는데…… 이런 상품 백화점 가면 두 배로 줘도 못 사는 거 아시죠? 현명한 판단 부탁드리고 예쁘게 입히세요.

아내가 조금 이상해졌다. 이틀 전부터다. 그렇게 느끼는 건 내가 요즘 예민해진 탓인지도 모른다. 아내는 내가 평소에 입지도 않을뿐더러 이즈음에는 필요하지도 않은 짙은 색깔의 청바지와 보라색 티셔츠를 사 가지고 왔다. 백화점에 갔는데 세일이어서 샀다고 했다. 그녀도 알다시피 우리는 백화점 세일에 가서 뭘 사고 말고 할 형편이 절대 아니다. 게다가 그녀 앞에서 억지로 입어보았지만 나한테 전혀 어울리지가 않는다. 아내는 어색해하며 우울한 표정으로 이렇게 말했다. 젊어 보인다. 마음에 안 들어도 그냥 입어요. 이런 옷 하나도 없잖아. 나 역시 씁쓸한 얼굴로 대답했다. 알았어. 고마워.

밤에 이상한 소리가 나서 잠이 깼다. 아내가 곁에 없었다. 내가 퇴직한 후로는 아내가 밤에 몰래 나가서 우두커니 앉아 있거나 심지어는 울고 있는 경우가 종종 있었기 때문에 나는 한숨을 쉬며 아내를 기다렸다. 하지만 꽤 시간이 지났는데도 아내는 돌아오지 않았다. 나는 결국 자리에서 일어나 아내를 찾으러 나갔다. 아내는 목욕탕의 욕조 가장자리에 앉아 때수건으로 다리를 문질러대며 흐느껴 울고 있었다. 그렇게 이상하고 어색하고 부자연스러운 모습은 처음 보았다. 나는 조용히 문을 닫고 잠자리로 돌아왔다. 아내는 잠시 후에 방으로 들어왔고 내가 뭐라고 하기도 전에 잠이 들어버렸다.

다음날 아침 아내가 출근을 하고 나서 나는 담배를 피우기 위해 베란다로 나갔다. 곧 아내의 모습이 나타났다. 검은 정장이 을씨년스러워 보였다. 화창한 여름날에는 어울리지 않는 옷차림이다. 하지만 아내는 일을 하러 나갈 때 반드시 검은 정장을 입었다. 검은색이 사람들한테 신뢰감을 준다고 믿고 있었다. 그런데 왜 더워 보이지 않고 오히려 추워 보이는 것일까. 나는 담배연기를 길게 내뱉으며 아내가 작고 까만 점이 되어 사라져가는 걸 더 빨리 시야에서 지워버렸다. 그러다 문득 나는 담배를 입에서 빼내며 다시 아내의 모습을 살폈다. 아내는 한쪽 다리를 절룩거리고 있었다. 내가 무심해서 발견하지 못한 게 아니었다. 집에선 아무 이상이 없었다. 이즈음 나는 아내의 눈치를 열심히 살피는 처지였기 때문에 저렇게 심하게 절룩거리는 다리를 못 보고 지나쳤을 리가 없다. 내가 걱정하는 소리를 듣기 싫어서 내 앞에선 아무렇지도 않은 체한 것일까. 아니면 나가다가 삐끗하기라도 한 것일까. 아내가 다리를 절룩거리느라 자꾸 떨어져내리는 숄더백을 아예 가슴에 안고 멀어져가던 모습에 신경이 쓰여 일이 손에 잡히지 않는다. 나는 집 안을 대충 청소하고 쓰레기를 버리기 위해 부엌 휴지통을 비우다가 아내가 버린 스타킹을 발견했다. 아내의 검정색 스타킹은 허벅지 부분이 커다랗게 구멍이 뚫리고 길게 줄이 나간 채 상처 입은 뱀처럼 휴지통 안에 똬리를 틀고 있었다. 이 정도로 큰 구멍이 났으면 허벅지에 상당한 상처가 생겼을 것이다. 다행히 스타킹에는 핏자국 같은 건 없었다. 나는 아내에게 전화를 걸었다. 아내는 버스 안에 있었고 만원버스 특유의 웅웅거리는 소음이 들려왔다. 당신 다리 다쳤어? 나는 다짜고짜 물었다. 아내는 깜짝 놀라며 무슨 소리냐고 되물었다. 베란다에서 보니까 다리를 심하게 절던데? 아내는 약간 짜증을 내며 말했다. 나오다 조금 삐었는데 이제 괜찮아. 나 내려야 돼. 이따 집에서 봐요. 아내가 황급히 전화를 끊어서 스타킹 얘기는 꺼내보지도 못했다.

아이디가 우주맘인 아기 엄마가 또 메일을 보냈다. 사이즈를 바꿔달라더니 이번엔 색깔이 마음에 안 든다면서 다시 교환을 요구했다. 색깔을 바꿔주면 또 디자인이 마음에 들지 않는다고 하겠지. 나는 답장을 안 하고 버티기로 했다.

얼마나 다친 거야? 걱정돼서 일도 잘 안 된다. 무리하지 말고 일찍 들어와. 미안하다.

아내에게 문자 메시지를 보내고 한참을 기다렸지만 답이 오지 않았다. 절룩거리는 다리를 하고 하루 종일 사람들을 만나기 위해 돌아다닐 아내를 생각하면 컴퓨터 앞에 앉아 손가락만 까딱거리고 있기가 더 괴로웠다. 아내는 밖에 나가 일을 할 타입의 여자가 아니다. 집에서 요리나 하고 뜨개질이나 하고 재봉틀로 커튼이나 만들면서 지내는 걸 행복해하는 여자다. 가계부 적으면서 하는 콩나물값이나 계란값 계산도 번번이 틀려서 골머리를 앓던 여자였는데 휴대용 단말기를 들고 다니며 원금이 어떻고 이자가 어떻고 하면서 줄곧 돈 얘기를 해야 하는 일을 하고 있다. 더구나 부끄러움을 많이 타서 반상회에도 제대로 나가지 못했던 여자가 낯선 사람들한테 보험을 팔러 다니고 있다. 아마도 하루에도 수없이 차라

리 죽고 싶다는 생각을 하며 낯선 사람의 사무실을 찾아가고 낯선 사람
의 집 초인종을 누를 것이다. 하지만 아내는 단 한 번도 나에게 일이 얼
마나 힘겨운지 얼마나 자기 성격으로는 곤혹스러운 일을 하고 있는지 말
하지 않았다. 퇴직하고 세 달 후 아파트 전세금 대출 이자도 갚을 길이
없어 막막해하고 있을 때 갑자기 아내는 자신이 할 수 있는 일이 하나쯤
은 있을 거라고 하면서 집을 나갔다. 그날 밤 늦게 아내는 울어서 퉁퉁
부은 얼굴을 하고 집에 돌아왔고 다음날부터 일을 하러 나가기 시작했
다. 나는 일 년 가까이 집에 죽치고 앉아 이력서나 쓰고 연락을 기다리며
비디오나 빌려다 보며 지냈다. 일 년쯤 지나니까 초조해지기 시작했고,
일 년이 더 지나자 아내도 나도 포기하는 쪽으로 저절로 마음이 기울어
졌다. 아주 놀고 있기는 무안해서 중고등학생 몇 명을 모아서 과외도 해
보았고 영업사원 모집 공고에 응시해 몇 달 교육과 실습도 받아보았다.
심지어 친척 아저씨가 차린 재개발 전문 부동산에 불려가 잡일을 한 적
도 있지만 일을 잘하지도 못했고, 더구나 계속하지도 못했다. 급기야 아
내로부터 아무 일이나 닥치는 대로 하기보다는 제대로 된 직장을 잡을
때까지 진득하게 기다리는 게 낫겠다는 말까지 들었다. 나야 배운 것도
없고 재주도 없으니까 아무 일이나 해도 되지만 당신은 다르잖아요. 더
운데 나가서 전화나 받고 앉아 있느니 차라리 집에서 책이라도 읽는 게
좋겠어요. 아내는 정곡을 찔렀다. 아무리 기를 써도 나는 중학생의 성적
을 올릴 수 없었고 동화책 전집을 팔지 못했으며 아파트를 사러 온 사람
의 비위를 맞추지 못했다.

　집안일도 여전히 서툴다. 내가 청소하면 아내가 했던 것처럼 반질반질
윤이 나지 않았다. 빨래도 세탁기에 넣기만 하면 되는데도 번번이 섬유
유연제 넣는 타이밍을 놓쳐 뻣뻣하게 만들어놓았고 세제의 양도 똑바로
맞추지 못해 빨래에 허연 자국을 내놓기 일쑤였다. 무엇보다 요리 실력

은 절대로 늘지 않았다. 여전히 국간을 잘 못 맞췄고 나물 무치는 건 엄두도 못 냈다. 찌개는 항상 짜거나 매웠고 고기나 생선을 굽고 나서는 탄 부분을 긁어내느라 쩔쩔맸다. 집에 와서도 아내는 할 일이 태산같았다. 그래도 아내는 짜증 한 번 내지 않았다.

친구의 부인이 전화를 했다. 새로 들어온 물건의 반응이나 깐깐한 고객들, 사이트의 레이아웃을 교체하는 문제 등을 의논하고 나서 지나는 말처럼 둘째아이의 돌잔치에 오라고 초대했다. 그애가 벌써 돌입니까? 친구 부부는 아이를 하나만 가질 계획이었지만 터울이 많이 지는 동생이 생기자 친구 녀석의 강권으로 둘째를 낳았다. 늦게 얻은 딸아이를 얼마나 이뻐하는지 어이가 없을 정도였다. 내 앞에서 아무리 속이려고 해도 벌어지는 입을 감추지 못했다. 아내는 겉으로는 그 집 아이들 보는 걸 기뻐했다. 초대를 받으면 가끔 큰 선물을 준비해 내 걱정을 사기도 했다. 아이 문제도 나의 직장처럼 우리가 포기한 것 중 하나이다. 결혼 초에 아내는 아이 둘을 유산했다. 둘째는 꽤 달이 찬 상태여서 병원에 갔을 때 아내의 생명도 위태로운 상황이었다. 내가 실직했을 때 아내는 심각하게 말했다. 아이가 있었으면 당신을 이렇게 무참히 해고하지 않았을지도 몰라요. 아내가 내 무능력을 탓하지 않고 아이가 없는 탓으로, 아이를 잃은 자기 탓으로 돌릴 때마다 나는 침묵으로 일관했다. 무슨 허무맹랑한 소리냐고 핀잔을 주면 절망스런 표정으로 화를 냈기 때문이다. 아내의 상처는 아내의 약점이자 내게는 뻔뻔스런 둥지였다. 나는 그 속에 실직의 고통과 불안을 억지로 묻어두고 하릴없이 빈둥거렸다.

저녁을 먹고 나서 아내는 맥주나 같이 한잔하자는 내 제의를 거절하고 퇴근 후에 연락하기로 한 고객들과 전화면담을 해야 한다면서 방으로 들어갔다. 녹차를 만들고 있는데 아내의 목소리가 밖으로 새어나왔다. 도대체 왜 이러시는 거예요? 조용조용 말하는 데만 익숙한 아내의 목소리는 큰 소리를 내는 기능이 현저하게 떨어져서 마치 비명을 지르는 것처럼 들렸다. 끝이 갈라지며 부들부들 떨고 있었다. 정말 제발 좀…… 제가 몇 번이나…… 그만두시라니까요. 그리곤 잠잠해졌다. 까다로운 고객이 성가시게 구는 모양이었다. 나는 녹차를 들고 방으로 들어갔다. 아내는 침대에 앉아 다리 한쪽을 내놓은 채 그걸 유심히 들여다보고 있었다. 허벅지에 푸른 멍이 선명했다. 당신 정말 많이 다쳤군. 삐끗했다더니 어떻게 된 거야? 아내는 화들짝 놀라며 치마를 다시 내렸다. 왜 노크도 안 하고 갑자기 문을 열어요? 아내는 마치 내가 따귀라도 갈긴 것처럼 얼굴을 붉히며 화를 냈다.

친구 부인이 호들갑스럽게 반가운 척을 하며 문을 열었다. 나는 들어서면서 이미 후회하고 있었다. 친구들 사이의 조촐한 모임일 거라고 했는데 그 자리에는 친구들뿐 아니라 회사 동료들까지 잔뜩 앉아 있었다. 사실 나는 과거엔 회사 동료였지만 이제는 친구의 자격으로 참석하는 거였다. 하지만 회사 동료들은 알아도 친구들은 모르는 얼굴들이었다. 나를 해고했던 부장이 호탕한 목소리로 인사를 건넸다. 여기 오니까 자네 얼굴을 보는군. 얼굴 잊기 전에 연락 좀 하고 지내자구. 처음엔 애써 나를 외면했던 과거의 동료들이 술이 들어가자 그 동안 잊고 지냈던 죄책감이 몰아치는지 너도나도 친한 척을 해댔다. 정작 주인공인 딸은 하루 동안의 손님 치레에 지쳐 잠든 지 오래였다. 서로 별로 친하지도 않은 구성원들이 노래방 기계 앞에서 노래를 부르며 어깨를 맞대고 춤을 추었다. 친구 녀석도 노래를 부르고, 곧 전무로 승진할 거라는 부장도 신이 나서 노래를 불렀다. 나는 자리가 너무 불편해서 역겹기까지 했지만 아내는 부장의 부인과 머리를 맞대고 담소하고 있었다. 딸만 셋인 부장이 남자애 하나를 입양했는데, 그 얘기를 하는 모양이었다. 부장의 부인은 흥분해서 입양의 필요성을 역설하고 있었다. 세 달 키우니까 이미 그애는 내 아이예요. 누나들도 그애를 얼마나 사랑하는데요. 아이를 입양하세요. 인생이 달라진다니까요. 하지만 그녀에게는 자신의 핏줄인 딸이 셋이나 있지 않은가. 그녀의 태도도 부장만큼이나 독선적이었다. 아내는 마치 일생일대의 중요한 문제를 결정하기라도 할 것처럼 비장한 얼굴로 그 얘기를 듣고 있었다.

이틀 후에 어떤 여자가 벨을 눌렀다. 그 여자는 다짜고짜 문 열어, 라고 소리치며 발로 문을 차고 있었다. 나는 아홉시 뉴스를 보고 있었고 설거지를 하고 있던 아내가 놀라서 뛰어나가 문을 열었다. 그 여자는 문이 열리자마자 총알처럼 뛰어들어와 아내의 머리채를 잡았다.

"갑자기 보험을 두 개나 들 때 내 알아봤다, 이년아. 남편도 있는 년이 뭐가 부족해서 남의 남자한테 꼬리를 쳐. 나랑 살면서 이제껏 바람 한 번 안 피워본 남자야. 순진한 남자를 어떻게 꼬셨길래 이혼 얘기까지 나오느냔 말이야, 이 나쁜 년아."

아내는 놀란 나머지 제대로 반격하지도 못하고 머리 한쪽을 잡힌 채 눈물만 흘리고 있었다. 내가 나서야 했다.

"뭔가 오해가 있으신 모양인데 진정하시고 들어와서 말씀하시죠."

"진정하라구? 여편네가 남의 남자와 눈이 맞았다는데, 너는 진정이 되냐? 너 혹시 고자 아니야?"

"말씀이 너무 지나치십니다. 아내는 그럴 여자가 아닙니다. 크게 오해하신 게 분명합니다."

"오해? 이것들이 누굴 바지저고리로 아나. 증거를 한번 볼래?"

그녀는 아내가 늘 가방 속에 넣어가지고 다니는 보험회사의 계약서 사본을 내 발 밑에 집어던졌다. 박재덕이라는 사람이 꼼꼼하게 내용을 기입한 생명보험 계약서였다.

"이 못난 양반아, 당신도 속고 있는 거야. 핑계가 얼마나 좋아. 보험 드세요, 하면서 얌전한 마누라가 이 남자 저 남자 만나고 돌아다닌다, 이 말이야. 내 오늘은 그냥 가지만 한 번만 더 내 남편 만나면 니년 가랑이를 확 찢어놓을 테니, 그리 알아."

여자가 돌아간 후에도 아내는 한동안 그 자리에 붙박인 듯 서 있었다. 서서 여자가 현관문 앞에 뱉어놓고 간 침덩어리를 보고 있었다. 아직도 거품이 일고 있는 침덩어리는 아내와 내가 당한 모욕이 사실임에 틀림없다는 증거로 여전히 거기 남아 있었다. 물론 박재덕이 써놓은 보험 계약서의 사본도 내 손에 여전히 남아 있었다.

"얘기 좀 하지. 이리 와서 앉아."

나는 소파로 가서 먼저 앉았다. 내 목소리는 의도와는 달리 사뭇 위압적으로 들렸다. 사실 계약서는 사본에 불과했다. 보험에 관심이 있는 사람이라면 누구나 얻을 수 있는 종이쪼가리에 박재덕이라는 남자가 보험을 신청하기 위해 이런저런 것들을 기재해놓은 것뿐이었다. 성질이 급하고 무식하기까지 한 여자가 흥분해서 그 종이쪼가리를 물증이랍시고 가져온 것이었다.

"할말 없어요. 너무 피곤해. 이해해줘요."

아내는 나를 혼자 소파에 남겨두고 방으로 들어가버렸다. 아내의 태도 역시 무식한 여자의 태도만큼이나 내게는 기이할 뿐이었다. 비상식적이긴 마찬가지였다. 설명할 게 아무것도 없다고 하더라도 우리가 같이 당한 상황에 대해서 같이 분노하거나 하다못해 같이 웃어주기라도 해야 하는 게 아닐까. 나는 혼자 우두커니 앉아 어두운 티브이 모니터에 반사되고 있는 자신의 얼굴을 바라보고 있었다. 그 얼굴에는 아주 낯선 표정이 스멀스멀 떠오르고 있었다. 오래 마주 보고 있기가 불편한 이상한 표정이었다. 방금 보톡스 주사를 맞은 것같이 신경이 억지로 마비되어 어정 쩡하게 주름을 펴고 있는 얼굴. 나는 스스로에게 감추고 있었다. 티브이 모니터가 몰래 카메라처럼 내 얼굴의 음산한 표정을 들추어내고 만 것이다. 나는 흠칫하며 황급히 리모컨의 버튼을 눌렀다. 내 얼굴이 사라지고 신용카드 광고가 나타났다. 나는 아내를 의심하고 있었다.

박재덕의 얼굴 같은 건 궁금하지 않았다. 그가 어떤 인간인지도 별로 알고 싶지 않았다. 이 모든 게 농담에 불과하리라는 생각을 나는 여전히 버리지 못하고 있었다. 하지만 박재덕을 실제로 보았을 때 나는 자신이 얼마나 그의 얼굴을 궁금해했는지 비로소 깨달았다. 언뜻 그가 제 발로 걸어들어와 얼굴을 보여준 게 고맙다는 생각까지 들었다. 그의 모든 게 궁금했다. 무슨 일을 하는지 어떻게 살아왔는지, 도대체 아내의 어떤 점 에 매료되었는지, 하지만 그는 아무것도 말해주지 않고 침울한 얼굴로 미안하다는 말만 반복했다. 아내를 만나 사과해야 하는데 아내가 만나주 지 않는다고 했다.

"대단히 죄송하지만 저는 그분을 만나 용서를 구하고 싶습니다. 그분 한테 큰 실수를 저질렀습니다. 도와주십시오. 한 번만 만나볼 수 있게 도 와주세요. 이대로는 살 수 없습니다."

그는 절망적인 표정으로 매달렸다. 아내를 만나고 싶다고 했지만 마치 아내를 사랑하고 싶다고 말하는 것처럼 결사적이었다. 이 사내가 정상이 아닐지도 모른다는 생각이 들어 속으로 웃음이 났다. 곧 아내가 오니까 만나보고 가라고 내가 말하자 그는 화들짝 놀라며 벌떡 일어섰다. 여기 선 곤란합니다. 아마도 내가 있어서 곤란하다는 뜻일 것이다. 나도 물러 서지 않았다. 그렇다면 저도 도와줄 수가 없습니다. 아내에게 억지로 강 요할 수는 없지 않습니까? 사내는 다시 절망스런 얼굴로 나를 바라보았 다. 죄송합니다. 제가 또 실수를 한 것 같습니다. 만나주셔서 감사합니다. 그가 돌아가고 나서 나는 문을 잠그고 도어 아이로 그를 살폈다. 그는 엘리베이터로 내려가지 않고 계단 쪽으로 걸어가고 있었다. 뒷모습만 보아도 그가 제법 건장한 사내라는 걸 알 수 있었다. 등을 펴고 쾌활하게 걷는다면 외국계 회사의 인상 좋은 보스처럼 보일 타입이었다. 그에게 아무런 혐오감도 느껴지지 않는 게 황당했다. 볼품없이 뚱뚱하고 목소리만 큰 그의 부인이 대뜸 혐오스러웠던 것과는 대조적이었다. 나 역시 인상이 좋다고는 할 수 없었다. 한숨이 나왔다. 아내를 사이에 두고 그와 싸운다면 나는 그를 이길 자신이 전혀 없었다. 자신이 없는 정도가 아니라 싸움 자체가 아예 성립되지 않을 것 같다. 내게는 의욕이란 게 도통 없기 때문이다. 나는 아내에게 전화를 걸어 그 남자가 찾아왔었다고 보고했다. 아내는 아무 말도 하지 않고 전화를 끊었다. 그를 만나봐. 무조건 피하는 게 상책은 아니잖아. 자세한 건 모르지만 그에게 사과할 기회를 주는 게 좋겠어. 내 목소리는 아내와 그 남자, 나 자신 모두를 놀리는 듯 한가롭게 들렸다.

아내는 새벽 두시가 넘어서 집에 들어왔다. 술에 잔뜩 취해 있었는데, 아내가 술 취한 모습을 보는 건 두번째였다. 작년에 아내는 보험 퀸에 뽑혀서 부상으로 외국 연수까지 갔다 왔다. 보험 퀸에 뽑힌 날 아내는 술에 취해서 동료의 등에 업혀 집에 돌아왔고 밤새도록 화장실에 들어가 울면서 토해댔다. 아내가 보험 퀸이 된 것은 나보다 아내가 더 놀란 사실이었다. 아내는 기뻐서 운 게 아니라 기가 막혀서 운 것이다. 나는 아내가 다른 누가 아닌 박재덕과 술을 마셨다는 걸 직감으로 알았다. 이제 아무것도 농담이 될 수 없었다. 아내가 제대로 옷도 벗지 못하고 침대에 누워 잠이 든 동안 나는 다시 혼자 소파에 앉아 모니터에 반사된 나의 얼굴을 보고 있었다. 그 얼굴은 어제보다는 덜 낯설었다. 이미 친숙하게 느껴지기 시작했기 때문이다. 혐오스러운 동시에 흥미로웠다. 자신을 조롱하며 즐거워하는 그 심술의 생생함, 타락한 진실의 번들거리는 본모습. 나는 아내에게 배신에 대해 말할 것이다. 잔인하게 단죄할 것이다. 내가 니 인생을 어떻게 바꿔주었는데 잠시 실직한 사이에 나를 배신해? 내가 잠든 사이에 내 얼굴 위에 이불을 덮어씌우고 내 목을 조르고 이제 나를 종이 박스에 넣어 더러운 시궁창에 내다버려? 이 배은망덕한 나쁜 년, 그 더러운 몸뚱어리를 내 눈앞에서 치우고 당장 이 집에서 나가! 하지만 이 집은 내 집이 아니라 아내의 집이었다. 아내가 보험을 팔아서 대출금을 모두 갚고 매매가가 하한선일 때 어렵게 산 집이다. 아내가 보기 싫으면 내가 집을 나가는 게 도리에 맞았다. 아내의 인생을 구했다는 생각은 내가 아니라 아내가 자주 해온 말이다. 하지만 이제 보니 나 자신도 그런 생각을 줄곧 해왔던 모양이다. 사실을 따져보면 아내의 인생을 한 두어 달간 내가 구했다면 아내는 내 인생을 십 년 넘게 구해주고 있었다. 나는 금세 비굴해져서 어떻게 하면 아내를 불편하게 만들지 않고 용서해줄까 고심하기 시작했다. 아내는 용서받을 자격이 있었다. 나는 침대로 가서 아내에게 이불을 덮어주고 아내가 잠에서 깨지 않도록 조심하며 옆에 얌전히 누웠다.

너무 더워서 잠이 깼다. 물을 마시려고 부엌에 가보니 아내는 이미 커피를 마시며 토스트에 잼을 바르고 있었다. 내 몫의 커피와 토스트와 계란 프라이가 아내의 건너편 접시에 놓여 있었다. 발끝까지 비굴해졌던 어제 밤의 이성은 새벽녘의 더위와 토스트에 잼을 바르는 아내의 꼼꼼하고 냉정하기만 한 태도에 의해 삽시간에 마비되고 말았다.

"우린 얘길 좀 해야 돼. 너 왜 날 피하니? 내가 그렇게 우습냐?"

내가 생각해도 내 말투는 우스꽝스러웠다. 하지만 아내가 대뜸 웃음을 터뜨렸기 때문에 쉽게 물러설 수는 없었다. 어설픈 분노가 나를 자극했다. 아내가 킬킬거리며 커피를 더 따르기 위해 식탁에서 일어섰고 등을 돌리고 선 아내를 향해 나는 토스트와 계란 등이 놓인 커다란 사기접시를 집어던졌다. 딸기잼이 발린 토스트는 아내의 하얀 면 잠옷의 허벅지와 배 부분에 들러붙었고 계란은 배에 걸쳐졌다. 마치 점액질인 것처럼 토스트와 계란이 달라붙은 아내의 잠옷은 화려하게 패치워크된 크리스마스 의상같이 보였다. 접시는 깨지면서 아내의 발등 위로 파편이 쏟아졌다. 아내의 발은 피로 얼룩졌다. 아내는 표정 하나 바꾸지 않고 잠옷에 붙은 계란과 토스트를 떼어내고 깨진 접시의 파편을 휴지통에 집어넣었다. 아내와 달리 놀란 나는 성급하게 아내 쪽으로 뛰어갔고 아내는 도우려는 내 손길을 쌀쌀맞게 뿌리쳤다. 목욕탕에서 발을 씻고 반창고까지 붙이고 나온 아내는 아무렇지도 않은 얼굴로 남은 커피와 토스트를 먹었다. 나의 분노는 극에 달했다. 아내가 두려웠기 때문이다.

"하나도 안 미안해. 넌 아주 나쁜 인간이야. 이젠 니가 무섭다. 그렇게 그 남자가 좋았니? 한번 말해봐. 어떻게 해주던? 니 가슴을 핥아주던? 그걸 좋아하잖아. 내가 못 해주는 걸 아주 많이 해줬겠지. 목걸이도 사줬지? 니가 숨겨둔 목걸이를 보고 내 마음이 어땠을 거 같냐. 아주 미안했다."

"꼭 듣고 싶어? 그냥 지나가주면 안 돼?"

"듣고 싶어. 들어야겠어."

"당신은 나한테 중요한 사람이야. 당신을 …… 사랑해. 사랑할 수밖에 없어. 당신은 내 인생을 구해준 사람이야. 아직도 내 엄마 아버지 죽어가던 얼굴 생각하면 구역질이 나. 아무 희망이 없었는데 열 살 때부터 정말 내 인생에 아무 희망이 없었어. 그래서 아버지가 죽어가는데도 난 기를 쓰고 야학에 나갔어. 아버지가 죽고 나자 나 자신이 너무 싫어서 나도 그만 죽고 싶었는데 당신이 선생님인 당신이 나한테 결혼하자고 했지. 다른 세상을 보여주겠다고. 네가 다른 세상을 하나도 모르는 게 너무 슬프

다고 하면서. 정말 당신이 내 인생을 구해주었어. 당신한테 아직도 고마
워."

"말 돌리지 말고 진실을 얘기해. 어떻게 만난 거야, 도대체?"

"만나다니?"

아내는 커피를 마시며 미간을 찌푸렸다.

"그 자식을 어디서 어떻게 만나서 그런 사이가 됐냐고? 오늘 이 자리
에서 다 풀어봐."

아내는 한동안 나를 낯설게 바라보았다. 아마도 내 얼굴은 어젯밤 티
브이 모니터에 비쳤던 얼룩덜룩한 독버섯의 표정 그것일 것이다. 하지만
상관없었다. 난 모든 게 궁금할 뿐이었다.

"당신이 생일날 사준 카세트로 음악을 듣고 있었어."

"엠디야, 엠디 플레이어."

"그래 카세트가 아니라 엠디지. 그건 참 음악이 깨끗하게 들려. 그걸
귀에 꽂고 있으면 다른 소리는 안 들려. 그래서 난 지하철에 타면 항상
그걸로 음악을 들어. 그날은 용산에서 약속이 있어서 국철을 탔는데, 사
람이 하나도 없었어. 나 혼자 구석에 앉아서 음악을 듣고 있었지. 그건
강을 따라가는 전철이야. 바깥을 보며 난 음악을 듣고 있었어. 다른 건
자세히 생각나지 않아. 그 사람이 어딘가에서 탔고 내 앞좌석에 앉았어.
모르겠어. 사실 그를 본 기억이 전혀 나질 않아."

"거짓말. 넌 혼자 앉아 있다가 그놈이 타니까 몸이 단 거야. 텅 빈 지하
철에 남자와 단둘이 있을 생각을 하니 몸이 타들어갈 만도 하지."

"바보같이 굴지 마. 안 어울려."

"텅 빈 지하철에 쭈그리고 앉아서 남편이 사준 엠디로 음악을 듣고 있
는데 멋진 남자가 니 옆에 와서 앉았다 이 말이지. 그래서 어서 오세요
했니?"

"내 앞에 앉았을 뿐이야."

"그래서 그래서 어떻게 됐냔 말이야? 다 얘기해버려."

"그 남자가 나를 물었어."

"물다니?"

"내 허벅지를 갑자기 깨물었어. 마침 전철이 섰고 난 그 역에서 내렸어. 그게 다야."

나는 진심으로 놀랐다. 그 남자가 아내의 앞으로 돌진해서 개처럼 허벅지를 물어뜯는 걸 상상하자 현기증이 나면서 숨이 막혔다. 나는 식은 커피를 단숨에 들이켰다. 아내는 조용히 설거지를 하고 옷을 갈아입기 위해 방으로 들어갔다. 검은 정장을 입은 아내는 저승사자처럼 창백하고 냉담한 얼굴로 옆에 서서 내가 허겁지겁 접시를 비우고 잼 칼로 딸기잼을 떠먹는 꼴을 지켜보고 있었다. 나는 빨간 잼 덩어리를 입 속에 우겨넣으며 아내에게 매달렸다.

"제대로 된 얘기를 해봐. 난 이해가 안 간다. 그 남자가 왜 널 물었니? 니가 사랑스러워서? 널 먹고 싶었대? 무슨 병이 있는 사람이니? 제발 말을 좀 해보란 말이야."

아내는 다시 식탁 앞에 앉았다. 머릿속까지 딸기잼 덩어리가 엉겨붙는 것 같았다. 하지만 나는 도저히 잼을 먹는 걸 그만둘 수 없었다. 당뇨 환자처럼 뭔가 달콤한 게 다급하게 필요했다.

"뭘 해도 즐겁지가 않아. 당신과 같이 하는 모든 일 아무것도 내키지가 않아. 구역질이 나. 당신이 싫어. 나 자신이 무섭고. 나를 용서해줘."

"나를 사랑한다며?"

"당신을 사랑해. 그건 변할 수 없는 거야. 하지만 아이를 잃고 난 깨달았어. 당신이 나와는 다르다는 걸. 당신이 아무렇지도 않다는 걸. 난 아직도 꿈속에서 그 아이를 봐. 의사가 보여준 그 핏덩어리. 내 아이. 우리는 아이를 둘이나 죽였어."

"아이는 얼마든지 다시 가질 수 있을 거야. 노력만 하면."

"모르겠어? 아이는 우리에게 다시 오지 않아. 우리한텐 그럴 자격이 없으니까."

"당신이 원한다면 입양을 해도 좋아."

내 말이 떨어지기 무섭게 아내는 다시 웃음을 터뜨렸다.

"늦었어. 일하러 가야 돼."

아내가 나가고 나는 베란다로 뛰어가 아내를 내려다보며 담배를 피웠다. 아내는 마치 자기 혼자서만 그 고통을 겪은 듯 굴었다. 섭섭했다. 그 아이들은 내 아이들이기도 했다. 나도 가끔 꿈속에서 태어나지 못한 아이들을 보았다. 일그러진 슬픈 아이들. 형체도 없는 아이들. 아내는 내 고통을 비하할 것까지는 없었다. 물론 아내만큼 나는 태어나지 못한 아이들한테 집착하지는 않았다. 소용없는 짓이기 때문이다. 게다가 나는 아이를 그다지 원하지도 않았다. 아내는 그걸 눈치챘던 것이다. 나는 박재덕과의 일이 더 궁금했는데 아내는 교묘하게 요점을 피해버렸다. 어쩌면 아내는 다시 돌아오지 않을지도 모른다. 용서해달라는 아내의 말이 마음에 걸렸다. 전화를 걸었지만 아내는 받지 않았다.

부장 부인이 전화를 걸었다. 아내가 제출한 입양 신청서류가 보류됐다는 것이다. 내가 직장을 구하고 아내가 집에 있으면 당장이라도 아이를 입양할 수 있을 거라고 했다. 입양하기 전에 위탁모라도 경험하고 싶다고 아내가 간곡하게 말했다고 하면서 부장 부인은 나에게 이렇게 말했다. 부인은 어떤 아이의 엄마든지 되어줄 준비가 되어 있어요. 엄마가 되고 싶은 마음 남자들은 잘 모를 수 있어요. 아직 결정을 못 하셨다면서요? 충분히 이해해요. 아내의 입장에서 한번 생각을 해보세요. 그토록 엄마가 되고 싶은데 아이가 없다면 얼마나 절망스러울까요? 내 아이 남의 아이 그런 건 한순간의 집착에 불과한 거랍니다. 일단 아이를 한번 길러보세요. 인생이 아주 다르게 보일 거예요. 제가 도움이 될 만한 책자를 좀 보냈어요. 읽어보시면 생각이 바뀌실 거예요.

나는 부장 부인의 말을 전하기 위해 다시 아내에게 전화를 걸었다. 아내가 전화를 받지 않아서 문자 메시지를 보내야 했다. 나 때문에 입양 서류가 보류됐대. 화낸 거 미안하고 이따 집에서 얘기하자. 당신 마음 이해해. 하지만 세 줄의 메시지를 찍으며 아내가 돌아오지 않을 거라는 확신은 더욱 강해졌다. 아내가 오늘 저녁 억지로 돌아온다고 해도 그건 이미 내가 아는 아내가 아닐 것이다.

봄밤의 일

어제 당신을 생각하다가 손을 베었어. 손톱이 반이나 잘려나갔어. 걱정하지 마. 피는 멈췄어. 위험한 일이야. 집에서 당신을 생각하는 거. 만약 내가 오지 않으면 어떻게 될까? 내가 사라져버리면? 생각해본 적 있어? 매일 생각해. 너는 매일 사라지니까.

봄밤의 일

비 오는 아침. 창이 열려 있고 희미한 바람에 커튼이 흔들린다. 창 밖으로 나무가 보인다. 침대 위에는 한 사람이 벌거벗은 채 창 쪽을 보고 앉아 있다. 등은 땀에 젖어 있고 약간의 권태를 느끼며 음악을 듣고 싶다고 생각한다. 또 한 사람이 그녀를 바라보며 서 있다. 젖은 머리에 하얀 가운만 걸치고 있는 그의 얼굴은 매우 창백하다.

그: 일곱시가 넘었어.

그녀: 알고 있어.

그: 커피를 줄까?

그녀: 아니.

그: 그가 깨어났을까?

그녀: (그제야 돌아본다) 모르겠어. 이리 와봐. 얼굴이 창백해.

그는 오지 않는다.

그녀: 나를 원망하는 건 아니지? 나를 원망하지 마.

그: 내가 왜 너를 원망해?

그녀: 약을 줘. 나에게도 그에게도 약이 필요해.

그: 중독이야. 좋지 않아. 아이를 갖기로 했잖아.

그녀: 또 그 아이 타령. 꽃이 피었어. 봄에는 꽃이 피지. 왜 거기 그렇게 서 있는 거야? 유령 같아.

그: 돌아가.

그녀가 가고 나서 그는 가운을 벗고 침대에 다시 누웠다. 미열이 있었고 젖은 나뭇가지 위에는 새 한 마리가 숨어서 울고 있었다. 소리 없는 바람이 불 때마다 붉은 꽃들이 눈송이처럼 떨어졌다. 약을 먹어야 할 시간이 지났다. 그에게 필요한 건 암페타민. 강력한 진정제였다. 그녀가 올 때마다 그는 잊고 있던 그리움이 갑자기 부풀어올라 내출혈을 일으킬 것 같은 통증을 느꼈다. 그것은 그녀를 보지 못할 때 느끼는 그리움과는 본질적으로 달랐다.

긴 낮. 같은 방. 그는 허탈한 표정으로 침대에 앉아 있다. 방 안에는 아주 느린 음악이 거품처럼 떠다니고 있다. 그녀는 발가벗은 채 춤을 추고 있다. 갑자기 그녀가 멈춰서더니 화가 난 얼굴로 그를 본다.

그녀: 이걸 봐. 그가 때린 자국이야. 오세아니아 지도 같지 않아?

그녀는 그를 노려보고 그는 가슴을 누르며 괴로움을 참는다.

그녀: 동정도 안 해?

그: 나는 동정할 자격이 없어.

그녀: 그래도 그는 나를 사랑해. 사랑하니까 겁이 나서 때리는 거야.

그는 무릎을 꿇고 앉아 그녀의 넓적다리에 난 멍자국 위에 약을 발라주었다. 그녀는 아픈 표정도 짓지 않고 도전적으로 그를 내려다보며 서 있었다. 멍자국은 넓적다리에도 등에도 팔뚝에도 남아 있었다. 언젠가 그 남자는 아령으로 그녀의 발등을 찍은 적도 있었다. 다행히 뼈는 상하지 않았지만 그녀는 새끼발가락을 잃고 말았다. 그때 그녀는 아프다고 소리를 지르며 그의 뺨을 때렸다. 그녀는 연약한 것과는 거리가 먼 여자였다. 하지만 그의 사랑 속에서 그녀는 얇은 습자지처럼 한없이 연약했다.

엷은 새벽. 그의 침실. 얼굴을 마주댄 채 그와 그녀는 비스듬히 누워 있다. 그는 눈을 감고 있고 그녀는 격정에 못 이겨 그의 얼굴 위에 자기 얼굴을 마구 비벼대다가 혀로 그의 뺨을 애무한다.

그녀: 열이 있어.

그는 아이처럼 그녀의 품으로 파고든다.

그녀: 오늘은 어린애처럼 구네. 자장가를 불러줄까? 얘기를 해줄까?

그: 얘기를 해줘.

그녀: 옛날에 나무꾼이 있었어. 사실 그의 직업은 의사였어.

그: 그만둬.

그녀: 그가 나무를 하러 갔다가 아니지 어떤 환자를 진찰하다가 뺨을 맞았는데.

그: 그만두라니까!

그녀: 화났어?

그: 그 나무꾼은 환자를 사랑하게 됐지. 환자의 남편이 매일 술을 마시기 때문에 환자를 몰래 만날 수 있다는 걸 알고 나무꾼은 행복했어. 그런 얘기야?

그녀: 틀려. 나무꾼은 환자의 남편보다 더 나쁜 놈이야. 아픈 환자를 더 아프게 만들었으니까.

그는 갑자기 일어나서 목욕탕으로 갔다. 젖은 기침이 터져나왔고 구역질이 치밀어서 변기에 고개를 숙이자 검붉은 핏덩어리가 물 속으로 떨어졌다. 토혈은 한 달 전부터 시작됐다. 그는 노곤한 만족감 같은 걸 느끼며 세수를 했다. 밖에서 그녀가 부르는 노랫소리가 들려왔다. 그녀가 하는 사랑의 고백은 왜 그를 현기증나게 만드는 것일까. 오한이 나서 그는 재채기를 했다. 나 추워, 어서 와. 그녀의 목소리가 크게 울렸다.

깊은 밤. 같은 방. 그와 그녀는 함께 술을 마셨다. 일 주일 만에 만났기 때문이다. 바닥에는 그들이 나눠마신 술병들이 쓰러져 있고 그녀가 흘려놓은 옷가지들이 색종이처럼 흩어져 있다. 그녀는 언제나 화사한 색깔의 옷을 입고 그에게로 온다. 술잔이 쓰러져 흰 블라우스 위에 얼룩이 번져가고 있다. 그는 잠든 듯 눈을 감고 있고 그녀는 신경질적으로 말을 계속한다.

그녀: 일 년 전에 우리는 이민 수속을 밟고 있었어. 새로운 땅에 가서 새로 시작해보자는 거였지. 하는 일마다 잘되지 않으니까 그는 모든 걸 이 나라 탓으로 돌리고 여기만 뜨면 뭐든지 잘해나갈 자신이 있다고 했어. 나는 그를 믿었지. 뉴질랜드라는 나라. 지도를 사다 붙이고 영어를 공부하고, 그때는 행복했어. 희망이 있었으니까. 하지만 그는 갑자기 걱정하기 시작했어. 내 말 듣고 있어?

그: 듣고 있어.

그는 기침을 참는 노인 같은 쉰 목소리를 내고 그걸 숨기듯 크게 한숨을 쉰다.

그녀: 걱정이 많은 사람들은 아무것도 할 수가 없어. 걱정이 희망을 다 잡아먹으니까. 결국 짐만 부치고 우리는 뉴질랜드로 가지 않았어. 나는

짐을 다시 찾으려고 노력했지만 아무것도 다시 찾을 수가 없었어. 돈이 너무 많이 들었거든. 텅 빈 집에서 그는 술만 마셨지. 그의 어머니가 와서 다시 가구들을 구비해주었어. 어머니는 참 좋은 사람이야. 내가 힘들어하면 미안해하면서 하는 말이 사람에게는 다 때가 있는데 남편은 아직 때를 못 만났다는 거야. 때를 만나면 그도 정신을 차리고 우리도 행복해질 수 있다고 했어. 아이가 없는 것도 큰일이라고, 아이만 생기면 그가 정신을 차릴 거라고. 하지만 어머니도 알 거야. 그는 썩었어. 술이 그를 썩게 했지. 그가 술을 마시는 건 괴로워서도 아니고 마음이 약해서도 아니야. 중독돼서 마시는 거야. 술을 마시면 나도 자신도 다 사라지니까 마시는 거야. 그는 마음이 텅 비는 걸 너무나 즐겨. 가망이 없어. 그에게 남아 있는 희망이 있다면 아직도 나를 사랑한다는 거 그거 하나야.

그녀는 짧게 웃고 숨을 몰아쉰다.

그녀: 당신이 일본에 가 있는 동안 그래 두 달이었지 하지만 천년 같았어. 나는 매일 울면서 목욕을 했어. 남편한테 들키지 않기 위해서. 왜 그런 거야? 날 잊으려고 했겠지. 돌아오지 않으려고 했던 거지? 나를 버리고 새출발하고 싶었어?

그녀는 숨차게 떠들고 그는 혼곤한 피로와 취기 속에서 천천히 그녀의 몸을 만졌다. 그의 손이 너무 뜨겁고 너무 메말라 있어서 언뜻 소름이 끼쳤던 모양인지 그녀가 몸을 떨었다. 그래도 손을 털어내지는 않았다. 그녀는 상냥히 그의 손을 잡아 자신의 배 위에 올려놓았다. 혓바닥에서부터 녹기 시작하는 스펀지 케이크처럼 부드럽고 따스한 살갗. 그는 그녀의 감미로운 피부를 입 속에 모두 집어넣고 싶다고 생각했다. 깜박이는 불빛 같은 욕망이 손끝으로 몰려 그는 신음 소리를 내며 쓰러졌다. 그녀가 셀로판지 구겨지는 소리를 내며 낮게 웃었다. 어두운 나무가 불빛 속에 선명하게 보이고 그들을 훔쳐보듯 가끔씩 밤바람에 가지를 흔들어댔다. 크고 음산한 나무는 그녀의 남편 같아서 그는 고개를 돌렸다.

그가 일본에 갔던 건 어머니를 만나기 위해서였다. 어머니는 그와 똑같은 병을 오 년 동안 앓다가 철저히 병에 갉아먹힌 몸뚱어리를 침대에 누인 채 죽어가고 있었다. 의식도 없었고 말도 한마디 하지 못했다. 아홉 살 때 수영 전지훈련을 갔다가 어머니를 처음 본 뒤로 두번째 만나는 거였다. 그에게 연락한 것은 구십이 가까운 할머니였다. 말을 할 수 있는 할머니와도 말이 통하지 않았다. 그가 일본말을 한마디도 하지 못했기 때문이다. 어머니는 마치 마지막 남은 생명의 한 방울까지도 빨대로 빨아들여 없애버리려는 것처럼 천천히 죽어갔다. 그는 여닫이문 하나를 사이에 두고 어머니 옆에 머물렀다. 죽음 전의 침묵은 끔찍스러웠다. 밤마다 그는 정원에 나가 맨발로 어둠 속을 배회했다. 하루에 세 번씩 복용하는 진통제 때문에 낮 동안은 무기력했고 밤에는 잠을 자지 못했다. 작은 푸른 알약을 삼키고 눈을 감고 누워 있으면 허리가 굽은 할머니가 하얗고 흐물흐물한 두부를 갖다주었다. 두부는 차갑고 바닐라 아이스크림처럼 부드러웠다. 물을 마시듯 두부를 입에 넣고 억지로 삼켰다. 할머니는 그게 효과 있는 치료약이라도 되는 듯 대견한 얼굴로 그를 지켜보고 있었다. 그러나 잿빛 눈동자는 무표정했다. 오랜 병을 지켜본 사람의 당혹스런 무표정.

할머니의 정원에는 검은 돌로 장식된 연못이 있었다. 연못 안에는 몸은 희고 꼬리는 검은 잉어가 세 마리 있었는데 하루에 두 번 먹이를 주는 게 그의 중요한 일과가 되었다. 밤에도 그는 정원을 걷다가 연못가로 가서 동작이 느려진 잉어를 들여다보곤 했다. 그의 존재를 알고 그들은 유연한 지느러미를 흔들며 그의 곁으로 몰려들었다. 달빛 아래 흰 비늘이 새하얗게 빛날 때마다 그는 황홀함에 짓눌려 터져나오려는 기침을 참아야 했다. 그는 차가운 발등 위에 뜨거운 손을 올려놓으며 그녀를 생각했다. 그의 연인. 밤마다 술병을 사이에 두고 남편과 거친 싸움을 벌이고 그에게 떠밀려 식탁 모서리에 머리를 부딪치고 때로는 술병을 깨서 유리 조각을 손목에 대며 자살해버리겠다고 위협하고 마지막엔 언제나 남편을 부둥켜안고 울음을 터뜨리는 그의 연인. 연민 때문에 그는 손톱을 구부려 자기 발등을 할퀴고 있었다. 잉어 한 마리가 갑자기 뛰어올라 그에게 물방울을 튀겼다.

다시 밤. 그는 방에 없다. 빈 방에 서서 그녀는 천천히 옷을 벗고 의자에 걸려 있던 그의 가운을 입는다. 팔을 길게 뻗어 가운에 밴 그의 냄새를 맡는다. 그 냄새를 깊이 들이켜고 두 팔로 자기 가슴을 끌어안는다. 그녀는 취해 있다. 이런 식으로 남편을 닮아가는 것일까. 의자를 문 앞에 놓고 앉는다. 다리를 올리고 무릎을 안는다. 울고 싶다. 하지만 그 울음을 보아줄 그가 없다. 그녀는 그를 기다린다.

그가 들어온다. 그녀는 팔 속에 고개를 묻고 있다가 머리를 들고 눈을 깜박거리고 팔을 내민다. 그가 와서 무릎을 꿇으며 의자에 앉아 있는 그녀를 끌어안는다. 그녀는 아이처럼 그의 목에 매달리고 그는 그녀를 안고 침대로 간다. 커튼이 닫혀 있다. 그녀를 누이고 그는 커튼을 연다. 검은 나무가 거기 서 있다. 밤바람에 가지를 떨며 슬픈 듯 그를 보고 있다. 그녀의 곁에 가서 앉는다. 그녀는 몹시 지쳐 보인다. 생기 잃은 손으로 그의 얼굴을 만지다가 금세 손을 내린다. 그는 달빛 아래 빛나던 잉어를 보듯 그녀를 가만히 들여다본다.

그녀: 기다리는 데 지쳤어. 당신이 없어서 너무나 마음이 아팠어.

그: 아이 하나가 아파. 열이 내리질 않아.

그녀: 죽을 것 같아?

그: 아니.

그는 처음으로 미소를 짓는다.

그: 급성 폐렴이야. 비가 오는데 학교 앞에서 두 시간이나 엄마를 기다리고 있었대.

그녀: 엄마는 어디 있었는데?

그: 몰라. 물어보지 않았어.

그녀: 당신이 의사여서 다행이야. 내 병은 어떻게 치료해줄 거지?

그: 너는 건강해. 팔딱이는 잉어처럼.

그녀: 잉어?

그: 너의 건강을 사랑해.

그녀: 오늘 그가 우리가 처음 만났을 때의 얘기를 했어. 울면서. 나는 웃음을 터뜨렸지.

그의 감상이 너무나 우스꽝스럽게 느껴졌거든. 고등학교 때 그는 매일 우리집 앞으로 와서 같이 등교했어. 비닐봉지에 빵과 우유를 사들고. 그걸 먹으면서 우리는 다섯 정거장이나 되는 거리를 매일 걸어서 학교에 갔지. 얼마나 많은 얘기를 했는지. 우리는 천천히 걸으면서 많은 얘기를 나누었어. 진로 문제나 취미생활, 영화, 읽은 책, 친구들에 관해서 지치지도 않고 얘기했지. 정말 즐거웠어. 이른 아침의 공기는 상쾌하고 매일 새로 태어나는 기분이었지. 그는 자상한 남자애였어. 내 생일에는 그의 집으로 데리고 가서 떡국을 끓여준 적도 있어. 파를 잘게 썰어서 하트 모양을 만들어 떡국 위에 올려놓았어. 그가 사랑하는 방식 언제나 그런 식이었어. 그 나이에도 여자를 사랑하는 방법을 알고 있었던 거 같아.

그녀가 남편의 얘기를 하지 않았을 때 그는 자주 그 남자에 대한 상상을 했다. 그 남자의 얼굴도 상상해보고 그의 몸, 목소리 등을 생각해보며 어떤 인간인지 궁금해서 견딜 수가 없었다. 전화를 해본 적도 있지만 그는 전화를 받는 법이 없다고 했다. 집 근처에도 가보았다. 하지만 그는 외출을 거의 하지 않는다고 했다. 그의 가계는 대대로 무척 부유했고 그의 어머니는 하는 일마다 실패하는 막내아들한테 특별히 많은 재산을 물려주었다는 것이다. 그들은 어마어마한 양의 현금을 은행에 넣어놓고 그 이자로 살아가고 있었다. 그녀가 신탁에 넣은 돈도 많은 양 부풀어올라 있었다. 어찌 보면 그들 인생의 가장 큰 문제는 권태였다. 그녀가 남편 얘기를 하기 시작하자 그는 더이상 그 남자에 대해 상상하지 않게 되었다. 이제 그 남자는 오히려 실체가 없어져버렸다. 그녀의 말 속에만 존재하는 괴물일 뿐이었다.

꿈속에서. 다른 방이다. 하얗고 창이 없고 공기조차 표백된 듯 희뿌옇다. 아주 큰 침대가 보인다. 그녀는 작은 얼룩처럼 침대 위에 엎드려 있다. 그가 나타나자 그녀가 일어나 다가간다. 그들은 멈춰 서서 서로를 깊이 안고 있다. 몸을 흔들기도 한다. 춤추는 건 아니고 욕망 때문에 저절로 몸이 흔들리는 것이다. 그녀가 펄쩍 뛰어올라 하얀 다리로 그의 몸을 감는다. 작은 과일처럼 매달린 그녀를 그는 오래도록 안고 있다.
침대에 누워 그녀가 얘기를 하고 그는 등뒤에서 그녀의 얘기를 듣는다.
그녀: 어제 당신을 생각하다가 손을 베었어.
그녀의 새끼손가락에 붕대가 감겨 있다.
그녀: 손톱이 반이나 잘려나갔어. 양파를 썰고 있었는데 잘라진 손톱을 찾을 수가 없었어. 처음엔 피가 나지 않았는데 갑자기 양파 위로 피가 떨어지기 시작했어. 겁이 나서 나도 모르게 당신을 막 불렀어. 남편이 자기를 부르는 줄 알고 뛰어나오더니 피를 보고 토하기 시작했어. 약상자를 가져오라고 소리를 질렀지만 그는 화장실로 가서 잠들어버렸어.

그가 붕대를 풀려 하자 그녀는 손을 감춘다.

그녀: 아파. 걱정하지 마. 피는 멈췄어. 손톱은 곧 새로 생길 거야. 위험한 일이야. 집에서 당신을 생각하는 거. 만약 내가 오지 않으면 어떻게 될까? 내가 사라져버리면? 생각해본 적 있어?

그: 매일 생각해. 너는 매일 사라지니까.

그녀: 가장 괴로운 건 그가 아무것도 모른다는 거야. 내가 곁에 없어도 그는 그걸 몰라.

내가 돌아가도 그는 그것도 몰라. 지금 이 순간도 그는 아마 내가 어딘가 집 안에 있을 거라고 생각할 거야. 책을 읽거나 음악을 들으면서 그와 지내는 괴로운 인생을 어떻게든 참아보려고 노력한다고 생각하겠지. 나는 책을 읽지 않아. 혼자서 음악 듣는 건 싫어.

그: 네가 오지 않으면 나는 기다리겠지. 그래도 오지 않으면 또 기다리고…… 내 모습이 환히 보이는걸.

그녀: 나는 고집이 세. 당신이 기다리고 있어도 나는 그걸 믿지 않을 거야. 당신이 나를 잊고 멋진 여자를 만나 결혼했다고 생각할 거야. 그리고 당신을 미워할 거야. 나는 불행할 테니까 당신을 미워해도 죄책감도 느끼지 않을 거야.

그녀는 갑자기 울기 시작한다. 그는 말없이 듣고만 있다.

그녀: 나를 잊을 거야. 그녀는 뭘 하고 있을까? 생각하다가 그런데 그 여자의 이름이 뭐였지? 내 기억력도 다 시들었군. 당신은 그렇게 될 게 뻔해. 남자들은 모두 이기적이니까. 그 여자는 참 불행했지 아직도 불행할까? 그렇다고 해도 나의 잘못은 아니야 그리고 이 침대에서 부인을 안겠지. 그 여자는 아무것도 모르고 행복해하겠지. 내 남편처럼. 당신을 증오할 거야.

그녀는 다시 울고 그는 미소짓고 있다.

그녀: 내 곁을 떠나지 마. 내가 떠나도 여기 그대로 있어.

그: 그럴 거야.

그녀: 고마워.

어머니를 처음 만났을 때 그의 나이 아홉 살. 깡마르고 큰 눈을 어디에 두어야 할지 몰라 언제나 서성이는 듯한 표정을 짓고 있던 소년. 그는 학교 대표로 일본 아이들과 친선경기를 하기 위해 동경으로 갔다. 그당시 그에게 푸른 풀은 가장 편안하고 흥미로운 장소였다. 아버지는 은밀히 어머니에게 연락했고 어머니는 그를 만나러 찾아왔다. 물 속에 들어가 연습에 열중하고 있는 그를 수영교사가 불러냈다. 그는 아무 소리도 듣지 못했다. 한 여자가 보였다. 푸른 투피스를 입고 풀장 가장자리에 서서 손을 모아쥐고 그가 나오기를 기다리고 있었다. 수영교사가 노란색 보드를 물에 던졌고 그는 물 밖으로 머리를 내밀었다. 그 여자. 창백한 얼굴에 슬픈 표정을 짓고 있던 그 여자가 물에서 나오는 그를 바라보고 있었다.

호텔 라운지로 가서 어머니와 식사를 했다. 그녀는 조용히 미소만 짓고 있을 뿐 아무 말도 하지 않았다. 자신을 아버지의 친구라고 소개했다. 몇 살이냐? 수영을 좋아하느냐? 동생은 있느냐? 학교생활은 어떤지 그런 것들만을 조심스럽게 물었다. 한국말이 서툴었다. 헤어지기 전에 그녀는 전화번호를 그에게 주었다. 시간이 나면 언제든 연락해도 된다고 했다. 가능하면 가기 전에 한번 더 만났으면 좋겠다는 말도 했다. 그는 전화하지 않았다. 그녀가 낯설고 불편했기 때문이다.

그녀가 어머니라는 걸 알게 된 건 언제였을까. 아버지는 아무 말도 해주지 않았다. 처음부터 알고 있었다는 생각도 든다. 처음 만났을 때부터. 수영장 가장자리에 손을 모아 쥐고 서 있는 모습을 물 속에서 올려다봤을 때부터. 어머니는 그후로 가끔 그에게 선물을 보냈다. 주로 옷이었다. 셔츠나 스웨터 같은 것들. 신발을 보낸 적도 있다. 하지만 사이즈가 맞지 않아서 동생에게 줘버렸다. 카드 같은 건 들어 있지 않았다. 그는 실망했고 어머니가 미웠다. 미움과 그리움이 같이 생겼다. 미움에는 당황하지 않았는데 그리움은 당혹스러웠다. 사춘기 때 그가 반항하기 시작하자 아버지는 선심을 쓰듯 일본에 가서 어머니를 만나도 좋다고 말했다. 그는 가지 않았다. 어머니를 잊고 싶었다.

오후 네시. 음산한 날씨. 하늘은 흐리고 열어놓은 창 밖으로 보이는 나무는 검푸른 색이다. 가끔 나뭇잎들이 춤추듯 흔들린다. 커튼자락이 돛처럼 나부끼고 그녀는 침대에 앉아 그가 깨어나기를 기다린다. 그는 잠들어 있다. 이마는 땀에 젖어 있고 나쁜 꿈을 꾸는지 가끔 신음 소리를 낸다. 그녀는 외롭다. 하지만 그를 깨울 수는 없다. 그는 이틀 동안 자고 있다. 그의 피로가 그녀를 슬프게 한다. 그가 깨어나지 않으면 어떻게 해야 하나. 그녀는 초조해서 눈물이 날 것 같다. 그때 그가 눈을 뜬다. 그의 눈은 충혈되어 있고 열 때문에 눈 근처도 취한 사람처럼 붉다. 그가 뺨에 손을 갖다대자 그녀는 턱을 갸웃거리며 그의 손의 애무를 받다가 입 속으로 그의 손가락을 넣는다. 뜨겁고 메마른 손가락이 부드럽게 젖기 시작한다. 그들이 키스할 때 갑자기 사위가 깜깜해지고 곧이어 비가 쏟아진다. 폭포수 같은 장대비. 바흐의 코러스 같다. 그들은 젤리처럼 서로에게 달라붙어 무겁고 장중한 음악 같은 욕망 속으로 거칠게 빨려들어간다.

그녀: 당신이 자는 동안 어떤 친구를 생각했어. 어릴 때 단짝이었지. 단짝이 아니라 나 자신과 다름없었어. 옆집에 살아서 매일 보고 매일 같이 지냈어. 우리는 서로를 줄리라고 불렀어. 어른들이 우리의 친밀함을 눈치채지 못하도록. 같이 책을 읽고 옷을 바꿔 입고 침대에 나란히 누워

서 발장난을 하면서 놀았지. 그애는 피아노 의자 속에 지우개를 모으고 있었어. 의자에 지우개가 가득 차면 그걸 팔아서 어딘가로 같이 도망가기로 약속했어. 그애 아버지가 다른 고장으로 이사 갈 계획을 세우고 있었거든. 우리는 아주 절박했어. 나는 지금도 그애가 나의 첫사랑이었다고 생각해. 남편이 아니야.

그: 아직도 만나?

그녀: 아니. 스무 살이 되고 나서 죽고 말았어. 감기가 낫지 않아서 병원에 갔는데 그후로 돌아오지 못했어. 세 달 뒤에 죽었으니까. 그애 가족은 그애가 아픈 게 무슨 큰 비밀인 듯 굴었어. 그래서 나와 우리 가족은 그애가 죽기 며칠 전에야 그애가 죽어가고 있다는 걸 알았어. 누가 아프고 죽어가는 게 창피한 일일까? 내가 갔을 때 그애는 산소호흡기를 끼고 누워서 나를 알아보지도 못했어. 아직도 그애 부모한테 화가 나. 그애는 분명 내가 찾아오지 않는다고 슬퍼했을 거야. 왜 하필 그애 생각이 났을까.

그: 날씨 탓일 거야. 친구 얘길 더 해봐.

그녀: 엄마는 그애가 죽고 내가 그애 얘기를 하면 화를 내곤 했어. 죽은 사람을 자꾸 생각하면 죽은 사람한테도 남아 있는 사람한테도 좋지 않다면서. 나는 그애가 죽고 나서 기억조차 사라져버릴 것 같아 두려웠어. 내가 그애를 잊으면 기회는 영영 없어지는 거잖아. 다시 만날 수 없으니까. 그건 너무 불공평해. 그래서 어느 날 그애 집으로 찾아갔어. 그애 엄마와 그애 얘기를 하고 싶었거든. 나는 그날 너무 놀랐어. 집에 그애 물건이 하나도 없었어. 다 태워버렸다는 거야. 나는 피아노가 어디로 갔느냐고 피아노 의자가 어디로 갔느냐고 물으며 울음을 터뜨렸지. 그애 엄마도 울면서 그애를 잊으라고 말했어. 그래야 그애가 천국으로 빨리 가게 된다면서. 그 지우개들. 가끔 웃으며 그걸 꺼내보곤 했었는데 모

든 게 사라지고 만 거야.

그: 죽은 후에도 오래 기억된다는 거 멋진 일이지. 그 친구는 운이 좋아. 당신의 친구로 태어났었으니까.

그녀: 스무 살에 죽는 기분 어떤 걸까? 그애라면 화내지 않고 대답해 주었을 텐데. 왜 그를 잊고 있었지? 그애한테 남자친구가 있었어. 미팅에서 만났는데 그애한테 반해서 몇 달 동안을 쩔쩔맸지. 착한 남자였어. 이제 보니 그 남자도 의대에 다니고 있었어. 같이 만나면 언제나 다음날 시험이 있다고 했어. 뛰어가면서 몇 번이고 내 친구를 돌아다봤지. 꼭 다시 못 볼 것처럼. 그는 병원에도 장례식에도 오지 않았어. 감당하기 힘들었겠지. 전화를 해도 슬픈 목소리로 바쁘다고만 했어. 아마 날 만나면 그애가 생각날까봐 무서웠나봐. 그도 아직 내 친구를 기억할까?

폐렴에 걸렸던 아이가 건강해져서 퇴원했다. 아이 엄마는 선물이라면서 상자 하나를 놓고 갔다. 그녀는 아직도 자기 잘못으로 아이가 아팠던 것을 자책하고 있었다. 약속이 있었다고 했다. 시계가 멈춘 걸 모르고 앉아 있다가 후닥닥 뛰어나와 아이에게로 갔다. 아이는 텅 빈 운동장 나무 아래서 아직도 엄마를 기다리고 있었다. 그때 이상하게 가슴이 철렁했다고 한다. 언뜻 죽음을 본 것일까. 죽음이 얼마나 가까이에 있었는지 겪을 때마다 사람들은 놀란다. 그녀의 놀라움도 그런 것이었으리라. 아이 아버지도 자주 찾아왔는데 퇴원하는 날까지 아내한테 화를 내고 있었다. 심통맞은 얼굴에 눈을 가늘게 뜨면서 차가운 목소리로 아내에게 명령하곤 했다. 왜 그런 남자들의 곁에는 그렇게 자주 아름다운 여자들이 있는 것일까.

상자 속에는 캐시미어 목도리가 들어 있었다. 회색 체크무늬였다. 아직 여름도 되지 않았는데 겨울 목도리를 선물하다니. 그는 부드러운 목도리를 목에 둘러보고 쓰게 웃었다. 이걸 해볼 기회가 있을까. 아이 엄마는 무슨 생각으로 이 봄에 목도리를 선물한 것일까. 그녀가 느꼈던 느닷없는 죽음의 그림자가 아직도 그녀의 마음속에 남아 있어서? 그의 상태는 점점 나빠지고 있었다. 오후 진료를 하기 위해서는 초인적인 인내심이 필요했다. 기침과 근육통, 투약과 무기력, 그녀가 오지 않을 때는 기력이 바닥으로 떨어져 모르핀을 맞아야 견딜 수 있었다. 어리석게도 그의 마음속에는 탐욕이 생기고 있었다. 마지막 소원 마지막 희망 운운하는 초라하고 가증스러운 탐욕. 그녀가 부쩍 옛날 얘기를 하는 것도 그를 불안하게 했다. 과거로 돌아가는 걸 즐기기 시작하면 현재를 살 수가 없게 된다. 하물며 미래는 완전히 없어져버리고 마는 것이다. 물론 그녀의 얘기를 듣고 있으면 텅 빈 그의 과거 속에도 이야기가 생기고 색깔이 입혀지는 듯한 기분이 들었다. 그건 고마운 일이었다. 밤에 땀에 젖어 깨어나면 그에게 필요한 건 진통제 한 알이나 모르핀 한 방울이 아니라 그녀의 생기 있는 기억들임을 깨닫곤 해서 그는 고통스러웠다. 사후세계 속 어디에도 그녀의 존재는 없을 것이다. 그가 죽음을 두려워하는 이유가 있다면 그것뿐이었다.

석양 무렵. 그들은 오랜만에 만났다. 그녀의 남편이 며칠간 술을 끊으려는 노력을 해보았기 때문이다. 하지만 남편은 다시 술병을 안고 방에 처박혔고 그녀는 그를 만나러 올 수 있었다. 그녀는 소녀처럼 머리를 묶고 화장기 없는 얼굴로 나타났다.

방은 비어 있다. 그들의 목소리가 들려온다. 물소리도. 커다란 타월을 함께 두르고 그들이 목욕탕에서 나온다. 서로 떨어지지 않기 위해 타월 아래서 종종걸음을 치며 그들은 웃음을 터뜨린다.

젖은 얼굴의 그는 오늘 창백하지가 않다. 석양빛 때문이다. 방 안 전체가 타오르듯 붉다. 붉은 신기루 같고 신비한 비밀이 쏟아져나오는 아랍의 할렘 같다. 그는 현기증을 느낀다. 약이나 신열이 주는 현기증이 아니라 그녀의 존재가 주는 현기증이다. 그가 행복하다고 느끼는 건 거짓일까.

그녀: 당신 눈이 투명해. 내가 보여. 창문 같아. 나만 비추는 창문.

그: 너를 볼 때마다 나는 놀라. 너는 스물아홉 살이 아니라 영 아홉 살이야. 태어나기도 전의 아이. 모든 걸 다 받아들이고 새로 만들어내지. 어디서 그런 재주를 배웠지.

그녀: 우리는 어떻게 될까. 이렇게 행복해선 안 돼. 너무 위험해. 작은 행복이 좋아.

큰 행복은 불안해. 같이 죽기 전에는 만족할 수 없어.

그: 집에서 무슨 일이 있었니?

그녀: 나 집을 나올까? 남편을 버리길 바래?

그: 그럴 수 없다는 걸 알아. 그러지 않으리라는 것도. 왜 죄책감을 갖니? 이렇게 행복한 순간에.

그녀: 여기 있으면 난 행복해. 집에 가면 난 불행해. 그런데도 난 집을 떠나지 못해.

남편을 사랑하지도 않아. 도대체 난 어떻게 된 인간일까. 당신한테 오면 정말 오면 당신이 날 반가워할까. 날 여전히 사랑하고 안아줄까. 얼마 동안? 십 년? 이십 년? 나는 너무 오래 불행하게 살아서 당신도 불행하게 만들 거야.

그: 넌 어디 있어도 누구든 행복하게 만들어. 그게 너의 장점이기도 하고 약점이기도 해.

넌 사랑스러운 사람이야. 아무것도 불안해하지 마.

그녀: 말해줘. 우리 괜찮을 거라고. 언제까지나. 죽을 때까지라도.

그: 죽을 때까지 우린 괜찮을 거야.

어두워진 걸 발견하고 그녀는 허겁지겁 돌아갔다. 그녀가 떠난 자리에는 보기 싫은 흉터처럼 너무나 명백한 흔적들이 남는다. 방 안의 공기조차 달라져버린다. 그녀가 있을 때는 향기로웠던 것들이 그를 비웃듯 초라하고 추악해진다. 그는 이마를 짚으며 일어나 목욕탕으로 가는 도중에 휘청하며 주저앉았다. 욕망이 사라진 몸뚱어리에 남아 있는 거라곤 음산한 통증뿐이다. 그는 바닥에 엎드려 통증이 지나가기를 기다렸다. 긴 화물열차처럼 신열과 자포자기, 소모감, 호흡곤란 등이 이어지다가 나른한 피로감이 찾아왔다. 가장 빠른 방법은 그녀를 생각하는 것이다. 그녀의 얼굴, 목소리, 웃음소리, 말투 등을 떠올려보며 그는 이를 악물었다. 이 열차가 그의 몸 속을 더이상 달리지 않을 때 그는 어머니처럼 침묵 속에서 죽어갈 것이다.

간신히 일어나 팔뚝에 주사를 놓고 그는 침대에 가서 누웠다. 나뭇가지가 조심스레 창문을 두드리고 있었다. 그녀는 이 나무를 우리 사랑의 유일한 증인이라고 불렀다. 사랑을 나눌 때마다 창문을 열어놓았고 나무가 바람에 흔들리기라도 하면 우리는 증인 앞에 한 점 부끄러움도 없다고 속삭였다. 이렇게 많은 특별한 기억들을 갖게 되다니. 그는 한숨을 내쉬며 미소지었다. 그녀를 생각하면 어떤 순간에도 미소짓게 된다. 그는 통증과 뒤섞여 억눌린 미소를 띤 채 서서히 잠 속으로 빠져들어갔다.

그녀: 당신을 만나고 나서 사랑스러운 게 점점 늘어나. 백 가지도 더 되는 것 같아.

그: 말해봐.

그녀: 백 가지를 다?

그: 들을 준비가 됐어. 시작!

그녀: 백 가지는 안 될지도 몰라. 스무 개는 넘어. 듣고 싶어?

그: 백 가지가 아니면 안 돼. 백 가지가 되면 그때 듣겠어.

그녀: 당신, 이 방, 저 나무, 당신의 가운, 이 침대, 목욕탕의 파란색 타일, 당신과 마셨던 버건디 와인, 그날 당신이 만들어준 샌드위치, 거기 들어갔던 햄과 치즈, 피클, 당신이 사준 이상한 추리소설책, 그 속에 들어 있던 카드……

그 : 뭐라고 써 있었지 거기?

그녀: 아무것도 씌어 있지 않았어. 내 이름도 당신 이름도 그냥 텅 빈 카드였어. 하지만 난 당신이 쓴 걸 읽을 수 있었어. 텅 빈 하얀 종이를 가득 채운 숨어 있는 말들을.

그: 고마워 그걸 읽어줘서.

그녀: 나도 고마워 그걸 읽게 해줘서.

전화의 저편

어느 날 밤 그는 갑자기 전화를 걸었다. 그의 숨소리는 탄식하듯 낮았고 무엇이 두려운지 몹시도 떨리고 있었다. 헐떡대는 숨소리 사이로 고통에 겨운 신음이 새어나왔다. 그가 아직 고통에 떨고 있을 거라는 생각 때문에 두려워졌다. 그의 죽음은 그것이 천천히 이루어졌든 순식간에 찾아온 것이든 고통 속에서 행해졌을 것이다. 비행기는 추락하면서 전소되었다.

전 화의 저 편

　인자는 쟁반에 밥 한 그릇과 데운 된장찌개, 김치, 물 한 컵 등을 올려 놓으면서도 연신 전화기 쪽을 힐끔거렸다. 전화기는 원래 침대 머리맡에 놓여 있었지만 며칠새 전화선을 길다랗게 늘어뜨린 채 방바닥 여기저기로 옮겨다니고 있었다. 지금 전화기는 최대한 줄을 길게 뻗어 그녀가 저녁밥을 차리는 좁은 부엌에서 가장 가까운 장소, 문지방 근처에 놓여 있었다.

　퇴근 무렵부터 그녀는 줄곧 손목시계를 보았다. 지하철 안에서도 미칠 듯한 초조감을 느끼며 아마도 십 초에 한 번씩 손목시계를 들여다보았을 것이다. 물론 그가 퇴근시각에 맞춰 전화를 걸 거라는 사실을 알고 있기는 했지만 언제나 예기치 못한 상황이 생겨날 수 있는 것이다. 지하철에 문제가 생겨서 연착할 수도 있었고 된장찌개를 끓이다 전화벨 소리를 듣지 못할 가능성도 있었다. 불행히도 그녀에게는 자주 그런 일이 발생하곤 했다. 하릴없이 신문을 들여다보다가 내려야 할 역을 지나친다거나 시계를 잘못 봐서 약속시간에 늦는다거나 하는 일들. 시계를 디지털로 바꾸고 무언가 읽어야 하는 습관을 버리려고 노력해도 작은 불운들은 그녀로부터 쉽사리 사라져주지 않았다. 번번이 얼이 빠져 있다가 무언가 중요한 것을 놓치거나 빼앗기거나 했다.

인자는 천천히 밥을 먹었다. 된장찌개는 너무 오래되었고 김치는 아직 맛이 들지 않았다. 어젯밤에 그녀는 부랴부랴 김치를 담갔다. 병에 담가 놓고 보니 채 까지도 않은 마늘이 그대로 도마 위에 놓여 있었다. 마늘을 넣지 않고 김치를 담그다니. 너무 어처구니가 없어서 웃음이 나왔다. 새벽 두시였다. 열두시가 넘어 배추를 소금에 절이고 시간을 죽이느라 카페인을 제거한 커피를 마시다가 결국 맥주를 마시기 시작했다. 아마도 마늘을 잊은 건 맥주 때문이었을 것이다. 그녀는 버릇처럼 인생이 그녀를 위해서는 아무것도 하지 않고 심지어는 그냥 평범하게 굴러가주지도 않는다는 생각이 들어 화가 났다. 평범 이하다. 인자는 견딜 수 없이 우울해져서 병에 눌러놓은 김치를 모두 버리고 남은 배추 한 통을 다시 소금에 절였다.

여덟시가 넘었는데도 전화기는 조용했다. 인자는 수화기를 들어 전화기가 혹시 고장이라도 난 게 아닌가 확인했고, 뚜— 하는 신호음을 듣자 안심했다. 그러나 그녀가 수화기를 든 사이에 전화벨이 울릴 수도 있다는 생각 때문에 황급히 수화기를 내려놓았다.

아홉시. 인자는 소리를 조그맣게 한 라디오를 들으며 전화기를 하염없이 쳐다보고 있었다. 티브이를 켤 수도 있었지만 티브이는 워낙 사람을 금방 집중시키기 때문에 위험했다. 게다가 황금시간대가 아닌가. 티브이를 켜놓고 있으면 첫 전화벨 소리를 놓칠 가능성이 높았다.

전화를 기다리는 건 사람을 기다리는 것보다 어떤 점에서 더욱 끔찍한 일이라는 생각이 들었다. 그녀는 아무것도 하지 않고 무언가를 미친 듯 기다릴 때의 그 초조감을 잘 알고 있다. 전화기를 막연히 바라보고 있자니 그녀가 살아 있는 동안은 절대로 울리지 않을 것만 같다. 아마도 그녀가 기다림을 멈추면 별의별 쓸데없는 전화가 다 걸려올 것이다. 그녀는 손을 비비며 이빨을 닦고 싶다는 생각을 했다. 하지만 이를 닦으려면 부엌 문 밖으로 나가야만 한다.

열시. 아직도 전화는 침묵하고 있다. 저 플라스틱 껍데기 안쪽에서 무슨 일이 일어나고 있는지 그녀는 모른다. 그녀는 라디오의 채널을 조금 돌려본다. 여러 종류의 음악이 흘러나오고 있지만 그녀의 마음을 흔드는 음악은 찾아낼 수가 없다. 이리저리 채널을 돌리다가 결국 그녀는 라디오를 꺼버린다. 다리를 쭉 뻗으며 침대에 드러눕는다. 천장을 올려다보고 있으려니 더욱 마음이 불편하다. 그녀는 시계를 보고 오른쪽으로 누웠다 왼쪽으로 누웠다 하며 기다린다는 생각에서 조금이라도 벗어나 보려 애쓴다. 초침의 좁다란 한 칸 속에 갇혀 있는 것 같은 이 무서운 기다림에서 벗어나려면 다른 생각을 해보는 수밖에 없는데 하다가 문득 된장찌개를 데우고 나서 가스 밸브를 잠그지 않았다는 생각이 떠올랐다. 침대에서 퉁겨오르며 그녀는 가스로 가득 찬 좁은 부엌이 뻥 터져나가며 불길이 솟아오르고 그 불길에 플라스틱 전화기가 얼마나 빨리 타버릴지 상상해보며 자신의 손이 불에 녹은 전화기를 얼마나 오래 쥐고 있을 수 있을까 하는 의문이 들었다.

물론 가스 밸브에 대한 의심은 그녀의 오랜 습관일 뿐 정확히 구십 도로 각도를 맞춰 잠가져 있었다. 가스는 잠갔지만 된장찌개 뚜껑은 닫지 않았다. 오래된 된장의 퀴퀴한 냄새와 구석에 쌓아둔 빈 맥주병에서 흘러나온 지릿한 냄새가 뒤섞여 부엌 안은 마치 변두리 술집의 변소에서와 같은 끔찍한 냄새를 풍기고 있었다.

부엌 문을 열고 서서 인자는 차가운 밤바람을 들이마셨다. 주인집 마루로부터 티브이 소리와 함께 부부의 웃음소리가 들려왔다. 그들은 커튼 저편에서 언제나 그림자를 일렁거리며 사이좋게 밥을 먹고 밤늦도록 티브이를 보았다. 아이가 없었지만 유난히도 사이가 좋아 보이는 부부였다. 일요일에는 각기 빨간색 초록색의 등산복을 입고 마루턱에 앉아서 서로의 등산화 끈을 매어주곤 근교의 산으로 등산을 가곤 했다. 남편은 아내가 꾸린 배낭을 등뒤에 메고 아내의 어깨에 팔을 얹고는 무엇이 그리도 즐거운지 연신 하하하 웃으며 아침 일찍 나섰다가 저녁때 돌아올 때는 또 하하하 웃으며 돌아왔다. 늙은 남편은 늙은 아내를 곧 깨질 것 같은 얇은 크리스털 촛대처럼 소중히 다루었다. 당신은 몸이 약해서 참 큰일이야. 남자는 마당에서 세수를 하거나 아침 운동을 하면서 자주 그런 말을 하곤 했다. 그들을 볼 때마다 인자는 이상하게 늘 눈물이 날 것 같은 기분을 느꼈다. 만약에 결혼이라는 걸 하게 되면 그녀도 그들처럼 아이 없이 살겠다는 생각을 해보기도 했다.

그때, 마치 새벽 여섯시에 울리는 시계의 알람처럼 불길한 소리를 내며 전화가 울리기 시작했다. 인자는 총알같이 전화 쪽으로 뛰어갔지만 막상 전화기 앞에 앉자 선뜻 수화기를 들 수가 없었다. 열 번을 센 후에 그녀는 천천히 수화기를 들었다. 허덕이는 숨소리만 낼 뿐 그는 여전히 말이 없었다. 그 숨소리는 전화가 울렸을 때 그녀가 느꼈던 것처럼 불길하고 땅속 깊은 곳에서 울려오듯 선뜩했다. 땅속 깊은 곳. 인자의 목소리가 떨렸다.

무슨 말이든 해봐요. 왜 이렇게 늦게 전화했어요? 얼마나 기다렸는지 몰라요. 왜 이렇게 사람을 걱정시켜요.

그는 아무 말도 하지 않았고, 여전히 높은 숨소리만 들려왔다. 모르스 부호를 타전하는 것처럼 그의 숨소리는 점점 리드미컬해지고 있었다. 이건 그가 긴장을 풀어가고 있다는 작은 증거였다. 그는 섬세한 남자다. 말

한마디도 조심하지 않으면 안 된다. 며칠 전에는 답답한 마음에 그녀가 약간 짜증을 부렸더니 그냥 전화를 뚝 끊어버리고 말았다.

미안해요. 그냥 해본 소리예요. 아무 말도 안 해도 돼요. 당신이 얼마나 어려운 상황에 있는지 잘 알아요. 말하기 귀찮으면 아무 말도 하지 말아요. 당신 숨소리 듣는 것만 해도 어딘데요. 그걸로 나는 충분해요. 말이야 내가 하면 되죠. 나는 당신한테 할말이 아주 많으니까 그건 걱정하지 말아요.

허덕이던 숨소리가 잠시 끊어지고 짧은 웃음소리 같은 게 들려왔다. 인자는 안심했다. 그는 오늘 기분이 좋은 모양이었다. 기분이 나빴다고 해도 그녀로 인해 이 순간 기분이 좋아진 것이다.

당신 웃는군요. 얼마 만에 듣는 웃음소린지 몰라요. 내가 얼마나 당신 웃는 거 좋아했는지 잘 알지요? 정말 나 좋아했어요. 그렇게 웃는 사람은 처음 봤거든요. 당신이 웃으면 어디선가 빵 굽는 냄새 같은 게 나기도 하고 세상이 다 빛나고 하여간 너무나 좋았어요. 당신은 몰랐지요? 알아도 그 정도인 줄은 몰랐을 거예요.

갑자기 그의 숨소리가 뚝 끊어졌다. 소리없는 공백이 그녀를 두렵게 했다. 인자는 놀라며 수화기를 톡톡 두드려보았다.

여보세요. 여보세요. 민수씨. 민수씨.

곧이어 수화기로부터 뚜 하는 메마른 소리가 새어나왔다.

인자는 수화기를 내려놓으며 이미 울고 있었다. 그에게 그런 말을 해서는 안 되었다. 그는 섬세한 남자다. 그는 누가 자기를 좋아한다면서 달려들면 무섭다고 말했었다.

그런 여자들은 *끈끈이주걱* 같거든. 한번 달라붙으면 남자를 꼼짝 못하게 옭아매지. 나는 피곤한 여자는 질색이야.

그는 자주 그렇게 말하곤 했었다.

인자는 간신히 일어나 휘청거리며 부엌으로 가서 냉장고에 든 코로나 맥주 두 병을 꺼냈다. 야채칸에서 레몬을 꺼내 작은 종지에다 즙을 짜내었다. 라임을 사야 했지만 여름 한 철을 빼곤 고급 백화점의 식품부에서도 라임을 구하기가 어려웠다. 레몬즙을 맥주병 속에 붓고 나서 병 주둥이에 소금을 쳤다. 한 모금 쭉 들이켜니 새콤하고 짭짤하고 시원한 맛이 목구멍 속을 찌르듯이 흘러들어왔고 그녀는 자신도 모르게 신음소리를 내며 몸을 떨었다. 보석함 속에 숨겨둔 테이프를 꺼내 카세트에 집어넣고 맥주를 한 모금 더 마셨다. 버튼을 누르자 섹시한 흑인 남자의 목소리가 흘러나오기 시작했다. 인자는 눈을 감고 새하얀 백사장과 키가 큰 야자나무, 푸른 바닷물, 일렁이는 파도, 의자에 하얀 수건을 깔고 파라솔 아래 누워 있는 그의 모습 등을 차례로 그려보았다. 언제나 그는 검은 선글라스를 끼고 몸을 길게 늘어뜨린 채 작은 책을 가슴에 올려놓고 행복하게 누워 있었다. 다시 졸리운 듯 낮은 목소리로 흑인 남자가 조용히 노래를 불렀다.

이 코로나는 말이야. 내가 미국에 있을 때 영어공부하느라 매일 텔레비전을 켜놓고 마시던 건데 라임 반 개를 짜넣고 소금을 뿌리고 마셔야 제 맛이 나지. 여기선 라임을 구하기가 어렵더군. 미국에선 열 개에 일 달러도 안 되는데 말이야. 비치에 나가 맥주를 마시는 기분 경험해보지 않고는 모를 거야. 아, 생각만 해도 그리워.

그는 구운 오징어를 찢어내고 있는 인자의 곁에 앉아서 달콤한 목소리로 아 생각만 해도 그리워, 그리곤 코로나 맥주를 맛있게 들이켰었다. 그녀도 그런 그가 생각만 해도 그리웠다. 다른 사람들은 그의 말을 무시하고 소주만 마시고 있었지만 인자는 그가 편의점에서 사온 코로나라는 맥주를 소중히 한 모금씩 들이켰었다.

그날을 잊을 수가 없다. 그날은 그가 인자에게로 온 날, 인자의 삶에 나타난 날이었기 때문이다. 미국에서 공부하고 돌아온 그가 인자가 근무하는 회사에 처음 출근한 날이기도 했다. 회사에선 그를 위해 환영회 겸 회식을 했고 돼지갈비집에서 시작된 회식은 맥주집과 노래방으로 이어졌다. 그는 계속 지루한 얼굴로 하품을 참으며 앉아 있었다.

그를 포함한 회사 사람 몇 명이 인자의 집으로 온 것은 거의 새벽 두시가 넘은 시각이었다. 그들이 갔던 노래방이 인자의 집 근처여서 모임이 끝난 후에 경기도에 사는 한 동료가 평소에 그랬듯이 너한테서 하루 신세질 수 있겠느냐고 물었는데 그걸 들은 다른 사람들이 농담처럼 너도나도 재워달라고 얘기했고 택시를 잡지 못해 남아 있던 사람들이 우르르 인자의 집으로 몰려왔던 것이다. 그들은 골목 입구에 있는 구멍가게에서 소주와 안주거리를 샀고 그는 잠깐 실례하겠다면서 일행의 뒤에 처져서 큰길 쪽으로 사라졌다. 인자는 그쯤에서 그가 지루하기 짝이 없는 회사 사람들과의 모임에서 빠져나가려나보다 생각하며 서운해했다. 하지만 그는 맥주 여섯 병을 사들고 다시 인자의 집으로 돌아왔다.

집이라고 해봐야 방 하나에 부엌이 달린 문간방에 불과했다. 대여섯 명의 회사 사람들이 자리를 잡고 앉자 작은 방은 숨쉴 틈도 없이 빼곡히 들어찼고 더구나 다들 술에 얼큰히 취한 와중이어서 공기는 금세 퀴퀴하고 답답해졌다. 인자는 미국에서 오랫동안 생활하고 돌아온 그에게 어쩐지 더욱 무안하고 미안스런 생각이 자꾸만 들었다.

몇은 졸고 몇은 깨어 있는 가운데 인자가 구운 오징어를 쟁반에 받쳐들고 돌아와보니 그가 맥주를 마시며 인자의 나무 사진을 들여다보고 있었다. 그가 액자를 눈 가까이 들이대고 자신의 나무 사진을 유심히 들여다보고 있는 모습을 보자 기쁜 한편으로 이상하게 가슴이 두근거렸다. 마치 그가 자신의 블라우스를 열고 그 안을 들여다보고 있는 것같이 느껴져서 오징어를 찢는 손끝이 바르르 떨렸다.

“이게 뭡니까?”

“나무잖아요.”

“사진에 아무도 없는데요.”

“나무가 있잖아요.”

“나무요?”

인자는 그가 건네준 맥주병을 받아 한 모금 마시고 그의 손에 들려 있
는 나무를 같이 바라보며 아이처럼 웃었다.

“요 앞 골목을 돌아오다보면 우체국이 하나 있어요. 그뒤에 하얀 양옥
집이 있는데 그 집 나무예요. 일요일날 아침 일찍 가서 몰래 사진을 찍어
왔어요. 이 나무만 보면 기분이 좋아져요. 참 우습죠?”

그날 인자는 생리통이 심해서 결국 회사를 조퇴하고 집에 돌아오는 길
이었다. 현기증 때문에 눈앞이 가물가물해서 몇 번이나 벽을 짚고 멈춰
서서 심호흡을 해야 했다. 배 안쪽이 뭉텅뭉텅 잘려나가는 듯한 불쾌한
느낌과 허리를 똑바로 펼 수도 없는 통증이 이어져서 잘 걸을 수도 없었
다. 회사 앞 약국에서 약을 사먹고 오는 길이었지만 인이 박여서인지 이
즈음에는 약도 잘 듣지 않았다. 그녀는 우체국 앞에 서서 이 끔찍한 늪에
서 벗어날 수만 있다면 무슨 짓이든 할 수 있을 것 같다는 실없는 생각을
해보고 있었다. 골목 몇 개를 더 지나야 집이 나오는데 도저히 거기까지
걸어갈 자신이 없었다. 그때 한 남자가 하얀 편지봉투를 손에 들고 우체
국 안으로 뛰어들어갔다. 그 편지를 받을 누군가 때문에 마음이 몹시 급
한 모양이었다. 왜 자신의 곁에는 아무도 없는 것일까. 저 남자의 손이
편지봉투가 아니라 이렇게 휘청거리고 있는 자신의 손을 잡고 집에까지
데려다주면 얼마나 좋을까.

동네는 이상한 침묵에 싸여 있었다. 생리통이 심해서 그 통증을 느끼
는 것밖에는 아무것도 할 수 없을 때마다 그녀는 이 세상이 어머니 말마

따나 그야말로 적막강산, 아무리 둘러보아도 누구 하나 그녀를 지켜보는 이 없는 텅 빈 커다란 방 같다는 생각을 하곤 했다. 그리고 불공평하다는 생각 때문에 눈물이 날 만큼 화가 났다. 한 달에 한 번씩 치러야 하는 끔찍한 통증 때문에 겪게 되는 뜻 모를 적의가 사실은 늘 그녀의 곁에 있는, 익숙하디익숙한 외로움일 뿐이라는 사실을 인자는 번번이 잊곤 했다.

그 나무는 인자가 늘 오고 가던 골목길을 잘못 들어 낭패에 빠져 있을 때 갑자기 눈앞에 나타났다. 붉은 기운이 섞인 진녹색 이파리가 수천 개 수만 개 달려 있는 나무였는데 반대쪽 이파리의 색이 훨씬 엷어서 이른 오후의 햇살 아래서 나무 전체가 마치 신기루처럼 환하게 빛나고 있었다. 인자는 담이 낮은 하얀 양옥집 입구에 서 있는 그 나무를 향해 손이라도 흔들어주고 싶은 심정이었다. 네가 여기 있었구나, 나는 너를 잘 모르지만 네가 너무나 마음에 드는구나, 그녀는 식은땀이 흐르는 이마를 벽에 댄 채 한참을 그렇게 서 있다가 미소를 지으며 돌아섰다.

인자씨는 그러니까 로맨티스트로군요.

액자를 인자에게 돌려주며 그는 고개를 끄덕거렸다. 긴 얘기를 나누지 않았어도 인자를 다 이해할 수 있다는 얼굴이었다. 인자는 수줍어하며 얼굴을 들다가 그 작은 방에 있는 사람들 가운데서 그녀를 바라보고 그녀를 이해하는 사람은 그 남자뿐임을 깨달았다. 다른 사람들은 제각기 술기운과 자기만의 상념에 젖어 있었다. 세 명의 남자는 졸리운 눈으로 화투를 치고 있었고 여자들은 대부분 눈을 비비며 졸고 있었다. 자신의 나무를 발견했을 때처럼 인자는, 지금 이 순간 그와 자신 오직 두 사람만이 세상에 존재하고 있고 그 사실이 변하지만 않는다면 다른 사람들 같은 건 아무래도 상관없다는 느낌이 들었다.

그는 회사 사람들과 잘 어울리지 못하는 것 같았다. 그는 그대로 회사 사람들은 또 그들대로 서로를 불편해하는 것 같았다. 그가 무슨 말을 하면 그 말을 이해하고 웃거나 미소를 짓는 건 인자 하나뿐이었다. 인자는 그가 외로울 거라고 생각했고 그의 외로움을 위로해줄 사람이 자신밖에 없다는 사실에 뿌듯함을 느꼈다.

어느 날 퇴근 무렵 그가 인자의 자리로 와서 저녁때 시간이 있느냐고 물었다. 그를 위해서라면 얼마든지 시간을 낼 수가 있었다. 회사 앞 호프집에서 만나기로 약속을 정했다.

인자가 일을 마치고 호프집으로 갔을 때 그는 아주 지친 얼굴을 하고 맥주를 마시고 있다가 인자를 보자 그녀의 나무처럼 환하게 웃었다. 인자는 그의 분홍색 넥타이를 보며 또 가슴이 뛰었다. 분홍색 넥타이가 잘 어울리는 남자와 같이 앉아 있다는 게 믿어지지 않아서였다. 그는 뭘로 마실 거냐, 저녁은 먹었느냐, 훈제한 족발이 특미라고 해서 시켰는데 먹어보고 맛이 없으면 다른 걸로 시키자, 오늘 립스틱 색깔이 아주 마음에 든다 등등 그녀가 생각하기에 그녀의 인생에서 다른 사람으로부터 들어본 가장 다정한 말들을 하나도 힘들이지 않고 마구 쏟아내는 것이었다.

인자는 얼마 전 은행에서 읽어본 잡지의 한 구절이 생각나서 저도 모르게 미소지었다. 그가 아직 당신이 무얼 좋아하는지 무얼 싫어하는지에 관심이 있다면 그는 여전히 당신을 사랑하고 있는 것이다. 사랑이라는 게 그런 거라면 사랑을 하지 않을 이유가 어디 있겠는가. 족발의 검은 살을 물어뜯으며 인자는 행복해지고 있었다. 인자씨라면 나를 이해해줄 것 같았습니다. 솔직히 나는 회사에 잘 아는 사람도 없고, 인자씨는 사막을 본 적이 없어서 이런 기분 이해할 수 없을지도 모르지만 사막을 자동차로 열몇 시간 운전하고 가다보면 세상이 다 끝난 것 같은 기분이 들고 말죠. 제 기분이 요즘 바로 그렇습니다. 회사라고 맨날 나와봐야 누구 하나 말이 통하는 사람이 있나, 그렇다고 일이 재미있길 하나 돈을 많이 주는 것도 아니고, 나는 말입니다 꿈이 크단 말입니다. 내 꿈은, 내 꿈은 여기 광화문에서 그대로 썩고 말아선 안 됩니다. 그런데 참 답답하군요. 인자 씨도 무슨 말을 좀 해보세요.

인자는 그의 분홍색 넥타이를 바라보며 그가 운전하고 가는 사막을 생각하고 있었다. 사막이든 어디든 그와 함께 가는 거라면 열 시간이고 백 시간이고 달려갈 수 있을 텐데. 그는 운전을 하고 자신은 옆에 앉아서 그를 바라볼 것이다.

이제 겨우 한 달 근무했잖아요. 처음엔 누구나 어려운 거예요. 처음이 어렵지 두 달 세 달 지나면 괜찮아질 거예요. 저는 여기서 오 년 근무했어요.

그는 오 년이라는 말에서 한숨을 크게 쉬고 무거운 맥주잔을 들어 벌컥벌컥 들이켰다.

인자씨는 참 현명한 여자군요. 인자씨와 있으면 왠지 마음이 편안합니다.

사막 얘기를 더 해보세요. 나는 아무 데도 가본 적이 없어서 아무것도 몰라요.

그는 신이 나서 미국에 있을 당시 여행했던 여러 도시들에 대해서 얘기하기 시작했다.

내가 제일 좋아하는 곳은 아무래도 뉴욕이죠. 뉴욕을 어떻게 설명해야 하나. 거기 있으면 누구나 세계의 중심에 와 있다는 느낌이 들죠. 자유의 여신상이 얼마나 큰지 거길 투어하는 코스가 있을 정돕니다. 타임 스퀘어에서 일월 일일을 맞은 적이 있는데 정말 굉장한 경험이었죠. 내가 이제 정말 인생을 시작하나보다 생각했을 정도죠.

사막은요? 사막은 어땠어요?

그는 술이 오르는지 눈의 초점이 희미해졌다. 인자의 질문에 그는 갑자기 웃음을 터뜨렸다.

사막이요? 거긴 아무것도 없어요.

　그는 우스워 죽겠다는 듯 킬킬대며 맥주를 마저 비우고 화장실로 갔다. 그가 화장실에 간 사이에 인자는 콤팩트를 꺼내 달아오른 자신의 얼굴을 들여다보았다. 멀리서 그가 다가오는 게 보였다. 인자는 거울 속에서 드러나게 미소를 지었다. 하지만 그는 그들의 자리로 돌아오지 않고 전화박스 쪽으로 걸어갔다. 수화기를 귀에 바짝 붙이고 무서운 표정을 짓고 있었다. 인자는 그를 불쾌하게 만든 전화 저편의 상대에게 달아오른 자신의 얼굴 같은 분노를 느꼈다. 그는 돌아서서 이마를 벽에 대고 있었다. 인자는 그가 자신에게 주는 이 미칠 듯한 궁금증이 이상하게도 점점 공포를 닮아간다고 느꼈다. 어머니가 아플 때나 일 주일 내내 어머니의 방에서 약냄새를 맡아야 할 때 느꼈던 공포. 어머니를 잃게 되리라는 공포. 이 세상에 그녀 혼자 남으리라는 공포. 그는 술이 확 깬 표정으로 돌아와서 손가락 끝이 하얘지도록 맥주잔의 손잡이 부분을 문지르고 있었다. 그가 누군가를 생각하고 있고 그로 인해 고통을 느끼고 있으며 그 상대가 자신이 아닌 것만은 분명했다.

　그는 굳이 그녀를 집에 바래다주겠다고 고집을 부렸다. 여자 혼자 밤길을 걷는다는 걸 상상하는 것만으로도 마음이 편하지 않다고 했다. 그가 인자의 방에까지 들어온 것은 그의 생각도 그녀의 생각도 아니었다. 골목길에서 그는 갑자기 어떤 음악에 대한 얘기를 했고 테이프가 자신의 가방 속 워크맨 속에 들어 있다고 말했다. 인자는 그게 어떤 노래인지 들어보고 싶었고 그도 그녀에게 들려주고 싶어했다. 이런 고요를 이 동네에서 겪어본 적이 있었던가 할 정도로 그날 밤 믿을 수 없이 동네가 조용했다. 인자는 고개를 갸웃하며 말했다. 집집마다 개가 있는데 오늘은 짖질 않네요. 개들이 무슨 생각을 하고 있는 걸까요. 개들은 아마도 그녀처럼 고요에 대한 생각을 하고 있었을지도 모른다. 그와 나누는 어두운 동네의 낯선 고요가 그녀를 압도했다. 그들은 방으로 들어가서 음악을 들었다. 그것은 음악이 아니라 어떤 상징이었다. 그녀가 처음 겪어보는 상징. 그 상징은 위험하도록 달콤하고 이해하기 힘든 장식음으로 가득 차 있었다.

그는 갑자기 일 주일째 전화를 받지 않는 연인에 대해 고백했다. 그녀의 이름은 송미란. 그의 약혼자였다. 그들은 미국에서 만났다고 했다. 송미란이 디자인 공부를 하는 동안 하루도 빠지지 않고 그가 송미란을 차에 태워 학교에 데려다주고 학교에서 데려오고 했다는 것이다. 그는 일 년 먼저 공부가 끝났지만 그녀를 기다려 같이 귀국했다. 귀국하자마자 결혼할 생각이었지만 송미란이 회사일로 너무 바빠서 차일피일 미루고 있다고 했다. 그는 사랑이 자신을 파먹어들어가고 있으며 그 흉측한 벌레는 그의 인생에 나타난 가장 무서운 적이라고 말했다.

같은 여자니까 인자씨는 나에게 설명해줄 수 있을지도 모르겠네요.

인자는 설명해줄 수 없었다. 송미란을 이해할 수 없었기 때문이다. 그는 혹시 집에 술이 있는지 물었고 인자는 냉장고에 있던 맥주를 그에게 주었다. 그는 이미 취해 있었기 때문에 맥주 한 병을 마시고 나서 고개를 푹 꺾고 중얼거렸다.

미란이가 변했단 말입니다. 한국에 들어오는 게 아니었는데. 걔 없이는 하루도 못 살아요. 그런데 일 주일이나 통화를 못 했어요. 인자씨, 이게 무슨 의미죠?

그는 인자에게 크리스 화이트의 테이프를 선물로 주었다. 이 남자 별명이 뭐냐면, 세상에서 가장 섹시한 목소리를 가진 남자란 말입니다, 흐흐흐. 인자는 그에게 이불을 덮어주고 계속해서 노래를 들었다. 흑인 남자의 목소리는 그날 밤의 고요처럼 감미롭고 한없이 나른했다. 타르처럼 귀에 달라붙었고 귓속을 가득 채웠다. 젖은 진흙덩어리가 뱃속으로 기어들어와 혈관을 따라 흐르면서 따스하고 부드러운 증기를 뿜어내는 듯한 기분에 빠지면서 인자는 잠이 들었다. 고통 때문에 갑자기 잠에서 깼을 때 그녀가 본 것은 거대한 그림자였다. 그 그림자는 뜨거운 숨결을 인자의 귓구멍에 퍼붓고 있었다. 방 안을 터질 듯 가득 채운 그의 숨소리는 인자를 두렵게 했다. 그는 거친 숨을 몰아쉬며 끊임없이 송미란을 불렀다. 미란아 미란아. 인자는 그의 고통의 무게에 눌려 질식할 것만 같았다. 어떤 고통은 고통만으로 고통을 없앨 수도 있다. 인자가 그의 몸 아래서 느낀 고통이 그랬다.

아침에 인자는 밥을 해서 그에게 먹이고 그들은 함께 출근을 했다. 밥을 국에 말면서 그가 물었다. 제가 무슨 실수라도 한 건 아니죠? 너무 취해서 아무것도 기억이 안 납니다. 인자는 희미하게 웃으며 얼굴을 붉혔다.

밤마다 민수는 여러 가지 구실을 붙여 인자를 찾아왔다. 그가 오면 인자는 밥을 차려주거나 차게 식은 맥주를 갖다주었고 그는 매번 인자씨와 있으면 너무 편합니다 인자씨의 피는 다른 사람보다 훨씬 더 따뜻할 거예요 제가 보증합니다 말하곤 했다. 그의 약혼자인 송미란은 여전히 그를 애태우고 있었다. 사랑에 파먹힌 그의 고통이 가끔씩 인자를 괴롭히는 느닷없는 질투보다 더 커서 다행이었다. 인자는 그의 얘기를 들어주고 그의 머리를 쓰다듬어주고 그의 옷을 벗겨내 그를 위로해주었다. 그가 미란의 이름 대신 인자의 이름을 불렀던 밤을 잊을 수 없다. 인자씨 인자씨. 인자를 부르는 그의 달콤한 목소리는 반짝이는 이파리가 되어 인자의 마음속에 떨어져내렸고 이제 인자는 이 세상에 영원히 혼자 남으리라는 공포를 느끼지 않아도 되었다. 그를 사랑하는 건 그토록 쉬웠다.

여름휴가철이 되었다. 인자는 그와 함께 어디든 나무가 많이 있는 곳에 가고 싶었다. 여행을 좋아하는 사람이니까 인자를 멋진 곳으로 안내

해줄 것이었다. 그는 인자에게 돈이 필요하다고 말했다. 이번이 마지막 기회야. 미란이가 나와 휴가를 맞출 수 있대. 해변에 가고 싶다는데 한국엔 마땅한 곳도 없고 인자씨 만나느라 돈을 낭비해서 통장이 텅 비었어. 인자는 모아놓은 돈을 모두 꺼내 그에게 주고 상사 몰래 가불까지 해주었다.

그들이 떠나고 난 뒤에 더운 서울에는 다시 인자 혼자만 남았다. 그가 찾아오지 않는 밤은 너무 길고 지루해서 약속을 어기고 인자는 어머니에게 전화를 걸기까지 했다. 어머니는 전화 잘못 거셨어요 하고 일방적으로 전화를 끊었다. 어머니의 남편은 인자의 존재를 모르고 있었다. 어머니가 두려워했던 적막강산이 바로 이런 거라고 생각하며 인자는 그를 그리워했다. 코로나 맥주를 마시며 크리스 화이트의 노래를 듣고 그들이 나란히 누워 있을 따뜻한 해변을 상상해보았다. 그의 곁에 누가 있건 그를 상상하는 건 언제나 인자를 행복하게 했다. 인자는 옷을 벗고 침대에 누워 자신이 그와 함께 지금 해변에 누워 있는 거라고 상상했다. 그들 머리 위로 키가 큰 야자나무가 필릭거리고 그는 자신없어하는 그녀를 억지로 끌고 가 수영을 가르쳐준다. 귓가에 생생한 파도 소리가 들리고 물 속에서 그녀를 잡고 있는 그의 손길이 느껴진다. 그는 너무나 다정해서 얕은 물 속에서도 그녀가 빠지지 않도록 인자를 꼭 붙잡고 있다. 인자는 물 속에서인 듯 다리를 들어 허우적거리다 서서히 잠 속으로 빠져들어갔다.

그의 사고 소식을 들었을 때 인자는 울지 않았다. 그들이 탔던 비행기는 목적지에 닿기도 전에 추락했다. 인자를 괴롭힌 건 그 부분이었다. 그들이 해변에서 사랑스런 휴가를 보낸 뒤가 아니라 해변에 닿기도 전에 비행기가 떨어져버린 것이다. 인자는 화가 났다. 그가 불길 속에서 허덕이며 뿜어냈을 고통 속에는 정말 고통밖에는 없었을 것이다. 그는 이즈음 서울을 권태로워했고 자신이 머물렀던 시원한 풍경 속으로 되돌아가기를 꿈꾸었다. 그에게는 자격이 있었다. 그는 다정하고 사랑스러운 남자였기 때문이다. 그에게 마지막 추억도 주지 않은 하느님이 원망스러웠다.

회사에서는 그를 위해 조의금을 모으고 양쪽 집안에서는 결혼도 하지 못하고 불귀의 객이 되어버린 젊은 연인들을 위로하기 위해 영혼결혼식을 시켜주었다. 회사 사람들 몇 명과 함께 인자는 그의 영혼결혼식에 참석했다. 당사자가 없어서인지 결혼식은 슬프고도 아름다웠다. 사진 세 장이 놓여 있었다. 그의 사진, 송미란의 사진, 그들이 유학시절 함께 찍은 사진. 인자에게는 그의 사진이 한 장도 없었다. 하지만 그녀에게는 아직도 그녀를 미소짓게 하는 추억이 있었다. 인자씨와 있으면 너무 편합니다. 침대에 누울 때마다 인자는 그의 목소리를 들을 수 있었다. 인자씨 인자씨. 아이처럼 보채는 그의 헐떡거림 속에는 이 적막강산을 가득 채우고도 남을 수천 수만 개의 반짝거리는 나무 이파리들이 있었다. 인자는 그를 잘 몰랐지만 이제는 그를 잘 알게 되었다. 그의 죽음은 매일매일 그와의 기억을 점점 더 풍요롭게 더 구체적으로 만들어주었다. 그녀가 느끼는 슬픔조차 풍요해졌다.

어머니가 걱정스런 목소리로 전화를 걸어 무슨 일이 있는지 물었다. 아무 일 없다고 하자 니가 아무 일도 없는데 여기까지 전화 걸 애가 아닌데 했다. 어머니가 또 우는 소리를 낼 것 같아 겁이 나서 인자는 고백하고 말았다. 어머니는 반가워하며 어떤 남자냐고 물었다. 미국에서 공부하고 돌아온 남자라고 얼마나 다정하고 친절한지 이 행운이 믿어지지 않는다고 인자는 말했다. 내 그럴 줄 알았다. 니가 착해서 언젠가 그 보답을 받을 줄 알았어. 어머니는 그를 보고 싶어했다. 네가 불편하면 그만두고, 내가 무슨 자격이 있어야 말이지. 어머니는 결국 흐느껴 울었다. 그 사람이 휴가를 갔어요. 휴가 끝나고 돌아오면 상의해서 한번 찾아가겠어요. 엄마 제발 울지 마세요.

어머니와 둘이 같이 사는 동안 그리고 어머니가 재혼하고 나서도 인자는 어머니와 통화할 때마다 그 말을 해야 했다. 이 적막강산에 너와 나 딸 둘뿐이구나. 엄마는 그게 무섭구나. 무서워 죽겠어. 인자가 가장 무서운 건 이 적막강산이 아니라 어머니의 눈물이었다.

어느 날 밤 그는 갑자기 전화를 걸었다. 인자는 그의 숨소리에 익숙해져 있었기 때문에 숨소리만 듣고도 그라는 걸 알 수 있었다. 그의 숨소리는 탄식하듯 낮았고 무엇이 두려운지 몹시도 떨리고 있었다. 헐떡대는 숨소리 사이로 고통에 겨운 신음이 새어나왔다. 인자는 그가 아직 고통에 떨고 있을 거라는 생각 때문에 두려워졌다. 그의 죽음은 그것이 천천히 이루어졌든 순식간에 찾아온 것이든 고통 속에서 행해졌을 것이다. 비행기는 추락하면서 전소되었다. 그의 몸이 불길에 싸여 있었다면……인자는 두 손바닥으로 자신의 몸 여기저기를 뜨거워지도록 비벼댔다. 살아 있는 그녀가 죽어가는 그의 고통을 어떻게 짐작조차 할 수 있을까. 그가 두고 간 라이터 불을 허벅지에 대보았지만 약간 따끔거리기만 할 뿐 큰 고통은 느낄 수 없었다. 더구나 그녀는 그게 그가 느꼈던 고통에 비하면 너무나 작은 것인 줄 알면서도 자기도 모르게 놀라서 라이터를 바닥에 떨어뜨리고 말았다. 비닐장판 위에는 라이터 불에 탄 자국이 동전만하게 남았다. 백원짜리를 대보았더니 그보다 훨씬 작았다. 그걸 보며 인자는 자책했다. 나는 참 이기적인 여자구나. 내 사랑은 백원짜리 동전보다도 더 작고 초라한 것이구나.

그는 말을 하지 않았다. 인자가 말을 시켜보려 하면 쌀쌀맞게 전화를 끊어버리곤 했다. 말할 기운이 어디 있겠는가. 그는 너무 지쳐서 눈이 푹 꺼지고 어딘가 기대어 쉬고 싶은 마음밖에는 없을 것이다. 그래도 그는 매일 밤 잊지 않고 인자에게 전화를 걸어주었다. 그가 자신을 잊지 않았다는 걸 깨닫고 인자는 기쁘고 고마웠다.

어젯밤 그는 처음으로 말을 했다. 숨소리에 묻혀서 분명히 들리진 않았지만 인자는 물론 그 목소리를 기억했다. 하지만 그 말은 너무 짧고 분노에 차 있어서 귀에 채 닿기도 전에 사라져버리고 말았다. 그는 입 닥쳐라고 말했다. 인자는 안심했다. 정말로 화가 나 있을 때 그는 영어로 욕을 했다. 그래서 영어로 된 욕을 인자는 모두 알고 있었다. 사실 영어를 할 줄 모르는 인자에게 그의 욕은 욕이 아니라 그녀만 눈치챌 수 있는 어떤 비밀언어 같기도 했다.

내 애길 좀 들어봐요. 이 애길 들으면 당신도 기분이 좀 풀릴 거예요. 오늘 나무를 보러 갔었어요. 그런데 그 집 주인이 나를 보고 뭐 하고 있느냐고 물어서 나무를 보고 있었다고 했더니 들어오라고 했어요. 커피도 주고. 그런 사람이 서울에 같은 동네에 살고 있다는 게 믿어지지 않았어요. 주인 아주머니가 나무 이름도 가르쳐주었어요. 그 나무의 이름은 실버 달러 트리래요. 이름도 참 멋지죠?

인자는 더 말하고 싶었지만 그가 숨소리를 뚝 끊고 침묵하고 있었기 때문에 초조해져서 입을 다물었다. 혹시 전화를 끊을지도 모른다는 생각에 긴장했지만 그는 전화는 끊지 않고 단지 전화선 너머에서 침묵하고만 있었다. 평소의 격하고 높은 숨소리는 사라지고 탐색하는 듯한 미세한 숨소리만 작게 들려왔다. 화났어요? 미안해요. 인자가 간신히 말하자 그는 쉰 목소리로 신경질을 내며 대꾸했다.

미친년 이게 마지막 전화다. 너도 참 어지간하다. 어떻게 생겼는지 정말 궁금하다, 궁금해. 나 결혼한다. 와이프랑 잘 안 되면 그때 다시 전화할지도 모르지만, 사실 나도 너한테 질렸어. 도대체 어떤 놈이니? 그렇게 아쉬우면 찾아가. 맨날 전화통에다 대고 콧소리만 내고 있지 말고.

그리곤 거칠게 전화를 끊어버렸다.

이 거짓보다 더 그녀를 슬프게 한 것은 이제 한동안은 그가 전화 걸지 않으리라는 사실이었다. 그는 정말 화가 난 것이다. 그녀는 쓸데없는 말을 너무 많이 했다. 지쳐 쓰러져 있는 그에게 확성기를 갖다대고 떠들어댄 꼴이었다. 그가 다시 전화 건다면 전화만 걸어준다면 그녀는 아무 말도 하지 않고 입을 닥치고 있을 것이다. 그가 원하는 게 무엇이든 그대로 할 것이다. 그게 침묵이든 무엇이든 그가 원하는 걸 하는 건 이 세상에서 가장 쉬운 일이니까. 인자는 이미 일상이 되어버린 상상의 세계 속으로 빠져들며 한 달이나 두 달 정도 기다리는 건 그가 겪은 고통에 비하면 아무것도 아니라는 생각을 했다. 밤은 짙은 막 뒤에서 그녀의 사랑처럼 이제 막 깨어나려 하고 있었다.

누 나

새벽에 어떤 남자가 전화를 걸어서 마리를 바꿔달라고 했어. 그런 사람 여기 없다고 해도 그는 계속 마리, 마리, 마리만 찾았어. 나는 마리가 아니에요. 마리 사랑해, 마리. 나를 좀 만나줘. 당신 없이는 살 수 없어. 나한테 이러지 마, 마리. 그는 항상 마리를 찾고 울음을 터뜨리고 사랑한다고, 돌아오라고 말하고, 그리고 미안합니다, 하고 전화를 끊었어.

누나

요즘 나는 잠을 통 못 잔다. 일 주일 전에 누나의 이사를 도와주고 그 동안에 쌓였던 피로와 긴장이 한꺼번에 풀린 탓인지 이틀을 앓아 누웠었는데 의식이 반은 나간 채로 시름시름 잠만 잤더니 그후로는 도무지 잠을 잘 수가 없다. 유정의 잠을 방해하기 싫어서 그녀가 잠들기를 기다렸다가 조심스럽게 일어나 밖으로 나온다. 거실 소파에 우두커니 앉아 있으면 옆방에 사는 학생 둘이 차례로 들어와 벽에 쿵쿵 부딪치며 문 여는 소리가 들린다. 그들은 형제인데 매일 경쟁적으로 술을 마시고 들어온다. 하루는 끅끅거리며 토하는 소리가 들려서 나가보니 두 형제가 부둥켜안은 채 서로의 옷에다 잔뜩 토해놓고 문 앞에 주저앉아 있는 것이었다. 유정은 그들을 공포의 알코올 중독 형제라고 불렀다.

누나가 물을 보면 마음을 잡고 살 수 있을 것 같다고 해서 청평 근처에 작은 아파트를 하나 얻어주었더니 내 수중에는 한푼도 남아 있지 않았다. 월세방이라도 알아보려고 작정하고 있는데 유정이 자기 집으로 들어와 살아도 좋다고 했다. 그녀의 신세를 지기는 싫었지만 사실 뾰족한 수가 없어서 못 이기는 채 들어와버렸다. 아내와 이혼하고 나서 잔뜩 지쳐 있을 때 유정을 만났다. 유정도 술버릇이 고약한 남편에게 학을 떼고 이혼한 터라 처음부터 마음이 잘 맞았다. 사랑에 빠지고 로맨틱한 감정 게임에 시간을 쓰고 하는 일들은 그녀에게나 나에게나 사치였다. 그저 우리는 편히 쉴 상대가 필요했다. 아내와 헤어지고 나서 결혼 같은 건 다시 하지 않겠다고 결심했던 터였다. 너무 지쳐 있어서 여자라면 겁부터 났다. 그래도 유정을 만나면서 다시 희망 비슷한 감정을 품게 되었다. 몇 번 같이 잠을 자고 같이 밥을 먹고 서로의 일상적인 안부에 관심을 갖게 되면서 천천히 친숙해졌다. 참으로 오랜만에 나는 평화를 느끼고 있었다.

2인용 소파에 앉아 담배를 피며 창 밖을 본다. 창 밖으로는 주인집 정원이 보인다. 반지하라서 내 눈 높이에는 하늘을 향해 뻗어 있는 나무의 가지나 이파리가 아니라 뿌리에 가까운 쪽이 더 많이 보이지만 열린 창을 통해서 잘 손질된 잔디밭의 싱싱한 냄새가 밤바람에 실려 들어온다. 부엌을 가운데 두고 방 두 개가 나란히 붙어 있는데 하나는 침실로 쓰고 하나는 소파와 텔레비전 등을 놓고 거실로 쓴다. 은행에 다니는 유정은 처녀 시절 꼼꼼하게 저축한 돈을 모두 결혼 비용으로 쓰고 이혼할 때는 맨몸뚱어리만 달랑 뛰어나왔다고 했다. 처음 만났을 때 그녀는 이혼했다고 하지 않고 집에서 뛰어나왔다고 말하며 큰 소리로 웃음을 터뜨렸었다.

"정말 그냥 뛰어나왔다니까요. 운동화 신고 시장 갔다 온다 그러고 나와서 마구 뛰었어요. 뛰다보니까 갈 데가 없더라구요."

친구 집에서 한동안 기식하다가 다시 이 년을 꼬박 저축해서 이 집에 전세를 들었다는 것이다.

나도 이혼하는 데 애를 먹었다. 이혼을 결심하기까지도 힘겨웠지만 더 끔찍한 것은 이혼한 뒤였다. 아내는 이혼 도장을 찍고 나온 그날 밤부터 울면서 전화를 걸어대기 시작했다. 도무지 혼자 살 자신이 없다고 했다. 같이 살던 아파트와 자동차를 그대로 두고 나왔는데 앞으로 살길이 막막하다면서 징징거렸다. 결국 회사에서 대출을 받아 꽃가게를 차려주었다. 하지만 아내는 장사에 소질이 전혀 없었다. 두 달 만에 가게를 망해먹고 이번엔 먹는 장사가 최고라며 빵가게를 한번 해보고 싶다고 손을 벌렸다. 도와주고 싶었지만 안타깝게도 내겐 능력이 없었다. 당신도 이제 자기 힘으로 살아보라고 하자 아내는 찔끔거리면서도 무언가 깨달아지는 게 있었던 모양이었다. 몇 달 동안 연락이 없었다. 한동안 잠잠하던 아내가 다시 연락을 해온 것은 자동차 사고 때문이었다. 아내가 연락한 게 아니라 경찰서에서 연락을 했다. 다행히 중상은 아니었지만 아내가 입원해 있는 동안 내가 가서 병실 수발을 해야 했고 보험문제도 처리해야 했다. 아내의 가족은 아무도 와보지 않았다. 나와 결혼하면서 아내는 가족과 거의 인연을 끊었다. 가족이라야 오빠 둘이 전부였는데 그들은 누나 때문에 나와의 결혼을 끝까지 반대했고 결혼식에도 참석하지 않았다. 아내는 아내대로 고집이 세서 결혼 후에도 오빠들을 만나지 않았다. 그래서 아무리 괴로워도 가족한테는 손을 벌리고 싶지 않았던 것이다. 인생이란 이상한 것이다. 이혼한 아내의 병원 수발을 하면서 가장 아쉬운 사람들이 바로 그녀의 오빠들이었다. 결혼생활을 할 때는 아내가 오빠들과 인연을 끊은 게 다행이라 여겼었는데 이혼하고 나니 아내를 떠넘길 사람들이 그 사람들뿐이었다. 나는 결국 그들에게 연락을 했다. 더이상 사랑하지 않는 여자를 위해 억지로 내 시간을 빼앗기는 게 너무 억울했기 때문이다.

오빠들이 병원으로 오겠다고 해서 나는 한시름 놓고 회사로 갔다. 다음날 병원에서 전화가 왔다. 아내가 밤에 병실에서 자살을 기도했다는 것이었다. 과일칼로 동맥을 끊었는데 생명에는 지장이 없다고 했다. 생명에 지장이 있을 턱이 있나. 도대체 누가 병실에서 자살을 기도한단 말인가. 나는 화가 나서 오빠들이 가져왔다는 과일바구니를 바닥에 집어던졌다. 아내가 보기 싫다고 길길이 뛰는 바람에 오빠들은 혼비백산해서 돌아가버렸다. 아마도 이럴 때 덫에 걸린 느낌이다, 수렁에 빠진 기분이다, 라는 표현을 쓰는 것일 게다. 나는 맥을 놓고 앉아 아내가 깨어나기를 기다렸다.

아내는 나를 보자 언제 그런 일이 있었냐는 듯 활짝 미소를 지었다. 나는 놀라긴 했지만 아내가 왜 그런 짓을 했는지 알고 싶지는 않았다. 그건 일종의 시위였을 것이다. 나와 오빠들을 향한. 나는 그런 식으로 시위하는 걸 몹시 혐오했다. 아내에게는 할 만큼 했다는 마음도 강해서 그 혐오감에 죄책감이 섞이지도 않았다.

"누나가 왔다 갔어."

진짜로 시위하듯 말하고 아내는 짐짓 내 눈치를 살폈다.

"왜? 언제?"

"당신 오기 전에. 나는 자는 척했어. 여기가 어디라고 찾아와. 내가 이렇게 된 게 다 누구 때문인데."

"이게 다 누나 때문이라는 거야? 그런 억지가 어딨어?"

"그럼 아니야? 아니라곤 말 못 할걸? 누나도 그러더라. 울면서 막 고백을 하더라구. 다 자기 잘못이라구. 자기 잘못이니까 동생 용서하고 같이 살라고. 매일 하느님한테 기도한대. 우리가 다시 같이 살기를."

아내가 괴물같이 느껴진 건 꽤 오래 전부터다. 나는 그녀의 뻔뻔스러운 하얀 얼굴에 침이라도 뱉어주고 싶은 걸 간신히 참았다.

"오빠들한테는 왜 연락했어? 당신 누나도 보기 싫고 우리 오빠들도 보기 싫어. 내 인생이 왜 이렇게 됐지. 싫은 인간들만 옆에 득실득실한 인

생. 어떻게 책임질 거야? 당신이 내 인생을 산산조각을 내놨어. 악마 같
은 인간. 책임져. 책임지기 전에는 내 손에서 절대 못 벗어날 줄 알아."

"어떻게 해줄까?"

내 말투가 싸늘한 걸 알고 아내는 주춤 물러섰다. 목소리가 작아진 게
그 증거다. 이 여자가 정말 지난밤에 더이상 살고 싶지 않다고 자기 동맥
을 칼로 끊은 여자일까. 쇼에는 정말 신물이 난다.

"빵가게 하고 싶어. 집 근처에 좋은 자리가 하나 났어. 전에 옷집이었
는데 너무 잘 돼서 강남으로 옮겼대."

"알았어. 어떻게든 돈 마련해볼게."

그리고 나는 이사를 가서 전화번호를 바꿔버렸다. 회사도 옮겼다. 아
내의 목소리를 듣지 않은 지도 일 년이 가깝다. 아마 빵가게는 포기했을
것이다.

정원 구석에는 석등이 하나 서 있다. 잔디를 깔고 나무를 빽빽이 심어
놨지만 조경 같은 데 신경을 쓴 고급 정원은 아니다. 석등은 이 소박한
정원에는 어울리지가 않는다. 나무를 사러 갔다가 싼값에 장만한 것이겠
지. 아무튼 이 석등에서 흘러나오는 노르스름한 불빛이 참 마음에 든다.
주인집 부부는 새벽마다 운동을 하러 가는데 그 새벽 네시까지 항상 석
등이 켜져 있다. 며칠 전까지만 해도 석등에는 누런 개 한 마리가 매어져
있었다. 뚱뚱하고 못생긴 개였는데 어찌나 열심히 짖어대는지 내가 담배
피우다 기침을 하기만 해도 세상이 끝날 것처럼 숨 넘어가게 짖곤 했다.
유정과 나는 열심히 짖어대는 그 개를 미워했고 주인집에 항의해야 한다
고 생각하고 있었다. 그러다가 갑자기 개가 없어졌다. 이 고요는 그 개가
남기고 간 것이다. 정말로 이상한 것은 개가 사라지고 나서 자꾸 개 생각
이 난다는 것이다. 컹 커엉 마치 똑같은 노래를 반복하듯 같은 음정으로
짖곤 했던 개의 소리가 갑자기 지워진 적막이 낯설기만 하다. 선물이건

고통이건 처음엔 낯선 것이라서 지금 내가 개 짖는 소리를 생각하고 있
는 것이리라. 아직 얼마나 좋은지 싫은지 판단할 수 없는 상태.

나는 결국 냉장고를 열고 맥주 한 병을 꺼냈다. 처음 아내와 이혼하고
나서 혼자 살 때는 회사에서 돌아오는 길에 포장마차에서 항상 소주를
한 병씩 마셨다. 후련하기도 하고 쓸쓸하기도 해서였다. 실패한 것 같기
도 하고 다시 시작할 수 있을 것 같기도 해서였다. 소주 한 병을 마시고
어쩐지 부족해서 다시 집 앞에서 맥주를 세 병씩 사가지고 와서 잠들 때
까지 그걸 마셨다. 생활은 없어지고 감정만 남아 있는 일상이 처음엔 적
응하기 힘들었다. 하지만 며칠이 지나고 몇 주가 지나자 그 지나친 감정
속에도 일상이 고여들기 시작하는 것이었다. 그때는 술 마시는 게 일상
이었다. 그때는 잠을 조금이라도 자보려고 술을 마셨었다. 누나가 찾아
오는 바람에 그 일상도 아내의 말처럼 산산조각이 났다.

누나. 맥주는 아주 차가웠다. 나는 한 모금 들이켜고 기분이 좋아져서
석등에서 흘러나오는 노란빛에 둥그렇게 반사된 잔디밭의 검푸른 빛깔
을 다정하게 응시했다. 유정이 그리웠다. 누나 생각은 하기 싫다. 적어도
지금 이 순간은. 유정을 생각하고 싶다. 하지만 그녀는 옆방에서 달콤한
잠에 빠져 있다. 그녀는 내가 아무리 잠을 못 자도 눈치채지 못한다. 고
마운 일이다. 쓸데없이 예민한 여자들은 정말 신물이 난다. 유정은 낮에
은행에서 열심히 일을 하느라 밤에 예민해질 기력이 없는 것이다. 당장
이라도 유정의 곁으로 기어들어가서 그 따스한 살갗에 몸을 대고 그녀처
럼 잠들고 싶다. 내가 곁에 누우면 그녀는 잠결에도 통통한 팔을 나에게
감는다. 그녀는 정말 천사 같은 여자다. 누나의 하느님한테라도 감사하
고 싶은 심정이다.

생각하기 싫은 게 억지로 자꾸만 생각나는 게 이런 밤의 실체인가보다.

나는 누나를 사랑한다. 누나는 천사 같은 사람이다. 돌아가신 아버지

도 누나를 항상 우리 천사 우리 천사 그렇게 불렀다. 누나와 나는 어릴 때부터 유난히 사이가 좋았다. 그게 문제였나. 모르겠다. 누가 말해주었으면 좋겠다. 도대체 어디서 어떻게 모든 것이 잘못되어버린 것인지를.

아버지는 유별나게 누나를 사랑했다. 당연한 일이었다. 누나는 아름답고 순수하고 재능이 있었다. 누나가 할 수 없는 일은 아무것도 없는 것처럼 보였다. 누나는 어릴 때부터 사생대회나 글짓기 대회, 피아노 콩쿠르 등에서 항상 일등상을 타왔다. 불가능은 없다. 그것이 누나에 대한 아버지의 신념이었다. 아버지가 누나를 내가 느낄 정도로 편애했다는 뜻은 아니다. 아버지는 누나에 대한 애정을 숨기지 않았을 뿐 나를 섭섭하게 한 적은 없었다. 우리집은 부유했다. 누나와 나는 많은 것들을 마음껏 누리며 자랐다. 누나는 아버지와 너무 밀착해서 살아온 탓인지 대학에 들어가서도 변변한 연애 한번 하지 않았다. 아버지의 바람대로 졸업하고 유학 가서 공부를 계속하는 게 목표였다.

지나친 사랑이란 게 어떤 식으로 인간에게 나쁜 영향을 끼칠 수 있는지 알게 해준 것은 누나였다. 누나가 대학 졸업을 두 달 앞둔 시점에서 아버지가 갑자기 돌아가셨다. 간암이었는데 우리는 까맣게 몰랐다. 아버지가 병실에 있는 동안 누나는 그야말로 미친 사람처럼 굴었다. 간암에 걸렸다 회생한 사람들을 찾아다니며 치료법을 수집해왔고 온갖 이상한 것들을 아버지에게 먹이려 들었다. 죽어가는 아버지조차도 누나를 걱정할 정도로 누나의 열정은 심각한 것이었다. 하지만 아버지는 어느 날 갑자기 병세가 악화돼서 유언도 하지 못하고 혼자서 죽었다. 그때 누나와 나는 아버지 병세가 예상했던 것보다 호전되고 있다는 의사의 말을 믿고 오랜만에 집에 돌아와 잠을 자고 있었다. 나중에 들었는데 어머니는 그때 화장실에 있었다는 것이었다. 결국 가족 가운데 아무도 아버지의 임종을 지키지 못했다. 어머니는 울기만 했고 누나는 별로 울지 않았다. 졸

업식에도 가지 않고 오랫동안 준비해왔던 유학도 가지 않았다. 누나는
방에만 틀어박혀 있다가 갑자기 집에서 나가더니 차도에서 달리던 택시
에 뛰어들었다.

　다들 누나가 살아난 것이 기적이라고 했다. 왼쪽 다리를 약간 절게 되
었을 뿐 부서졌던 몸도 일 년 뒤에는 그럭저럭 회복이 되었다. 그후로 누
나는 열심히 무엇인가를 해보려고 노력했다. 하지만 아무것도 제대로 되
지 않았다. 누나 주변에 넘쳐흐르던 행운이 모두 불운으로 변해버린 것
같았다. 누나는 그림 공부를 하기 위해 파리에 갔다가 육 개월 만에 되돌
아왔다. 의욕이 생기지 않는다고 했다. 미술학원이나 차려서 아이들이나
가르치며 편하게 살고 싶다는 것이었다. 어머니는 실망하면서도 누나의
지친 얼굴을 보고 아무 말도 하지 않았다. 하지만 누나는 학원을 차리지
도 않았고 아버지 서재에 들어가 하루 종일 멍하니 앉아 있기만 했다. 창
백하고 갸름한 누나의 얼굴을 보고 있으면 무섭다는 생각밖에 들지 않았
다. 어머니는 어머니대로 겁이 나서 누나한테 말도 못 붙이고 속으로만
끙끙거리다가 누나한테 무슨 일이 있었는지 좀 물어보라고 나를 채근하
곤 했다.

　하루는 친구들과 술을 마시고 들어와 취한 객기로 누나와 부딪쳐보기
로 결심했다. 서재 문을 열자 책상 앞에 웅크리고 있는 누나의 앙상한 실
루엣이 보였다. 나는 마음이 아팠다.

　왜 이렇게 어둡게 하고 있어? 창문이라도 열까?

　누나는 마치 낯선 사람 보듯 멍한 눈으로 나를 쳐다보았다. 젊은 여자
의 얼굴에서 표정이 사라지는 것만큼 부자연스런 일도 없을 것이다. 누
나의 얼굴은 철저히 무미건조했다. 이제 겨우 스무 살이 조금 넘었을 뿐
인데 어둠 속에 낮달처럼 떠 있는 누나의 얼굴은 오십은 되어 보였다. 누
나의 얼굴과 육체 어느 구석에선가 젊음을 발산하는 에너지가 모두 질식

당해버린 듯했다. 누나는 다시 구부린 자세로 돌아가 종이쪽지에 뭔가를 열심히 적고 있었다.

뭘 쓰고 있어?

물어도 대답이 없었다. 그즈음 누나는 자주 어머니나 내가 하는 말들을 듣지 못하거나 이해하지 못하거나 못 들은 척하거나 이해하지 못하는 척했다. 나는 누나의 앞에 놓여 있는 종이쪽지들 가운데서 한 장을 집어들고 읽었다. 내가 사랑하는 것. 그 뒤는 아직 공백이었다. 내가 사랑하지 않는 것. 내가 무서워하는 것. 내가 싫어하는 것. 나를 파괴시키는 것. 나를 행복하게 만드는 것. 그 외에도 무수히 많은 목록들이 있었다. 하지만 누나는 그중 어떤 목록도 아직 만들어내지 못하고 있었다. 누나가 다시 종이 한 장을 옆으로 밀어놓고 다른 종이를 펜 아래에 놓았다. 거기엔 이렇게 씌어져 있었다. 아버지가 죽은 이유. 나는 누나의 어깨를 흔들어 마치 깊은 잠에 빠지듯 두서없는 생각들에 잠겨 있는 누나의 의식을 깨우고 싶었다. 하지만 나는 그러지 못했다. 누나의 열중이 너무나 진지했고 누나의 어깨가 너무나 희미하고 앙상해서 그게 누나의 실체인지조차 확신할 수 없었기 때문이다.

며칠 뒤에 누나는 집을 나가서 이 년 동안 돌아오지 않았다. 어머니는 누나를 기다리다가 앓아누웠고 회복된 뒤에는 절에 다니기 시작했다. 나는 가끔 아버지의 서재로 들어가 누나가 만들어놓은 목록을 천천히 읽으며 누나의 행방을 추적하려 애썼다. 그것은 흔적도 실마리도 아니었다. 단지 누나의 애처로운 목록이었을 뿐이다. 삶에 아슬아슬하게 맞닿아 있는 텅 빈 목록. 채워지기를 기다리는 쓸쓸한 공백.

이 년 넘게 소식이 없던 누나로부터 밤에 갑자기 연락이 왔는데 누나가 불러준 주소로 가보니 누나는 제사상을 차려놓고 나를 기다리고 있었다. 누나는 닭장처럼 지어진 지하 단칸방에서 갓난애와 같이 살고 있었다. 조촐하게 차린 제사상에는 꼬깃꼬깃 구겨진 아버지의 사진 한 장이 놓여 있었다. 무슨 착각을 일으켰는지 누나는 그날을 아버지의 기일이라고 생각하고 있었다. 하지만 아버지는 누나의 졸업을 앞두고 돌아가셨다. 누나를 실망시키기 싫어서 나는 아무 말도 하지 않았다. 한여름인데도 지하방은 바람 한 점 들어오지 않았고 창문도 없었다. 누나는 같이 절을 하자고 했다. 나는 누나와 나란히 아버지 사진에 대고 절을 했다. 아이가 갑자기 울기 시작했다. 누나는 깜짝 놀라서 절룩거리며 아이에게로 뛰어갔다. 누나의 얼굴은 멍자국 때문에 여기저기가 푸르스름했다. 부풀어오른 입술에는 아직도 피딱지가 남아 있었다. 누나는 단추를 풀더니 파란 정맥이 지렁이처럼 번져 있는 가슴을 아이에게 물려주었다. 아이를 들여다보는 누나의 얼굴이 갑자기 환해지기 시작했다. 저렇듯 행복한 누나의 얼굴을 보는 게 얼마만인가.

아이의 아버지. 나는 그 인간을 만나야 했다. 누나가 말해주지 않아도 어떤 인간인지 짐작이 갔다. 누나가 아이를 재우는 동안 나는 구석에 앉아 제사 지내고 남은 술을 마시며 그 인간을 기다렸다. 애 아버지가 언제 들어오느냐고 묻자 누나는 모른다고 대답했다. 자주 안 와. 그 사람 바빠. 아이를 미워해. 그렇게 말하면서 설움이 복받치는지 누나는 부은 입술을 삐죽거렸다. 울지 마, 누나. 내가 만나볼게. 누나는 나를 바라보며 새삼 마음이 든든한지 고개를 끄덕거리며 미소를 지었다. 누나의 태도는 이상스러울 정도로 어린애 같았다.

"언제나 네가 보고 싶었어. 우리 아기 예쁘지? 제 아빠를 많이 닮았어."

"엄마가 보면 기뻐하실 거야. 늘 누나 걱정만 하시는데."

누나의 얼굴이 어두워졌다.

"엄마는 못 만나."

"왜?"

"그냥. 자신이 없어. 날 보면 우실 거야. 그러면 안 돼. 나는 할말이 없어."

그때 밖에서 시끄러운 소리가 나고 한 남자가 발로 문을 차며 들어왔다. 어쩐지 낯이 익은 남자였다. 그는 제사상을 힐끗 보고 진저리가 난다는 표정으로 누나를 쏘아보았다. 또 시작이니? 미친년. 그가 누나에게서 거칠게 아이를 빼앗았다. 아이와 누나가 동시에 울음을 터뜨렸다. 나는 앞뒤 사정 보지 않고 그에게로 달려들었다. 그는 잽싸게 뒤로 물러났고 나는 바닥에 나뒹굴었다. 누나가 울면서 뛰어와 나를 붙잡았다. 술이 확 깨며 갑자기 그가 누군지 기억이 났다. 전에 누나가 뛰어들었던 택시의 운전사였다. 그는 누나의 생명의 은인이라도 되는 듯 굴면서 어머니에게서 천만원이나 뜯어낸 놈이었다. 자기 인생이 골로 갈 뻔한 것에 대한 보상을 해야 한다고 떼를 썼었다. 어머니는 누나가 살아난 것만 고마워하며 군말 없이 돈을 내주었다. 도대체 왜 누나가 이 거지 같은 인간의 아이를 낳은 것일까.

누나는 그를 사랑했는지도 모른다. 온전한 정신으로 사랑한 건 아니겠지만 제 발로 먼저 그를 찾아간 것도 누나고 두들겨맞으면서도 그의 아이를 낳은 것도 누나였다. 나는 아무리 누나지만 그런 종류의 애정에 대해서는 아는 바가 없다. 내 이해력의 범위를 넘어서는 문제다. 대학을 나오고 파리로 유학까지 갔던 누나가 왜 갑자기 무식하고 잔인한 남자에게 매력을 느꼈는지 아직도 나에겐 어려운 수수께끼다. 정신이 이상해져서 그런 짓을 했다고밖에는 생각되지 않는다. 누나는 정상이 아니었다.

깊은 밤에 잠을 못 자고 깨어 있으면 아무래도 생각이 극단적인 쪽으로 자꾸만 달려가게 된다. 맥주 두 병을 마셨을 뿐인데 벌써 화장실에 두 번이나 가야 했다. 유정을 깨울까봐 화장실 물도 내리지 않았다. 커피라도 마실까. 커피를 마시면 잠자는 건 아예 포기해야 된다. 밤에는 잠을 못 자면서도 회사에선 오전부터 노곤해져서 정신을 못 차린다. 회의 도중에 졸다가 무안을 당한 것도 이미 여러 차례였다. 실직까지 하게 되면 큰일이어서 이를 악물고 버티고 있지만 인사고과 점수는 형편없었다. 유정은 돈을 모아 비디오 가게라도 열자고 한다. 자신도 회사라면 신물이 난다고 했다. 하지만 유정은 말만 그렇게 하지 누구보다 성실한 사원이었다. 동료 사원에 의하면 유정이 마음만 먹으면 대리까지 진급할 수도 있다고 했다. 나는 담배를 집어들었다가 다시 넣고 우유를 꺼내 한 잔 마셨다. 유정이 보고 싶어서 문을 살짝 열고 안을 들여다보았다. 유정은 한 손을 베개 아래 집어넣고 입을 약간 벌린 채 깊이 잠들어 있었다. 손등으로 볼을 쓸어보았다. 잠결에도 유정은 눈치를 채고 미소를 지었다. 키스라도 하고 싶었지만 참았다. 유정은 조금만 술냄새가 나도 구역질을 했다. 남편의 술냄새에 지친 탓이었다. 단순히 술냄새가 아니라 술냄새가 상징하는 남편의 존재에 지친 것이겠지만.

술만 마시면 유정의 남편은 옷을 홀랑 벗고 유정도 홀랑 벗겨놓고 마구 손찌검을 했다는 것이다.

내가 도망갈까봐 옷부터 벗겼어. 손으로 때리다 손이 아프면 냉장고에 얼려둔 콜라병을 꺼내들고 그게 녹을 때까지 휘둘렀지. 나중엔 별로 아프지도 않았어. 오 분간 그래 오 분은 정말 견디기 힘들게 아프지. 하지만 오 분이 지나면 감각이 없어져. 사람 감정이 이상해. 공포도 인이 박이면 더이상 공포가 아니야. 결국 될 대로 되라는 심정으로 울지도 않고 맞아주는 거야. 그러다보면 남편이 술이 깨. 술이 깨면 정말 깜짝 놀라서 나를 보는 거야. 사람이 그렇게 멍청한 표정을 지을 수 있다는 걸 술이 깰 때의 남편 얼굴을 보고 알았지. 나는 그렇게 살았어. 사실 남편은 원망하지 않아. 참고 산 내가 증오스럽지. 술을 끊어보려고 남편도 안 해본 짓이 없어. 남편은 유순한 사람이었어. 겁이 많아서 술을 마신 거지. 자기가 엉망진창으로 변해가는 게 무서우니까 부인을 두들긴 거고.

이제 유정은 과거 일에 대해 농담을 할 정도까지 안정되었다. 누나가 그녀의 반만큼만 강할 수 있다면 바랄 게 없겠다.

아이의 아버지는 학교로 나를 찾아와 말도 안 되는 소리를 늘어놓았다.

알다시피 자네 누나는 온전치가 않아. 맛이 갔다구. 아이를 기를 능력이 없어. 다행히 우리 마누라가 후덕한 여자라서 아이를 맡겠대. 그런데 누나가 말을 들어야 말이지. 사실 나는 아이가 생겼는지도 몰랐어. 저나 나나 인생 망치는 짓이니까 그렇게 떼라고 했는데도 고집을 부려서 저 혼자 낳은 거야. 내가 나쁜 놈이면 벌써 둘이 죽든지 말든지 신경 껐을 거야. 근데 어디 인간 사는 정이 그런가. 누나가 또 나한테서 떨어지질 않으려고 하고. 알지? 그게 좋은 모양이야. 각설하고 아이는 내가 맡을 테니까 누나 새 인생 살게 해. 공부도 많이 한 여자가 뭐가 모자라서 저러고 있는지 안타까워 죽겠어.

그러면서 그는 또 돈을 요구했다. 위자료 조로 돈을 조금 주면 마누라가 친자식처럼 키워줄 거라고 했다. 자네도 알다시피 아이 기르는 게 어디 쉬운 일인가. 돈이 엄청 들지. 다 돈지랄이야 결국엔. 그의 뻔뻔스러움과 상스러움 앞에서 나의 분노는 너무나 초라한 수준이었다. 어머니는 돈과 아이를 내주고 누나가 새출발하기를 원했다. 하지만 아이에 대한 누나의 애정과 집착은 우리가 짐작했던 것보다 훨씬 컸다. 다시 누나가 사라졌다. 택시 운전사의 연락처를 내가 알고 있었기 때문에 누나를 찾는 건 어렵지 않았다.

누나가 집착하는 게 도대체 무엇인지 알 길이 없었다. 누나는 아이도 그 남자도 포기하려 하지 않았다. 어머니는 누나와 아이를 보고 올 때마다 울어서 퉁퉁 부은 얼굴을 하고 돌아왔다. 그는 가끔 나타나서 누나를 두들겨패며 돈을 요구했고 어머니는 나 몰래 번번이 돈을 마련해주었다. 집도 결국 그가 사고 낸 걸 합의해주느라 처분해야 했다. 나와 어머니는 기진맥진했다. 누나가 미웠다. 어느 날 그는 누나만 팬 게 아니라 아이까지 축구공처럼 발로 차버렸다. 누나가 아이를 안고 집으로 달려왔다. 누나의 코에선 피가 아직 흐르고 있었고 눈 한쪽이 부어올라 잘 떠지지도 않았다. 아이는 색색거리며 가쁜 숨을 몰아쉬고 있었다. 나는 아이를 받아서 병원으로 뛰었다. 누나의 무능이 그 남자의 폭력보다 더 무서웠다. 더 이해하기 힘들었다. 아이는 사흘 만에 호흡곤란으로 죽었다. 조금만 빨리 왔으면 생명에는 지장이 없었을 거라는 말을 들었을 때 나는 진심으로 후회했다. 그 남자의 말대로 아이를 그의 후덕한 마누라에게 키워달라고 하는 게 최선이었는지도 몰랐다.

누나는 아이의 죽음을 이해하지 못했다. 억지로 누나로부터 아이를 떼어내 화장을 하고 난 뒤에도 누나는 아이가 없어졌다며 몇 날 며칠을 울부짖었다. 목이 쉬도록 울부짖고 방바닥을 구르며 아이를 내놓으라고 보채는 누나를 아무도 진정시킬 수 없었다. 결국 실신해서 쓰러진 누나를 병원으로 데려갔다. 그때부터 최근까지 누나는 정신병원에 있었다.

어머니도 화병으로 곧 돌아가셨다. 임종 직전까지 어머니는 누나만 걱정했다.

누나는 너무 약해. 네가 누나를 돌봐줘야 된다. 귀찮아도 참고 누나를 돌봐줘. 부탁이다.

누나는 어머니의 병도 죽음도 알지 못했다. 아무것도 모르는 누나. 하지만 누나는 병원에서 가끔 나에게 편지를 썼다. 대부분은 이해하기 힘든 두서없는 내용이었고 거기가 병원이 아니라 파리인 것처럼 혼동하고 있었지만 원래 글재주가 있던 누나의 편지는 아름다웠다.

진에게

이삿짐을 모두 정리하고 이틀 만에 밖으로 나갔어. 상가에 꽃가게가
두 군데나 있더라. 작은 화분 두 개를 샀어. 먼지같이 자잘한 이파리가
가는 줄기에 가득 붙어 있는 청록색 로즈마리와 연보라색 꽃이 피는
아프리칸 바이올렛이야. 햇빛이 잘 드는 곳에 두면 절대로 죽지 않는
대. 창 앞에 나란히 놓았어. 로즈마리는 파스타를 만들 때 사용할 수도
있을 거야. 내가 사는 아파트 건너편에 빵집이 있는데 여덟시가 지나
면 아침 빵을 살 수가 없어. 그래서 나는 일곱시만 되면 일어나서 샤워
를 하고 빵을 사러 뛰어내려간단다. 그 집 크로와상은 너무나 맛있어.
너에게 하나 보내줄 수 있다면 좋을 텐데. 빵을 사와서 커피와 마시면
서 창 밖을 보며 아침시간을 보내곤 해. 이 아파트에는 건물 중앙에 정
원이 있어. 건너편에 사는 피에르라는 남자가 벌써 두 번이나 나에게
자기 집 주말 파티에 오라고 초대를 했어. 그를 볼 때마다 나사렛 예수
가 생각나. 금발머리를 어깨까지 기르고 파란 눈이 늘 슬퍼 보이거든.
나는 아직 불어가 서툴러서 파티에는 가고 싶지가 않은데 그는 막무가
내야. 학교가 끝나면 나는 항상 뤽상부르 공원에 가서 사람들을 구경
하다가 집에 돌아와. 여긴 연인들이 참 많아. 그들을 구경하는 건 재미
있으면서도 어쩐지 슬퍼. 그들이 행복한 만큼 언젠가 불행해질 수도
있다는 생각이 들기 때문이야. 누군가를 사랑하는 것. 거기에 따르는
고통이 너무나 크다는 걸 너나 나는 잘 알지. 사랑하는 사람들은 언제
나 먼저 떠나고 우리는 남아서 그들을 기억해야 하지. 기억은 사랑에
비례하니까 큰 사랑은 큰 기억을 낳고 큰 고통을 낳게 되는 거야.

진에게

새벽에 어떤 남자가 전화를 걸어서 마리를 바꿔달라고 했어. 그런

사람이 여기 없다고 해도 그는 계속 마리, 마리, 마리만 찾았어. 그런 사람은 여기 없습니다. 전화를 잘못 거셨어요. 내가 그렇게 말하자 그는 제발 마리를 좀 바꿔주세요, 그녀와 꼭 통화를 해야 합니다, 저를 살려주세요 그러는 거야. 나는 마리가 아니에요. 그런 사람은 여기 살지 않아요. 그는 울기 시작했어. 마리, 마리, 마리 부르면서. 나는 전화를 끊었지. 그는 다시 전화를 걸어서 제발 마리를 울부짖다시피 애걸했어. 나는 마리가 아니에요. 마리 사랑해 마리 나를 좀 만나줘. 당신 없이는 살 수 없어 나한테 이러지 마 마리. 내가 아무 말도 하지 않자 그는 훌쩍거리는 소리로 조용히 말했어. 죄송합니다. 제가 취해서 실례를 했군요. 그후에도 그는 가끔 전화를 걸어서 마리를 찾았어. 나는 대답 없이 듣기만 했지. 아무 말도 하지 않고. 그는 항상 마리를 찾고 울음을 터뜨리고 사랑한다고 돌아오라고 말하고 그리고 미안합니다 하고 전화를 끊었어. 그가 어떤 사람인지 궁금해. 마리를 사랑하는 그 남자.

진에게

오늘 드디어 아이가 움직였어. 뱃속에서. 그 아이의 말은 소리가 없는데도 너무나 생생해서 자다가 깜짝 놀라서 깨어났어. 그 부드럽고도 강한 생명이 약한 내 몸 속에서 하루하루 성장하면서 자신을 주장하는 걸 보면 나 자신조차 대견스러워. 내가 이런 행운을 누릴 자격이 있는지 걱정 돼. 나는 매일 그 아이에게 말을 해. 그 아이는 너무나 다정하고 영리해. 내 존재나 다름없으니까 어렵게 이해시킬 필요도 없어. 그 아이는 내 연인이고 내 친구야. 내가 의지할 수 있는 유일한 존재야.

병원에서 퇴원하고 나서 누나는 교회에 다니기 시작했다. 다니는 정도가 아니라 아예 거기서 살았다. 누나의 종교가 누나를 회복시켰다는 생각 때문에 나는 누나의 광적인 몰입을 간섭하지 않으려고 노력했다. 누나의 집은 작은 교회가 되었다. 늘 사람들이 모여 있었고 서로를 자매님, 이라고 불렀다. 누나의 신심을 이용하려는 자매도 많았다. 어머니가 남겨준 재산을 누나는 그들에게 아낌없이 탕진했다. 아내는 누나한테 연락만 오면 뛰쳐나가는 나를 이해하지 못했다. 누나랑 살지 왜 자기랑 사느냐고 강짜를 부렸다. 그래도 나는 누나의 부름을 외면할 수 없었다. 이 세상에 남아 있는 유일한 피붙이였기 때문이다.

착한 누나의 곁에는 무슨 영문인지 늘 악머구리 같은 인간들이 들끓었다. 택시 운전사도 잊을 만하면 다시 나타나서 누나를 괴롭혔다. 연락이 와서 뛰어가보면 누군가한테 맞아서 깨져 있는 누나를 발견하곤 했다. 교회에 다니고 나서도 누나는 꽤 여러 명의 못된 남자들을 만났다. 연애 감정이 없으면서도 누나는 그들의 접근을 거절하지 않았다. 그들이 모두 형제 자매였기 때문이다. 하느님 아래 똑같이 고통받는 형제자매들. 끊임없이 당하면서도 누나는 그들을 원망할 줄을 몰랐다. 오히려 그들을 안타까워했다. 어떡해서든지 그들을 이해해보려고 했다. 그게 헛수고라는 걸 누나는 아직도 모르고 있다. 사실 아내가 누나를 원망하는 것도 무리는 아니었다.

포장마차에서 술을 마시고 비틀거리며 돌아오는데 누나가 집 앞에서 기다리고 있는 게 보였다. 여긴 왜 왔어? 이젠 누나 얼굴 보기도 싫어. 내가 소리치자 누나는 멍청히 웃으며 내 팔을 잡았다. 너한테 할말이 있어.

내 아파트에 들어오자마자 누나는 팔을 걷어붙이고 설거지를 하려고 했다. 화가 나서 나는 더러운 그릇들을 마구 집어던졌다. 누나는 울면서 깨진 그릇을 치웠다.

"사람들이 무서워. 무서워 죽겠어."

그렇게 말하면서 누나는 온몸을 떨고 있었다. 무서워. 무서워……

나는 누나의 슬픔에 금방 기가 질렸다.

"누나가 무서운 인간들만 만나서 그래. 부탁인데 사람들 만나지 말고 그림 그려. 누나 재능이 아까워. 사람들은 잊어. 누나가 아는 사람들 대부분이 가치 없는 사람들이야. 제발 마음을 좀 잡아."

"내가 뭘 잘못한 걸까."

"자책하지 마. 누나는 새 출발을 해야 돼. 혼자서. 그게 누나가 할 일이야."

술김에 호기롭게 말하면서도 사실 내 말에 아무 확신도 없었다. 누나의 하느님, 누나의 교우들, 지긋지긋한 택시 운전사 모두 누나의 지옥이라는 생각밖에는 들지 않았다. 누나가 스스로 찾아간 누나의 지옥.

물을 보면…… 물을 보면 마음이 편할 것 같아. 전에 우리집도 한강 근처에 있었잖아. 참 좋은 집이었는데…… 아버지가 가꾼 정원 아직 그대로 있을까?

그래서 청평에 아파트를 구한 것이었다. 누나는 그곳을 좋아했다. 그림도 그리고 글도 쓰고 싶다고 했다. 누나는 요즘 동화책의 삽화를 그리고 있다. 출판사에서 누나의 학력과 파리 유학, 몇 차례의 수상 경력을 인정해준 것이다. 집도 절도 없이 유정에게 얹혀살고 있지만 오랜만에 마음이 편안한 것도 그 때문이다.

석등의 불이 꺼졌다. 주인집 부부가 대문을 여는 소리가 들렸다. 나는 재빨리 추리닝을 걸치고 밖으로 나갔다. 저만치 골목길을 뛰듯이 걸어가는 그들의 뒷모습이 보였다. 검은 어둠 속에서 그들이 맞춰 입은 추리닝 윗도리의 등판에 새겨진 형광색 로고만이 선명하게 눈에 띄었다. 거리에는 사람 그림자라곤 없었다. 그들은 잰걸음으로 골목길을 구불구불 지나더니 샛길로 접어들었다. 거기서부터 오르막이 시작되었다. 그들 위쪽으로 산길을 올라가는 사람들 모습이 보였다. 이 새벽에 어딘가를 향해 길을 재촉하고 있는 사람들이 있다는 사실이 기이하게 여겨졌다. 내 뒤에도 많은 사람들이 새벽 공기 속에 입김을 날리며 오르막길을 오르고 있었다. 어둠 속에서도 그들은 익숙한 듯 길을 찾아들었다. 오르막길이 끝나는가 싶을 무렵 갑자기 주변이 환해졌다. 음악 소리도 들려왔다. 널따란 공간에 휘황하게 불이 밝혀져 있고 수십 명의 사람들이 모여 있었다. 마치 이상한 나라의 앨리스가 된 기분이었다. 새벽 네시에 이들을 높은 산꼭대기까지 올라오도록 만드는 건강함은 도대체 어떤 종류의 것일까. 곧이어 음악소리가 흥겨운 리듬으로 바뀌고 건장한 젊은 남자 하나가 앞으로 나와 몸을 움직이기 시작했다. 흩어져 있던 사람들은 일사불란하게 줄을 서서 그의 동작을 따라하기 시작했다. 소위 에어로빅 시간인 모양이었다. 나는 주인집 부부의 뒤로 가서 섰다. 찬 공기는 달착지근했고 누나가 아끼는 화분들에서 풍기는 싱그러운 냄새가 났다. 누나의 짐 가운데 대부분이 크고 작은 화분들이었다. 누나는 그것들을 그야말로 자식처럼 보살폈다.

산에서 내려올 무렵 해가 뜨기 시작했다. 해가 뜨는 시각에 바깥 공기 속에 있었던 것은 참으로 오랜만이었다. 나는 유정이 깨어나 나를 기다리고 있을 집으로 돌아가며 저절로 휘파람을 불었다. 누나와 나의 소박한 삶 속에도 곧 해 뜨는 시각의 청명한 공기 같은 편안함이 깃들이게 될 것이다. 조급하게 생각하고 싶지 않았다. 사실 상황이 더 나빠질 가능성도 충분히 있었다. 하지만 누나는 태어나서 처음으로 일다운 일을 하고 있고 나는 천사 같은 유정을 만났다. 다행이다. 다행이다. 나는 헐떡거리며 가파른 길을 뛰어내려갔다.

스카이블루
핑크

봄이 되어 보랏빛 자카란다가 피어날 무렵이면 집에서 공원까지 걷는 길이 꿈속인 듯 아련해졌다. 보라색 융단이 깔린 듯 길거리에 가득 보랏빛 꽃들이 떨어져 있었고 아내는 행복에 겨워 나무 아래서 팔짝팔짝 뛰었다. 좋은 기억은 너무나 빨리 소멸되어간다. 너무나 쉽게 나쁜 기억에게 자리를 내줘버리기 때문이다.

스카이블루 핑크

레드락 밸리로 가는 진입로를 찾는 건 쉽지 않았다. 아무런 표지판이 없었기 때문이다. 지나던 밴을 세워 억지로 길을 물었는데 한 떼의 젊은 이들을 싣고 있는 자동차 안에는 제정신을 가진 사람이 운전사를 포함해서 단 한 사람도 없었다. 그들은 술에 취해 피자를 먹고 있다가 입에 있던 피자를 뱉어낼 기세로 화를 내며 소리쳤다. 영어를 모르면 이 나라를 떠나 이 멍청이들아! 아내는 화가 나서 얼굴이 더 창백해졌다.

"그냥 엘에이로 돌아가. 뭐 볼 게 있다고 거긴 굳이 가겠다는 거야."

삼십여 분간을 헤매다가 겨우 진입로를 발견하고 언덕길을 오르기 시작했다. 아내의 말대로 그냥 집에 갈 수도 있었지만 아직 한낮인 시각에 엘에이로 가는 고속도로를 운전하는 것은 미친 짓이었다. 덥고 지루한 건 둘째치고 모하비 사막을 지나는 길고 긴 여정이 그로 하여금 피곤보다 더한 무언가를 느끼게 할 게 두려웠다.

이 여행은 초반부터 삐걱거렸다. 아내는 자기가 생각하기에 미국에서 제일 재미없는 장소가 라스베가스인 것 같다고 했다. 그건 아내가 거기 가본 적이 없기 때문에 하는 말이었다. 아내가 싫어해서 그는 친구들과 어울려서 몇 차례 와본 적이 있었다. 그의 생각은 아내와는 정반대였다. 어떤 서정적인 여행지보다 라스베가스에는 좋은 점이 있었다. 아무것도 떠올리지를 않는 것이다. 라스베가스는 단순한 곳이다. 단순히 와서 즐기면 그만인 곳.

아내는 도착하자마자 목욕을 하고 잠을 자더니 식사할 때 외에는 호텔 방에서 나오질 않았다. 백 불을 일 달러짜리로 바꾸고 슬롯 게임을 시작했지만 동행이 없는 도박은 영 신이 나지 않는 법이다. 그는 바에 앉아서 와인을 마시며 몇 차례 포커 게임을 하다가 방으로 돌아왔다. 아내는 새우처럼 등을 구부리고 깊이 잠들어 있었다.

커튼이 드리워져 있고 방 안은 어두컴컴했다. 그는 커튼 한쪽을 열고 밖을 내다보았다. 신기루처럼 서 있는 울긋불긋한 건축물들이 야광충처럼 빛을 발하고 있었다. 아내를 돌아보았다. 아내는 언젠가부터 잠을 자는 것으로 모든 걸 해결하려 들었다. 사실 그건 해결이 아니라 도피였지만 아내를 이해하지 못하는 건 아니었다. 전에는 아내가 가게 일에 그보다 더 열심이었지만 이제 아내는 가게 쪽으로는 발길도 하지 않았다. 사람들도 만나지 않고 오로지 집 안에 틀어박혀 주로 잠을 잤다. 그 때문에 불면증이 생기는 것 같지도 않았다. 아내의 피로가 그만큼 크다는 증거였다.

구불구불한 언덕길을 차로 오르는 동안 몇 대의 자전거가 옆으로 지나갔다. 화사한 헬멧을 쓰고 빠른 속도로 그들이 스쳐갈 때마다 아내는 드러나게 한숨을 내쉬었다. 모든 것이 죽어 있는 듯한 이곳 사막지대에서 그들의 화사한 활력은 낯선 것이었다. 우리에게도 저런 활력을 지니고 있었던 때가 있었던가. 처음 집을 사고 나서 아내와 그가 가장 먼저 한 일은 스포츠 센터에 가서 조깅화를 구입한 것이었다. 집 앞에 오래된 공원이 있었고 나무나 꽃을 좋아하는 아내는 그들의 행운에 감격했다. 새벽마다 곯아떨어져 있는 그를 억지로 깨워서 오렌지주스를 먹이고 어둑한 공원으로 나갔다. 뛰지 않아도 돼. 그냥 공기라도 마시고 오자. 아내는 신이 나서 먼저 뛰어갔다가 늑장을 부리고 있는 그에게 되돌아와서 손을 잡아끌곤 했다. 봄이 되어 보랏빛 자카란다가 피어날 무렵이면 집에서 공원까지 걷는 길이 꿈속인 듯 아련해졌다. 보라색 융단이 깔린 듯 길거리에 가득 보랏빛 꽃들이 떨어져 있었고, 아내는 행복에 겨워 나무 아래서 팔짝팔짝 뛰었다. 좋은 기억은 너무나 빨리 소멸되어간다. 너무나 쉽게 나쁜 기억에게 자리를 내줘버리기 때문이다.

자동차 몇 대가 서 있는 곳에 차를 대고 그들은 밖으로 나왔다. 사람들은 이미 붉은 돌산의 꼭대기에 모여 서서 소리를 질러대고 있었다. 자전거로 거기까지 올라간 사람들도 꽤 많았다. 사방이 붉은 돌덩어리로 덮여 있었다. 드문드문 피어 있는 식물들도 돌먼지를 가득 쓰고 있었다. 돌산 아래쪽에 캠핑 구역이 있었다. 캠핑카와 텐트들이 내려다보였다.

"올라가볼래?"

그가 묻자 아내는 금세 싫은 표정을 지었다.

"피곤해. 가고 싶으면 당신 혼자 올라가."

화석과 돌과 메마른 식물들만 있는 이곳이 아내는 마음에 들지 않는 모양이었다.

그는 아내에게 차에 있던 물을 꺼내주고 혼자 돌산을 오르기 시작했다. 바랜 오렌지 빛깔의 돌산은 오랜 역사의 퇴적을 말해주듯 완만했다. 오랜 고통과 오랜 메마름의 결과였다.

하지만 사람들이 모여 있는 곳까지 오르는 데는 조금 시간이 걸렸다. 동양 사람들은 눈에 띄지 않았다. 누가 라스베가스까지 와서 허덕이며 돌산을 오르겠는가. 대부분의 사람들은 헬기를 타고 그랜드캐년을 돌아보거나 밤을 새워 도박을 할 뿐이었다. 정상에서 내려다보니 아내는 잘 보이지도 않았다. 하지만 아내가 등을 구부리고 절벽 끄트머리에 쭈그리고 앉아 캠핑카들이 모여 있는 아래쪽을 바라보고 있는 모습은 자카란다 꽃잎 위에서 그녀가 팔짝팔짝 뛰며 행복에 겨워했던 모습만큼이나 선명하게 그의 눈에 띄었다. 아내는 무슨 생각을 하고 있는 것일까.

이 여행은 그의 제안으로 이루어졌다. 제안이라기보다 강압에 가까웠다. 아내는 이즈음 어디에든 가고 누구든 만나고 그런 일을 몹시 힘겨워했기 때문이다. 캠핑 구역을 바라보며 아내는 우리가 전에 소유했던 캠핑카를 생각하고 있을 것이다. 몇 년간 저축했던 돈을 모두 털어 그 차를 구입했다. 아들을 위해서였다. 그 차를 타고 그들 가족이 처음 여행한 곳은 샌디에고였다. 멕시코가 보이는 임페리얼 비치까지 차를 몰고 가서 모래성 축제를 구경하고 아들과 아내에게 처음으로 낚시를 가르쳐주었다. 아들은 미끼로 만든 어묵이 다 떨어지자 주머니에 넣고 있던 초콜릿 덩어리를 바다에 뿌리고 낚싯대를 던졌다. 오래도록 햇볕 아래 서 있어서 목 뒤가 새까맣게 탔고, 주변에서 뛰어다니는 멕시코 아이들처럼 웃을 때마다 흰 치아가 하얗게 빛났다. 아이는 열 살이었고 낚시뿐 아니라 그애의 인생 앞에 펼쳐지는 모든 것에 왕성한 호기심을 나타내고 있었다.

모래성 축제를 구경하고 난 뒤에는 그애의 꿈이 과학자에서 모래성 전문가로 바뀌었다. 독일에서 온 팀이 모래로 거대한 일 달러 동전을 만들었는데 아들은 그들에게 뛰어가 같이 사진을 찍고 어떻게 하면 그들처럼 전문가가 될 수 있는지를 물었다. 바다와 해변을 사랑하면 그렇게 되지. 한 남자가 말하자 아이는 어른스럽게 고개를 끄덕이며 아내와 그를 쳐다보았다. 그 아이의 반짝이는 눈과 작은 얼굴, 따사로운 목소리…… 모든 것이 눈에 선하다. 아빠 내 생각에는 조각도 할 수 있어야 될 거 같은데? 남자 둘이 조각도로 계속 모래를 팠잖아. 아이의 말대로 두 남자는 일 달러 동전 옆면의 미세한 줄무늬를 만들기 위해 아주 작은 조각도로 홈을 파내고 있었다. 모래가루가 떨어질 때마다 물뿌리개를 손에 든 여자애가 형태가 망가지지 않도록 그 위에 물을 뿌려주었다. 저애는 저 아저씨의 딸이야. 아들이 조금씩 알아가는 세상. 그 아름다운 세상 속에 그들이 같이 존재한다는 사실이 믿기 어려웠다.

아직도 그때 모래성 앞에서 찍은 사진과 모자 속에 가득 넣어가지고 돌아온 조개껍질들이 남아 있다. 아내는 무엇이든 아들의 물건에 손을 대는 걸 허락하지 않았다. 그래서 사진도 옷도 자전거도 게임기도 원래 있었던 자리에 그대로 남아 있다. 아내는 말했다.

그애가 놀랄 거야. 자기 물건이 없어진 걸 알면 못 참을 거야. 얼마나 그 모든 걸 아꼈는데 그애는 소중한 게 무엇인지 잘 아는 애였잖아. 나도 알아. 내가 모른다고 생각하지 마. 그래 그애는…… 떠났어. 여기 없어. 나도 잘 알아.

돌산에서 내려오자 아내가 보이지 않았다. 차 주변을 두리번거리자 옆에 세운 차의 주인이 네 와이프가 저쪽으로 갔다고 말해주었다. 그가 손으로 가리킨 곳을 보니 아내가 깎아지른 벼랑 끄트머리에 다리를 아래로 내려뜨리고 무심히 앉아 있었다. 무릎에는 더러운 솜뭉치 같은 희뿌연 물건이 놓여 있었는데 가까이 가서 보니 근처에 자생하는 선인장 종류였다.

"기념으로 꺾었어. 가시가 하나도 안 따가워. 만져봐."

아들은 학교 가는 길에 사고를 당했다. 경찰서에서 연락이 와서 찾아가보니 아들은 상처 하나 없이 자는 듯 누워 있었다. 핏자국도 없었고 크게 고통받은 흔적도 보이지 않았다. 자전거와 책가방을 회수해가라고 해서, 아들처럼 흠집 하나 없는 아들의 물건들도 찾아가지고 돌아왔다. 일 년 동안 그들은 아들을 치고 달아난 차와 운전사를 찾기 위해 변호사를 고용하고 경찰서를 드나들었다. 목격자가 몇 사람 나왔지만 그들의 진술은 별로 도움이 되지 않았다. 사건은 미궁에 빠졌고, 일 년이 지나 그들은 결국 아들이 진짜로 사라져버렸다는 사실 앞에 직면하고 말았다.

선인장의 가시조차 퇴화된 것 같았다. 촘촘히 박힌 가시들이 해면처럼 부드러웠다. 모양도 이상하게 생겼다. 식물이라기보다 새로 나온 장난감 같았다.

"여긴 무서워. 살아 있는 게 아무것도 없어."

아내는 무릎에 놓여 있던 선인장을 벼랑 아래로 던졌다. 무게감이 전혀 없는 희뿌연 덩어리는 곧바로 추락하지 않고 서성이며 멈칫거리며 느리게 아래로 내려가고 있었다. 아들의 죽음이 저런 것이었다면. 그는 공기중을 유영하듯 흔들거리는 메마른 선인장의 추락을 보며 생각했다. 아내도 그런 얘기를 한 적이 있다.

그애가 괴롭지는 않았겠지? 그애는 착한 앤데 그렇게 착한 애를 그렇게 빨리 데려가면서 괴롭혔을 리가 없어.

아내는 큰 음모 속에 아들이 희생된 거라는 생각을 버리지 못했다. 그것이 벌써 삼 년 전 일이었다. 삼 년 전에 일어난 일.

캠핑 구역에는 서서히 저녁 식사시간이 찾아오고 있었다. 몇몇 가족은 벌써 식사준비를 하고 있었다. 비닐 앞치마를 두른 아버지는 바비큐를 준비하고 아내와 아들 둘은 샐러드를 준비하는 모양이었다. 아내의 발 아래 그들 모습이 보였다. 까마득히 멀리서 보여지는 그들의 행복한 모습이 이상하게도 클로즈업된 화면처럼 생생하게 느껴졌다.

"저애, 감자를 까고 있어. 처음 해보는 솜씨가 아닌 것 같아. 스위스 칼로 감자를 깔 수 있는 남자애는 흔하지 않잖아. 칠학년은 된 것 같지?"

아내의 속삭이는 목소리 속에 남아 있는 그들의 어린 아들도 스위스 칼로 감자를 깎고 고기를 굽는 아버지 옆에서 시시콜콜한 아이들의 일상을 떠들어댔다.

조니가 말이야. 땅콩잼 스테이크를 새로 개발했어. 그애의 생일에 시식하게 해주겠대. 그걸 먹을 생각을 하면 벌써부터 속이 미식미식거려.

조니는 어릴 때부터 단짝인 아들의 여자친구였다. 요리가 취미인 아이였는데, 그애가 만들어내는 음식들은 요리라기보다 특이한 발명품에 가까웠다. 조니 역시 아들의 사고로 큰 충격을 받았다. 차이나타운에서 오래도록 중국식당을 운영해온 그애의 부모가 음식을 잔뜩 싸가지고 그들을 찾아왔다. 중국 사람들은 슬프면 국수를 먹는다고 했다. 조니의 어머니는 식탁에 음식을 늘어놓으며 아내에게 조심스럽게 말했다. 조니가 일주일째 말을 하지 않는다는 것이었다. 아무 말도 하지 않고 무언가를 만들고 있다고 했다. 그 요리를 완성하면 유진이 살아서 돌아올 거라고 굳게 믿는 것 같다면서 조니의 어머니도 눈물을 흘렸다.

며칠 뒤에 조니가 그들을 방문했다. 손에는 커다란 냄비를 들고 있었다. 슬픔을 이겨내는 수프라고 했다. 조니는 화가 난 표정으로 어쩔 줄 몰라하며 손톱을 물어뜯다가 돌아갔다. 수프 냄비 옆에는 작은 상자도 하나 놓여 있었다. 유진의 생일에 주려고 준비해놓은 것이라고 했다. 상자 속에는 커다란 분홍색 구슬이 들어 있었다. 구슬 위에는 빨간 글씨로 '사랑을 더 크게 만들어주는 마법의 구슬'이라고 씌어 있었다. 베개 밑에 숨겨놓고 자면 마법의 효과가 더 커진다는 안내문도 들어 있었다. 아내는 조니가 가져온 수프를 데워서 그에게 주었다. 평소와는 달리 맛이 이상하지 않았다. 버섯과 콩을 넣고 끓인 단순한 치킨 수프였다.

아내가 잠을 자기 시작한 것은 그 무렵부터였다. 블라인드를 내리고 커튼을 치고 그것도 모자라 검은 종이를 사다가 창문에 붙이기까지 했다. 눈이 아프다고 했다. 아내는 매일 안약을 눈에 떨어뜨리고 눈 아픈 데는 잠이 최고라면서 끝도 없이 잠을 잤다. 기나긴 동면은 봄이 되어도 멈추질 않았다. 서울에 있는 가족들은 한국으로 돌아오라고 성화였다. 아들을 묻은 땅은 깨끗이 잊어버리고 한국에서 새출발하라고 했다. 전화가 빗발치자 아내는 전화선을 아예 뽑아버렸다. 가게에서 돌아오면 그는 잠든 아내를 바라보며 어둠 속에서 술을 마셨다. 아내가 끊임없이 잠의 늪 속으로 빠져드는 것과는 대조적으로 그는 불면증에 시달리기 시작했다. 아들의 죽음이 그의 인생에 갑자기 가져다준 어둠과 아내의 잠이 만들어내는 어둠 사이에서 그는 배회했다. 아내와 얘기를 좀 하고 싶었다. 아들의 죽음에 대해 그녀의 잠에 대해. 하지만 아내는 아들의 이름만 들어도 "그만두라"고 소리를 질렀다. 자신을 좀 쉬게 해달라고 애원했다.

쉬고 싶어. 나를 제발 좀 쉬게 해줘. 혼자 있게 해줘.

그는 죽은 아들이나 아내보다 어쩌면 그들이 가졌을 수도 있는 다른 아이를 생각했다. 그때 그들은 가게를 돌보느라 너무 바빠서, 가게가 안정되기 전에는 아이를 가지지 않으리라 결심했다. 가게 근처에 있는 작은 아파트에서 생활하고 있었는데, 아내는 더 좋은 집으로 이사가서 아이를 키우고 싶다고 했다. 아내의 결정은 이성적인 것이었다. 그도 태어나는 아이에게 좋은 환경을 주고 싶었다. 그들은 미련 없이 첫아이를 없앴다. 병원에 다녀와서 아내는 몹시 울었지만 후회하지는 않는다고 했다. 아이는 앞으로 얼마든지 가질 수 있어. 그는 아내를 그렇게 위로했다. 장사가 잘되고, 그들은 드디어 안락한 동네에 집을 장만하게 되었다. 그즈음 아내는 다시 아이를 가졌다. 유진이었다. 난산으로 태어났지만 아이는 건강한 편이었다. 아이가 태어나고 걸음마를 시작하고 말을 배웠다. 그애가 주는 경이로움과 기쁨이 너무 커서 그들은 다른 아이를 가질 생각은 하지도 못했다.

그들이 고용했던 변호사는 사건이 점점 미궁에 빠져들자 새 아이를 가져보면 어떻겠느냐고 제안했다. 굳어 있던 아내의 마음이 크게 동요했다. 울고불고 소리를 질러대며 어떻게 그런 생각을 할 수 있느냐고 울부짖었다. 찬장에 있던 위스키를 두 병이나 마시고 거실에 쓰러져 바닥을 두드리며 기어다녔다.

당신도 똑같아. 그애가 아직 여기 있어. 나한테 필요한 건 유진이야. 다른 애는 싫어. 당신은 참 쉽구나. 쉽게 잊고 다시 시작하자, 이거지. 어떻게 잊어? 나는 못 잊어. 나는 마흔 살이야. 나한테는 유진이가 유일한 아이야.

아내를 안아다 침대에 누이고 그는 자책하는 한편으로 의아했다. 마흔 살이 그렇게 늙은 나이인가. 그는 마흔세 살이었다. 하지만 그들이 원하기만 한다면 일흔 살에도 아이를 가질 수도 있는 것이다. 자신의 슬픔이 아내의 슬픔보다 작기 때문에 그런 생각을 할 수 있는 것일까. 아내가 자는 동안 가게에 나가 일을 할 수 있는 것일까. 그도 유진을 잊지 못했다. 사실 죽은 후로 더욱 기억이 생생해지고 있었다. 누군가를 사랑하는 걸 색깔로 정의할 수 있다면, 단순했던 색상들이 점차 다양해지고 있었다. 역설적으로 표현해서 아들이 살아 있을 때보다 그는 더 아들을 사랑했다. 그게 소용없는 짓인 줄 알면서도 사랑의 감정을 멈출 수 없는 것이다. 하지만 그는 되돌아오지 않는 메아리 같은 애정보다 되돌아오는 메아리 같은 애정이 더 필요했다. 하나밖에 없던 아들이 사라지고 난 후에는 더욱 그 필요성이 절실해졌다. 아내는 그가 이기적이기 때문에 그런 생각을 할 수 있는 거라고 공격했다.

당신은 그애를 잊을 생각만 해. 자신이 살기 위해서 말이야. 다른 애가 그애의 자리를 채우고 새 아이한테 열중하다보면 유진이를 잊을 수도 있겠지. 그게 당신의 사랑이란 거니까. 하지만 나는 안 돼. 싫어. 아이를 갖고 싶으면 다른 여자를 만나.

아내는 서슴없이 잔인하게 몰아붙였다. 그는 얘기해보려는 시도를 포기하지 않을 수 없었다. 아내의 고통이 너무 커서 남편과 나눌 수도 없을 정도로 너무 커서 그런 거라면 어쩔 수 없었다. 그는 처음엔 위스키에 얼음을 넣어 조금씩 마셨다. 그가 술을 마시는 동안 아내는 신기하게도 한 번도 깨지 않고 잠을 잤다. 화장실에 가는 일도 없고 불편한 잠꼬대를 하는 일도 없었다. 시체처럼 조용히, 움직이지도 않고 누워서 그가 지쳐서 곁에 누울 때까지 일정한 숨소리를 내며 잠에 빠져 있었다. 그런 아내가 솔직히 부러웠다. 술을 마시다보면 커튼과 블라인드의 두꺼운 막조차 미세하게 뚫고 들어오는 아침 햇살을 느낄 수 있었다. 그는 샤워를 하고 차를 몰아 가게로 갔다. 손님이 줄어드는 점심 무렵엔 의자에 앉은 채로 아내처럼 혼곤한 잠에 빠질 때도 있었다. 아마도 그의 불면증을 지탱해주는 건 그런 식의 짧은 졸음이었을 것이다.

가게 종업원인 토니의 충고로 그는 위스키를 보드카와 데킬라로 바꿨다. 토니의 아내는 그의 술버릇 때문에 두 번이나 멕시코로 되돌아갔다가 이제는 포기하고 아이들한테만 의지하고 살고 있었다. 그들에게는 연년생의 아이가 다섯이나 되었다. 토니 역시 그가 유진을 잃은 뒤로 아내를 강간이라도 해서 아이를 다시 가져보라고 충고했다. 다섯 정도는 돼야 이 험한 미국땅에서 안심할 수 있다는 것이었다. 다섯 중에 하나가 죽는 것과, 하나만 가지고 있다가 하나가 죽는 건 확실히 다르지 않겠느냐는 궤변도 펼쳤다. 아내가 들으면 기절할 논리였다.

그는 보드카에 콜라나 오렌지주스를 타서 마시다가 곧 데킬라를 스트레이트로 마시기 시작했다. 증류된 느낌이 순수해서 좋았고, 한 잔만 마셔도 금세 목구멍에 찌르르한 강한 반응이 왔기 때문이다. 어느 날 일어나보니 그는 아내의 곁이 아니라 카펫 바닥에 엎드려서 자고 있었다. 아내는 아침에 그를 마치 발닦개라도 되는 듯 무시하고 건너가 목욕탕으로 들어갔다. 그가 아내의 잠에 대해 침묵하는 만큼 아내도 그의 과음을 묵인했다. 예전 같았다면 그가 마신 술병을 모두 망치로 깨서 진열해놓고 같이 죽자고 요구했을 것이다.

견딜 수 없는 건 기억의 양이 아니라 기억의 생생함이었다. 술을 마시다보면 마치 어제 일처럼, 바로 옆에서 벌어지는 영상처럼 여러 가지 일들이 생생하게 떠올랐다. 그는 강물에 떠밀려 내려오는 빨간 공을 집어들 듯 세세한 기억의 풍경 속으로 빨려들어가곤 했다. 알코올로 인한 집중력에는 이상한 점이 있었다. 그가 생각하고 기억해내는 것들 외에는 이 세상에 갑자기 아무것도 존재하지 않게 되는 것이었다. 가령 아들과 같이 자전거를 사러 갔을 때가 떠오르기 시작하면 아들과 나눈 그날 아침의 시시콜콜한 대화까지 엉킨 실이 풀어져나오듯 하나하나 생각나기 시작했다. 심지어 그날 아들이 입었던 티셔츠의 색깔이나 쇼핑몰에 가서 먹은 점심의 메뉴까지 기억이 났다. 술에 취해 있을 때는 오히려 즐거움 속에서 그런 기억들을 음미할 수 있었다. 하지만 어떤 한순간이 꼭 들이닥친다. 그 순간이 되면 그는 갑자기 잠든 아내나 술 취한 자신을 보고 만다. 이렇게 살 수는 없다는 생각이 든다. 아내를 깨워야 하고 자신은 술을 그만 마셔야 한다. 하지만 아내도 자신도 어떻게 해야 좋을지 방법을 모른다. 누가 와서 아내를 깨워주고 자신의 술병을 깨버렸으면 좋겠다.

그가 가게에 나가 있는 동안 아내가 집에서 무얼 하는지 그는 알지 못했다. 전화를 해도 받지 않았고, 조니의 부모는 몇 번인가 아내가 걱정돼서 집에 찾아갔다가 아내가 문을 열어주지 않자 가게로 나를 찾아왔다. 그들은 아내를 데리고 병원에 가서 의사를 만나보라고 권했다. 그들이 말하는 의사란 물론 정신과 의사였다. 아이를 잃어버린 부모들의 모임도 있다고 했다. 세상에는 아이를 잃은 부모가 의외로 많다는 사실을 알게 되면 슬픔을 이겨내는 데 도움이 될 수도 있다는 얘기였다. 불쾌하지만 일리는 있는 얘기였다. 아내는 코웃음을 쳤다. 동정은 필요없다고 했다. 더구나 인생에 실패한 사람들의 동정은 정말 사절하고 싶다고 말했다. 인생에 실패한 사람들이라니? 그들은 단지 사고로 아이들을 잃었을 뿐이야. 당신이나 나처럼. 그 말을 듣자마자 아내는 그에게 뛰어와 뺨을 때렸다.

내 꼴을 봐. 당신 꼴을 좀 보라구. 이게 인생에 실패한 사람들의 모습이야. 날 보는 것도 당신을 보는 것도 지겨운데 다른 사람들까지 만나라구? 왜, 가서 같이 울고 싶어? 뺑소니 운전사 추방 캠페인이라도 할까? 당신이나 가. 아픈 건 내가 아니라 당신이잖아. 나는 적어도 정신은 멀쩡해. 술에 의지하고 싶지도 않고 다른 사람들이 어떻게 아이들을 잃었는지 관심도 없어. 정말 없다구. 그러니 나를 제발 그만 괴롭혀.

아내가 그런 식으로라도 말을 하기 시작한 것은 다행이었다. 주로 그를 공격하고 좌절시키는 말들이었지만 아내가 입을 열자 약간은 숨통이 터지는 기분이었다.

어느 날 가게에서 돌아와보니 아내가 유진의 책상 앞에 앉아 있었다. 그애가 죽을 때 입고 있었던 커다란 티셔츠와 청바지를 입고, 유진이 맞추다가 포기했던 강아지 모양의 퍼즐을 맞추고 있었다. 가는 목을 드러낸 채 머리를 깊이 숙이고 퍼즐 맞추기에 열중하고 있는 아내의 뒷모습은 놀랍도록 아들과 닮아 있었다. 아내에 대한 연민과 함께 역겨움이라고밖에는 정의 내릴 수 없는 복잡한 감정이 생겼다. 아내가 보여주는 지속적인 슬픔 앞에서 그는 불현듯 질투를 느꼈다. 마치 죽은 아들이 자신을 제쳐두고 아내하고만 여전히 통화하고 있는 것 같은 느낌. 아내가 간직하고 있는 어마어마한 양의 감정의 격랑으로부터 혼자 떠밀려난 느낌. 그는 말없이 문을 닫고 부엌으로 갔다. 냉장고에는 아들이 좋아하는 간

식이 잔뜩 준비되어 있었다. 그는 데킬라를 한 잔 따라 단번에 마셨다. 오래도록 잠을 못 자 충혈된 눈 안쪽으로 알코올의 열기가 몰려드는 느낌이 왔다. 그는 현기증을 느끼며 식탁 모서리를 붙잡았다. 한동안 텅 빈 느낌이 사라지고 몸 안 가득 알코올이 주는 거짓된 충만감이 그를 채웠다. 그는 이 충만감 뒤에는 더욱 감당하기 힘든 텅 빈 느낌이 밀려들 것이라는 사실을 잘 알고 있었다. 그럼에도 그는 다시 잔에 술을 따르고 뜨거운 눈을 비볐다.

아내가 잠든 동안 그는 술병을 들고 아들의 방에 가보았다. 아내는 완성시킨 퍼즐을 무슨 생일선물이라도 되는 듯 침대 위에 가지런히 올려놓았다. 그러고 보니 아들의 생일이 다시 다가오고 있었다. 십 년쯤 뒤에는 훨씬 줄어든 고통 속에서 아들의 생일을 맞이할 수 있을 것인가. 그는 완성된 강아지의 내장 속이라도 보려는 듯 퍼즐을 확 뒤집었다. 작고 딱딱한 조각들이 침대 위로 우르르 쏟아졌다. 아내는 분명 화를 낼 것이다. 그리고 그가 집에 돌아오면 다시 맞춰진 강아지를 보게 될 것이다. 열 번 스무 번이라도 아내는 포기하지 않고 이 퍼즐 조각들을 맞춰서 완성시키는 일을 멈추지 않을 것이다. 그것이 아내의 방식이었다. 그는 아내를 사랑했다. 하지만 아내가 자는 동안 그는 잠들 수가 없는 것이다. 혹시 자신은 아내를 거부하고 있는 것일까.

약간의 섬망 증세가 나타나기 시작했다. 술병이 커다란 거미로 보이기도 했고 아내의 목소리가 아들의 목소리로 변해서 들리기도 했다. 김치가 떨어졌으니까 집에 오는 길에 한국 마켓에 들렀다 와. 알았어. 대답까지 해놓고 그는 흠칫 놀랐다. 뒤이어 아들의 목소리가 들려왔기 때문이다. 내 새우깡도 잊지 마 아빠. 알았어. 대답을 반복하자 아내는 차가운 눈으로 그를 쳐다보았다. 구두를 신으려는데 구두 속에 조개 껍데기가 가득 들어 있었다. 그걸 꺼내기 위해 구두 속에 손을 넣자 조개 껍데기는 모두 사라져버렸다. 아내는 식탁에 앉아서 담배를 피며 표정 없는 얼굴로 그를 지켜보고 있었다. 아내도 알 것이다. 이 지루한 이야기 속의 등장인물이 자기 혼자만은 아니라는 사실을.

며칠 뒤 그는 젓가락으로 반찬을 집다 말고 손을 떨기 시작했다. 결국 반찬을 집으려는 걸 포기하고 국그릇을 들었지만 마시지는 않았다. 입가나 식탁에 흘릴 게 두려웠기 때문이다. 그는 손을 식탁 아래 감추고 아내 쪽을 살폈다. 아내는 생선살을 발라내고 있었다. 발라진 흰 생선살이 접시 귀퉁이에 소복이 쌓여 있었다. 손은 식탁 아래서도 여전히 흔들리고 있었다. 마치 손끝에 전동장치라도 달린 것처럼 그의 의지와는 아무런 상관없이 막무가내로 떨렸다. 그러다가 그 떨림이 팔을 따라 올라왔고 어깨가 떨리기 시작하더니 이빨까지 부딪쳤다. 그는 춥다고 느끼지는 않았다. 그냥 온몸이 말 그대로 사시나무 떨듯 덜덜덜 떨리고 있을 따름이었다. 아내는 젓가락질을 멈추고 한동안 그를 물끄러미 바라보았다. 그리곤 다가와서 그의 손을 잡았다. 그의 손을 부서져라 꼭 잡고 심호흡을 해보라고 했다. 아내의 말대로 그는 천천히 심호흡을 해보았다. 효과는 없었다. 그는 도저히 떨림을 멈출 수가 없었다. 비명이라도 지르고 싶었다. 온몸에 균열이 나서 발광이라도 할 것 같았다. 그는 아들을 생각했다. 아들이 어딘가에 숨어서 지켜보고 있을 거라는 생각. 아내는 울고 있었다.

오랜만에 그는 노곤한 잠에 빠졌다. 아들이 죽은 뒤 처음으로 꿈속에서 아들을 보았다. 아들은 열다섯 살이 아니라 스물다섯 살은 되어 보였다. 그를 닮은 눈매나 아내를 닮은 얼굴 윤곽에만 어렴풋이 어린 아들의 흔적이 남아 있을 뿐이었다. 그 낯선 어른을 보고 금세 아들이라고 생각한 이유가 무엇일까. 나이 든 아들은 특별히 행복해 보이지도 불행해 보이지도 않았다. 그저 평범해 보일 뿐이었다. 가끔 추수감사절이나 크리스마스 휴가 때 잠시 찾아와서 손님처럼 묵고 가는 이웃집의 아들처럼 건강하나 뭔가가 빠져나간 맥 빠진 표정을 하고 있었다. 유진아 너에게 무슨 일이 일어난 거니? 아들은 대답 없이 미소만 지었다.

오후 늦게 겨우 잠이 깼다. 침대 옆자리는 비어 있었다. 아내가 요즘 늘 입고 있는 줄무늬 잠옷이 거기 놓여 있었다. 문득 아내가 떠났을지도 모른다는 불안한 생각이 들었다. 그는 맨발로 뛰어나왔다. 아내는 부엌에서 북어국을 끓이고 있었다. 그를 보고 미소까지는 아니지만 그 비슷한 것을 지어 보였다.

식탁 앞에 앉으며 그가 지나는 말처럼 툭 내뱉었다.

"꿈에 유진일 봤어."

아내는 그릇에 국을 담아 그의 앞에 놓았다.

"잘 있대?"

마치 그애가 어디 여행이라도 가 있는 듯한 말투였다.

"어른이 다 됐어."

"다행이네."

그들은 말없이 밥을 먹었다.

"토니가 주말에 집으로 오래. 마리아가 또 임신을 했나봐. 같이 축하를 하고 싶다나. 이번이 다섯번째지 아마?"

"여섯번째야."

냉장고에서 과일을 꺼내며 아내는 피식 웃었다. 어쩌면 아내의 말대로 그들은 인생에 실패한 것인지도 모른다. 하지만 인생이 끝난 것은 아니다. 아직 만회할 기회가 꽤 많이 남아 있는 것이다.

엘에이로 돌아가는 고속도로에서 밤 내내 갇혀 있지 않으려면 서둘러야 했다. 주유소에서 기름을 넣는데 아내가 복권을 사자고 했다. 라스베가스에 가서도 슬롯 머신 한번 안 하고 방 안에만 틀어박혀 있던 주제에 복권이라니. 그가 웃자 아내는 십 달러짜리 한 장을 내주며 말했다.

"왠지 예감이 좋아서 그래. 커피도 한잔 부탁해."

복권을 사는 데 십 달러나 쓰는 건 아내의 인생에 처음 있는 일이었다. 그는 다시 핀잔을 주었다.

"상금이 자그만치 칠백만 달러야. 아직 여섯시 전이니까 사도 될 거야. 번호는 당신 맘대로 찍어."

십 달러어치의 복권과 커피 두 잔을 사서 나오는데 아내가 차 앞에 서서 손을 흔들었다.

"하늘 좀 봐. 세상에! 이런 하늘 처음 봐. 빨리 가자. 언덕길에서 보면 더 기가 막힐 거야."

아내의 말 그대로였다. 라스베가스를 벗어나자 자동차가 간간이 달리고 있는 언덕길 위에는 지상의 것이라고는 믿어지지 않는 현란한 색감의 하늘이 가득 펼쳐져 있었다. 아내는 커피를 홀짝거리며 탄성을 멈추지 않았다. 단순히 석양이라고 하기엔 하늘을 물들인 색의 혼합이 너무나 다양했다. 짙은 보라색과 핑크색, 짙은 하늘색과 자주색 등등 마치 바로크 시대의 음악처럼 웅장하고도 화려한 색들의 배경 뒤로 검은 구름이 마지막 햇살을 끌고 간간이 하늘을 가로지르고 있었다. 그 빛깔의 포화에 넋이 나가서 자꾸만 속력이 떨어졌다. 그러고 보니 아내의 웃는 얼굴을 보는 게 참으로 오랜만이다. 아마도 유진이 죽은 뒤로는 처음 있는 일일 것이다. 그때 아내가 명랑한 목소리로 그에게 물었다.

"이걸 뭐라고 부르는지 알아?"

"선셋이겠지 뭐. 좀 특별하긴 해도 선셋은 선셋일 거야."

"스카이 블루 핑크라고 불러. 유진이 가르쳐줬어. 다행이야. 그애도 이런 하늘을 본 적이 있어서."

아내는 눈을 창 밖에 준 채 미소를 짓고 있었다. 유진은 몇 해 전 여름

방학에 그랜드캐년으로 캠프를 떠난 적이 있었다. 아내는 결사반대였지만 그와 유진의 오랜 설득과 회유로 결국 승낙을 할 수밖에 없었다. 외동으로 자라는 아이여서 그는 항상 아들의 사회성을 걱정했다. 설레는 마음으로 떠나는 날짜만 손꼽아 기다리던 유진은 막상 떠나는 날 아침엔 가고 싶지 않다고 떼를 썼다. 낯선 아이들과 지낼 일이 겁이 나는 모양이었다. 억지로 그애를 떠나보내고 나서는 그도 걱정이 돼서 잠을 이룰 수 없을 정도였다. 하지만 며칠 뒤에는 흥분과 행복을 만끽하고 있는 유진의 엽서가 도착하기 시작했다. 아내는 아마도 거기서 읽은 걸 기억하고 있는 것이리라. 그도 마음이 놓였다. 유진이 보고 간 것 가운데 적어도 하나쯤은 굉장히 아름다운 풍경이 있었고 지금 그들도 그런 풍경 앞에 서 있었다. 그들은 아주 천천히 길고 고통스런 터널에서 빠져나오게 되겠지만 지금 이 순간은 그 터널을 잊고 있었다. 아내는 결국 데스밸리 근처에서 차를 세우고 커피를 한잔 더 마시자고 청했고 그는 그대로 했다. 하늘은 여전히 스카이 블루 핑크, 아들의 어린 시절 그림같이 아름다운 색으로 가득 차 있었다.

모 텔
마 릴 린

내가 그애를 죽였어. 난 아들이 뒤에 타고 있는데도 그 순간 나도 모르게 핸들을 꺾었어. 내 몸을 보호하기 위해서. 그 녀석 그 작은 몸뚱어리가 헝겊인형처럼 차창에 끼어 있었어…… 그렇게도 생기 있고 화사했던 아들의 육체는 온데간데없고 흩어진 퍼즐 조각 같은 파편만 남았다.

모텔마릴린

나는 언젠가부터 연약한 것, 사랑스러운 것들을 참아내지 못한다. 시
계도 바꿨다. 결혼 예물로 받았던 검은 가죽 줄의 로렉스는 하얀 바탕에
로마자가 순하게 박혀 있는 동그란 것이었는데 시간을 볼 때마다 이유도
없이 화가 나곤 했다. 검은 플라스틱 줄을 단 네모난 디지털 시계로 바꾸
자 부글거리던 속이 좀 편해졌다. 티셔츠나 속옷도 하얀 걸 입지 못한다.
이런저런 우스꽝스러운 불편을 겪다가 나는 저절로 알게 되었다. 제대로
된 것들은 하나같이 연약하고 사랑스럽다는 사실을. 커피잔만 해도 그렇
다. 나는 하루에 스무 잔 가까이 커피를 마시는데, 항상 자판기의 종이컵
으로만 마셔 버릇해서 새하얀 도자기 잔에 마시는 커피가 얼마나 색다른
지 알 길이 없었다. 그런데 미나가 그 사실을 알게 한 것이다. 나는 미나
를 증오한다. 증오하지 않고는 견딜 재간이 없기 때문이다.

어느 날 미나가 새하얀 커피잔과 인스턴트 커피 한 봉지를 가져왔다.
선물이라고 했다. 어떻게든 신세 진 걸 갚고 싶은데 보아하니 커피를 좋

아하시는 것 같아. 이 아저씨가 하얀 머그잔에 커피를 마시면 더 좋아하
시겠다는 생각이 들었다는 거였다. 깜찍한 계집애. 하지만 미나가 옳았
다. 똑같은 인스턴트 커피인데도 확연히 맛이 달랐다. 더 쓰고 더 달콤했
다. 미나가 내 집에 출입하기 시작한 지 벌써 일 년이 넘었다. 그러니까
작년 크리스마스 이브에 하얀 코트를 입은 열네 살의 미나가 인터넷 부
동산의 한 사장과 같이 내 집에 들어섰다. 어깨 너머로 치렁치렁하게 기
른 머리는 연보라색이었고 (물론 나중에 안 사실이었지만) 군데군데 하
얀색으로 브리지를 넣어서 어두컴컴한 현관의 조명 아래 무표정하게 서
있는 여자는 나이를 판독할 수 없는 얼굴을 하고 있었다. 심지어는 허연
머리칼 때문에 한 사장보다 나이가 지긋한 여자인 줄 알았다. 크리스마
스 이브는 모텔에 손님이 가장 많이 드는 날이었기 때문에 길게 묵지 않
을 게 뻔한 한 사장은 반가운 손님이어서 여자 쪽을 자세히 볼 겨를도 없
었다. 제일 안쪽에 있는 방의 키를 한 사장에게 넘기고 살랑거리며 걸어
가는 여자의 뒷모습을 보았을 무렵에야 나이 든 여자치고 허리가 참 잘
록하다는 생각이 들었을 뿐이다. 딱 한 시간 뒤에 한 사장은 약간 창백한
얼굴을 하고 안경도 쓰지 않은 채 프론트 쪽으로 걸어왔다. 같이 온 아가
씨가 갈 곳이 없어 하루 묵을 거니까 신경을 좀 써달라는 부탁을 하기 위
해서였다. 그는 더듬거리며 이렇게 말했다. 그애가…… 여기서 그냥……
자겠다는군. 방이 마음에 든대. 아침에 요기할 걸 좀 보내줘. 너무 일찍
깨우지는 말고. 아니야. 내가 일찍 오지 뭐. 볼일도 좀 있고. 그럼 수고하
게나. 그는 정신나간 사람처럼 비틀거리며 모텔을 나섰다. 문 밖에서도
한참을 멍하니 서 있었다. 그를 위해 택시라도 잡아주어야 하나 생각하다
가 그의 차가 주차장에 서 있다는 생각이 들었다. 그는 주차장 쪽으로 발
걸음을 옮기고 있었다. 우리집에서 가장 인기 있는 방을 여자 혼자 밤 내
내 차지하리란 생각에 나는 심기가 좀 불편해졌다. 오늘 같은 대목에는

수도 없이 손님을 들일 수 있는 방이었다. 위치도 좋고 무엇보다 조용했다. 가끔 나는 그 방에 들어가 낮에 잠을 자거나 아무것도 생각지 않고 멍청히 누워 있기도 했다. 성능 좋은 오디오도 설치해놓았다. 멍청히 누워 있다보면 자주 음악이 듣고 싶어지곤 했기 때문이다. 내가 좋아하는 건 목이 쉰 여자 가수들의 노래였다. 그들은 하나같이 제대로 노래하는 법, 노래로 듣는 사람을 사로잡는 방법을 잘 아는 것 같았다. 나는 그 방에 은밀히 그들의 테이프를 숨겨놓았다. 방에 짧게 묵는 손님들은 서랍 같은 건 열어보지 않는다. 그 방의 서랍에는 그들의 테이프가 들어 있다. 그래서 나는 누가 그 방에 밤새 묵는 걸 좋아하지 않는다. 새벽 두시에 그 방에서 콜이 왔다. 여자의 목소리는 늦은 시간 탓인지 꽉 잠겨 있었고 그 때문에 굉장히 나른하게 들렸다. 샌드페이퍼로 일 주일 정도 공들여 문지른 나무판자처럼 매끄러운 나른함이었다. 나는 긴장했다. 이유는 알 수 없었다. 아마도 그 목소리에서 죽음을 앞둔 공격적인 탄식 같은 걸 들었는지도 모른다. 가끔 모텔에는 그런 사람들이 찾아들었다. 맥주에 수면제를 타서 나눠마시고 마지막 사랑을 나누는 연인들, 지친 몰골로 들어와서 팔목을 자르고 욕조에 드러누워 있는 여자, 박카스에 쥐약을 타서 마시고 잿빛이 되어 고꾸라져 있는 노인, 여자를 죽도록 두들겨패고 실신한 여자의 입에다 생리대를 틀어막아놓고 유유히 사라진 남자도 있었다. 장소의 특성상 사람들은 자주 감정의 극단까지 가버렸다. 나는 그런 것에 일일이 구애받지 않았다. 사고가 날 때마다 놀라서 허둥거리면 뒷수습을 제대로 할 수 없었다. 그들이 잠시 감정적으로 머물다 가는 이곳은 나에게는 일터이자 집이었다. 이 지상에서 나한테 포함된 유일한 장소였다. 나는 쟁반 위에 찬 맥주 한 병과 새우깡 한 접시를 들고 구석 방으로 갔다. 여자가 문을 열자 문 밖에서부터 들었던 노랫소리가 확연해졌다. 여자는 창문을 모두 열어놓고 발가벗은 채 서 있었다. 바람소리가 요란했고 하얀 면 커튼이 어둠 속에서 유령처럼 커다랗게 부풀어올랐다가 다시 바람이 불자 순식간에 졸아들고 있었다.

"이리 주세요. 돈은 나중에 나갈 때 계산할게요. 사실 지금은 돈이 한 푼도 없어요. 아침에 누가 올 거니까 그때 계산할 수 있어요."

나는 그 여자의 펄럭거리는 긴 머리와 발육이 끝나지 않은 하얀 몸을 아무런 감정 없이 응시하고 있었다. 여자의 발가벗은 몸을 보면서 이토록 아무런 감정이 고이지 않는 건 처음이어서 어느 정도는 신선하다 싶었다. 그 몸은 다른 여자들의 성숙한 육체처럼 한순간에 많은 걸 말해주지 못했다. 띄엄띄엄 그 존재를 드러낼 뿐이었다. 무척 하얗다는 것만 굳이 인상적이었다. 하지만 어둠 속이었고 바람 속이어서 더 하얗게 보였을 것이다. 작은 유방 한가운데 붙어 있는 산머루 같은 젖꼭지와 좁은 삼각주는 무척 짙은 검은색이었다. 그것도 살결이 너무 희어서 과장되게 검은빛으로 보였을 것이다.

"술은 외상이 안 되는데요."

나는 다시 돌아설 것처럼 냉정하게 말했다.

"그럼 들어오세요."

여자의 가는 눈이 비웃듯 반짝거렸다. 나는 뛰어들어가 다짜고짜 갈기고 싶은 걸 억지로 참고 예의를 차려 천천히 안으로 들어갔다. 여자는 뒤로 물러서며 팔짱을 끼고 나를 살펴보고 있었다. 발가벗은 여자의 몸에서 유일한 색채를 발견하고 나는 잠시 갈등을 느꼈다. 여자의 발가락에서 열 개의 별이 빛나고 있었다. 큰 별 두 개와 작은 별 여덟 개. 발톱에 반짝이를 다는 것도 유행인가. 여자의 몸에서 느끼지 못했던 충격의 부스러기 같은 걸 감지하며 약간 당혹스러웠다. 그걸 감추기 위해 나는 쟁반을 바닥에 내려놓고 불을 켜며 엄한 목소리로 명령했다.

"창문 닫고 음악 꺼. 테이프는 제자리에 넣고. 그건 사적인 물건이니까 아무리 손님이라도 건드리면 안 돼. 사적인 게 무슨 뜻인지는 알지?"

여자는 재빨리 창문을 닫고 음악을 껐다. 의외로 고분고분해서 오히려 내 쪽에서 경계심을 느낄 정도였다. 방 한가운데 서서 벌받는 아이처럼 팔을 늘어뜨리고 나를 바라보는 눈길에는 분노나 두려움보다는 체념의 표정이 역력했다. 잠시 후에 나는 그녀의 태도가 무엇을 의미하는 것인지 문득 깨달았다. 그녀는 나로부터 곧 폭력이 있을 것이라 예상하고 있는 듯했다. 불같은 폭력과 어김없는 구타, 비명과 고통으로 부풀어오르는 살갗. 여자가 늘어뜨리고 선 팔 끝의 창백한 손등 위에는 새파랗게 질린 혈관이 여러 가닥 튀어나와 있었다. 그녀가 숨기고 있는 공포가 그 혈관 저 아래서 파닥거리며 뛰고 있는 게 선명하게 보였다.

"까불지 말고 빨리 자. 술은…… 한 병은 괜찮겠지."

나는 여자의 애처로움이 보기 싫어서 급하게 돌아섰다. 그때 여자가 갑자기 등뒤로 뛰어와 나를 끌어안았다. 순식간에 일어난 일이었다. 나는 황급히 여자를 떨어냈다.

"무슨 짓이야?"

"가지 마세요."

"왜?"

"무서워요."

"뭐가?"

"모두 다. 같이 좀 있어주세요. 술은 아저씨가 드세요. 저 술 못 마셔요."

"그런데 왜 시켰어?"

"목이 말라서. 그리고 누군가 보고 싶었어요."

"내가 이상한 사람이면 어쩔 뻔했어? 내가 이상한 사람이면 어떡할래?"

"이상한 사람 아니잖아요."

그녀는 본격적으로 아양을 떨며 매달렸다.

"그럼 옷부터 입어."

"내 몸 싫으세요?"

"너무 빈약해. 보고 있으면 나까지 추워."

여자는 깔깔거리며 웃었다. 여자가 웃자 작은 가슴까지 꿈틀거렸다.

미나와 나 사이에 서슴없이 오고 간 이 대화를 기억해낼 때마다 나는 피식피식 혼자 웃으면서도 전율처럼 내게 전해지던 그 살덩어리의 갑작스런 따스함에 소름이 끼치곤 했다. 조그만 손수건 같은 어린 여자애한테 꼬박꼬박 대답하는 꼴이라니. 솔직히 그 대화는 유치했다. 기억할 만한 아무런 가치도 특징도 없었다. 하지만 이상하게도 그 당시의 모든 게 세세하게 기억났고 아무것도 잊혀지지 않았다. 나는 여자가 내게 던진 촘촘한 그물 아래 꼼짝없이 갇혀버리고 말았다. 그 밤에 우리는 내가 특별히 좋아하는 A의 노래를 들으며 맥주를 나눠마시고 같이 잠들었다. 사실 맥주는 내가 거의 다 마셨다. 여자는 정말 술이 약한지 두 모금 정도 마시더니 졸린다며 자리에 누웠고 나는 여자의 잠든 모습을 내려다보며 남은 맥주를 마시고 혼자 노래를 들었다. 거리는 취객의 소란으로 시끄러웠지만 모텔 안은 이상할 정도로 고요했다. 이런 시즌에는 소란을 피우는 인간이 있게 마련인데 아무도 그러지 않았다. 새로 들어오는 손님도 없었다. 간간이 바람이 불었고 그때마다 창문이 덜컹거렸다. 평소 같으면 부실공사를 탓하며 신경질이 났겠지만 그 밤에는 덜컹거리는 문 소리도 그다지 불쾌하지 않았다. 미나는 아기처럼 온순하게 자고 있었다. 얇은 입술은 미소를 짓는 듯 다감하게 풀어져 있었고 예민해 보이는 코에선 따스한 바람이 새어나왔다. 잠든 모습을 보고 있으려니 정말 아직 어린애구나 싶었다. 나도 깜빡 잠이 들었다. 눈을 뜨니 벌써 여섯시였다.

미나는 이제 돌아누워 가늘게 코까지 골며 깊은 잠에 빠져 있었다. 나는 이불을 가슴까지 덮어주고 조용히 방에서 나왔다. 곧 손님들이 많이 빠져나갈 시각이었다. 아홉시 조금 안 돼서 한 사장이 다시 왔다. 운동복 차림이었다. 아마 산에 운동하러 간다 하고 나온 거겠지. 그의 손에는 죽 전문점의 포장지가 들려 있었다. 크리스마스에 죽이라니. 멍청한 놈. 그는 나를 보자마자 들뜬 목소리로 메리 크리스마스라고 외쳤다. 두 시간 뒤에 그들이 로비로 나왔다. 미나는 환히 웃으며 나에게 눈인사를 했다. 한 사장은 미나의 하얀 코트에 붙은 머리카락을 떼어주며 연신 싱글거리고 있었다. 그들은 아마도 양수리쯤으로 드라이브를 갈 것이다. 물가에 있는 카페에 마주 앉아 스테이크 같은 걸 먹을 것이다. 한 사장은 미나를 더 오래 잡아둘 방법을 생각해내느라 하루의 대부분을 보내겠지. 나는 괜히 입이 써서 자일리톨 껌을 열심히 씹어댔다. 그들이 새벽에나 서울에 돌아오겠지 하는 생각을 할 즈음 미나가 다시 들어왔다. 한 사장과 모텔을 나선 지 세 시간도 되지 않은 시각이었다. 나도 모르는 사이 손님들 장부에 그들이 나간 시각을 적어두었다. 정확히 두 시간 사십 분이 지났다. 미나는 혼자였다. 나는 말없이 구석방의 키를 미나에게 주고 미나는 말없이 그걸 받아 방으로 갔다. 잠시 후에 나는 카운터 밑에 숨겨둔 스카치 위스키와 콜라 캔 하나를 들고 구석방으로 갔다. 미나는 내가 좋아하는 A의 노래를 틀어놓고 벽에 다리를 걸친 채 누워 있었다. 나도 종종 그 노래를 들을 때 그런 자세로 누워 있곤 했었다. 나는 그 옆에 가서 똑같은 자세로 누워 가져간 위스키 한 모금을 마셨다. 위스키의 좋은 점은 술로서 강력하게 술답다는 것이다. 찌르르하며 뭔가 재빨리 목구멍을 채워주었다.

"아저씨는 혼자예요?"

"혼자야."

"아무도 없어요? 정말 아무도?"

"없어. 시끄러. 노래 좀 듣자."

"안 궁금해요? 내가 어떻게 이렇게 빨리 왔는지?"

"어떻게 빨리 왔지?"

"원래는 멀리 드라이브 가기로 했었어요. 근데 내가 영화 보고 싶다니
까 강남 영화관에 데려간대요. 그래서 영화 보고 햄버거 먹고 이리 온 거
예요. 나 기다렸어요?"

"내가 왜 널 기다려?"

흐응하며 미나는 부정의 목울음 소리를 냈다. 그때 문이 벌컥 열리더
니 한 사장이 나타났다. 어쩐지 이상하다 했어. 그가 말이라고 내지른 소
리는 이게 전부였다. 그는 신도 벗지 않고 돌진하듯 방으로 뛰어들어오
더니 다짜고짜 미나의 보라색 머리채를 잡고 흔들기 시작했다. 내가 이
런 게 제일 싫다고 했지? 뒤통수치는 거 세상에서 제일 혐오한다고 몇
번이나 말했냐 말이야, 이 기집애야. 우리가 만난 지 한 달이 됐냐 일 주
일이 됐냐. 단 이틀 만에 딴 놈하고 뒹굴어? 미나는 조용히 그 폭력을 받
아들였고 나는 위스키 병을 으스러져라 손에 쥔 채 한 사장이 하는 모양
을 지켜보고 있었다. 나는 궁리를 좀 하고 있었다. 그의 머리통 어느 지
점을 이 두꺼운 위스키 병으로 내리쳐야 할지, 피를 좀 덜 보고 감쪽같이
그의 머리를 깨부술 방법을 미나만큼이나 조용히 모색하고 있는 중이었
다. 그가 그토록 싫어한다는 뒤통수를 깨버리기로 결심한 순간 한 사장
이 가슴을 쥐어뜯으며 뒤로 넘어졌다. 미나는 헝클어진 머리카락을 반사
적으로 쓰다듬으며 냉정히 그를 들여다보았다. 이 사람 숨을 못 쉬는데
요. 이렇게 죽을 건가봐요. 얼굴 빨개지는 거 좀 봐요. 참 웃기는 얼굴로
죽을 모양이네. 미나는 느릿느릿 말을 내뱉으며 신경질적으로 머리를 만
지고 있었다. 나는 한 사장이 꽤나 추악한 몰골로 허겁지겁 죽어가는 걸

지켜보며 위스키를 좀더 마셨다. 그가 죽는 데 걸린 시간은 삼십 분이 넘지 않았다. 어떤 점에서 그는 참 행운아였다. 그가 살아온 방식의 비굴함이나 오염 정도에 비하면 이런 가차없는 죽음의 스타일은 몇억의 복권에 당첨된 것만큼이나 어이없는 행운이었다. 나는 늙은 남자의 죽은 얼굴을 호기심에 가득 차서 들여다보고 있는 미나를 세게 후려쳤다. 금세 입술이 터져 피가 흘러나왔고 의아한 표정으로 공포에 질리는 미나에게 나는 다정히 웃어주었다. 그리고 위스키 병을 벽에 내리쳐 날카로운 주둥이 부분을 죽은 한 사장의 손에 억지로 쥐어주었다. 그는 가슴을 쥐어뜯다가 죽었기 때문에 손을 오므리고 있어서 병의 주둥이를 잡는 데는 전혀 문제가 없었다. 그의 가슴팍에는 핸드폰과 알약 병이 들어 있었다. 심장 질환이 있는 늙은이가 어린 여자를 만났다는 것 자체가 이미 죽을 작정을 한 거나 다름없었다. 이 죽음은 그러므로 아무런 복잡한 문제도 만들어내지 못할 것이다. 바지 주머니의 지갑에는 십만원권 수표가 수북이 들어 있었다. 나는 그걸 모두 빼내 미나에게 주었다. 미나는 돈 다발을 받아 자신의 지갑 속에 가지런히 집어넣었다. 예상대로 한 사장 핸드폰의 1번이 집 전화번호였다. 그의 아내가 기다렸다는 듯이 전화를 받았다. 아무것도 설명하지 않고 나는 그녀에게 모텔로 빨리 와달라고 말했다. 평소 친분이 있는 파출소의 소장한테도 전화를 걸어 대기하고 있으라고 일렀다. 사고가 생겼는데 상당히 불미스러운 상황이니까 당신은 나중에 오는 게 좋겠다고 설명했더니 노련한 그는 금세 알아들었다.

한 사장의 아내는 총알같이 달려와서 우선 미나부터 재빨리 훑어보고 죽어 있는 남편을 끌어안으며 울음을 터뜨렸다. 하지만 꼭 끌어안기만 한 것은 아니었다. 한 사장이 자기 가슴을 쥐어뜯었듯 그녀도 한 사장의 죽은 육체를 두드리며 간간이 쥐어뜯고 있었다. 그 울음에는 슬픔으로 인한 충격보다 더 짙은 분노가 서려 있었다. 미나에 대해서는 뺨을 호되게 한 번 갈기는 것으로 정리를 하고 집에 돌아가라고 일렀다. 경찰에서 문제삼을지도 모르니 이애도 여기 있어야 한다고 내가 우기자 한 사장의 아내는 다시 울음을 터뜨리며 더이상 창피스러운 꼴은 당하지 않겠다고 말했다. 파출소 소장한테도 똑같은 말로 이해를 구했다. 한 시간쯤 뒤에 모든 게 일단락되었다. 한 사장은 아내와 함께 앰뷸런스를 타고 영안실로 갔고 소장도 혀를 차며 돌아갔다. 미나는 내가 사용하는 내실에 숨어 있다가 구석방으로 다시 돌아왔다. 나는 미나의 부어오른 입술에 얼음찜질을 해주었다. 그녀는 내가 일을 처리한 방식의 신속함과 노련함에 상당히 감탄한 눈치였다.

늦은 밤 우리는 전날 밤과 똑같이 맥주 한 병을 나눠마시고 나란히 드러누웠다. 믿을 수 없이 평화로운 밤이었다. 나로서는 한 삼 년 만에 느끼는 온전한 평화로움이었다. 귀에 익은 달콤한 여가수의 노랫소리와 고요한 모텔의 공기, 미나의 부드러운 체온, 곧 시작될 새해의 은밀한 활기 등등 이런저런 이유로 나는 새벽의 수영장에서 배영을 할 때처럼 한껏 늘어져서 누워 있을 수 있었다. 일종의 행복감이 나를 의아스럽게 했다. 미나가 약간 시무룩한 어조로 말을 꺼낸 게 흠이라면 흠이었다.

"그 아저씨 정말 죽은 걸까요? 꼭 병원 가서 다시 살아날 것 같아요."

나는 약간 기분이 상해서 퉁명스레 대답하지 않을 수 없었다.

"설마 불쌍한 건 아니지?"

"그게 아니라 잘 믿기지가 않아서 그래요. 어떻게 죽는다는 게 그렇게 쉽지. 나는 굉장히 어렵게 죽는 사람들만 봤거든요. 우리 아빠, 우리 엄마, 내 동생 모두 얼마나 괴롭게 오래오래 죽어갔는지 몰라요. 어휴, 정말 다들 너무 오래 걸렸단 말이에요."

"넌 그럼 아무도 없니?"

"오빠가 있어요. 이복 오빤데 엄마를 그렇게 괴롭히더니 엄마 죽고 막

울면서 집 나갔어요. 미친놈. 나한테 돈 타러 가끔 나타나요. 언니도 있
는데 지금은 어디 사는지 잘 몰라요. 그 얘긴 너무 복잡해서 하기 싫어
요. 아무튼 난 초등학교 삼학년 때부터 소녀가장이었어요. 밥하고 빨래
하고 장사도 했어요."

"무슨 장사?"

"이것저것. 엄마가 젓갈 파는 옆에서 콩나물 팔았는데 그거 도와줬어
요. 아빠 구두 닦을 때는 구두 따오는 일 하고. 우리 형제 중에 내가 제일
잘했어요. 그런데 모두 죽고 나니까 내가 할 일이 확 줄어들데요. 이젠
나 하나만 살면 되니까 힘들 거 하나도 없죠 뭐."

나야말로 미나의 용기에 감탄했다.

미나의 이복 오빠란 인간이 나타난 것은 여름이 막바지에 이른 즈음이
었다. 늦장마 때문에 남부 지방에서는 많은 사람들이 수해로 고생을 했
고 모텔도 이층의 방에 물이 들어서 며칠 문을 닫고 방수공사를 해야 했
다. 미나는 모텔의 내실과 구석방에 번갈아 머물며 나와 사이좋게 지내
고 있었다. 그 동안 다섯 명 정도의 남자를 만났다. 그들은 하나같이 뚱
뚱하고 기름지고 늙어가는 것 외에는 할 일이 없는 남자들이었다. 아무
도 나와 미나의 신경을 건드리지 않았다.

이복 오빠가 나타났을 때 미나는 오빠를 만난 여동생과는 한참 거리가
먼 표정을 지었다. 남자와 같이 방으로 들어가는 걸 확인하고 기다렸다
가 미나의 오빠는 다짜고짜 뛰어들어가 늙은 남자를 두들겨패고 즉석에
서 돈을 뜯어냈다. 내가 술을 가지고 구석방으로 갔을 때 미나 오빠는 팬
티 바람으로 방 한가운데 앉아 혼자 화투를 치고 있었고 미나는 벽 쪽으
로 돌아누워 울고 있었다. 한눈에 보아도 미나의 몰골은 처참했다. 머리
는 헝클어지고 옷은 여기저기 뜯겨져나갔고 코피가 났는지 이불에 피 얼
룩이 흥건했다. 돈을 받는 내 태도가 마음에 들지 않는다면서 그는 나한

테도 시비를 걸었다. 맥주병으로 갈겨버리고 싶은 걸 간신히 참았다. 밤에 그는 방으로 여자를 부르기까지 했다. 새벽녘 미나가 혼비백산해서 뛰쳐나왔다. 오빠가 부른 여자가 다 죽어간다고 했다. 나는 급히 방으로 갔다. 여자는 가죽 허리띠로 목이 졸린 채 눈을 하얗게 뜨고 있었다. 겁에 질린 미나의 오빠는 구석에 서서 손톱을 물어뜯고 있었다. 나는 축 늘어진 여자의 얼굴을 들어올려 인공호흡을 했다. 여자의 입에서는 소주 냄새가 짙게 풍겼다. 다행히 여자는 깨어났고 자신이 죽을 뻔했다는 걸 깨닫고 훌쩍거리며 울었다. 미나의 오빠는 금세 태도가 돌변해 이죽거리기 시작했다. 형씨 솜씨가 좋은데. 한두 번 해본 조시가 아닌걸. 야 이년아, 뽕 가게 해달라면서 혁띠까지 풀더니 나까지 니년이랑 골로 갈 뻔했잖아. 재수 없는 년. 어서 꺼져. 여자는 멍한 얼굴로 주섬주섬 옷을 입고 방에서 나갔다. 돈을 챙길 생각은 하지도 못하는 것 같았다. 여자가 불쌍했다. 미나도 그렇게 느끼는 눈치여서 나는 여자의 뒤를 쫓아가 십만원을 손에 쥐어주었다. 허탈했다. 밖에는 여전히 비가 내리고 있었다.

　미나의 오빠를 없애는 건 너무나 쉬웠다. 한 사장의 아내는 남편의 차를 가져가는 걸 차일피일 미루고 있었다. 미국에 유학 가 있는 아들이 들어오면 가져가겠다는 약속을 한 지가 세 달이 넘었다. 나는 한 사장의 차를 몰고 나가 미나의 오빠를 몇 차례 미행했다. 그는 기생충처럼 술집 여자들 여러 명의 거처를 전전하며 지내고 있었다. 그날도 그는 밤늦게까지 비슷한 친구들과 어울려 술을 마시고 오락실에서 두 시간 가까이 죽친 후에 한 여자의 집 근처 포장마차에서 여자를 불러냈다. 여자는 같이 술을 마시다 그에게 집 열쇠를 맡기고 일을 하러 갔다. 포장마차에서 나온 그는 여자의 집으로 비틀거리며 걸어가고 있었다. 여자의 집은 산동네의 꼭대기에 있는 연립의 지하였다. 연립 근방에는 재개발된 아파트 단지와 근린 공원, 스포츠 센터가 있었다. 나는 근린 공원의 어둠 속에 차를 주차시키고 그가 나오기를 기다렸다. 곧이어 그는 빨간 신호를 무시하고 길을 건너기 시작했다. 나는 그를 향해 차를 몰았다. 문 닫은 스포츠 센터는 괴괴했고 아파트 단지는 사람들이 오글오글 모여 사는데도 이 세상 어느 곳보다 빨리 인적이 끊기는 곳이다. 나는 마치 그가 종이 조각이라도 되는 듯이 차로 가볍게 그를 밀어내버렸다. 차체가 워낙 육중해서 충돌의 느낌이 너무나 미세한 게 아쉬울 정도였다. 그는 고무인형처럼 사뿐히 뒤로 밀리며 저 멀리로 퉁겨져나갔다. 한 사장처럼 그도 행운아였다. 열심히 살려고 노력했던 다른 가족이 힘겹게 오래도록 죽어간 것에 비하면 벽에 부딪혀서 한순간 정신을 잃은 것처럼 취중에 사라져버린 그의 행운은 불공평한 것이었다. 나는 세차도 하지 않고 다시 차를 차고에 넣어두었다.

미나가 모텔을 떠나겠다고 말했다. 오빠가 여기 있는 걸 알았으니 언제든 찾아올 거고 그게 불안하다는 거였다.

"맞는 건 괜찮아요. 얼마든지 맞아줄 수 있어요. 하지만 오빠가 자꾸만 더러운 짓을 시켜요. 그게 무서워요. 아저씨들은 그렇지 않아요. 물론 이상한 걸 좋아하는 아저씨가 가끔 있긴 하지만 그저 귀여운 정도예요. 오빠가 그러면…… 내 몸에 온통 구멍이 숭숭 뚫리는 것만 같아요. 그러다 온몸이 벌집처럼 되어버릴 것 같아요. 나는 여기 더 못 있어요. 미안해요."

미나의 눈물이 내 목을 적셨다. 나는 더이상 비밀로 하기는 어렵다는 판단을 내렸다.

"오빠는 이제 못 와. 절대로."

미나는 눈물 어린 눈으로 나를 물끄러미 올려다보며 반문했다.

"한 사장 아저씨처럼?"

"그래 비슷해. 그러니 안심해."

미나는 작게 한숨을 내쉬며 다시 내 목에 매달렸다. 그 밤에 무슨 이유에선지 미나는 오래도록 흐느껴 울었다. 자꾸만 엄마 생각이 난다고 했다. 엄마가 오빠를 인간 만들려고 얼마나 애썼는데…… 애썼는데…… 그러다 미나는 겨우 잠들었다. 다시 평화가 우리에게 찾아왔다.

미나가 갑자기 내 곁을 떠나려고 해서 굴욕적이었지만 내 얘기를 해주지 않을 수 없었다. 밤안개를 만난 후에 미나는 제정신이 아니었다. 그를 사랑한다고 했다. 그와 있으면 너무나 행복하고 너무 행복해서 앞으로도 분명히 행복할 것 같다는 생각이 든다고 했다. 미나의 배신을 믿을 수 없었다. 아저씨도 내가 행복하길 바라잖아요? 미나는 서슴없이 내 약점을 건드렸다. 대학생이 애인과 같이 들었다가 모텔비가 없다면서 노트북 컴퓨터를 두고 갔다. 미나는 환호하며 구석방에 처박혀 인터넷을 하기 시작했다. 전에도 미나는 가끔 우울하거나 심심할 때 피시방에 틀어박혀 있곤 했다. 그렇게 만난 게 밤안개였다. 그는 키가 크고 항상 깃을 세운 코트 비슷한 걸 입고 있어서 미나는 애칭처럼 그를 밤안개라고 불렀다. 밤안개는 어딘지 음산하고 어두워 보이는 사내였다. 그가 찾아오면 미나는 하루 종일이라도 방에서 나오지 않았다. 무얼 했느냐고 물으면 해실거리며 웃기만 했다. 그냥 사랑하고 얘기하고 사랑하고 얘기하고…… 그게 전부예요. 그가 얼마나 주느냐고 물으면 화를 벌컥 냈다. 우리는 그런 사이가 아니에요. 우리는 순수해요. 아저씨가 이런 걸 이해 못 하다니 정말 실망했어요. 미나는 토라져서 며칠씩 나와 말도 하지 않았다. 솔직히 나는 밤안개가 밉지는 않았다. 미나의 행복한 얼굴을 보는 게 나로서도 기쁜 일이었기 때문이다. 하지만 그가 있으면 미나와 나 사이에는 아무것도 존재하지 않았다. 어느 날 밤안개는 미나를 바람맞혔다. 미나는 우울해져서 그를 기다리며 노래만 들었다.

"너는 이제 나한테는 아무것도 묻지 않는구나. 나한테도 가족이 있었어. 궁금하지 않니?"

나에게도 가족이 있었다. 아내와 아들. 여섯 살. 나를 닮아 얼굴이 갸름하고 자세가 곧고 조용했던 녀석. 둘이 놀이터 벤치 같은 데 나란히 앉아 있으면 지나가던 아이들이 느네 아버지니? 너무 똑같이 생겼다 했던 아이. 아내는 아이가 나와 닮은 짓을 할 때마다 신기해하며 웃곤 했다. 같이 찍은 사진을 보고 있으면 아직도 감탄하게 된다. 나의 아들. 나의 닮은 꼴. 어처구니없는 애정의 증거. 아들은 아내와 함께 농담처럼 사라져버렸다. 미나는 나의 말을 듣고 있지 않았다. 그녀의 머릿속에는 밤안개가 짙게 가득 들어차 있었다.

"그 사람은요, 발가락이 내 손가락만큼 길어요. 그걸로 내 머리카락을 잡고 막 돌리곤 해요. 너무 신기하죠? 참 이상한 사람이에요."

"내가 그애를 죽였어. 난 아들이 뒤에 타고 있는데도 그 순간 나도 모르게 핸들을 꺾었어. 내 몸을 보호하기 위해서. 그 녀석 그 작은 몸뚱어리가 헝겊인형처럼 차창에 끼어 있었어."

아내의 시신은 그런 대로 온전했다. 하지만 나의 아들은 차 유리에 끼어 거의 두 동강이 났다. 그렇게도 생기 있고 화사했던 아들의 육체는 온데간데없고 흩어진 퍼즐 조각 같은 파편만 남았다. 나는 삼 년 전에 잃어버렸던 고통과 눈물이 한꺼번에 터져 흐느껴 울고 있었다. 하지만 미나는 마치 귀머거리라도 되는 듯 그의 고통을 전혀 알아듣지 못했다. 나는 격렬한 살의를 느꼈다.

"나는 너무 무능력해요. 그가 아픈지 어떤지 어디 사는지 아무것도 몰라요. 심지어 그 사람 본명도 몰라요. 우린 서로의 아이디만 알고 있어요. 정말 이상하죠? 분명히 무슨 일이 있을 텐데. 어떡하죠, 그 사람한테 무슨 나쁜 일이 생겼으면? 그런 생각만 해도 소름이 끼쳐요. 아저씨 나 정말 사랑에 빠졌나봐."

나는 미나의 목을 졸랐다. 미나는 십 초 정도 놀랐을 뿐 곧 잠잠해졌다.

아내와 아들이 죽고 나서 혼자라도 살아나가야 한다고 어머니가 성화를 해대는 통에 나는 못 이기는 척 아내가 열심히 부은 보험금을 받아 모텔을 차렸다. 마릴린 몬로는 내가 중학생 때부터 좋아했던 배우였다. 몬로의 죽음이 미스터리가 된 후에 나는 그녀에게 더욱 애착을 느꼈다. 나의 아내와 아들의 죽음도 몬로의 죽음만큼이나 나에게는 미스터리였다. 왜 그런 일이 일어났는지 일어나야만 했는지 이유도 의미도 알 수 없었다. 미나는 밤안개 생각을 하고 있던 중이어선지 웃는 얼굴이었다. 웃는 죽은 얼굴. 미나의 얼굴을 보고 있자 저절로 웃음이 나왔다. 이 자식 너무 행복해 보이는걸? 나는 안심이 되어 미나의 가슴 위로 이불을 덮어주고 점점 세차지는 빗소리를 들으며 남은 위스키를 마셨다.

밤안개가 한밤중에 모텔로 왔다. 미나가 몸이 좋지 않으니 다음에 오라고 했지만 그는 고집을 부렸다. 얼마나 아픈지 자기 눈으로 확인하고 싶다고 했다. 나의 생각과는 달리 밤안개도 미나를 상당히 좋아하는 눈치였다. 잠든 미나의 얼굴이 좀 이상해 보인다고 걱정스런 표정을 짓는 그에게 나는 사실을 말해주었다. 미나는 죽었어. 하도 시끄럽게 니 얘기를 해대길래 내가 목을 졸랐어. 그는 내 말투에서 이상한 낌새를 채고 금세 몸을 돌려 방을 나가려고 했다. 비겁한 자식. 나는 화가 나서 과도로 그를 위협했다. 미나가 과일을 좋아해서 방에는 항상 과도가 준비되어 있었다. 그는 순순히 내 명령에 따랐다. 나는 하마터면 웃음을 터뜨릴 뻔했다. 그는 검은색의 멋진 버버리 코트 안에 어린애처럼 디즈니 캐릭터가 새겨진 티셔츠를 입고 있었다. 내가 결국 웃음을 터뜨리자 그는 이 옷을 미나가 좋아해서 별수 없이 입고 왔다고 미안한 듯 고백했다. 너는 미나를 사랑하니? 내 질문에 이번엔 그가 웃었다. 사랑하기에 그애는 너무 어린애예요. 동생 같아서 걱정이 돼서 만난 거예요. 오늘은 왜 이렇게 늦었어? 미나가 널 얼마나 기다렸는데? 여자친구 생일이었어요. 그러니까 너는 니 여자친구도 미나도 똑같이 좋아하고 똑같이 무시하는구나. 코트를 벗은 밤안개는 발가벗은 것처럼 어색하고 안쓰러워 보였다. 미나의 죽음은 의미가 없어졌다. 나는 화도 나지 않아서 그를 죽일 기운도 없었다. 나는 그에게 미나 곁에 앉으라고 말하고 위스키 병을 내밀었다. 그는 얼떨결에 병을 받아 마셨다. 예의 바르게 그는 아주 조금 남은 위스키를 나에게 양보했다.

"나는 너를 죽일지도 몰라. 넌 인생이 어떠니? 사실 니 인생이 어떤지 난 전혀 관심이 없지만 미나가 워낙 궁금해했던 거라서 묻는 거야."

"재미없어요."

"죽어도 괜찮을 만큼?"

내 질문이 끝나기도 전에 그는 잽싸게 몸을 돌려 문으로 나가려 했다. 하지만 내가 몇 초 빨랐다. 나는 전에는 안 해본 운동이 없었다. 아들이 생기고 나서 나는 온갖 종류의 운동을 열심히 했다. 이 험한 세상에 겁없이 아이를 내놓은 본분을 다하기 위해서였다. 밤안개의 등에 정확히 과도가 꽂혔다. 그는 수영 선수처럼 우아한 자유형 자세로 절명했다. 나는 이 밤 잠시 유예의 시간을 갖기로 했다. 사실 이 모든 게 유예하는 버릇 때문에 생긴 일이다. 나의 아들은 물을 좋아했다. 그애가 죽을 즈음 수영장에 다니고 있었는데 그 작은 몸을 물 속에서 흐느적거리다 나와서 나에게 외치곤 했다. 아빠 난 물고기예요. 그애가 그토록 좋아했던 물이 그애가 간 곳에도 있을까. 나는 빗소리를 들으며 아들이 겨울에 방에 틀어놓은 가습기 소리에도 아빠 물, 물 했던 걸 기억해냈다. 이 빗소리 속에서 나는 다시 혼자 살아나갈 방도를 궁리해내야만 한다.

벤자민

벤자민은 건강했다. 물을 자주 주지 않아도 된다. 연녹색의 부드러운 이파리를 하나하나 닦으며 옥은 그에게 어울리는 멋진 화분을 사기 위해 일요일에 시장에 가야겠다고 생각했다. 그녀는 화분을 꼭 그라고 불렀다. 그의 이름은 벤자민. 벤자민 밀러.

벤자민

양엄마로부터 전화가 와서 옥은 일 주일 만에 방에서 나왔다. 양아버지가 위독하다고 했다. 옥은 양엄마의 말을 믿지 않았다. 한 달 전만 해도 양아버지는 건강한 편이었다. 필시 뉴욕의 반지하 방에 하루 종일 처박혀 있는 옥을 끌어내기 위해 꾀를 낸 게 틀림없었다. 기차를 타고 시라큐스로 가면서 옥은 줄곧 버거킹에서 산 라지 사이즈의 콜라를 마셨다. 물론 그 안에는 럼주가 반 넘게 들어 있었다. 버거킹의 콜라에 럼을 섞어 마시는 건 벤의 아이디어였다. 그들은 가난했고 늘 술 살 돈이 모자랐다.

옥이 택시에서 내리는데 양아버지가 이층 창문을 활짝 열어젖히고 손을 흔들었다. 창 아래로 다가가 인사를 건넸다. 양아버지는 한 달 전보다 더 건장해진 어깨를 창턱 밖으로 내놓으며 낮게 속삭였다. 가져왔니? 그는 탐욕스런 눈길로 옥의 숄더백을 노려보고 있었다. 옥은 가방 속에서 얇은 책자를 꺼내 양아버지에게 보여주었다. 양아버지는 금세 눈빛이 흐물흐물해졌다. 농구공이라도 받아낼 수 있을 것같이 거대하고 털이 수북한 그의 손이 둥글게 벌려졌고 옥은 화장실 냄새에 찌든 종이뭉치를 그에게 던져주었다. 옆방에 사는 남자애는 항상 그걸 화장실에 비치해두고 있었다. 양아버지가 옥을 기다리는 유일한 이유였다. 사실 플레이보이나 허슬러에 비하면 빅토리아 시크릿의 카탈로그는 화장실에 숨겨두고 본다거나 부인의 눈을 피해 딸에게 부탁하는 물건으로는 너무나 부드럽고 시시한 책자였다. 하지만 양아버지는 그것만을 원했다. 빅토리아 시크릿의 신제품 카탈로그.

양엄마는 그렇게 거짓말이라도 하지 않으면 무슨 수로 우리가 네 얼굴을 볼 수 있겠느냐며 호들갑을 떨었다. 하지만 아주 거짓말은 아니라고 했다. 며칠 전에 양아버지가 자다가 심장발작을 일으켜 근처에 사는 주치의가 한밤중에 뛰어오는 소란을 벌였다는 것이다. 양아버지는 숨을 헐떡거리며 마지막으로 옥을 보고 싶다고 말했고 양엄마는 즉시 전화를 걸었지만 밤새도록 전화는 통화중이었다. 도대체 누구와 그렇게 오래 통화를 한 거니? 양엄마는 탐색하듯 옥을 쳐다봤지만 그건 옥이 아니라 옆방에 사는 신디가 남자친구가 일을 하러 간 사이에 애인과 한 통화였다. 신디는 요즘 그런 식으로 불면증을 해소시키고 있었다. 양아버지는 평소의 인자한 얼굴로 돌아와 옆에서 고개를 끄덕이고 있었다. 옥은 순간 양엄마에게 모든 걸 폭로해버리고 싶은 충동을 느꼈다.

갈비 굽는 냄새가 부엌을 가득 채우고 있었다. 한국인 아이를 가진 양부모의 모임에서 양엄마는 갈비와 불고기, 김치 만드는 법을 배웠다. 김치는 만드는 절차가 까다롭고 너무 매워서 옥도 별로 좋아하지 않았지만 불고기와 갈비는 크리스마스나 옥의 생일에 빠지지 않는 주메뉴가 되었다. 친척들을 초청해서 한꺼번에 너무 많은 양의 갈비를 굽다가 스토브에 불이 붙어 소방차가 출동한 적도 있었다. 그 모든 일들이 이제는 추억이 되어버렸고 그들은 옥의 성장과 함께 늙어가고 있었다. 양엄마는 패

션 모델처럼 앙상한 옥의 어깨와 가는 팔을 살펴보며 연민의 눈길을 보냈다. 저 아이는 아직도 벤을 기다리고 있는 것일까. 양엄마는 정착하지 못하는 벤이라는 남자보다 그를 사랑해서 모든 걸 포기해버린 옥이 더 이해하기 어려웠다.

식사를 하고 나서 양엄마는 옥에게 서류 한 통을 전해주었다. 기쁜 소식이라고 했다. 한국의 입양기관에서 보낸 서류였다. 양엄마가 이십여 년을 찾아왔던 옥의 생모를 드디어 찾아냈다는 내용으로 옥의 생모가 옥을 만나기를 기다리고 있으니 하루빨리 한국을 방문하기를 기대한다고 씌어 있었다. 왜 옥이 방문해야 하는 걸까? 그토록 옥을 보고 싶다면 생모가 왜 직접 옥을 보러 오지 않는 것일까? 옥의 생모는 너무 가난해서 올 수 없다고 했다. 옥도 가난했다. 뉴욕의 반지하 아파트에서 자그만치 다섯 명의 어중이떠중이와 같이 살고 있었다. 옥이 가기 싫다고 하자 양엄마는 한숨을 내쉬며 옥의 손등을 쓰다듬었다.

"생후 육 개월에 넌 옥이라는 이름표를 가슴에 달고 나에게 왔지. 너에게 최선을 다했지만 언제나 너는 만족하지 못하는 것 같았어. 그건 나의 자격지심일 수도 있고 네가 너무 예민한 애여서 그랬는지도 몰라. 내가 친엄마였다 해도 특별한 너는 평범한 나에게 만족하기 힘들었을 거야. 네가 우리에게 기쁨을 줄 때마다 나는 너에게 언젠가 반드시 친엄마를 찾아주고 말겠다고 다짐하곤 했어. 너에게도 약속했고 나 자신에게도 약속했어. 이건 작은 결실이야. 너는 꼭 너의 엄마를 만나야 돼. 그후엔 네 인생이 어떤 식으로든 지금보다는 안정될 거라고 나는 믿어."

양엄마의 고집을 꺾기는 힘들 것이다. 그녀는 훌륭한 어머니였다. 아낌없이 옥에게 사랑을 주었고 부모로부터 받은 유산의 대부분을 옥의 교육을 위해서 사용했다. 지금도 그녀는 옥에게 다달이 생활비를 보태주고 있었다. 하지만 그녀에게 어떻게 설명할 수 있을까. 옥은 두려웠다. 자기를 버린 생모의 얼굴을 보고 그 얼굴이 자기와 똑같이 생겼다는 걸 깨달을 때 자신이 겪어야 하는 것들은 양엄마의 건강한 사랑과는 완전히 다른 종류의 감정일 것이다. 어쩌면 그것은 혐오일 수도 있었다. 분노일지도 몰랐다. 그녀는 요즘 아주 사소한 것에도 너무나 쉽게 화를 내곤 하는 자신을 만난다. 신디가 아무 말 없이 자기 옷을 입고 나간 날 그녀는 신디의 옷을 갈가리 찢어놓은 적이 있었다. 신디 역시 만만치 않은 애여서 그녀가 아끼는 커피잔을 모두 박살내버리는 것으로 앙갚음을 했다.

양엄마의 애정 어린 눈길도 양아버지의 욕망의 눈길만큼 불편했다. 양엄마는 언제나 이제는 사라져버린 자신의 과거 모습만을 고집스레 응시하고 있었기 때문이다. 사라져버린 과거? 기억도 나지 않는 그 과거 속에는 단지 벤만이 유일하게 남아 있었다.

벤을 처음 만난 것은 백악관에서였다. 영부인의 초청으로 열 명의 고등학생이 워싱턴을 관광하고 백악관을 방문했다. 그들은 대기실에 앉아서 영부인과의 사진촬영을 기다리고 있었다. 열 명의 학생 가운데 벤과 옥만이 동양인이었다. 게다가 둘 다 뉴욕 주 출신이었다. 그들은 미국에서 가장 글을 잘 쓰는 열 명의 고등학생으로 뽑혀서 영부인과 기념촬영을 하기 위해 워싱턴에 온 것이었다. 양엄마는 아직도 그때의 흥분과 감격을 잊지 못하고 있었다. 물론 그 일의 부정적인 측면도 잊을 수 없었다. 벤이란 남자가 옥의 인생에 뛰어든 계기가 되었기 때문이다. 하지만 그들이 곧장 그 이상한 연인관계가 된 것은 아니었다.

시라큐스로 돌아온 옥은 평소대로 학업에 전념하여 무난히 하버드에 입학할 수 있었다. 옥의 어린 시절은 여러 가지 콘테스트 입상으로 채워졌다. 수학 대회, 지리 대회, 미술 대회, 에세이 대회 등등. 결국 그녀의 영특함은 미국에서 가장 글을 잘 쓰는 열 명의 학생 가운데 포함됨으로써 그 결실을 맺었다. 양아버지는 회계사로 일생을 보냈다. 양엄마는 옥의 뛰어난 수학능력이 양아버지로부터 물려받은 게 틀림없다고 했다. 하지만 그건 슬픈 농담에 불과했다. 그녀는 그들의 친자식이 아니었기 때문이다. 양부모의 뜻대로 옥은 의사가 되기로 결심했다. 양엄마는 의사라는 직업이 예로부터 신 다음으로 전능하다고 굳게 믿고 있었다. 그것은 아마도 부모와 여동생을 모두 암으로 잃었기 때문에 생긴 순진한 믿음이었을 것이다. 무엇을 공부하든 잘할 자신이 있었던 옥으로서는 양엄마의 소망을 들어주는 것쯤 아무것도 아니었다. 물리학이나 수학을 공부하고 싶었지만 양엄마의 견해로는 그것은 너무나 비실용적인 학문이었다. 첫해부터 옥은 학교 공부에만 전념했다. 성공에 대한 기대로 마음이 급했고 하버드의 과정이 호락호락할 리가 없었기 때문에 한순간이라도 낭비하고 싶지가 않아서였다. 옥의 마음속에는 양엄마의 순진한 자부심보다 더 크고 탐욕스러운 욕망이 있었다. 그녀는 성공하고 싶었다. 그것만이 초라하게 내던져졌던 그녀의 삶을 보상하는 유일한 길일 것이기 때문이다. 그녀는 입양아였고 남보다 뛰어나지 않으면 쉽게 무시되는 처지였다. 유치원 시절에 그녀는 이미 그 사실을 깨달았다.

벤을 다시 만난 것은 친구의 생일파티에서였다. 왜 그 파티에 갔던 것일까. 그녀는 파티 따위에는 관심도 없었다. 아마 여름방학을 앞두고 있었기 때문일 것이다. 파티는 친구들 여러 명이 같이 돈을 모아서 빌린 여름별장에서 열렸다. 호수가 앞에 있었고 몇 마일 거리에는 해변이 있는 곳이었다. 옥이 도착했을 때 친구들은 이미 술에 취해 미친 듯 떠들어대고 있었다. 학교나 학업에 관한 얘기를 꺼내면 벌금을 내기로 되어 있었다. 벤은 어떤 여자애와 같이 춤을 추고 있다가 옥을 알아보았다. 이 년쯤 지났을 뿐인데 그는 완전히 다른 사람처럼 보였다. 머리를 길게 길렀고 몹시 여위어 있었다. 옥과 같은 나이인데 훨씬 더 나이 들어 보였다. 그가 풍기는 어른의 냄새와 남자의 냄새에 옥은 놀랐다.

파티가 무르익자 벤이 술잔을 들고 옥의 곁으로 와서 앉았다. 옥은 일인용 안락의자에 앉아 있었는데 양쪽 팔걸이에도 누군가가 엉덩이를 걸치고 있었다. 벤은 옥의 발치에 주저앉았다. 그들은 백악관에 갔던 일에 관해 몇 마디 농담을 주고받았다. 별로 할말이 없었다. 그때 팔걸이에 앉아 있던 남자애가 발을 까불다가 바닥에 있던 와인병을 쳤다. 순식간에 카펫 위로 붉은 얼룩이 번졌고 벤은 주방에 뛰어가서 소금병을 들고 왔다. 옥도 다가가 그가 소금으로 카펫을 닦아내는 걸 도왔다. 그렇게 많은 사람들이 모여 있는데도 카펫에 신경을 쓰는 건 그들 두 사람뿐이었다. 벤은 피식 웃으며 옥에게 말했다.

"왜 우리만 이런 데 신경을 쓰는 걸까? 이유가 뭐라고 생각하니?"

그들은 밖으로 나와 호수 쪽으로 갔다. 믿을 수 없이 달빛이 밝았고 파티가 벌어지고 있는 별장의 소란이 무척 멀리 느껴졌다. 밤바람 속에 서서 벤은 조용히 호수면을 바라보고 있었다. 옥보다 훨씬 키가 컸다. 옥은 그가 부러웠다. 양엄마가 아무리 공을 들여도 옥의 키는 오 피트를 넘지 못했다. 키 때문에 어릴 때부터 그녀의 별명은 항상 정해져 있었다. 땅콩, 꼬마 인디언, 중국 인형 등등. 심지어 동양 멸치라고 부르는 애도 있었다. 벤이 내뱉듯 말하는 목소리가 들렸다.

"그건 우리가 입양아기 때문이야. 여긴 남의 나라고 남의 땅이니까 저들이 놀고 쉴 때 우리는 예의를 차려야 하는 거지. 그래서 우리는 아무도 신경 쓰지 않는 카펫을 소금으로 박박 닦아야 하는 거야. 재빨리 완전하게 말이지."

한참 뒤에 옥은 그의 말을 이해했다. 물론 완전히는 이해하지 못했다. 그건 열등감일 뿐이라는 생각이 들었지만 옥은 말하지 않았다. 하지만 그녀가 입양아라는 걸 어떻게 알았을까. 마치 그녀의 마음을 읽기라도 한 듯 벤이 다시 말했다.

"얼굴만 보면 알 수 있어. 이민 온 애들과 입양아들은 비슷하게 생겼어도 표정이 다르거든. 이른바 텅 빈 슬픔의 얼굴이랄까 고아들 표정이 부모 손에 자라난 애들과 다르듯이. 물론 고아가 아니면 이해하기 어려운 표정이지. 넌 의사가 되기로 했니?"

"여기서 그런 얘기를 하는 건 금기야. 규칙을 잊었어?"

"벌금을 내지. 여기 일 달러. 수영할래?"

그는 일 달러를 옥의 손에 놓고 옷을 훌훌 벗더니 호수로 뛰어들어갔다. 깡마른 그의 길쭉한 몸이 금세 물 속에 가라앉아 보이지 않았다. 옥은 두려워서 그의 이름을 소리쳐 불렀다.

다음날 아침 그녀는 벤의 침대에서 깨어났다. 그녀의 인생에서 가장 이해하기 어려운 상황은 아니었다. 벤의 말대로 그녀는 입양아였기 때문에 수없이 많은 이상한 상황들을 겪으며 살아왔다. 하지만 이런 곤혹과 열기, 고통과 두근거림, 불행과 행복감이 밀크셰이크처럼 뒤섞여 있었던 적은 한 번도 없었다. 그녀는 덫에 걸린 것일까.

벤은 허름한 건물의 옥상에 살고 있었다. 발레리나의 연습실이나 조각가의 작업장으로 쓰면 딱 좋은 널찍한 공간이었다. 하지만 을씨년스러웠다. 시멘트 바닥에 창에 허옇게 먼지가 덮여 있었고 여름인데도 사방 벽으로부터 한기가 몰아쳤다. 탁자 위에는 책들이 아슬아슬하게 쌓아올려져 있었는데 추리소설이 대부분이었다. 벽에는 사막을 찍은 사진들이 덕지덕지 붙어 있었다. 전문가의 솜씨는 아닌 것 같았다. 그가 취미로 찍은 것인지도 모른다. 그가 어떤 인간인지 보여주기에 이곳은 너무나 황량하다. 옥은 그녀의 옆에 엎드린 채 잠들어 있는 벤의 벌거벗은 모습을 낯설게 바라보았다. 그녀만 이불을 덮고 있었다. 그의 몸은 이불 위로 나와 있었고 얼굴은 베개에 묻혀 보이지 않았다.

그를 사랑하는 게 어떤 일인지 처음에 그녀는 짐작하지 못했다. 그가 입양아여서 그를 사랑하게 된 거라고 생각하지도 않았다. 하지만 한 달도 못 가서 옥은 벤이 어떤 인간인지 알게 되었다. 한마디로 그는 정착하지 못하는 인간이었다. 거처가 불분명했다. 그가 사라지면 그녀는 그를 기다리는 것 외에는 아무 일도 할 수 없었다. 처음 잠을 잤던 건물 옥상도 사진 하는 친구의 작업실이었다. 학교는 첫 학기에 출석 미달로 퇴학 처리되었다. 친구들도 그에 관해서 자세히 알지 못했다. 게다가 그의 종적을 찾아다니는 여자는 옥 혼자가 아니었다.

한나라는 여자애가 있었다. 어느 날 밤 기숙사로 전화가 걸려왔다. 한나라는 여자애가 기숙사 밖에서 옥을 기다리고 있었다. 벤만큼이나 키가 큰 백인 여자였는데 벤이 어디 있는지 가르쳐달라고 했다. 옥이 모른다고 하자 그녀는 훌쩍훌쩍 울기 시작했다. 벤과 약혼까지 했는데 갑자기 그가 사라져버렸다는 것이다. 그녀의 격정, 벤의 무책임, 자신의 질투 모든 것이 짜증스럽기만 했다. 한나는 자신의 전화번호를 남기고 돌아갔다. 옥은 방에 돌아와서 책을 펼쳤지만 밤새도록 그 앞에 멍청히 앉아 있기만 했다. 양엄마에게 모든 걸 얘기하고 충고를 구하고 싶었다. 하지만 너무 늦은 시각이었다. 게다가 그녀가 실망할 걸 생각하면 전화 걸기가 두렵기도 했다. 옥은 무심코 목에 걸린 목걸이의 펜던트를 만졌다. 토끼 모양의 작은 펜던트였다. 그가 태어난 해의 중국식 상징 동물이라고 했다. 벤은 떠나기 전에 옥에게 이 목걸이를 걸어주었다. 그가 미국에 입양올 때 지니고 있던 유일한 물건이었다. 그녀가 가슴에 붙이고 있던 옥이라는 이름표처럼.

한국 남자인 윤석으로부터 연락이 온 것은 옥이 지쳐서 시라큐스로 돌아가 쉬고 있을 때였다. 윤석은 다짜고짜 벤이 있는 곳을 말하고 일방적으로 전화를 끊었다. 양엄마는 곁에 서서 불안한 표정으로 옥을 지켜보고 있었다. 혹시 그는 한국인이니? 양엄마는 옥과 달리 억양이 없는 윤석의 영어를 눈치챘던 것이다. 같은 과 친구라고 둘러대고 옥은 급한 일이 생겨 뉴욕에 가봐야 한다고 말했다. 양엄마는 작게 한숨을 내쉬었을 뿐 더이상 묻지 않았다. 양엄마의 불안이 옥의 마음을 무겁게 했다.

벤은 붕대를 친친 감고 시립병원에 누워 있었다. 윤석이란 남자는 보이지 않았다.

간호사의 말에 따르면 차 사고가 나서 그의 친구 하나는 죽고 둘은 부상을 당했다고 했다. 벤은 다행히 심각한 상태는 아니었다. 그의 다른 친구는 내장이 파열돼서 며칠 넘기지 못할 것 같은데 가족과 연락이 닿지 않는다고 간호사는 걱정하고 있었다. 그녀도 옥만큼이나 윤석이란 남자의 행방을 궁금해하고 있었다. 너도 한국인이니? 머뭇거리며 간호사가 물었다. 사고 당한 사람들 모두 한국인이었다고 했다. 모두 술에 취해 있었고 차는 갑자기 나무를 들이받고 전복됐는데, 한적한 도로여서 순찰대가 그들을 발견했을 때는 그중 하나가 죽은 지 이미 세 시간이나 지난 뒤였다는 것이다. 그는 운전을 하고 있었다. 경찰은 그가 일부러 나무를 들이받은 게 아닌가 의심하고 있다고 했다. 연락을 받고 달려온 윤석도 부상을 입은 벤도 아무 말을 하지 않고 있었다.

한 달 뒤에 벤은 퇴원해서 윤석의 아파트로 갔다. 맨해튼 구석의 반지하에 있는 그의 방은 구조가 좀 이상했다. 반지하의 방 한쪽에 또하나의 지하방이 들어 있었다. 새장처럼 아주 좁은 곳이었는데 벤과 옥은 거기에 싱글 매트리스와 탁자 하나를 놓고 살기 시작했다. 벤은 하루 종일 누워서 일어나려 하지 않았다. 누군가 윤석에게 집세와 식비를 지불해야 했기 때문에 옥은 근처 레스토랑에서 웨이트리스를 하기 시작했다. 그들 모두 친구 둘을 앗아간 사고에 대해서 침묵했다. 윤석은 유학을 왔다가 학비를 벌기 위해 일 년은 공부하고 일 년은 일을 하는 생활을 계속하고 있었다. 차를 운전했던 남자가 바로 윤석의 친구였다. 그는 혼자 살아남은 벤을 미워하는 것 같았다.

일을 끝내고 돌아오면 윤석은 밤 근무의 교대시간을 맞추기 위해 잠을
자고 있다가 옥이 그들 방에 들어가는 소리를 듣고 소스라치며 돌아눕곤
했다. 벤 역시 잠을 자고 있을 때가 많았다. 너무 오래 누워 있어서인지
그의 피부는 창백해졌고 얼굴엔 늘상 붓기가 남아 있었다. 옥이 돌아오
면 밖에 윤석이 있건 말건 그는 성급히 옷을 벗기고 매트리스 한가운데
옥을 쓰러뜨렸다. 그의 욕구는 공허한 만큼 만족을 몰랐다. 어둠 속에서
그의 허덕이는 숨소리를 듣고 누워 있으면 몸이 텅 비어 빈 상자곽처럼
덜그럭거리는 소리가 났다. 가끔 자신도 이해할 수 없는 욕망 때문에 그
의 머리칼을 뜯고 있을 때도 있었다. 텅 빈 무대 위에서 그들이 연기하는
무언극은 단지 계속된다는 사실말고는 변화가 없었다.

학업을 포기할 생각은 없었다. 윤석처럼 일 년쯤 쉬면서 벤과 살 작은
아파트라도 얻고 나서 다시 시작하고 싶었다. 하지만 일 년이 지난 뒤에
도 그들은 여전히 윤석의 방에 딸린 지하에서 살고 있었고 옥은 여전히
학교에 돌아갈 수가 없었다.

벤은 중고 타이프라이터를 구해서 글을 쓰기 시작했다. 그가 글자를
찍어내는 소리가 그렇게 감미로울 수가 없었다. 따그락 따그락 말발굽
소리 같기도 했고 그의 심장박동 소리 같기도 했다. 새벽에 일어나면 그
는 언제나 탁자 앞에 웅크리고 앉아 타이프라이터를 두드리고 있었다.
레스토랑 일을 끝내고 돌아오면 낮 동안 그가 찍어낸 글자들이 새하얀
종이뭉치 속에 가득 쌓여 있었다. 그는 일 주일에 한 번 책을 빌리기 위
해 도서관에 가는 걸 제외하고는 외출도 전혀 하지 않고 글 쓰는 데만 매
달렸다. 옥에게는 그의 글을 읽는 것이 금지되어 있었다. 자신에 관해 쓰
고 있다는 사실만 알고 있었다.

"늦기 전에 나에 관해 기록해두고 싶어. 내 삶은 나 자신한테는 끔찍한

것이지만 독자들한테는 흥미로운 것일 수도 있겠다는 생각이 들었어. 사람들은 만약 그것이 다른 사람의 삶이라면 행복한 것보다는 불행한 것에 더 관심이 있으니까."

옥은 그들의 미래가 핑크빛은 아니어도 그다지 막막한 것만은 아닐 거라는 생각을 하기 시작했다.

누군가를 사랑할 때 일어나기 시작하는 일들은 정확히 누군가를 미워할 때 일어나는 일들과 같다. 변덕스런 감정의 강약 리듬. 희망과 절망의 우스꽝스러운 변주. 용서할 것인가 말 것인가 이해할 것인가 무시할 것인가 받아들일까 도망칠까. 옥은 불안 속에서도 벤을 바라보는 걸 멈출 수가 없었다.

윤석이 레스토랑으로 옥을 찾아왔다. 그 역시 고된 미국생활에 지쳐서 희망을 잃어버리고 말았다. 이제 학위 따위 아무래도 상관없다고 했다. 가난이 지겨워서 어렵게 미국에 왔는데 지금 자신은 살아온 어느 때보다 더 가난하다는 것이었다. 한국에서 그의 금의환향만 기다리는 가족들도 부담스러웠다. 졸업을 두 학기 남겨두고 있었지만 공부가 자신에게는 사치라는 생각이 자꾸 든다고 그는 괴로워했다. 옥은 그가 정작 하고 싶은 말을 감추고 있다는 걸 눈치챘다. 옥이 어두운 얼굴로 그를 응시하자 윤석은 눈을 피하며 입을 열었다.

"벤은 한국에 돌아갈 준비를 하고 있어. 비자도 이미 받아놓았어. 벤의 성격 잘 알지? 아마 생모를 만나기 전에는 돌아오지 않을 거야. 그는 모든 걸 초월한 듯 보이지만 사실은 약한 인간이야. 그가 아직도 유진의 무덤에 간다는 걸 알고 있어? 그는 네가 주는 돈을 모두 유진의 부모에게 보내고 있어. 그를 사랑하지 마. 그의 마음속에는 너를 위한 자리가 없어. 그는 너같이 따뜻한 여자가 사랑하기에 너무나 공허한 인간이야. 그와 같이 있으면 금세 그의 고통에 감염돼버리지. 그가 쓰는 글 읽어본 적 있어?"

옥은 힘없이 고개를 저었다.

"그는 아무것도 쓰지 않아. 물론 글을 쓰고 싶어하기는 해. 하지만 그는 글을 통해 자신을 바라볼 수 있는 인간이 못 돼. 그러다보면 진짜 미쳐버릴지도 모르니까. 너를 위해 그저 타이프를 치고 있는 거야. 매일매일 한 단어만을 찍고 있어. 어떤 날은 어머니, 어떤 날은 옥, 어떤 날은 내 이름, 하지만 한 번도 자기 이름은 찍지 않았어. 그를 사랑하지 마. 더이상 불행해지는 건 의미가 없어. 네가 최선을 다한 거 그도 알고 너 자신도 알 거야. 네 자리로 돌아가. 학교로 돌아가. 벤도 그걸 원하고 있어."

왜 그녀를 빼고는 아무도 모르는 것일까. 여기가 그녀가 돌아갈 곳, 그녀의 자리라는 걸. 옥은 다시 목걸이의 펜던트를 만졌다.

윤석의 말대로 벤은 아무것도 쓰고 있지 않았다. 매일 종이 가득 똑같은 글자를 찍어놓았을 뿐이다. 어머니, 옥, 윤석, 유진, 한나의 이름도 있었다. 옥은 그렇게 할 필요까지 없었다고 벤에게 말해주고 싶었지만 벤은 이미 한국으로 떠나버리고 없었다. 편지 한 장 남기지 않고 그가 떠난 후 윤석도 갑자기 귀국해버렸다. 노모가 아프다는 연락이 왔기 때문이다. 언제 어떤 식으로 벤이 다시 나타날지 알 수 없었기 때문에 옥은 레스토랑도 그만두고 예전의 벤처럼 방에 처박혀 지냈다.

어느 날 밤 한나가 다시 옥을 찾아왔다. 벤의 가방을 전해주기 위해서 왔다고 했다. 한나는 쫓기는 사람처럼 불안하게 눈을 굴렸다. 짙은 화장으로 가리고 있었지만 그녀의 눈두덩과 뺨에는 푸르스름한 멍자국이 남아 있었다. 옥은 긴장했다. 만일 벤이 그녀를 저렇게 만들어놓았다면…… 옥은 벤을 용서할 수 없을 것 같았다. 그들은 고통과 혼란 속에서럼을 나눠마셨다.

"한국에 가는 길이라고 했어. 마지막 인사를 하고 싶어서 나에게 들른

거였어. 영영 돌아오지 않을지도 모른다고 말했어.”

그게 세 달 전이었다. 그는 비행기 티켓 날짜를 수없이 연기하고 몇 번인가 가방을 들고 나갔다가 다시 한나의 아파트로 돌아오곤 했다. 한나가 이제 더이상 그가 떠나지 않을 거라고 안심할 즈음 그는 가방도 남겨둔 채 사라져버렸다. 그가 떠난 후 세 명의 남자가 찾아와 벤이 간 곳을 대라고 한나를 윽박질렀다. 그들은 한나의 물건들을 부수고 한나의 얼굴을 때렸다. 그 얘기를 듣고 옥은 안도의 한숨을 내쉬었다.

“그는 어디로 간 거지? 너는 알고 있을 거라고 생각했어. 한국에 간 건 아니겠지? 그의 비행기 티켓이 아직도 집에 남아 있어. 어디로 갔을까? 나는 그가 간 곳을 알아야 해. 나는 그의 아이를 가졌어.”

옥은 놀라지 않았다. 오히려 기뻤다. 그에게 포함된 존재가 어딘가에서 ─ 그것이 한나의 뱃속이라고 해도 ─ 자라나고 있다는 사실이 그녀를 기쁘게 했다. 옥은 한나로부터 술잔을 빼앗고 우유를 먹으라고 했다. 한나는 순순히 그렇게 했다. 그들은 서로를 미워하지 않았다.

“그는 돌아올 거야. 한국에는 가지 않았을 거야. 아마 앞으로도 한국에는 가지 않을 거야. 곧 겨울이야. 그는 갈 곳이 없어. 그건 내가 잘 알아. 만약 그가 나에게 오면 즉시 너한테 보낼 거야. 아이를 위해서 더이상 술을 마시지 않겠다고 약속해줘.”

한나를 보내고 옥은 남은 럼을 혼자 마셨다. 한나도 벤도 미워하지 않았지만 마음속 깊은 곳에서 출혈이 일어난 것처럼 텅 빈 느낌이 밀려들었다. 그는 한국에 돌아간 게 아니라 한나의 아파트로 돌아간 것이었다. 거기 머물면서 옥을 조소하듯 그는 아이를 만들었다. 그가 행복하게 그런 일을 했을 거라고는 생각하지 않았다. 더구나 그는 지금 위험에 처해 있었다. 옥은 머릿속으로 수학공식을 외우기 시작했다. 익숙한 불안감이 세포분열을 일으키며 점점 커져가고 있었기 때문이다. 옥을 괴롭히는 건

배신감이나 질투가 아니라 불안이었다. 그가 자살했을지도 모른다는 생각, 심지어는 그가 살해되었을지도 모른다는 생각. 불현듯 어느 날 밤의 벤이 떠올랐다.

럼을 사러 밖에 나갔다가 그는 혼비백산한 얼굴로 집에 돌아왔다. 말 그대로 사시나무 떨듯 벌벌 떨고 있었다. 이유를 물었지만 대답하지 않았다. 옥이 물을 가져왔을 때 그는 옷장 안에 들어가 있었다. 그의 눈은 놀란 듯 크게 열려 있었고 무릎을 가슴에 대고 자꾸만 얼굴을 숨기려고 했다. 옥은 땀에 젖은 그의 몸을 꼭 끌어안고 아이처럼 흔들어주며 끈기 있게 물어보았다.

"무슨 일이야? 무슨 일이 있었던 거야?"

벤은 멍한 눈으로 옥을 올려다보며 떨리는 목소리로 간신히 대답했다.

"엄마를 봤어. 엄마가 여기 살고 있었어. 나를 알아보지 못했지만 나는 엄마를 알아봤어. 왜 그녀가 여기 있는 걸까. 나는 이제 어떻게 하지?"

그뒤로 한 달 동안 그는 8번가의 델리 주인인 한국 여자를 자기 엄마라고 생각했다. 그를 믿지는 않았지만 옥은 델리로 가서 한국 여주인을 만나보았다. 그녀는 이민 온 지 이십 년이 넘었고 남편이 죽은 뒤에 딸 둘을 데리고 혼자 살고 있는 여자였다. 얼굴도 전혀 벤을 닮지 않았다. 혹시 벤이라는 남자를 아는지 묻자 그녀는 단골손님 중에 그런 이름이 있는 것 같기도 하다면서 무슨 일이냐고 했다. 자기 가게에서 산 물건에 무슨 문제가 있었던 것인지 걱정하는 얼굴이었다. 왜 이 여자를 자기 엄마라고 생각했던 것일까. 옥은 샐러드를 사는 척하면서 그녀의 얼굴을 살펴보았다. 옥으로서는 이유를 알 수 없었다. 그녀는 평범해 보였고 지치고 권태로운 표정을 하고 있었다. 힘들게 마련한 델리가 안정되자마자 남편을 잃어서 장사에도 의욕이 없는 눈치였다.

벤은 하루에도 몇 번씩 델리로 가서 그 여자의 얼굴을 보고 왔다. 그녀가 언젠가 자기를 알아볼 거라는 희망 때문에 가는 것이었다. 나중에 그를 알아보기는 했다. 아들로서가 아니라 자주 찾아오는 손님이어서 알아본 것이다. 그가 잘못 본 거라고, 오해한 거라고 설득하는 데 한 달이 꼬박 걸렸다.

벤의 가방 속에는 여러 가지 잡동사니가 가득 들어 있었다. 옥이 사준 티셔츠로 싸놓은 작은 상자에는 노트 한 권이 숨겨져 있었는데 일기장이었다. 그의 마음상태를 보여주듯 일기는 짧고 거친 문장으로 휘갈겨져 있었다. 윤석의 말대로 글을 통해 자신을 들여다보는 걸 두려워했던 것 같다. 문장이 좀 계속되려고 하면 그는 갑자기 중단하고 노트를 덮어버리곤 했던 것이다. 옥에 관해서 쓴 글은 단 한 줄이었다.

'옥. 또하나의 엄마.'

사고에 대해서는 꽤 자세한 기록이 남아 있었다.

'유진이 돌아왔다. 플로리다에서 배를 청소하는 일을 일 년 동안 하고 온 것이다.

마리화나를 하는지 번들거리는 눈에 눈물이 가득 고여 있었다. 그의 친구가 우리를 아틀란타로 데려가기 위해 차를 가지고 왔다. 그도 한국인이었다. 시끄럽고 불안해 보이는 녀석이었다. 아마 마약을 하고 있을 것이다. 아틀란타에서 유진은 슬롯도 하지 않고 술만 마셨다. 호텔방에서 두 사람은 코카인을 하고 나는 책을 읽었다. 유진과 다투고 싶지 않았지만 그는 취해서 자꾸 시비를 걸었다. 그가 아직도 제니 홍을 잊지 못하고 있다는 걸 깨달았다. 제니가 죽은 건 내 탓이 아니라는 걸 그는 믿으려 하지 않는다. 제니는 한국에서 생모를 만나고 온 뒤 완전히 맛이 갔다. 마약을 구하기 위해 몸까지 팔았다. 그녀가 변한 뒤로는 그녀를 사랑할 수가 없었다. 마약에 전 괴물을, 그것도 입양아 괴물을 누가 사랑할 수 있단 말인가. 유진은 왜 그녀를 사랑한 것일까. 유진은 아무것도 모른다. 제니와 같은 학교를 다니고 몇 번 잠을 같이 자고 수없이 돈을 빌려주었을 뿐이다. 그럼에도 아내를 잃은 남편처럼 구는 게 역겹기만 하다. 결국 나는 유진을 패주었다.

돌아오는 차 속에서 우리 셋은 모두 기분이 거지 같았다. 유진의 친구는 두 학기 내내 낙제를 해서 퇴학하라는 압력을 받고 있었지만 아버지가 두려워서 고민하고 있었다. 내 주변에서 그렇게 한가한 고민을 하고 있는 인간은 처음 봤다. 하지만 그를 무시하지는 않는다. 그도 제니를 알고 있었다. 주유소에서 기름을 넣을 때마다 유진은 화장실에 가서 마약을 하고 왔다. 그의 친구는 무릎 사이에 위스키 한 병을 끼고 있었다. 나도 이미 취해 있어서 될 대로 되라 하는 심정이었다. 길은 어두웠고 새벽이어서 지나가는 차도 없었다. 유진이 갑자기 울기 시작했다. 제니가 그리워. 벤 네가 제니를 죽였어. 칼로 찌르거나 총을 쏘진 않았지만 그것과 다름없는 방법으로 너는 그애를 죽였어. 너한테 차이고 그애가 얼마나 고통스러워했는지 네가 조금이라도 안다면 얼마나 좋을까. 유진은 말도 안 되는 소리를 늘어놓으며 계속해서 훌쩍거렸다. 유진의 친구가 화를 내며 그만 좀 질질 짜라고 소리를 질렀다. 그때 유진이 갑자기 운전대를 옆으로 휙 돌렸다.

왜 유진이 운전을 하고 있었는지 기억나지 않는다. 나와 그의 친구는 술에 취했고 그 혼자만 술을 마시기 않았기 때문이었을 것이다. 하지만 사실 그는 우리보다 더 취해 있었다. 그가 죽고 그의 친구도 죽었다. 나는 유진의 옆에 앉아 있었는데 살아났다. 제니가 죽은 거, 정말 나와는 상관없는 일이었다.'

델리 여주인에 관한 글도 있었다.

'엄마를 만났다. 엄마를 만나는 게 어떤 기분인지 항상 궁금했는데 아무런 느낌도 없었다. 아니다. 그건 거짓말이다. 엄마를 만나는 건 무서운 일이었다. 엄마가 나를 기억하지 못하기 때문이다. 왜 엄마가 멀리 있다고만 생각했을까. 엄마는 나와 두 블록 떨어진 곳에서 살고 있었다. 정말 아이러니다. 왜 그 동안 한 번도 그 여자를 보지 못했을까. 내가 방에만 있었기 때문이다. 엄마는 매우 늙었다. 힘들게 살아온 모양이다. 나보다 더 힘들게 산 것일까. 그랬기를 바란다.

그 여자는 나를 계속 모른 척하고 있다. 나의 존재를 부정하고 싶은 거겠지. 하지만 나를 무시한다고 해서 내 존재가 부정되지는 않는다.'

옥은 그의 티셔츠를 입고 그의 냄새를 맡았다. 마음이 좀 안정되었다. 갑자기 그가 아주 가까이 있을지도 모른다는 생각이 들었다. 그녀는 밖으로 나가서 델리까지 뛰어갔다. 여주인은 옥을 알아보고 어떻게 지내는지 물었다. 옥은 샐러드와 럼 한 병을 샀다. 바쁜 듯 스쳐가는 사람들 속에서 옥은 작은 키와 텅 빈 표정 때문에 눈에 띄었다. 그녀가 길에 멈춰서 있자 지나던 남자 하나가 어디가 아프냐고 물었다. 옥은 미소를 지으며 그를 올려다보았다.

절망 속에도 권태가 있고 일상이 있다는 게 놀랍다. 일 년이 지났다. 벤은 나타나지 않았고 한나는 이유도 없이 유산을 하고 말았다. 울부짖는 그녀를 달래 부모의 집에 데려다주었다.

벤의 실종은 옥에게 절망이면서 동시에 희망이기도 했다. 적어도 그가 이 세상에 아직 존재하고 있을 거라는 희망. 가끔 윤석으로부터 벤과 옥의 안부를 묻는 편지가 왔다. 오랫동안 그를 기다린 여자와 곧 결혼할 거라고 했다. 벤을 잊고 그 아파트를 떠나 학교로 돌아가라는 충고도 잊지 않았다. 다시 겨울이 가까워오고 있었다.

양엄마는 끈질기게 옥을 설득했다. 벤이 곁에 있다면 그에게 묻고 싶었다.

생모가 나를 보고 싶어해. 죽기 전에 나를 만나 용서를 구하고 싶다는 거야. 나는 그녀를 만나도 하고 싶은 말이 없어. 너무나 오랫동안 그녀를 부정하고 살아왔기 때문이야. 이게 나에게 마지막으로 남은 기회일까? 내가 어떻게 해야 하는지 가르쳐줘.

옆방에 사는 신디가 생일선물로 옥에게 벤자민 화분을 주었다. 벤자민 밀러를 잊지 못하는 여자에게는 벤자민 화분이라도 곁에 있어야 한다면서 그녀는 깔깔거리고 웃었다. 다음 생일에는 벤자민이라는 이름의 남자를 데려다줄게. 자신의 농담에 즐거워하는 신디를 보면서 옥도 따라 웃었다.

벤자민은 건강했다. 물을 자주 주지 않아도 된다. 화분 때문에 그녀는 바깥 건물을 향해 있을 뿐인 창문도 열었다. 창을 열자 푸른 이파리들이 마치 살아 있는 듯 생생하게 보였다. 연녹색의 부드러운 이파리를 하나하나 닦으며 옥은 그에게 어울리는 멋진 화분을 사기 위해 일요일에 시장에 가야겠다고 생각했다. 그녀는 화분을 꼭 그라고 불렀다. 그의 이름은 벤자민. 벤자민 밀러.

부드러움이 주는 교훈

그의 시체는 위에 아무것도 입고 있지 않았다. 그의 티셔츠를 내가 머리에 베고 있었기 때문이다. 나는 그 기억 속에서 한없이 감미로운 부드러움을 느낀다. 그의 곱슬거리는 검은 머리카락 같은 부드러움을.

부드러움이 주는 교훈

나는 중학을 졸업하고 이 년 동안 T섬에 산 적이 있었다. 열네 살 때였다. 아버지가 T섬에 새로 지어진 종합병원에 일자리를 얻었기 때문이다. 일 년 가까이 아버지는 실직상태였다. 실직하기 전 아버지는 시내에 있는 암 전문 병원의 마취과 의사였고, 우리 가족은 교외에 있는 큰 집에서 풍족하게 살고 있었다. 어느 해 여름부터인가 부모님은 사이가 나빠지기 시작했다. 아마 아버지가 술을 마시기 시작했기 때문일 것이다. 그 당시 아버지의 삶에 무슨 일이 일어난 것인지 나는 잘 모른다. 아버지는 매일 술에 취해서 집에 들어왔고 집에 들어오지 않는 날은 초조해진 어머니가 여기저기 밤새도록 전화를 걸어 아버지를 찾곤 했다. 밤마다 내가 잠들기를 기다려 부모님은 목소리를 낮춰 끊임없이 이야기를 했다. 그러다가 아버지가 소리를 지르기 시작하고 그 사이사이로 어머니의 흐느낌 소리를 들을 수 있었다.

하루는 오줌이 마려워서 새벽에 잠이 깼는데 화장실에 가는 길에 보니까 식당 쪽에서 불빛이 새어나오고 있었다. 아버지가 보였다. 어머니는 창을 등지고 선 채 팔짱을 끼고 아버지를 빤히 쳐다보고 있었다. 식탁에는 아버지가 늘 마시는 위스키 한 병이 놓여 있었고 아버지는 작은 술잔을 든 손을 마구 흔들며 격렬하게 말하고 있었다. 그것은 사실 말이 아니라 울음소리에 가까웠다. 가끔 아버지가 고개를 들어 어머니를 바라보기도 했는데 그 순간에도 아버지의 어깨는 흐느낌 때문에 거세게 요동치고 있었다. 어머니는 단지 아버지를 보고 있을 뿐 아무런 반응도 나타내지 않았다. 자세히 보이진 않았지만 어머니의 얼굴은 멀리서도 굉장히 차갑고 딱딱하게 느껴졌다. 어머니의 등뒤로 시커멓게 일렁거리는 그림자만큼이나 불길한 침묵이었다. 나는 조용히 화장실로 가서 오줌을 누고 방에 돌아왔다.

　T섬은 따듯한 곳이었다. 우리가 도착한 것은 늦봄이었는데 이미 짙어진 녹음이 집 뒤편 숲을 가득 채우고 있었다. 아버지는 먼저 내려가고 어머니와 나는 자질구레한 일들을 처리하느라 뒤처졌다. 아마도 어머니는 그 동안 생각할 시간을 가지고 싶었을 것이다. 어머니는 아버지와 헤어질 결심을 했었다. 그건 어머니가 직접 나에게 해준 얘기였다. 엄마는 아버지와 더이상 같이 살지 않을지도 몰라. 네가 엄마와 같이 살고 싶다면 아버지는 반대하지 않을 거야. 하지만 아버지와 살기를 원해도 나는 너를 원망하지 않아. 그 말을 듣고 나는 울기만 했다. 며칠 뒤에 나는 학교에서 갑자기 쓰러졌고 아버지의 친구인 정신과 의사를 만났다.

　우리는 그다지 많은 얘기를 나누지 않았다. 아버지 친구는 같은 동네에 살고 있었는데 집 안에 개가 세 마리나 있었다. 나는 개와 같이 놀다가 지루해지면 집에 돌아왔다. 졸업이 두 달 정도 남아 있었지만 학교에는 가지 않았다. 수학시간에 갑자기 구역질이 나고 미친 듯 가슴이 고동친 것 외에 아무 기억도 남아 있지 않았다. 눈을 떴을 때 내 주위로 아이들이 빙 둘러서 있었고 이상하게도 나는 그들의 시선이 적의에 차 있다고 느꼈다. 친하게 지내던 송희가 편지를 보냈지만 나는 답장하지 않았다. 그애의 걱정에 찬 호기심에 답해줄 말이 내게는 없었기 때문이다. 나는 비타민 정제를 먹고 가끔 아버지 친구한테 가서 개와 놀거나 집에서 만화영화를 보거나 했다. 특별히 불행하다거나 뭔가 잘못되어가고 있다고 느끼지도 않았다. 나의 마음속은 고무공처럼 텅 비어 있었다.

우리가 살 집은 행운동의 끄트머리에 있었다. 주변에는 짓다가 만 별장이 서너 채 을씨년스럽게 서 있을 뿐 보이는 거라곤 검은 흙으로 덮인 평원과 길 건너편 잡목림 너머로 한없이 펼쳐진 바다뿐이었다. 아버지는 더이상 술을 마시지 않았다. 부모님은 전처럼 다정하진 않아도 밤에 소리 죽여 다투는 일도 없었다. 아버지는 병원 일에 만족하는 눈치였고 술을 마시는 대신 밤에는 서재에 들어가 책을 읽었다. 아버지를 방해하지 않기 위해 어머니와 나는 저녁식사 후에 바닷가로 산책을 나가곤 했다. 집에서 바다가 보이기는 했지만 바닷가로 가려면 잡목림 사이로 난 긴 내리막길을 걸어내려가야 했다. 어디선가 새가 날카로운 소리로 울부짖었고 그때마다 어머니는 내 손을 찾아 단단하게 깍지를 끼었다.

바닷가에 닿으면 어머니는 재빨리 손을 놓고 두 팔을 올려 기지개를 켜듯 공기를 들이마셨다. 나는 바다가 참 좋았다. 정적을 깨는 파도 소리가 듣기 좋은 음악처럼 편안했고 은빛으로 부서지는 물결의 움직임이 감미롭게 마음을 채웠다. 어머니는 가끔 내가 거기 없는 듯 우두커니 앉아서 질리지도 않고 바다를 바라보곤 했다. 나는 어머니의 무릎을 베고 누워서 눈을 꼭 감고 파도 소리를 들었다. 매일 똑같은 소리인데도 어쩐지 매일 느낌이 달랐다. 여름이 다가오면서 바다는 점점 더 파랗게 변하고 있었다. 아침이면 나는 우유 한 잔을 손에 들고 마당에 나가 일출 무렵의 보랏빛 바다를 바라보았다. 아버지는 내 어깨를 다정히 두드리고 차에 올라탔다. 아버지의 차가 먼지를 일으키며 사라져가는 모습을 보고 있으면 어머니가 자전거를 꺼내 밖으로 나왔다. 도서관에 가려는 것이다. 어머니는 매일 도서관에 갔다. 나에게 필요한 책이 있는지 물어보는 때도 있었다.

그 당시 나는 잠을 많이 잤다. 특별히 하는 일도 없어서 피곤할 일도 없었는데도 매일 졸음이 쏟아졌다. 어머니가 도서관에 가고 나면 집 안에 들어가 시시한 음악을 듣다가 소파에서 잠이 들곤 했다. 두통은 아니었지만 항상 머리 한쪽이 느슨해져 있어 쉽게 잠에 빠져들고 말았다. 가끔 불현듯 잠에서 깨면 더욱 피로했고 멍한 눈으로 주변을 두리번거리다가 다시 하품을 늘어지게 하고 나서 뭔가 할 일을 찾다보면 어느새 다시 꾸벅꾸벅 졸고 있었다. 어머니가 돌아와 같이 늦은 점심을 먹을 때까지 나는 그런 식으로 늘상 잠에 취해 있었다. 뭘 하고 있었는지 어머니가 물으면 나는 근처에 두고 있던 중3 국어책을 들어 보였다. 어머니는 드러내놓고 말하지는 않았지만 내가 학교에서 갑자기 쓰러졌던 것에 대해서 걱정하고 있었다. 어쩌면 자기 탓이라고 생각하고 있는지도 몰랐다. 아무튼 서두를 필요는 없다고 했다. 건강해지면 근처에 있는 고등학교에 언제든 진학할 수 있으니까 말이다. 책이나 읽으면서 편하게 지내. 그렇게 지내고 있는 건 어머니가 아닌가. 나는 웃으며 알았다고 대답했다.

하루는 어머니가 아파 도서관에 가지 못했다. 며칠 뒤에 연체된 책이 있으니 빨리 반납하라는 전화가 도서관에서 걸려왔다. 여직원은 불친절한 목소리로 마치 돈이라도 갚지 않은 것처럼 굴었다. 하긴 도서관에선 책이 가장 중요하니까. 어머니는 놀라서 책이라니, 무슨 책? 하고 물었다. 코 막힌 목소리를 들으니 마음이 아팠다. 약을 먹고 잠이 들 때까지 어머니는 반납하지 못한 책에 대해 생각하느라 손을 이마에 올려놓은 채 끙끙거리고 있었다. 죽을 끓이는데 어머니가 나를 불렀다. 그 책이 어디 있을지 짐작이 간다는 것이었다.

다음날 아침 나는 어머니의 자전거를 타고 책을 찾기 위해 도서관으로 갔다. 정확히는 도서관 앞 간이음식점으로 갔다. 간판도 없는 그 집은 도서관 바로 앞에 있었는데 안쪽에 테이블이 두 개 놓여 있고 작은 스툴이 각각 두 개씩 붙어 있었다. 가게 정면 카운터가 길가를 향해 뚫려 있어서 사람들은 대부분 안으로 들어가지 않고 가벼운 음식을 주문해 가져가는 것 같았다. 카운터 위에 작은 글씨로 토스트, 햄버거, 커피, 음료수 등의 가격표가 적혀 있었다. 안쪽을 들여다보았지만 아무도 보이지 않았다. 어머니는 아무래도 이곳에서 점심을 먹다가 책을 두고 온 것 같다고 말했다. 그걸 기억해낸 건 열이 높았기 때문이리라. 열이 높으면 이상한 꿈을 마구 꾸고 지나간 기억들이 마구 튀어나오곤 하니까.

자전거를 벽에 기대놓고 주인이 나타나기를 기다렸다. 십 분쯤 지나자 한 남자가 쪽문을 열고 나왔다. 그는 키가 아주 크고 까만 곱슬머리가 눈을 거의 가릴 만큼 자라 이마 위로 축 늘어져 있었다. 깡마른 몸매가 구부정한 자세 때문에 더욱 안쓰러워 보이는 남자였다. 나를 보고는—사실 봤다고까지 할 수도 없지만—아무 말도 하지 않고 카운터 뒤에 서서 양배추를 썰기 시작했다. 나는 용건을 말했다. 그는 하던 일을 멈추고 멍한 눈으로 나를 잠시 동안 쳐다보았다. 그의 눈은 나만큼이나 졸리운 듯했다. 초점이 맞지 않는 눈이었다. 심한 근시일지도 모른다. 그는 말없이 다시 쪽문 밖으로 나가더니 어머니가 놓고 갔다는 책을 들고 나왔다. 나에게 책을 돌려주기 전에 책표지를 잠깐 들여다보았다. 그것뿐이었다. 나는 책을 받아들고 고맙다고 말했다. 그는 고개만 끄덕거렸다. 이 남자는 도대체…… 나는 화가 나려 했다.

안쪽으로 들어가 테이블에 앉아서 토스트와 우유 한 잔을 주문했다. 그는 계속 양배추를 썰면서 아직 문을 열지 않았다고 말했다. 나는 기다리겠다고 했다. 그는 어깨를 한 번 으쓱하고 다시 양배추를 썰었다. 양배추 썬 것을 모두 큰 그릇에 옮기고 이번엔 양파를 얇게 저미기 시작했다. 솜씨가 좋았다. 나는 스툴에 앉아 발을 흔들며 그가 양파를 써는 걸 유심히 쳐다보고 있었다. 헝클어진 머리카락이 흘러내려 양파가 잘 보이기나 하는지 의심스러웠지만 그는 단 한 번도 머리를 쓸어올리지 않는 것이었다. 양파를 다 썬 후에 그는 나를 힐끗 보더니 선반에서 빵을 꺼냈다. 카운터에 있는 팬에 버터를 두르고 불을 조절한 뒤 계란을 부쳤다. 노른자 너무 익히지 마세요. 내 말을 들은 척도 하지 않고 계란을 한 옆으로 밀더니 빵을 구웠다. 내가 토스트와 우유를 먹는 동안 그는 카운터 뒤에 있는 의자에 앉아 커피를 마셨다. 얼굴은 나를 향해 있었지만 나를 쳐다보는 것 같지는 않았다. 그의 눈빛은 참으로 몽롱했다. 순정만화에 나오는 남자의 눈처럼 끝이 둥글게 구부러지고 속눈썹이 눈 아래로 그늘을 드리운다. 그가 잘생긴 남자라는 건 나의 주관적인 판단일지도 모르겠다. 눈은 졸리운 잿빛이고 턱이 뾰족하고 얼굴은 약간 긴 편이다. 입술은 특징이 별로 없지만 저 검은 구름 같은 곱슬머리와 졸리운 큰 눈 때문에 금세 감상적인 느낌을 주는 남자다. 나이는 많아야 스물넷 정도. 얼굴에 표정이 없어서 더 늙어 보이는지도 모른다. 나는 그가 스무 살일 거라고 단정지었다. 그러면 나와는 겨우 여섯 살 차이다.

　나는 페달을 세게 밟아 집으로 돌아왔다. 어머니는 아직 자고 있는지 인기척이 없었다. 책을 거실에 놓고 다시 밖으로 나왔다. 바다에 가고 싶었다. 바닷가에 앉아 그를 생각하고 싶었다. 그가 어떤 사람인지 궁금해서 미칠 것만 같았다. 나는 냉장고에서 사과 하나를 꺼내들고 바닷가로 내려갔다. 노인 한 사람이 커다란 개를 베고 누워 낮잠을 자고 있었다. 그의 머리에는 밀짚모자가 얹혀 있었다. 개가 숨쉴 때마다 밀짚모자가 오르락내리락했다. 개 역시 잠이 들었는지 잠시 꼬리를 세웠다가 내렸을 뿐 내가 다가가도 별다른 움직임이 없었다. 나는 사과를 먹으면서 천천히 모래밭을 걸었다. 해가 강렬했고 바다는 거대한 물웅덩이처럼 고요하게 빛나고 있었다. 그 남자는 딱 한마디를 했다. 아직 문 안 열었습니다. 그의 목소리는 이미 기억 속에서 멀어지고 있었지만 그 목소리가 준 느낌은 아직도 날카롭게 남아 있었다. 검붉은 용암이 시시각각으로 전진하듯 점점 더 짙게 번져가고 있었다. 갑자기 구토가 나서 입에 있던 사과를 모래밭에 탁 뱉어내고 남은 걸 바다에 던졌다.

저녁을 먹고 어머니는 기운이 없다면서 다시 침대로 가고 아버지는 두꺼운 책을 잔뜩 안고 서재로 들어갔다. 나는 랜턴을 들고 밖으로 나왔다. 랜턴은 필요가 없었다. 만월이었다. 나는 자전거를 타고 그의 가게로 달려갔다. 가게는 오래 전에 문이 닫힌 듯 어둠 속에 꺼멓게 죽어 있었다. 발로 페달을 툭툭 차며 문이라도 두드려볼까 생각하고 있는데 그의 모습이 꿈인 듯 나타났다. 그는 가게에서 나와 도서관 쪽으로 걸어갔다. 나는 멀찍이서 그를 뒤따랐다. 도서관 옆 공터에 차 한 대가 세워져 있고 그는 차에 올라타자마자 시동을 걸고 거칠게 달려나왔다. 근처 나무 뒤로 숨지 않았다면 그 차에 깔릴 뻔했다. 자전거를 타고 그를 뒤쫓았지만 골목 하나를 돌자마자 그의 차는 시야에서 사라져버리고 말았다. 나는 골목 입구에 있는 편의점에 가서 콜라를 한 병 샀다. 천천히 콜라를 마시며 텅 비고 어두운 거리를 바라보고 있자니 갑자기 친구인 송희가 그리워졌다. 그애가 십 분만 옆에 있어준다면 큰 도움이 될 것 같았다. 얼마나 이기적인 생각인가. 그애를 구멍을 메워주는 실리콘 덩어리쯤으로 생각하다니. 한동안 편의점 안을 서성이다가 밖으로 나왔다. 처음 집에서 나왔을 때는 달빛이 너무 밝다고 생각했는데 상점이 모두 문을 닫은 어두운 골목길에서는 쓸쓸한 기분만 더해줄 뿐이었다.

그의 자동차가 다시 나타났다. 달려나갈 때와 같은 속도로 골목길을 돌진하듯 들어서고 있었다. 나는 가게 앞으로 가서 그를 기다렸다. 그는 나를 보고도 별로 놀라지 않았다. 그의 얼굴은 창백해 보였고 낮과는 달리 그의 눈도 번쩍번쩍 빛나고 있었다. 박쥐처럼 야행성인 모양이었다. 그가 문을 열었고 나는 그의 뒤를 따라 쪽문 안으로 들어갔다. 짐작했던 것보다 안쪽은 넓었다. 오른쪽엔 꽤 큰 부엌이 있었고 가게에 필요한 물건들이 빼곡히 정리되어 있었다. 왼편은 그가 사는 공간이었다. 싱글 침대와 둥근 테이블. 짧은 소파와 의자 등이 놓여 있고 작은 문 뒤에는 목욕탕 겸 화장실이 있는 것 같았다. 그는 커피를 만들었고 냉장고에서 우유를 꺼냈다. 나도 커피를 주세요. 내가 말하자 그는 우유곽을 다시 냉장고에 집어넣었다.

커피에선 약간 신맛이 났다. 나는 커피를 마시고 지나는 말처럼 물었다.

"어디 갔었어요?"

그는 짧게 대답했다.

"밖에."

그는 나를 달가워하지도 않았지만 귀찮아하지도 않는 것 같았다. 그의 침대 위 벽에는 사진들이 가득 붙어 있었다. 백 장은 되는 것 같았다. 모두 같은 사진이었다. 한 여자를 찍은.

"애인이에요?"

나의 기습적인 질문에 그는 의외로 순순히 대답했다.

"약혼자야."

나는 고개를 끄덕이고 웃으며 덧붙였다.

"굉장히 사랑하나봐요."

이번엔 대답이 없었다.

"애인 만나고 왔어요? 이 근처 살아요?"

"멀리 있어."

그는 커피잔을 내려놓고 유령처럼 비틀거리며 일어나 침대로 가서 눕더니 잠이 들어버렸다. 약하게 코 고는 소리가 났다. 나는 그의 커피잔에 코를 대고 냄새를 맡아보았다. 커피 냄새보다 술 냄새가 더 강했다. 브랜디나 럼일 것이다. 일 년 전 아버지도 이런 식으로 술을 마시곤 했기 때문에, 커피를 마시고 나서도 픽 쓰러져 잠들어버리곤 했기 때문에 나는 전혀 놀라지 않았다. 솔직히 그의 술 취한 얼굴은 별로 궁금하지 않았다. 나는 침대로 가서 벽에 붙은 사진 중에 한 장을 떼어냈다. 그리고 밖으로 나와 자전거를 달려 집에 돌아왔다.

사진 속의 여자. 젊고 머리가 길고 피부는 하얗고 이목구비가 뚜렷했다. 게다가 웃고 있는 얼굴이었다. 흠이 있다면 이마에 오톨도톨한 여드름 자국이 조금 남아 있다는 정도였다.

다음날 밤에 나는 다시 그의 가게로 갔다. 그는 비슷한 시각에 차를 타고 나갔고 나는 편의점에 가서 다시 콜라를 샀다. 다시 송희가 아쉽다는 생각을 하며 그를 기다렸고 그는 나를 보자 이번엔 들어와라 하고 말했다. 하루에 한 문장씩 전진. 그걸로 만족이었다. 그가 커피를 주었고 우리는 마주 앉아 커피를 마셨다.

"근처에 사니?"

"행운동 다복마을. 어떤 의사가 남기고 떠난 별장에 세를 들었어요."

"어머니, 어디 아프니?"

나는 약간 긴장했다.

"어떻게 알았어요?"

"매일 도서관에 가니까. 매일 가게 앞을 지나가고."

"우리 엄마한테 관심 있어요?"

그는 웃지도 않고 나를 빤히 쳐다보았다.

"사진은 왜 가져갔니? 돌려줘. 너한텐 필요없는 거니까."

"무슨 소리예요? 무슨 사진?"

나는 능청을 부렸다. 그는 말없이 손을 내밀었다. 길고 하얗고 마디가 나긋나긋해 보이는 손이었다. 나는 이런 손을 좋아하지 않는다.

"집에 있어요. 아주 예쁘던데요? 한 장만 주면 안 돼요?"

그는 다시 커피를 마셨다.

"바꿔 마셔요. 내 건 벌써 식었어요."

그가 뭐라 말하기 전에 재빨리 그의 커피를 한 모금 마셨다. 처음엔 아무렇지도 않더니, 아무렇지도 않다고 생각한 직후 목구멍이 뜨듯해졌다. 나는 놀라서 기침을 했다. 만난 후 처음으로 그는 미소 비슷한 걸 얼굴에 지어 보였다. 나는 당시의 취미이자 특기였던 '듣는 사람 무시하고 지껄이기'를 시작했다.

"기절해본 적 있어요? 나는 있어요. 몇 달 전에 학교에서요. 중세 여자들은 허리를 너무 꽉 졸라매서 걸핏하면 애인 가슴에 쓰러졌대요. 나도 그렇게 로맨틱하게 기절하고 싶었는데 수학시간에 기절을 했지 뭐예요. 아마 선생님이 미적분을 풀어보라고 시켰나봐요. 눈을 떴는데 내가 바닥에 누워 있었어요. 아이들이 나를 거머리 보듯 쳐다보고 수학선생은 놀라서 나를 일으킨다는 게 내 가슴을 덥석 만진 거 있죠. 악몽이었어요. 그 수학선생 별명이 변태예요. 그리고 나서 학교에 가지 않았어요. 다시 돌아가지 않을 거예요."

그가 졸고 있다는 걸 눈치챘다. 나쁜 놈. 나는 그를 확 밀치고 그 집에서 뛰어나왔다.

일 주일 동안 그를 만나지 않았다. 사실 만나지 않은 게 아니라 찾아가지 않은 거지만. 어머니도 다른 취미가 생겨 도서관에 가지 않았다. 시내에 가서 씨앗과 구근을 잔뜩 사오더니 집 앞 평지에 그걸 심는데 열중하고 있었다. 햇살이 뜨거워서 밀짚모자를 쓰고 모자 위에 수건까지 늘어뜨렸다. 낮에는 김밥과 샌드위치를 싸서 같이 바다로 나갔다. 나는 워크맨을 듣고 어머니는 연체된 책을 갖다줄 생각도 하지 않고 반복해서 읽었다. 나는 누굴 더 많이 닮은 것일까. 골똘한 얼굴로 작열하는 햇살 아래서 책을 읽고 있는 어머니의 모습을 보고 있으면 저절로 그런 생각이 들었다. 어머니일까. 아버지일까. 심심하니까 궁금한 것도 시시한 것들 뿐이었다. 어머니는 책을 읽다가 지치면 눈을 감고 한없이 누워 있었다. 자는 것 같지는 않았다. 어머니는 그렇게 쉬운 성격이 아니다.

"아버지는 왜 그렇게 술을 마셨지? 이젠 안 마시니까 물어보는 거야."

어머니는 손가락을 꼽아 책을 덮고 내 눈을 한동안 들여다보더니 이윽고 한숨을 내쉬며 말했다.

"열네 살 때 나는 그다지 많은 걸 이해하지 못했어. 키도 너보다 훨씬 작았고 아주 어린애였어. 어른들 일에는 관심도 없었어."

"엄마는 위로 언니 둘 오빠 둘이 있었잖아. 같이 노느라 바빴을 거야. 하지만 나는 혼자야. 엄마를 원망하는 건 아니지만 남동생이 하나쯤 있었으면 좋겠다고 언제나 생각했어."

"할머니 기억나니?"

딱 한 번 친할머니를 만난 적이 있었다. 하얗게 바래서 침대에 누워 있었는데 아버지가 쌀쌀맞게 굴었던 것밖에는 기억나지 않는다. 나는 그저 할머니 얼굴을 한 번 보고 다른 방으로 가서 기다렸을 뿐이다. 이튿날 할머니가 돌아가시고 사람들이 별로 없는 조용한 장례식이 치러졌다. 아버지도 어머니도 울지 않았다. 그 전해에 돌아가신 외할머니의 장례식과는 완전히 달랐다. 그때는 외삼촌 집에 사람들이 가득 있었고 울음소리가 밤새도록 그치지 않았다. 어머니는 일 년 가까이 슬픔에 젖어 정신을 못 차렸다. 내가 그런 얘기를 하자 어머니는 고개를 끄덕이며 바다 쪽을 보았다.

"외롭게 살다 돌아가셨지. 젊을 때 할머니는…… 뭐랄까 굉장히 자유 분방하게 살았어. 아버지를 돌볼 여유가 없었지. 외동아들이었는데도. 아버지는 늘 엄마와 떨어져 살아야 했어. 물론 할아버지가 아버지를 돌봐주셨지만 두 사람 모두 외로웠을 거야. 오랫동안 아버지는 할머니를 만나는 걸 거부했어. 그 때문에 할아버지와도 사이가 나빠졌지. 돌아가시기 직전에야 만났는데 그땐 모든 게 너무 늦었었지. 아버지가 병원 그만두었던 거 기억나지? 환자 하나가 수술 도중에 죽었어. 물론 아버지의 책임은 아니었어. 하지만 병원에선 아버지와 수술한 의사에게 책임을 물었고 아버지는 결국 병원을 그만뒀지. 사실 아버지의 죄책감은 터무니없는 것이었어. 의사란 항상 그런 일과 부딪치는 직업이니까. 아버지를 제외하고는 아무도 병원을 그만두지 않았어. 나는 그 때문에 화가 났었지. 아버지가 가족을 걱정하지 않는다고 의심했거든."

"아버지도 외동이었구나."

"이젠 너한테 일어난 일에 대해 좀 얘기해볼래?"

나는 그 남자처럼 콧등을 긁었다. 무언가 질문하면 그는 대답하기 전에 항상 콧등을 긁는 버릇이 있었다.

"얘기하고 싶지만 설명할 수가 없어. 그냥 어지럽고 가슴이 답답했어. 꾀병이었을 거야."

"친구들 보고 싶지 않니? 학교에 돌아가고 싶지 않아?"

"돌아가야 돼?"

"때가 되면 돌아가야지. 네가 지금 마음이 편하다면 돌아갈 곳이 있기 때문이야. 그런 생각은 안 해봤니?"

"나는 여기가 좋아. 여기를 떠나기 싫어. 엄마는 서울이 그리워?"

"나도 여기가 좋아. 하지만 뭔가 마음이 놓이질 않아. 식구들도 보고 싶고."

식구라니. 어머니의 식구는 나와 아버지가 아닌가. 어머니는 확실히 대가족 속에서 자라서 조촐한 식구 수에는 만족할 수 없는 것일까.

"그런데 밤마다 어딜 가는 거니?"

어머니의 표정은 심각하지 않고 장난스러웠다. 마치 재미있는 비밀을 나눠 가지려는 어린 친구 같았다. 이럴 때 어머니는 너무 사랑스럽다. 나는 뜸을 들이고 나서 어른스럽게 대답했다.

"남자친구가 있어."

"꼭 밤에 만나야 돼?"

"야행성이야. 낮에는 잠만 자."

"그애를 좋아하는 거야?"

그 질문에는 빨리 대답하기가 곤란했다.

"알아보는 중이야."

"알고 나면 엄마한테 말해줄 거야?"

나는 진지하게 고개를 끄덕이며 속으로는 약간 괴로웠다.

그해 여름은 무척 길고 무더웠다. 오전엔 수영을 하고 오후엔 워크맨을 끼고 빈둥거리며 해변에 누워 후미진 바닷가까지 찾아온 사람들을 구경했다. 그즈음 그는 가게 문을 거의 열지 않았다. 낮에 자전거를 타고 가보면 문은 닫혀 있고 그의 낡은 자동차 위에는 하얀 먼지가 덮여 있었다. 그 자동차는 움직일 수 있다는 게 신기할 정도로 낡은데다가 앞쪽 범퍼가 반 넘게 찌그러져 있고 운전석 반대편의 문짝은 아예 너덜너덜했다. 나는 가게로 가서 문을 쾅쾅 두드리거나 돌을 집어던져보기도 했지만 그는 묵묵부답이었다. 뒤쪽으로 돌아가 창문에 대고 소리를 질러보기도 했다.

"정민구를 찾아왔니? 그 사람 거기 없다."

수박 모양의 아이스바를 입에 문 남자가 뒤쪽에 서 있었다. 그 남자는 그가 어디 있는지 알고 있는 것 같았다. 남자는 T섬의 경찰서 신분증을 보여주고 나서 언제부터 그를 알고 있는지 물었다. 그는 지금 경찰서에서 조사를 받고 있다고 했다.

"그 사람이 무슨 죄를 지었나요?"

남자의 혀가 빨갛게 물들어 있었다.

"아직 자세한 건 조사해봐야 돼."

"혹시 누굴 죽였나요?"

남자의 작은 눈이 순간 날카로워졌다.

"왜 그런 걸 묻지? 그가 무슨 얘길 너한테 했니?"

나는 짐짓 딴청을 부리며 웃었다.

"살인죄가 아니라면 그렇게 오래 잡혀 있겠어요? 누구를 죽였어요? 혹시 약혼자를 살해하고 토막을 낸 후에 냉장고에 넣어둔 거 아니에요?"

"약혼자?"

"침대 위에 사진이 잔뜩 붙어 있잖아요. 실연당한 것 같았어요."

"그 여잔 작년에 차사고로 죽었어. 정민구가 운전을 했는데, 교각을 들이받았어. 여자는 그 자리에서 죽고 그는 살아났지. 너 추리소설을 많이 읽었구나. 어쨌든 그는 어린애가 만나기에 바람직한 타입은 아니야. 여긴 다시 오지 마라."

나는 집에 돌아와서 여자의 사진을 다시 살펴보았다. 그 여자가 이미 죽은 여자라는 게 믿어지지 않았다. 빨리 죽게 생기지도 않았다. 너무나 건강해 보이는 여자였다. 싱그러운 미소는 희망에 가득 차 있고 맑은 눈은 미래에 대한 기대로 반짝이고 있었다. 저녁 식탁에서도 아버지와 어머니는 T섬에서 이십 년 만에 발생했다는 살인사건에 대해 얘기하고 있었다. 살인용의자가 잡혔고, 그의 집에서 몇 번 점심을 먹은 적이 있던 어머니는 더욱이 흥분해서 어쩔 줄 몰라했다. 아버지는 초조한 경찰이

아마 여론을 의식해서 사람부터 잡아들인 것 같다면서 회의적인 태도를
보였다.

"그는 단지 그 근처를 드라이브하고 있었을 뿐이야. 주변 사람들 말에
따르면 그는 밤마다 그 주변을 차로 질주하곤 했다는 거야. 재수가 없으
면 이 남자는 경찰의 희생양이 될 수도 있어."

아버지는 실직한 뒤부터 '희생양'이라는 표현을 자주 썼다. 당신은 뭐
이상한 낌새라도 느꼈어, 그 사람한테? 어머니는 잠시 골똘히 생각하더
니 고개를 저었다.

"굉장히 조용한 남자였어. 눈은 꿈꾸는 것 같고. 다른 사람한테 도무지
관심이 없어 보였는데, 햄버거도 아주 맛있었고, 아무리 생각해도 살인
을 할 사람으로는 보이지 않았어. 여기가 갑자기 무서워지는걸. 천국에
서도 살인이 일어날 수 있구나. 하긴 사람이 사는 천국이니까."

아버지가 희미하게 얼굴을 찌푸렸다. 그 천국 소리는 아버지가 처음
T섬에 대한 얘기를 꺼냈을 때 지칭하던 표현이었다. 거긴 천국이야. 우
린 이제부터 천국에서 사는 거야. 이상한 것은 그렇게 화기애애한 모습
의 부모님 모습을 보는 게 참으로 오랜만이라는 사실이었다. 살인이란
테마는 역시 건조했던 부부사이조차 결속시킬 수 있을 정도로 흥미로
운 주제임에는 틀림없었다. 부모님과는 달리 솔직히 나는 그를 의심했
다. 그는 연인을 잃은 남자였다. 제정신일 수가 없는 것이다. 그가 모르
는 여자 하나를 자동차로 이유 없이 덮쳤다고 해도 나는 그를 이해할
수 있을 것 같았다. 그 때문에 그에 대한 내 감정이 변하지는 않는다. 살
인자를 좋아할 수도 있다는 건 얼마나 흥미진진한 일인가. 특별한 사람
만이 특별한 상대를 알아보고 좋아할 수 있는 것이다. 나는 마치 당장
이라도 내 인생이 세기를 주름잡은 마타하리의 삶처럼 파란만장하게
전개될 것처럼 흥분하고 말았다. 잠도 오지 않았다.

며칠 뒤에 진범이 잡히는 바람에 그는 싱겁게 풀려났다. 나는 밤에 그에게 가보았다. 차 옆에서 기다렸다가 그가 차에 올랐을 때 옆문을 열었다. 그는 나를 힐끗 보았을 뿐 내리라고는 말하지 않았다. 그의 운전 태도는 무시무시했다. 앞에 길이 있는 게 아니라 텅 빈 금 하나가 그어져 있는 것처럼 주변을 전혀 살피지 않고 마구 내달리는 것이었다. 비명이라도 질러 그를 멈추게 하고 싶었지만 왠지 그를 이해하려면 이런 위험쯤 감수해야 될 것 같았다. 꼬불꼬불한 길을 현기증 나게 달리고 나서 해안도로로 들어서자 그는 무시무시한 속도로 앞만 응시한 채 운전하고 있었다. 다행히 오가는 차량이 전혀 없어서 사고의 위험도 없었지만 그가 속도를 늦출 기회도 없었다. 교각 근처에 다다랐을 때 그의 눈빛이 달라졌다는 걸 눈치챘다. 등줄기로 소름이 쫙 끼쳤다. 그가 무슨 짓을 하려는지 감전되듯 깨달았기 때문이다. 나는 자신도 모르게 비명을 지르기 시작했다. 차는 마치 낭떠러지로 곤두박질치듯 교각을 향해 돌진하고 있었다.

내가 깨어난 것은 두서없는 사이렌 소리와 패트롤카의 무전 신호 때문이었다. 나는 패트롤카에 실려 집으로 돌아왔다. 아버지는 여전히 서재에 있었고 어머니는 놀라서 나를 끌어안았다. 어머니의 품에 안겨서 나는 구역질을 참고 있었다. 구역질과 가슴의 미칠 듯한 고동. 수학시간에 겪었던 것과 증세가 똑같았다. 나는 울음을 터뜨렸고 어머니는 계속 나를 안고 있었다.

어머니와 아버지는 결국 관계를 회복하지 못했다. 이 년 뒤에 서울의 병원에 복직했지만 아버지는 T섬을 잊지 못했다. T섬만이 아니라 T섬에서 아버지를 헌신적으로 도왔던 간호사도 잊지 못했다. 나는 어머니와 살기로 했다. 어머니와 재혼할 사람이 나를 거부하지 않았기 때문이다. 재혼하고 나서 어머니는 무척 행복해 보였다. 새아버지는 매력이 없는 대신 성실하고 친절한 남자였다.

나는 스무 살이 되었고 대학 신입생 때 만난 남자친구와 결혼 약속까지 했다. 그가 고집을 부려서 한 약속이지만 나는 그런 약속 따위는 믿지 않는다. 하지만 그는 사랑스러운 남자다. 부드럽게 키스할 줄 알고 시시한 일로 나를 간섭하지도 않는다. 하지만…… 이 하지만이 아직도 중요한 건 내가 이제 겨우 스무 살이기 때문이다.

하지만 나는 가끔 떠오르지 않는 기억 속에서 그를 생각한다. 열네 살 때 그의 존재는 이미지만 너무 강했는데 이즈음 기억 속의 그는 매우 육체적이다. 나는 그의 체취―순한 비누 냄새와 식물성 기름 냄새가 뒤섞인 것 같은―와 티셔츠의 끈적이는 촉감까지도 생생하게 느낄 수 있다. 그는 교각에 부딪치기 직전 차를 멈추고 나를 내려놓았다. 그 영상이 나를 떠나지 않는다. 상상 속에서 그는 무척이나 다정하다. 그의 숨소리도 나를 안고 있는 그의 손길도. 하지만 그는 그 순간 죽음을 결심했던 남자였다. 당시 그의 마음이나 정신은 아마도 착란상태에 빠져 용광로처럼 끓어오르고 있었을 것이다. 그런 그가 차를 세우고 나를 안아서 내리고 풀밭에 눕히고 윗도리를 벗어서 머리에 받쳐주기까지 했다. 왠지 그가 한 짓이 그의 마음 상태와는 어울리지가 않아서 우스꽝스럽기조차 하다. 마구 달리던 마라톤 선수가 걸음을 멈추고 싱글거리며 핫도그와 콜라를 먹고 있는 것같이 한가한 그림이다. 그후로 그는 다시 자신의 격한 감정의 움직임 속으로 돌아갔다. 그는 차로 교각을 향해 돌진했고 차는 전소되었다. 그의 시체는 위에 아무것도 입고 있지 않았다. 그의 티셔츠를 내가 머리에 베고 있었기 때문이다.

나는 그 기억 속에서 한없이 감미로운 부드러움을 느낀다. 그의 곱슬거리는 검은 머리카락 같은 부드러움을.

나 비 부 인 들

결과적으론 그렇게 됐지만 아니야, 모든 게 너무 천천히 진행돼서 우린 지금도 우리가 사랑에 빠졌다든지 연애를 하고 있다든지 하는 식으로 느끼지 않아. 난 재미없는 연애가 좋아. 이런 것도 연애라면 말이지.

나비부인들

우리는 하경의 사무실에 모여 있다. 정확히 말하자면 그녀의 아버지의 사무실이지만 요즘 하경이 아버지 일을 도맡아 처리하고 있으니 조만간 하경의 사무실이 될 것이다. 우리란 하경과 나, 어젯밤 비행기로 오 년 만에 미국에서 들어온 정민, 하경의 애인인 희구를 일컫는다. 하경이 네 시쯤 전화를 걸어 이렇게 말했다.

"오늘 우리 만나자. 내가 오늘 핀란드에 가죽치마를 잔뜩 팔았거든. 이게 반응이 좋으면 치마가 아니라 바지, 점퍼, 코트까지 오더를 딸지도 몰라. 퇴근시간 맞춰서 사무실로 와라. 헛돈 쓸 거 뭐 있니. 여기 넓으니까 여기서 놀자구. 정민이도 시차 때문에 팔팔할 시간이니까 라조기, 팔보채 다 시켜놓고 밤새도록 얘기나 실컷 하고 싶어."

그리고 전화를 끊기 직전에 지나는 말처럼 정작 중요한 얘기를 꺼내놓는 것이었다.

"백중환이 그 자식 오늘 결혼했대. 너 샴페인 꼭 사와야 된다!"

백중환은 오 년 전에 이혼한 하경의 전남편이었다. 나는 백화점에 가서 샴페인 두 병을 사들고 하경의 사무실로 갔다. 정민 역시 기내에서 샀다는 위스키를 들고 왔다.

사무실 한쪽에는 하경의 회사에서 만든 가죽제품들이 가득 차 있어 가죽냄새가 코를 찔렀다. 우리는 하경의 오빠들 셋이 차례로 거쳐갔지만 이미 사양길에 접어든 그들 가족의 회사가 이 기회에 회생하길 기원하며 건배를 했다. 우리가 건배를 하며 떠들어대는 동안 희구가 중국집으로 전화를 걸어 이것저것 주문을 했다.

희구는 말이 없는 사내였다. 언뜻 보면 존재감이 희미해서 애인인 하경조차 다른 사람들과 한참을 떠들다가 어 당신 언제 왔어? 언제부터 거기 있었어? 라거나 인간이면 소리를 좀 내야지, 기본적인 소리라도 말이야 하는 게 일쑤였다. 하지만 그는 옆사람들이 그의 존재를 알아주지 않아도 별로 섭섭해하지 않고 묵묵히 하경의 옆자리를 지키고 있곤 하였다. 그렇다고 사람들과 어울리는 걸 싫어하는 것도 아니었다. 내성적이지만 배타적이지는 않았다. 오히려 그의 조용함 속에는 편안하고 안정된 친밀감 같은 것이 서려 있었다. 이상하게도 가끔 그런 사람들이 옆에 와 있지 않은가. 말없이 자기 자리에 존재하면서 공기의 흐름을 이유도 없이 온화하게 만드는 사람들. 희구가 바로 그런 사내였다.

어느 날 하경이 "애인이 생겼다"고 실토했다. 오랜만에 만난 술자리여서 우리는 상당히 기분이 고조되어 있었다. 아버지의 사무실에 출근한 뒤로 단골이 되었다는 보쌈집에서 소주를 나눠마시고 비틀거리며 하경이 나를 끌고 간 곳은 그 건물 꼭대기에 있는 노래방이었다. 노래방에서 하경은 같은 노래를 여섯 번인가 계속해서 부르고 있었다. 질려서 내가 그만두라고 소리를 지르자 표정이 싸늘해지더니 밑도 끝도 없이 이렇게 말했다.

"왜 다들 나한테 안 된다는 거야? 이혼하면 노래도 마음대로 못 부르니? 나 이 노래 좋아해. 좋아서 미치겠어. 너 그렇게 고상 떨려거든 집에 가라. 놀 사람은 놀고 갈 사람은 가야지."

하경의 억지에 숨이 막히는 한편으로 한동안 잠잠하더니 다시 빨간불이 켜진 건가 하고 나는 긴장했다. 빨간불. 하경은 그걸 그렇게 불렀다. 내 몸, 마음, 신경, 의식, 세계관, 인생관 모든 것에 빨간불이 켜졌어. 나한테 일어난 일? 그게 뭐였더라. 아하, 이혼! 그거였지! 제대로 날 사랑하지도 않는 놈하고 결혼해서 그 결혼을 어떻게든 이어보려고 열심히 노력한 죄밖에는 없는데 말이야. 내가 받은 벌은 너무나 크다고 생각하지 않니?

그건 사실이었다. 하지만 정작 하경의 이혼보다 예전에 했던 하경의 그 노력이 그녀를 죽이고 있었다. 나는 그렇게 생각했다.

남편과 힘겹게 이혼한 뒤로 한 이 년간 하경이 불러댄 노래는 "내가 저를 얼마나 사랑했는데"였다. 부부 사이에 일어난 일은 제삼자로서는 도저히 알 수가 없는 법이다. 나는 하경을 무조건 편들지 않고 중립을 택하기로 했다. 그래서 절망해 있는 하경에게 내가 불러준 노래는 "인연이 아니었다"였다. 하지만 그들을 결혼까지 하도록 만든 인연은 무엇이란 말인가. 하경이 그렇게 물으면 말문이 막혔다.

꽤 오랫동안 전남편한테 집착했던 하경의 우울한 상황이 씻겨진 것은 새로 만난 남자 때문이었다. 이혼한 뒤로 하경은 필사적으로 직업을 찾았다. 결혼 전에 그녀는 잘나가는 광고회사의 카피라이터였다. 수습을 떼고 딱 두 달을 다닌 시점에서 그녀는 같은 회사의 선배였던 남편에게 코를 꿰고 말았다. 그러니 남편이 있는 동네에서 일을 찾는 건 무리였다. 두 달 카피라이터 경력을 가지고는 그와 비슷한 어떤 화려한 직종도 구할 수가 없었다. 그녀에게 연락하면 언제나 무언가를 열심히 하고 있었고 난 여전히 그녀의 노력이 화사하고 정열에 차 있던 내 친구 하경을 시들어가게 하고 있다고 느꼈다. 그즈음 하경은 방송 쪽 일을 해보려 뛰어다니고 있었는데 그때 만난 남자가 '녹'이었다. 원래 그의 이름은 상록인지 경록인지였는데 헤어지고 나서 하경이 그를 그냥 녹으로 지칭했기 때문에 우리 사이에서는 그냥 '녹'으로 굳어버린 것이다.

'녹'은 하경보다 세 살 아래의 AD였다. 거제도인지 거문도인지 아무튼 어딘가 섬에서 올라와 중학생 때부터 서울에 혼자 살고 있는 남자였다. '녹'과 첫날밤을 보낸 뒤 하경은 나에게 전화를 걸어 섹스가 무엇인지 이제야 알게 되었다고 고백했다. 여러 가지 정황으로 미루어 짐작하건대 녹이 녹슨 남자, 순수하게 여자를 사랑하기로 결심한 남자와는 거리가 있는 게 사실이었지만 그래도 나는 하경을 격려해주고 싶었다.

"개랑 같이 있으면 도저히 세상을 미워할 수가 없어. 그런 느낌 알겠니? 요즘은 아무것도 미운 게 없어. 사랑받는다는 느낌 때문에 나도 덩달아 누구한테든지 무엇이든지 나눠주고 싶은 마음이 생겨. 이제는 백중환이도 밉지가 않아. 내가 사랑에 빠진 걸까?"

결론적으로 녹의 섹스요법은 하경에게 효과가 있었다. 그와 헤어지고 나서도 하경이 울지 않았기 때문이다. 그들은 그야말로 모던하게, 점잖게 헤어졌다. 헤어지고 나서 친구 사이가 되기까지 했다.

노래방에서 나와 건물 입구에서 술 취한 하경이 허리를 구부리고 토하는 걸 도와주고 있는데 하경의 핸드폰이 울리기 시작했다. 하경 대신 내가 전화를 받았고 상대는 어떤 남자였다. 예민한 사람인지 옆에서 하경의 꽥꽥거리는 소리를 듣고 하경이 괜찮은지 물었고 나는 괜찮지 않다고 대답했다. 십 분 후에 그는 다른 술집에서 우리와 마주 앉아 있었다. 그가 희구였다.

그날 나는 하경에게 빨간불이 다시 켜진 것은 누구를 잃어서 상심해서 그런 게 아니라 누군가를 좋아해서 그 때문에 흥분해서 그 감정과 싸우고 있는 중이라서 그렇게 된 거라는 걸 알게 되었다. 왜 또 싸우려 하니? 잘 해주고 사랑해주면 그만이지. 내 말에 그녀는 흐응, 하고 망아지처럼 웃더니 이 사람 벌써 남의 거야, 딸도 있어, 내가 너무 꿀려, 하는 것이었다. 희구는 말간 눈을 하고 옆에서 웃고만 있었다. 그 미소는 정말 이상한 것이었다. 당황도 죄책감도 혼란도 아닌 그저 웃음, 하경의 존재감에 단순히 압도당해 있는 남자의 웃음, 희구 역시 그녀를 사랑하고 있었다.

존재를 이해하는 건 불가능한 일이라고 늘 생각해왔었는데 하경과 희구가 사랑하는 걸 이해하는 건 의외로 쉬웠다. 그건 내가 인디언처럼 야성의 감정을 중요시 여기는 인간이기 때문일 것이다. 그들은 서로 사랑하고 같이 있을 때 그림이 보기 좋고 심지어 정열이나 욕망을 초월한 듯 보일 때도 많다. 나는 언니나 엄마로서의 기능을 포기하고 그저 즐거운 친구로 남기로 했다.

술이 오를 때까지 우리는 주로 정민의 미국 유학생활에 대해 얘기했다. 이혼 후 허겁지겁 떠난 유학생활의 초기에 정민은 나에게 전화를 걸어 막막한 심정을 얘기하곤 했다. 사실 정민은 결혼도 그런 식으로 했었다. 어머니의 강요로 억지로 선을 보고 싫지는 않다는 정도로 자위하며 결혼을 했다. 정민의 남편은 엘리트 의식에 사로잡힌 시시한 남자였다. 혼수문제로 티격태격하기 시작하더니 임신한 정민을 남편이 구타하는 사태로까지 발전했다. 결국 아이는 유산되었고 병원에 누워 정민은 이혼을 결심했다. 양가의 반대가 거셌지만 그들 사이의 미움과 분노는 회복될 수 없는 것이었다.

정민이 이혼하기 위해 남편의 본적지로 갔을 때 나와 하경도 동행했었다. 같이 비행기를 탔는데 태풍이 다가오던 시기여서 기류가 불안정했다. 거센 비구름 속에서 우리는 셋이 나란히 앉아 웃음을 터뜨렸다. 사고라도 나면 누구의 책임인지 얘기하며 깔깔거렸던 기억이 난다. 법원 근처 호텔에 방을 잡고 우리는 새벽까지 정민의 남편을 헐뜯으며 시간을 보냈다. 정민은 침착했지만 우울한 얼굴이었다. 냉장고를 열고 술을 꺼내 마셨다. 서른 살도 되지 않은 우리에게 닥친 크나큰 좌절의 징후 때문에 모두들 말이 없었다. 하경이 갑자기 벌떡 일어나더니 정민에게 침대에 누우라고 명령했다. 안마를 해주겠다는 것이었다. 그녀는 한동안 단이니 기 훈련이니 하는 데 심취해 있던 경험이 있어서 안마에 관한 한 거의 전문가 수준이라고 했다. 마지못해 정민이 침대에 누웠고 하경은 정민을 올라타고 앉아 뚝뚝 뼈 부러지는 소리를 내며 안마를 하기 시작했다. 정민이 고통스런 신음 소리를 내며 시원하다고 말했다.

"너의 오랜 룸메이트에 대해 이제 솔직히 고백해봐라."

하경이 묻자 정민이 뜸을 들이며 위스키잔을 들었다. 전에는 맥주 한잔만 마셔도 취하더니 미국 가서 꽤 술이 세진 것 같았다. 정민이 위스키를 단숨에 털어넣자 하경이 양장피 접시에서 죽순과 오징어를 집어 입에 넣어주었다. 밤이 깊어지고 있었다. 참 오랜만에 우리는 인공적이지만 안온하기 짝이 없는 평화 속에 모여 있었다.

"그애와 같이 살 거야. 구체적인 미래 같은 건 우리 둘 다 잘 몰라. 마음이 맞는 동안은 같이 살게 되겠지. 그게 다야. 시시하지?"

"사랑하니?"

하경의 직설적 질문에 정민은 미소를 지었다.

"사랑? 그 고답적이고 로맨틱하고 어수선한 사랑? 가끔 섹스는 해. 우린 어른이고 외롭고 같이 사니까. 네 전공과목을 왜 나한테 물어?"

희구가 혼자 조용히 웃었다.

정민의 룸메이트는 일본 남자였다. 랭귀지를 할 때 같은 학교에 다녔는데 그때 룸메이트가 된 이후로 아직까지 같이 살고 있었다. 일 년 넘게 그들 사이에는 아무런 사건도 없었다. 서로 너무 바빠서 얼굴 볼 겨를도 없이 한 아파트에서 같이 살고 있을 뿐이었다. 그러다 방학 때 같이 자동차로 멕시코 여행을 갔고 여행이 가져다주는 스산한 정서에 도취되어 사적인 얘기를 나누게 되었다. 정민은 이혼한 걸 털어놓았고 그 남자는 일본에서 자기를 기다리는 여자친구에 대한 얘기를 꺼냈다. 여자친구의 편지에 더이상 답장을 할 수 없다는 얘기였다. 그녀를 더이상 사랑하지 않기 때문에 괴롭다고 했다. 그들은 머리를 맞대고 그 문제를 의논했고 편지로 솔직한 마음을 써서 보내는 쪽으로 결론이 났다. 그 과정을 그는 정민에게 모두 얘기했고 그들은 아주 좋은 친구 사이가 되었다.

"그럼 니가 그 남자를 뺏은 거네."

하경이 지적하자 정민은 웃음을 터뜨렸다.

"결과적으론 그렇게 됐지만 아니야. 모든 게 너무 천천히 진행돼서 우린 지금도 우리가 사랑에 빠졌다든지 연애를 하고 있다든지 하는 식으로 느끼지 않아. 그냥 시간이 많이 흘러서 서로에게 친숙해졌고 지금은 가족 같은 기분으로 살고 있어. 그 남자도 나도 정열적인 타입이 아니라서 만약 우리 가운데 누구 하나가 결혼 얘기 같은 걸 꺼내면 금세 헤어지게 될지도 몰라. 게다가 우리는 같은 걸 공부했기 때문에 노상 전공 얘기만 해. 요즘은 둘 다 회사에 취직을 해서 각자의 회사에서 있었던 일 같은 거만 얘기하지. 난 재미없는 연애가 좋아. 이런 것도 연애라면 말이지."

하경과 나는 부러운 눈으로 정민을 바라보고 있었다. 우리라면 불가능했을 것이다. 일 년 넘게 아무 일도 없던 남자와 좋은 친구가 되고 또 시간이 흘러 연애 비슷하게 되고 맨날 마주 앉아 회사 얘기만 하고 있다니 우리에게 불가능한 줄 아니까 부러운 것이다.

"정말 나는 사랑이 뭔지 몰라. 전에 남편 아니 그 개자식은 내가 연애도 한 번 못 해봤을 거라면서 시비를 걸곤 했어. 내 마음속이 너무 삭막

해서 여자랑 사는 것 같지가 않고 여자같이 생긴 남자친구랑 사는 기분이라나. 나더러 혹시 레즈비언이 아니냐고 물은 적도 있어. 지금은 그 남자가 딱하다는 생각도 들어. 그는 나름대로 정열적인 남자였는지도 몰라. 성공에 집착해서 공부만 하느라 저도 연애 한 번 변변히 못 해봤지만 꿈은 잃지 않았던 거지. 부인하고라도 로맨틱하게 살고 싶었나봐. 난 솔직히 그 인간이 눈이 해까닥 돌아서 덤벼들 때마다 이건 강간이다, 하는 생각밖에 안 들었어. 그걸 또 얼마나 밝히는지 미치는 줄 알았어. 어떻게 사랑스럽지도 않은 여자한테 그렇게 과도한 성욕을 느낄 수 있었을까."

"성욕과 사랑은 출신성분이 다른 거야."

하경의 말에 희구가 반대의 뜻으로 고개를 저었다.

"그렇지 않다구? 당신이 부인과 요즘 성생활이 뜸한 걸 나를 사랑하는 증거로 제출하고 싶다 이거야?"

술이 오르는지 하경의 말투에 독기가 어리기 시작했다.

"그나저나 애니한테 전화 안 걸어? 기다리고 있을 텐데."

"애니라니?"

정민이 묻자 하경이 술잔을 들며 희구를 쏘아보았다.

"이 사람 부인 별명이 애니야. 〈애니의 노래〉 알지? 존 덴버가 그걸로 떴잖아. 부인한테 바치는 사모곡이었지. 하긴 존 덴버와 애니도 결국 이혼을 했지만. 걱정 마, 이 사람은 부인을 사랑하니까 이혼하는 일 같은 건 절대 없을 거야. 부인을 사랑하고 딸을 사랑하고 시간이 나면 나도 사랑하고 참 멋진 남자지. 취했나, 내가 왜 이러지. 신경 쓰지 마 모두들. 내가 너무 기분이 좋아서 날아갈 것 같아서 주정 좀 하는 거야. 백중환이가 결혼을 했거든. 그 자식 중처럼 살 것처럼 굴더니 나보다 진도가 더 빨라. 나는 낭떠러지로 자꾸 구르는데 거긴 고속도로를 타고 있어. 하하하 건배하고 싶다. 그 사람 새 부인을 위해서!"

절망적인 얼굴로 하경을 응시하고 있던 회구가 일어섰다. 하경이 몽롱하면서도 슬픈 표정으로 그를 올려다보며 웃었다.

"그래 가. 여긴 남자가 있을 자리가 아니야. 더구나 당신같이 비공식적인 남자가 있을 자리는 아니지."

고통스런 표정을 억지로 감추며 회구는 나와 정민에게 인사를 건네고 하경에게 조용히 말했다.

"운전하지 마. 너 많이 취했어. 내일 보자."

하경은 쓸쓸한 눈으로 그가 가는 뒷모습을 끝까지 지켜보고 있었다.

"좋은 남자야. 최악의 불운이지. 유부남하고 연애를 하는데 그가 개새끼가 아니고 좋은 남자니 말이야. 적어도 개새끼면 덜 괴로울 텐데. 이런 궤변 정민이 넌 이해 못 하지?"

"이해해. 헤어질 수 없으면 그가 좋은 남자인 거 감사해라. 인생 짧은데 왜 자학하니? 너 아무리 괴로운 척해도 얼굴 피었어. 봄날 첫 꽃같이. 이론적으론 괴로워 미치는데 정서적으론 행복해 미치는 거지. 부정하지마. 투정도 자주 부리면 우리 나이엔 역겨운 거 알지?"

그렇게 말하면서 정민은 내 눈치를 살폈다. 나는 지레 못을 박았다.

"남편 얘긴 하기 싫어."

"누가 하래? 우리 남자 얘기말고 우리 여자들 얘기 좀 하자."

나와 하경은 대학 동창이고 정민은 고등학교 동창이었다. 전공도 각각이고 성격도 각각이지만 우리는 이십대 후반부터 절친한 사이가 되었다. 정민이 제일 먼저 결혼하고 사내 연애를 했던 하경이 그 뒤를 이었다. 결혼을 하고 한동안 멀어졌던 우리들의 관계는 둘이 삐걱거리는 결혼생활을 하면서 다시 친밀해졌다. 일종의 아이러니였다. 결혼하고 이혼하고 그런 과정을 겪을 때까지 우리는 우정에 대해서 아무도 생각하고 있지 않았다. 내가 결혼하겠다고 나섰을 때 두 사람은 축하해주는 한편으로 회의적이었다.

"사랑하면 결혼해야지. 그런데 정말 사랑하는 거니?"

이건 하경의 의견.

"꼭 해야 돼면 말리진 않겠지만 난 반대야. 너네 두 사람 너무 똑같아. 많이 싸울 거야. 자신 있니?"

이건 정민의 충고.

남편을 만났을 때 나에게는 오래 사귄 남자가 있었다. 착하고 평범한 남자였다. 그가 결혼을 미루는 이유는 가난하다는 것밖에는 없었다. 하경과 만나 저녁을 먹고 있는데 한 남자가 다가와 인사를 했다. 자연스레 합석을 했고 같이 맥주를 몇 잔 마셨다. 남편 눈치가 보인다며 하경이 먼저 자리를 떠나고 그 낯선 남자와 단둘이 남았다. 하경은 아직도 그 부분을 미안해했다. 느리고 확신이 없고 결혼도 하기 전에 지루한 일상을 경험하게 했던 남자친구와 달리 이 남자는 미친 듯한 열정으로 덤벼들었다. 나와 결혼하지 못하면 당장에 죽어버릴 것 같다고 위협에 가까운 고백을 하기도 했다. 우리는 급체하듯 사랑에 빠져 허우적거리다 결국 결혼했다.

일 년 정도는 아무 문제도 없었다. 결혼한 후에도 그는 매일 꽃을 사들고 집에 왔다. 나를 위해서 요리도 하고 목공을 배워서 나의 책상과 화장대까지 만들어주었다. 점심시간마다 전화를 했고 회사가 끝나면 곧바로 집에 오곤 했다. 친구도 만나지 않았고 회식자리도 여러 가지 핑계를 만들어 늘 불참했다. 덩달아 나도 외출은 엄두도 내지 못하고 집 안에만 갇혀 지냈다. 친구를 만나 조금 늦기라도 하면 남편은 우울한 얼굴을 하고 집 앞에서 나를 기다리고 있었다. 그의 사랑에 점점 숨이 막혔다. 시장에 갔다가 전화를 받지 못하기라도 하면 그는 대번에 어디 갔었느냐고 따져 물었고 내가 일일이 대답하는 걸 짜증스러워하면 애인이라도 생긴 거냐고 비아냥거렸다. 처음엔 그 말이 나를 의심해서 하는 소리라고는 생각하지 않았다. 나는 그의 의심을 모두 농담으로 받아들였다.

어느 날 그는 회사를 조퇴하고 돌아와 몸이 좋지 않다며 잠을 자더니 저녁때쯤 일어나 유령처럼 걸어나왔다.

"왜 나를 속이는 거야?"

쌀을 씻다가 나는 깜짝 놀라 뒤를 돌아보았다. 팬티 한 장만 입고 마룻바닥에 서서 남편이 소리를 지르고 있었다. 눈은 빨갛게 충혈돼 있고 짧은 머리카락은 전기충격을 받은 것처럼 모두 위로 곤두서 있었다. 나는 그가 무슨 꿈을 꾸는 모양이라고 생각했다.

"왜 나를 속여? 난 네가 세상에서 제일 정직한 여잔 줄 알았어. 도대체 언제부터 그 남자를 다시 만난 거야?"

무슨 소린지 몰라 어리둥절해 있는 나를 향해 그는 거의 울부짖었다.

"내가 너를 얼마나 사랑하는데 나를 배신해? 왜? 왜?"

그의 고통이 진심인 걸 깨닫자 공포밖에는 느껴지지 않았다. 처음엔 그를 납득시켜보려고 노력하기도 했다. 하지만 무얼 납득시킨단 말인가. 그는 내가 하루 종일 곁에 있어도 나를 의심했다. 내 얼굴에 다 씌어 있다는 것이었다. 속으로는 옛날 남자를 생각하면서 그게 미안하니까 평소와 달리 자기한테 친절하게 군다는 것이었다. 옛 애인과 어디까지 갔었는지, 그걸 하면서 얼마나 좋았는지 한번 말해보라고 윽박지르기도 했다. 남편의 마음속에 생겨난 거머리 같은 의심증은 그 자신을 피폐시키고 나를 침묵 속에 가두었다. 같이 화를 내면 그는 입을 꼭 다물고 눈을 번들거리면서 고개를 끄덕거렸다. 이젠 변명도 하지 않는군. 미안해할 것도 없다, 이거지. 나는 침묵으로 일관했다. 그는 혼자 길길이 뛰다가 지쳐서 잠이 들었고 나는 소파에 앉아 남편과 내가 갑자기 수렁에 빠져든 이유를 생각해보려 애썼다. 그의 주장대로 어쩌면 내가 그를 충분히 사랑하지 않아서, 그가 뿜어내는 뜨거운 증기 같은 사랑을 받기만 해서 이런 일이 생긴 것인지도 몰랐다. 그 편리한 죄책감과 남편에 대한 답답한 분노는 다른 것이었다. 시간이 지나면서 죄책감은 점점 줄어들고 분노만 커져갔다.

"우리들 인생에 실패한 걸까?"

하경이 놀란 눈으로 나를 보다가 딸꾹질을 하기 시작했다. 정민이 웃음을 터뜨렸다.

"말은 똑바로 하자. 결혼에 실패한 거지 인생에 실패한 거는 아니야."

물을 마셨지만 하경의 딸꾹질은 멈추지 않았다. 신물이 난다는 듯 그녀는 세게 고개를 저었다.

"우린 서른넷이야. 딸꾹 어디 보자. 직업으로 성공한 것도 아니고 재산도 없고 딸꾹 심지어 아이도 없어. 도대체 뭐가 잘못된 걸까. 우린 그렇게 팔팔했었는데 딸꾹 우리 모두 참 특별했었는데 머리도 다 좋은 편인데 말이지. 이해가 안 간다."

"이젠 꿈도 없어. 희망에 대한 능력도 상실했어. 책도 못 읽겠고 텔레비전도 보기 싫어. 정치, 경제, 사회, 문화 아무 데도 관심이 없어."

하경이 딸꾹질을 하며 맞아, 맞아 소리쳤다. 나는 결론을 내리듯 힘없이 말했다.

"우린 불행해."

정민이 계속 옆에서 낄낄거리기만 하다가 소파에서 내려와 카펫 바닥에 벌렁 드러누웠다.

"누워봐, 어서!"

하경과 나는 망설였다. 바닥은 그다지 깨끗하지 못했다. 청소한 지 아마 이 주는 됐을 거다. 내가 다시 술병에 손을 대자 정민이 누운 채로 팔을 뻗어 나를 끌어내렸다. 나와 하경은 비틀거리며 일어나 억지로 정민의 곁에 누웠다. 천장이 빙글빙글 돌기 시작했다. 취기가 둥근 원처럼 우리 주변을 감싸고 있었다. 누가 먼저랄 것도 없이 우리는 웃기 시작했다.

"아 취한다. 바람 속으로 걸어갔어요. 이름 없는 그 찻집. 마른 꼬옷 걸린 창가에 앉아…… 그 다음에 가사가 뭐지? 적어도 우린 재미있게는 살았어. 권태가 뭔지 몰랐어. 절망까지도 생생했어. 그런 생각 안 드니? 그 호텔방 생각난다. 나 이혼하러 내려갔을 때 마음속은 깜깜한데 이제 그것도 끝이라 생각하니 한편 웃음이 났어. 웃으며 살아야지. 일곱 번 이혼한 엘리자베스 테일러도 있는데 나는 이제 겨우 한 번이다. 비행기가 너무 흔들려서 커피도 못 마셨지. 그 와중에 겁이 나더라. 내가 그래도 자신을 사랑하는구나 하는 걸 그때 깨달았어. 아이를 잃고는 죽을 생각만 했는데도 사실 마음 저 깊은 곳에서는 자신을 더 생각하고 있었던 거지. 난 안 불행해. 우린 이렇게 불행에 대해 토론하고 있잖아. 여유가 있다는 뜻이지, 아직은."

하경이 갑자기 울기 시작했다. 흐느끼는 게 아니라 발악하듯 소리를 지르며 울음을 토해냈다. 딸꾹질에 눈물에 마스카라가 녹아 검은 물이 뚝뚝 떨어졌다. 우리는 놀라지 않았다. 울어, 실컷 울어! 우리는 축구경기를 응원하듯 하경의 울음을 오히려 격려해주었다. 울음 사이사이로 웃음이 섞이기 시작했다. 눈이 아이처럼 반짝거렸고 코를 풀고 나서는 손으로 남은 안주를 집어먹었다. 하경에게는 불굴의 에너지 같은 게 있다.

"이상하지 않니? 이십대까지만 해도 카페에 모여앉아 끊임없이 사랑에 대해 정열에 대해 숨차게 떠들었는데 그땐 추상적인 것들에 참 관심이 많았어. 하지만 언젠가부터 그런 얘기는 할 수가 없어. 이게 늙어간다는 증거일까. 그 냄새나는 지하 카페에서 시간 가는 줄 몰랐었는데 말이야."

"여기 냄새도 그때 못지않아."

정민이 핀잔을 주자 하경은 킁킁거리며 냄새를 맡았다.

"아 이 냄새가 좋아. 오빠들은 왜 이 일을 그렇게 재미없어했을까. 하긴 내가 이혼도 안 하고 잘살았으면 아버지 회사 구경도 못 했을 거야. 아버진 나한텐 한 번도 회사일을 얘기해준 적이 없거든. 처음에 회사일을 좀 해보고 싶다고 하니까 아버지는 마구 화를 내셨어. 그런데 어차피 사람도 필요하고 나도 밥벌이를 해야 되니까 그냥 눈감아주신 거지. 나한테 물려주실 거야. 이젠 나밖에 믿을 사람이 없대. 엄마는 물론 아직도 작은오빠가 맡아주길 바라지만. 난 내주지 않을 거야. 이 회사는 이제 내 거야."

"어련하겠니. 나도 회사일이 너무 재미있어서 죽겠어. 미국 사람들, 겉으론 쉬워도 사람을 잘 믿지 않는데 일 앞에선 참 냉정해. 원하는 걸 정확히 해주면 군말이 없어. 여자라고 깔보는 것도 없고 일 외에는 쓸데없이 만날 일도 없고. 한 삼 년 일하다가 모리랑 같이 독립할 거야. 비치에다 사무실 얻어서 실컷 일이나 하고 싶어."

두 사람은 일 얘기를 하느라 여념이 없었다. 전자우편으로 자주 소식을 주고받아서 오랜만에 만난 이물감도 없는 듯했다. 정치, 사회 등의 문제에 관심이 없는 건 사실 나 혼자였다. 그들은 환율이나 급변하는 경제 상황 등에 관해 떠들고 나는 남은 술을 계속 들이켰다. 갑자기 소외감이 느껴졌다. 나는 남편과의 싸움에 진이 빠져서 의욕이 하나도 없었다. 정민이 눈치를 채고 술잔을 내밀었다.

"혼자만 마시지 말고 나도 좀 주라."

나는 정민의 잔에 술을 따라주었다. 그녀는 술을 마시며 남편처럼 나를 골똘히 쳐다보았다. 순간 소름이 끼쳤다.

"동우씨 만났어. 얘기해도 되니?"

동우는 결혼 전에 만나던 남자의 이름이다. 나는 듣고 싶지 않았다.

"지금 미국에 있어. 해외근무 자원해서 온 거라는데 어떻게 내 번호를 알았는지 전화를 했더라. 집으로 찾아와서 한 번 만났어. 여전하더라."

"여전하다니? 무슨 뜻이야?"

하경이 끼어들었다. 정민이 눈을 흘기며 말을 계속했다. 정말 듣고 싶지 않았다.

"아직도 재를 못 잊고 있다는 뜻이야. 네 얘기만 하다가 갔어. 가능하면 한국에 돌아가고 싶지 않대. 회사 그만두고 공부를 계속해볼 모양이야. 그 사람 전공이 뭐였지?"

"심리학."

"그래. 듣기 싫겠지만 들어봐. 그 사람이 한 말이 마음에 걸려. 자기는 사랑이 유리잔에 찰랑거리게 술을 담고 한 방울도 흘리지 않고 천 개의 계단을 올라가는 거라고 생각했대. 무시무시한 노력이었다는 얘기지. 구백구십구 계단에서 자기는 술을 한 방울 흘렸다는 거야. 그래서 실패했다고 생각하고 있어. 어떻게 생각해, 이런 얘기?"

"그 사람 너무 구식이다. 그건 로맨틱한 것도 아니고 그래 너무 심각한 거야. 모르겠다. 안됐다, 그 사람. 결혼은 안 한대니?"

하경의 질문에 정민은 대답 없이 나를 쳐다보고만 있었다.

"나 이혼할지도 몰라. 하지만 남편을 사랑해. 다른 남자가 술을 쏟든 자기 인생을 쏟든 관심도 없어."

내가 내뱉듯 말하자 정민은 고개를 끄덕거렸다.

"사랑이 무섭구나. 이혼할 결심 해놓고도 사랑한다니. 하하하 우습다. 우린 결국 모두 사랑하고 있네! 불행 중 다행이니 다행 중 불행이니?"

하경이 누운 채로 다리를 까불며 자지러지게 웃었다.

"난 있지, 이혼하고 나서 결심 하나 했었어. 그게 뭐였는지 알아? 사랑만 하다가 죽어야지. 환갑 때까지 연애만 해야지. 그거였어! 그런데 그런데 말이야. 참 이상해. 점점 연애가 재미없어. 결혼이 하고 싶어. 그 지긋지긋하고 냄새나고 역겨운 결혼이 다시 하고 싶단 말이야. 나 큰일 났지?"

하경의 목소리가 탬버린처럼 떨리고 있었다.

"불쌍한 기집애. 가죽치마나 팔지 결혼은 왜 하니? 희구 그 사람 이혼 안 해. 그 사람 이혼하면 내 손에 장을 지지겠다. 오늘 처음 본 사람이지만 나는 알아. 바람나서 이혼할 수 있는 사람 따로 있어. 아주아주 조금 있지. 하지만 그 사람은 아니야."

하경의 표정이 순간 험악해지는가 싶더니 다시 체념 어린 슬픈 표정으로 바뀌었다.

"나도 알아. 잘 안다구. 너 미국식이 다 됐구나. 못된 년. 빈말이라도 좀 해주면 안 되니?"

하경의 빈말 소리에 우리는 다시 웃음을 터뜨렸다. 정민이 시계를 보았다. 열두시가 넘었어! 그러면서 나를 쳐다보았다.

"괜찮아. 너 미국에서 왔다니까 실컷 놀다 오라 그랬어."

내 말에 정민이 쓰게 웃었다.

남편은 무얼 하고 있을까. 책을 읽고 있거나 맥주라도 마시면서 내 생각을 하고 있겠지. 그게 나를 생각하는 것일까. 생각하는 것. 그는 생각을 너무 많이 한다. 내 생각을 너무 많이 하다보니까 수렁에 자꾸 빠져드는 것이다. 며칠 전 그는 갑자기 칼을 집어들더니 죽을 수도 있다고 말했다. 순식간에 일어난 일이었다. 너는 나를 사랑하지 않고 이런 상태로는 살 이유가 없다고 했다. 나는 겁이 나서 덜덜 떨며 그를 설득했다. 나도 당신을 사랑해. 나를 못 믿는 건 아마 내 성격 때문일 거야. 굴욕적이었지만 두려웠기 때문에 울며 매달리기까지 했다. 이러지 마. 우리 노력하면 괜찮아질 수 있어. 나의 저자세에 당황하면서 그는 태도를 바꾸었다.

같이 죽자는 것이었다. 우리 같이 죽자. 너도 불행하고 나도 불행해. 이렇게 계속 살 이유가 없어. 서로 사랑할 때 그냥 죽어버리자. 난 후회 없어. 피곤할 뿐이야. 너를 불행하게 만드는 거, 불행한 네 얼굴 보는 거 너무 괴로워. 더이상은 안 돼. 죽자 우리! 나는 결국 울음을 터뜨렸다. 부엌 바닥에 주저앉아 당신 맘대로 하라고 악을 썼다. 그는 놀라서 슬그머니 칼을 내려놓더니 방으로 들어갔다. 나는 칼을 찬장 속에 감추었다.

"우리 어떻게 될까? 마흔엔 어떨까? 칠십까지 살 수 있을까? 나는 후회하기 싫어서 요즘 너무 괴로워. 자꾸 후회 쪽으로 생각이 달려가. 아무리 열심히 살아도 후회할 일이 자꾸 생기면 어쩌지? 밤에 혼자 자는 것도 힘들어."

술에 취해 하경의 머리가 숙여지기 시작했다. 혼잣말처럼 자꾸 묻는 건 그녀가 취했다는 증거였다. 정민도 취해서 머릿속이 멍한지 눈을 꼭 감고 누워 있었다.

"우리 옥상에 올라갈까?"

하경이 술병을 들고 비틀거리며 일어났다.

"올라가서 별도 보고 찬 공기도 마시자. 답답해. 어서 가자."

정민이 끄응 하며 귀찮은 듯 돌아눕자 하경이 정민의 발을 툭툭 찼다.

"정말 여러 가지 한다. 서울 하늘에 무슨 별이 있다고."

그러면서 정민도 술병 하나를 집어들었다. 나는 정민의 담배갑을 챙겼다. 우리는 셋이서 박자를 맞춰 비틀거리며, 정민이 불렀던 노래를 흥얼거리며 옥상으로 올라갔다. 별이 보이긴 했지만 많지는 않았다. 하지만 공기는 믿을 수 없이 상쾌했다. 찬 공기가 코와 입으로 증류된 물처럼 스며들어왔다. 우리는 국민체조를 하듯 팔을 들었다 내렸다 하며 한동안 새벽 공기를 들이마셨다. 하늘은 청보라색으로 맑게 빛나고 있었고 군데군데 별이 박혀 있었다. 정말 하늘이니 별이니 하는 걸 유심히 본 지도 오래

되었다. 우리가 그토록 바빴던 것일까. 나는 이즈음 거의 밤잠을 자지 못하고 지내왔는데도 밤하늘을 볼 생각 같은 건 하지 못했다. 소파에 앉아 깜깜한 어둠을 바라보며 그 어둠이 내 인생 같다고 생각했을 뿐이다.

우리는 난간에 나란히 기대서서 들고 온 술을 나눠마셨다. 하경이 병째로 한 모금 들이켜고 정민에게 넘기면 정민도 한 모금 마시고 나에게 넘겨주었다. 셋이서 진저리를 치며 아 좋다! 소리를 치고 다시 한 모금씩 순서대로 마셨다. 이상하게 평화로웠다. 우리가 느꼈던 절망들이 잠시 친근하게 여겨지기까지 했다. 취한 채로 밤하늘 아래 서 있기 때문인지도 몰랐다. 찬 공기 속에서 우리는 희망 비슷한 감정 때문에 현기증이 났다. 희망을 느끼는 것. 이즈음에는 절망에 빠지는 것만큼 괴로운 일이 되었다.

"난 있지. 열심히 살 거야. 그래도 잘 안 되면 그때 괴로워할 거야. 희구도 사랑할 거야. 물론 언젠가는 헤어지겠지만 아직 그것까지 생각하고 싶지는 않아. 하느님도 이해해주시겠지?"

"네 불륜에 왜 하느님을 끌어들여. 그분 바빠. 네 일 네가 알아서 해. 지금 우리 무슨 각오 같은 거 해야 되는 타임이니? 난 그거 싫다. 각오 결심 맹세 그런 거 다 너무 싫어. 난 그냥 이대로 살래."

정민이 웃으며 나를 쳐다보았다. 나도 정민과 크게 다르지 않았다. 하지만 그들은 믿지 않겠지.

"난 여행 갈 거야. 인도나 아프리카, 그리스나 터키 같은 데. 실컷 걷고 싶어. 난 아직 열심히 살 자신이 없어. 열심히 사는 게 어떤 건지도 잘 몰라. 그냥 나한테서 벗어나고 싶어. 걸어나갈 수만 있다면 당장에라도 이 허물을 벗고 자신을 버리고 싶어. 너네들처럼 강해지고 나면 그때 나도 뭔가 말할 수 있겠지. 각오나 결심 같은 거."

"너 해탈할 생각이로구나. 꿈도 야무지다. 우릴 버리지 마. 같이 이 가

시밭길을 헤쳐나가야 돼."

정민이 너스레를 떨자 하경이 뛰어와서 둘이 함께 나를 끌어안았다. 이런 평화의 순간이 우리에게 다시 올까. 일 주일, 한 달, 일 년 뒤에? 우리는 끌어안은 채로 빙글빙글 돌기 시작했다. 청보라색 하늘이 점점 옅어지고 있었다. 곧 해가 뜰 것이었다.

이 적막강산에

김형중(문학평론가)

정정희는 탁월한 심리학자일 뿐 아니라 사회학자이다. 그리고 무엇보다도 정신병리적인 사실과 사회적 사실들을 드러나지 않도록 교묘하게 배치해 '소설'을 만들어낼 줄 아는 많지 않은 '작가들' 중 하나이다. 바로 이 작가로 하여 우리는 이제 어느 날 텅 빈 지하철에서 누군가 느닷없이 자신의 허벅지를 허기진 듯 물어뜯더라도 그의 기나긴 사후애도를 이해할 수 있게 되었다.

정정희의 소설 속 세계는 "적막강산"(「전화의 저편」), 혹은 '불모'다. 사랑(남녀간이 되었건 부모자식간이 되었건)은 이루어지지 않고, 이루어졌다 하더라도 이내 실패한다. 예외는 없다. 어떠한 관계도 지속되는 법이 없고, 설사 지속된다 하더라도 예외 없이 형식적이고 간접적이다. 관계는 어떠한 직접성도 상실한다. 아이들은 죽은 채로 엄마 뱃속을 나서고, 살아서 나온다 해도 오래지 않아 사고사(事故死)한다. 아내는 사막의 마을에서 사라져버리고, 남편은 마치 생에 대한 모든 에너지를 상실한 사람처럼(말하자면 정영문의 주인공들처럼) 어둡고 칙칙한 방 안에 스스로를 유폐한다. 많은 주인공들이 행여나 사랑하는 이가 떠날까 전전긍긍하지만, 그러면서도 동시에 사랑이라는 '감정의 연고'(「곧 잊혀질 어느 오후」)에 휘말리지나 않을까 노심초사한다. 심할 경우 기나긴 사후애도와 우울증, 술과 잠과 섬망(譫妄) 상태에 빠져들며, 급기야는 살인을 저지르거나 자살하기까지 한다. 아주 인상적으로는 외로움을 견디지 못해 지하철 안에서 낯선 여인의 허벅지를 물어뜯기도 한다.

이토록 완벽한 불모의 세계를 가까스로 견뎌내는 사람들의 이야기가 정정희의 소설들을 만들어내는데, 만약 어떤 세계가 이와 같이 믿어지지 않을 만큼 우울하고, 그 세계의 인물들이 또한 믿어지지 않을 만큼 하나같이 정신병리적이라면, 그때 필요한 것은 정신분석이다.

다만 잊지 말아야 할 것은, 병인(病因)은 반드시 사회적이기도 하다는 점, 그리고 모든 예술 작품은 그것이 제아무리 사적(私的)인 상처의 고백으로 들린다 하더라도 사회적인 것들의 각인을 드러내게 마련이라는 사실이다.

분리 / 연루불안

정정희 소설 속 주인공들에게서 최초로 눈에 띄는 징후는 '분리불안(separation anxiety)' 이다. 「공룡」의 주인공을 보자.

그가 사라질까 두려워서 나는 신경을 곤두세우고 그를 지켜보았다. 찻물을 끓일 때도 가스레인지 앞에 팔짱을 끼고 서서 십 초에 한 번씩 그가 있는 쪽을 돌아보았고 그의 집 앞 구멍가게에 맥주나 담배를 사러 나갈 때도 백 미터 달리기를 십구 초로 달린 실력이 무색하게 화닥닥 뛰어나갔다가 달려들어오곤 했다. 그가 볼일이 있어서 코트를 입고 서류봉투를 들고 집을 나서던 날 오후에 나는 그의 원룸 아파트 안을 열 바퀴쯤 맴돌았다. 세 바퀴 정도는 마음을 가다듬고 천천히 돌았지만 나중엔 미친 다람쥐처럼 뱅글뱅글 돌면서 뛰다가 침대 모서리에 부딪히고 책상 모서리에 부딪히고 그랬다. 여섯시쯤 돌아오겠다던 그가 다섯시도 안 돼 초인종을 눌렀을 때

나는 너무나 지쳐서 그가 되돌아가버렸으면 할 정도였다. (「공룡」, 32쪽)

이때의 '그' 와 '그녀' 는 아직 결혼 전으로 연인 사이다. 사실 결혼이 많은 경우 욕망의 목표 달성을 통해 상대에 대한 리비도 집중을 약화시키는 경향이 있음을 감안할 때, 아직 결혼 전인 이들은 상호간 리비도 집중의 충만 상태에 있어야 맞다. 결혼 전이므로 그들은 아직 서로를 격렬하게 '사랑' (이런 게 있다면)하고 있다. 그러나 바로 그 사랑의 한가운데, 리비도 집중의 절정에서마저 정정희의 주인공은 '그' 가 떠날까봐 전전긍긍한다.

'그' 가 떠날지도 모른다는 염려에 대한 실제적 근거는 전혀 없다. '그' 가 무심한 사람이고, 공룡처럼 퇴화되어가고 있는 인물이고, 리비도 방출을 가급적 억제하고 있음에는 틀림없지만, 그렇다고 그의 행위에서 돌연한 가출이나, 배신의 기미는 느껴지질 않는다. 그러니 '그녀' 의 불안은 전혀 '현실불안(real anxiety)' 이 아니다. 현실불안은 확인 가능한 위험 요소를 전제하기 때문이다. 그러므로 아무런 근거도 없는 '그녀' 의 불안은 확실히 신경증적이다. 근거가 없는 불안, 말하자면 일종의 '기대불안(expectation-anxiety)' 이기 때문이다.

「공룡」의 주인공만이 아니다. 거의 예외 없이 이 작품집에 실린 소설마다 최소한 한 명 이상의 주인공은 신경증적 불안 상태에 있다. 가령 「나비부인들」에서 '나' 는 남편의 분리불안 증세에 대해 이렇게 말한다. "그는 내가 하루 종일 곁에 있어도 나를 의심했다. 내 얼굴에 다 씌어 있다는 것이었다. 속으로는 옛날 남자를 생각하면서 그게 미안하니까 평소와 달리 자기한테 친절하게 군다는 것이었다." (295쪽). 사실 의처증이란 아내와의 돌연한 분리에 대한 근거 없는 불안의 소산이 아니던가? 「만일에 그런 일이 생기면」의 화자도 마찬가지다. 그의 말을 들어보자.

"나는 그게 무엇이든 익숙한 것이 곁에서 사라지는 걸 두려워했다. 낡아 빠진 티셔츠 하나도 그래서 쉽게 버리지 못했다. 걸핏하면 대청소를 한다는 명목으로 아내는 이것저것 마구 버리곤 했는데 그럴 때마다 아내가 무섭다는 생각이 들곤 했다. 무엇보다 내가 두려워하는 건 아내가 사라지는 것이다."(20쪽)

이외에도 「부드러움이 주는 교훈」의 주인공은 어머니와 아버지가 헤어질지도 모른다는 사실 앞에서 발작적으로 기절하고, 「봄밤의 일」의 두 연인은 서로 안고 있는 순간에도 이별 때문에 불안해하며, 「자두잼」에서 크리스틴은 사랑하는 남자가 아침에 떠나는 게 싫어 그의 옷을 감춘다. 「누나」의 이혼한 아내는 이혼 후에도 밤마다 남편에게 전화를 걸고, 「모텔 마릴린」의 화자는 이미 죽은 아이와 헤어지지 못한 채 지옥 같은 삶을 살고 있으며, 「스카이 블루 핑크」의 부부 또한 술과 잠으로, 아이와의 폭력적인 사별을 각각 애도중이다. 어떤 소설에서도 예외는 없다.

흥미로운 것은 분리불안에 빠진 정정희의 주인공들에게는 대개의 경우 '짝패(double)'가 있다는 점이다. 짝패들은 행여나 어떤 '감정의 연고', 혹은 관계의 직접성에 연루될까 두려워한다. 말하자면 분리불안과 완전히 반대되는 증상에 시달린다. 그들은 분리를 두려워하는 것이 아니라, 오히려 연루될 것을 두려워한다. 편의상 이들의 증상에 '연루불안(access-anxiety)'이란 이름을 붙여보자. 그 증상들은 다음과 같다.

그녀와 헤어질 무렵 내가 가장 무서워한 것은 그녀가 나에게 쏘아대는 그 감정의 연고였다. (「곧 잊혀질 어느 오후」, 116쪽)

'그'는 '그녀'의 격한 사랑을 '신파조'라고 매도한다. 그리곤 바로 그 신파조의 감정에 연루될까 두려워, 거기서 어떤 연고를 발견할까 두려워 그녀와 헤어진다. 입양아인 자신의 고독과 불행 또한 바로 그 '연고 없음'에서 비롯되었음에도 말이다.

짧고 정확한 것. 치마를 벗고 드러누워도 과학적인 느낌만 주는 상황이 내게는 필요했다. 자상하고 따뜻해서 조금만 나쁜 생각을 해도 금세 들켜 버릴 것 같은 의사는 무서웠다. 그런 점에서 나의 새로운 담당의사는 만족스러웠다고 할 수 있다. 그는 차트를 넘겨보면서 나는 쳐다보지도 않았다. 나는 단지 그가 그날 만날 수십 명의 임산부 가운데 하나였다. 게다가 그는 인상이 기묘했다. 인상이 익은데 이유를 알 수 없었고 누군가를 연상시키는데 그게 누군지 결국은 생각해내지 못했다.(「공룡」, 44쪽)

많은 사람들의 도움과 배려가 필요한 임산부가 '자상함'과 '따뜻함', 말하자면 관계의 친밀함 앞에서 두려움을 느낀다. 친밀함이 배제된 관계, 과학을 매개로 한 형식적인 관계, 차트를 통해서 관찰하고 관찰당하는 관계, 요컨대 간접적 관계에서만 편안함을 느끼는 이런 심리 속에서 연루에의 불안을 발견하기는 그리 어렵지 않아 보인다.

이런저런 우스꽝스러운 불편을 겪다가 나는 저절로 알게 되었다. 제대로 된 것들은 하나같이 연약하고 사랑스럽다는 사실을. 커피잔만 해도 그렇다. 나는 하루에 스무 잔 가까이 커피를 마시는데, 항상 자판기의 종이컵으로만 마셔 버릇해서 새하얀 도자기 잔에 마시는 커피가 얼마나 색다른지 알 길이 없었다. 그런데 미나가 그 사실을 알게 한 것이다. 나는 미나를 증오한다. 증오하지 않고는 견딜 재간이 없기 때문이다.(「모텔 마릴린」, 225쪽)

「모텔 마릴린」의 '나'가 미나를 싫어하는 이유도 위의 예에서 그리 멀지 않다. 내게 '제대로 된 것들의 연약함과 사랑스러움'을 알게 한 미나, 가령 "새하얀 도자기 잔에 마시는 커피"가 얼마나 색다른지를 알게 한 미나를 싫어해야 할 근거는 없다. 근거가 없으므로 '나'의 증세는 신경증적이다.

'불안한 짝패'에 관한 한 정정희 소설에 예외는 없다.

외상적 분리

그러나 사실 이 두 종류의 불안, 즉 분리불안과 연루불안은 최소한 정정희의 소설 속에서는 동전의 양면이다. 엄밀하게 얘기하자면 분리불안은 연루불안을 포함한다. 혹은 연루불안의 깊은 원인은 분리불안에 있다. 연루불안의 증상을 보이는 주인공들은 곧 헤어지게 될 것을 염려해서, 즉 '분리되지 않기 위해서' 연루되지 않는 것이다. 분리불안 증세를 보이는 주인공들과 연루불안 증세를 보이는 주인공들을 '짝패'라고 규정했던 이유도 바로 여기에 있는데, 사실상 그들은 동일한 병인을 상이한 두 종류의 증상으로 표현하고 있을 따름이다.

한편에서는 이별하고자 하고 한편에서는 그 이별을 두려워하고 있으니 짝패들은 결코(!) 행복한 결합에 이르지 못한다. 정정희의 모든 소설(초기작에 해당하는 『오렌지』와 『토마토』를 포함해서)에서 대상 리비도 집중(object-cathexis), 즉 '사랑'에의 시도가 예외 없이 어긋나고 미끄러지고 목적지를 상실하는 이유도 여기에 있다. 그들은 끝없이 서로를 사랑하려고 시도하지만 이내 사랑은 악순환적인 폭력의 상호교환으로 바뀌고 만다. 물론 사태의 깊은 원인은 본인들이 알지 못하는 곳에, 즉 무의식 속에, 외상적 기억의 형태로 존재한다.

정정희의 모든 주요인물들의 기억 속에는 이미 외상(trauma)으로 굳어져버린 '분리'의 경험이 있다. 그 외상적 분리의 폭력성은 너무나도 가혹한 것이어서, 그것을 체험한 어떤 주체에게도 사랑은 즉각 분리불안을 일으키게 만들고, 그 고통스러운 분리를 다시 겪지 않기 위해 사랑이라는 감정에 연루되기를 두려워하게 만든다. 대상 리비도는 목적지를 벗어나 철회(libido-regression)된다.

이제 그 병인, 외상적 분리의 예를 찾아볼 차례다. 그러나 그 예가 너무 많아서 여기 다 나열할 수 없을 지경이니, 그중 전형적인 한 구절만 옮겨적는다.

인자는 그가 자신에게 주는 이 미칠 듯한 궁금증이 이상하게도 점점 공포를 닮아간다고 느꼈다. 어머니가 아플 때나 일 주일 내내 어머니의 방에서 약냄새를 맡아야 할 때 느꼈던 공포. 어머니를 잃게 되리라는 공포. 이 세상에 그녀 혼자 남으리라는 공포. 그는 술이 확 깬 표정으로 돌아와서 손가락 끝이 하얘지도록 맥주잔의 손잡이 부분을 문지르고 있었다. 그가 누군가를 생각하고 있고 그로 인해 고통을 느끼고 있으며 그 상대가 자신이 아닌 것만은 분명했다.(「전화의 저편」, 172쪽)

차차 살펴보게 되겠지만, '인자'는 우울증 환자다. 말하자면 분리불안보다 훨씬 심하게 외상적 분리의 후유증을 앓고 있으며, 바로 그러한 증상의 원인에 대해 무의식적으로 자가 진단하고 있는 부분이 위의 인용문에 해당한다. 인자는 지금 "그가 누군가를 생각하고 있"는데, 그것이 자신이 아니라는 사실 때문에 공포스러워하고 있다. 그리고 그 공포는 그녀에게는 외상적이라 할 만한 다른 기억, 즉 어머니가 죽을지도 모른다는 생각으로 전전긍긍('불안'을 표현하는 데에 이만한 수식어가 또 있을까?)했던 유년기의 기억을 즉각 상기시킨다. 말하자면 현재 그녀가 '민수'에게서 느끼는 분리불안의 연원은 소급하자면 그녀에게 최초로 폭력적 분리의 공포를 유발했던 병상의 어머니와 관련되어 있다. 이쯤해서 프로이트가 신경증적 불안의 최종 심급에는 최초의 분리로서의 '출산', 즉 어머니와의 폭력적 분리가 놓여 있다고 말했던 사실을 상기하는 것도 좋을 듯싶다. 인자의 분리불안은 외상적 분리의 강박적 반복에 다름 아니다.

정정희 소설 속에서 인자와 같은 사례는 전혀 예외적인 것이 아니다. 「곧 잊혀질 어느 오후」의 '히로'는 "어머니가 갑자기 미국 남자와 결혼하는 바람에"(114쪽) 미국에 온다. 「누나」에서 '누나'는 아버지와의 행복한 이자적 관계(분명히 엘렉트라 콤플렉스와 관련이 있다)가 아버지의 급작스런 죽음으로 파괴되고 난 후, 심한 분리불안을 겪는다. 게다가 잔혹하게도 누나는 두 아이와도 폭력적인 분리, 즉 사별을 겪는다. 「벤자민」의 '벤'은 이미 고국, 그리고 어머니와의 폭력적인 분리를 겪은 바 있는 입양아인데, 그는 바로 그 외상적 분리 이후 어떠한 사랑으로부터도 도피하는 연루불안을 겪는다. 「봄밤의 일」의 남자 주인공은 아홉 살에 어머니와 이별했으며, 이후로 어머니와 똑같은 병에 걸려 있다. 그는 어머니에 대해 '양가 감정'을 가지고 있다. 즉, 분리불안과 연루불안을 동시에 가지고 있다.

요컨대 외상적 분리 역시 정정희 소설 속에서는 전혀 예외가 없다. 정정희의 주인공들은 하나같이 분리불안과 연루불안을 통해 최초의 외상적 분리를 반복한다. 그리고 그 외상적 분리는 항상 어머니와 아버지, 혹은 아이들과 관계된다.

그렇다면 우리는 정정희적 인물들이 겪고 있는 불안 신경증에는 최종적으로 '가족의 해체'라고 하는 현대 특유의 사회적 상황이 가로놓여 있다고 말해야 할 것이다. 확실히 병인은 사회적이기도 하다.

우울증 혹은 기나긴 사후애도

　정정희 소설 속에서 분리불안과 연루불안에 시달리는 인물들은 그나마 다행한 편에 속한다. 왜냐하면 불안이란 프로이트의 분류에 따르면 '전이신경증(transference neurosis)'에 속하는 것이어서 그나마 치료가 가능하기 때문이다.

　'불안(anxiety)'과 '강박증(compulsion)' '히스테리(hysteria)' 같은 신경증들은 심리적 갈등을 의사에게 '전이(transference)' 시키는 것이 가능하므로 의사가 환자의 심리적 갈등을 떠맡아 해소시킬 수 있다. 즉 치료가 가능하다는 말이다. 그러나 '나르시시즘(narcissism)적 신경증'의 경우는 사정이 다르다. 이 경우 어떤 현실적 좌절, 즉 외상적인 경험에 의해 대상 리비도(object-libido)가 퇴각하고 나면, 목표를 상실한 대상 리비도는 자아 리비도(ego-libido)로 변형되어 주체에게로 되돌아오게 되는데, 이때 적절한 리비도 해소책을 찾지 못할 경우 '퇴행(regression)'이 일어난다. 즉 리비도가 심리 발달 단계상 훨씬 이전, 그것도 '자가 성애기(autoeroticism period)'로 되돌아가 고착(fixation)되는 일이 발생한다.

　자가 성애기는 이미 그 용어의 의미가 함축하고 있듯이 아무런 대상의 필요도 느끼지 못하는 단계이므로, 이미 상실한 리비도 집중 대상, 즉 사랑의 대상을 다른 대상으로 대체할 어떤 이유도 없어진다. 그렇게 되면 자기 속으로의 완벽한 침잠, 심지어는 의사에 대한 전이마저도 불가능해지는 사태가 발생하고, 따라서 치료책도 없다. 프로이트는 이 '나르시시즘적 신경증(narcissistic neurosis)'의 유형에 '우울증(depression)'과

'조발성 치매(dementia praecox)', 그리고 '편집증(paranoia)'을 포함
시켰다.

정정희 소설 속에서 빈번하게 등장하는 것은 그중 우울증이다. 우울증
을 프로이트는 특별히 '나르시시즘적 동일시(narcissistic identification)'
라고 부른다. 우울증 환자는 상실한 리비도 집중 대상을 결코 떠나보내는
법이 없다. 가령 아이의 죽음으로 우울증에 걸린 환자는 결코 사멸한 리
비도 집중 대상으로서의 아이를 천상으로 떠나보내지 않는다. 대신 그 대
상과 자신을 '동일시' 함으로써 대상을 자신의 내부로 가져온다. 대상 리
비도를 철회해서 자아 리비도로 변형시키되, 그렇게 변형된 리비도를 이
미 자신의 내부로 옮겨온 그 대상에 다시 집중시킨다. 우울증 환자에게
상실한 사랑 대상의 대체물은 이제 자기 자신이다.

죽은 아이가 내부에 있으므로 환자는 아이의 흉내를 낼 것이다. 아이
의 이른 죽음에 원망이 쌓였다면 아이를 나무라듯 스스로를 자학할 것이
다. 아이의 죽음이 연상될 때면 스스로 죽음의 상태, 말하자면 끝없는 잠
과 무기력에 빠질 것이고, 술과 환각도 마다하지 않을 것이다. 그 가엾은
주인공들이 여기에 있다.

「누나」의 이야기다. 유독 누나와 사이가 좋았던 아버지가 죽었다. 그
리하여 아버지를 향해 있던 누나의 대상 리비도는 철회될 위기를 맞는
다. 아버지를 잊어야 하는 것이다. 그러나 누나는 아버지를 영원히 떠나
보내는 대신 자신의 내부로 모시고 들어갔다. 리비도 철회와 함께 나르
시시즘적 동일시가 일어난 것이다. 이제 누나는 아버지다. 그러나 아버
지가 죽었으니 마찬가지로 누나도 죽어야 한다. 그리하여 "누나는 방에
만 틀어박혀 있다가 갑자기 집에서 나가더니 차도에서 달리던 택시에 뛰
어들었다."(「누나」, 190쪽) 요행히 누나는 살아나지만, 죽음의 상태는 유
지된다. 프랑스로의 유학도 새로운 리비도 집중의 대상을 만들어주지는

못한다. 무기력 상태, 기나긴 사후애도가 계속된다. 게다가 가혹하지만 누나는 곧 두 아이를 다 잃게 될 것이다.

「모텔 마릴린」 이야기다. 아이와 아내가 죽었다. 역시 그들을 향해 있던 대상 리비도가 철회된다. 지상에 그가 애착을 가진 어떤 사물도, 어떤 인물도 존재하지 않게 된다. 살인은 쉽다. 내 속에 아직 살아 있는 내 아이와 내 아내와 마찬가지로, '죽는다'는 것은 아무것도 아니다. 물론 '죽이는' 것 역시 아무것도 아니다. 그리하여 '나'는 '미나'를 괴롭히는 그녀의 오빠를 "마치 그가 종이조각이라도 되는 듯이 차로 가볍게 밀어 내"버린다. "열심히 살려고 노력했던 다른 가족이 힘겹게 오래도록 죽어 간 것에 비하면 벽에 부딪혀서 한순간 정신을 잃은 것처럼 취중에 사라 져버린 그의 행운은 불공평한 것"(「모텔 마릴린」, 237쪽)이라고 '나'는 생각한다. 물론 살인은 예서 멈추지 않을 것이다. 미나를 포함해서 최소한 넷이, 아무렇지도 않게 죽을 것이지만, 애도는 끝나지 않는다.

「스카이 블루 핑크」 이야기다. "어느 날 가게에서 돌아와보니 아내가 유진의 책상 앞에 앉아 있었다. 그애가 죽을 때 입고 있었던 커다란 티셔츠와 청바지를 입고, 유진이 맞추다가 포기했던 강아지 모양의 퍼즐을 맞추고 있"다(216쪽). 유진은 아직 아내 속에 있다. 아내는 대상 리비도와 함께 아이도 자신 내부로 가져가버렸다. 아내는 아이와 스스로를 동일시한다. 그러니 그녀가 아이의 옷을 입고, 아이의 퍼즐을 맞추는 것은 당연한 일이다. 간식도 잊지 않아야 한다. 냉장고에는 "아들이 좋아하는 간식이 잔뜩 준비되어" 있다. 아내가 죽은 아이가 되었으니, 그 둘이 하나가 되었으니, 남편은 할 일이 없다. 그는 술로 도피한다. 술은 아이에 대한 기억을 생생하게 되살려놓는다. 남편 역시 기나긴, 도저히 벗어날 수 없는 기나긴 터널과도 같은 사후애도 과정 속으로 빠져든다.

요컨대 정정희적 인물들의 기나긴 사후애도는 치료 없는 우울증과 함께 끝날 줄 모른다. 이토록 처참한 가족 풍경들, 분리불안에 시달리고, 연루불안에 시달리고, 사산하고, 사별하고, 우울증에 괴로워하고, 자학하고, 자살하는 가족과 연인들의 이야기를 정정희 소설 속에서말고 우리가 어디서 한 번이라도 본 적이 있던가?

정정희 소설의 사회적 발언이 시작되는 지점이 여기이다. 미루어보건대, 정정희가 소설 속 주인공들의 신경증과 우울증의 병인 가장 멀리에 해체되어가는, 혹은 이미 해체가 완료된 가족을 배치해놓았기 때문이다. 다소 복잡한 우회로를 경과해왔지만 정정희적 인물들의 최종적 병인은 현대사회다.

쥐의 출현

그럼에도 불구하고 해명된 것은 아직 별로 없다. 정정희 소설 속에 빈번히 등장하는 주인공들이 분리불안과 연루불안을 동시에 겪고 있다는 사실, 그리고 현재의 불안 너머에는 과거 폭력적인 분리의 외상이 존재한다는 사실, 결국 그들은 외상의 순간을 강박적으로 반복하는 신경증 환자들의 사례에 속한다는 사실, 증세가 심할 경우 우울증에 걸리기도 한다는 사실, 그럴 경우 도저히 헤어날 수 없을 듯한 사후애도의 미로 속을 헤매게 된다는 사실, 말하자면 '문학적'이기보다는 순수하게 '심리학적'인 사실들 외에는……

그러나 과연 그럴까? 작가 정정희는 정신병리학적 지식의 소설적 예시를 보여주기 위해 작품들을 썼을까? 도대체 심리학적인 것과 문학적인 것의 구별은 어디로 갔단 말인가? 초두의 '예술작품에 대한 사회적인 것들의 각인'이란 것이 고작 그 흔한 '가족의 위기' 정도란 말인가?

이 모든 의아함 한복판으로 불쑥, 쥐 한 마리가 튀어나온다.

결국 그는 오지 않았다.

일에도 별 진전이 없었다. 깊은 좌절감 때문인지 동행과 나는 공항에서도 비행기에서도 내내 서로 말하지 않다가 아주 매운 걸 먹고 헤어지기로 했다. 교보문고 근처에 있는 유명한 낙지집에서 밥을 먹는데 탁자 아래로 쥐가 지나갔다. 밥에 비빈 매운 낙지덩어리가 한순간 내장 어딘가에서 얼어붙는 듯했다. 우리가 비명을 지르자 주인아줌마는 콩나물국을 마시라고 권했다. 정말 서울은 이상한 곳이야. 무서운 곳이야. 우리는 얌전히 콩나물국을 마시고 남은 낙지를 열심히 먹었다. 아무도 어떤 것에 대해서도 사과하지 않는 곳, 용서받길 원하지 않는 곳. 우리는 서울로 돌아온 것이다. (「공룡」, 38~39쪽)

그녀의 절실한 요청에도 불구하고 연인은 오지 않았다. 그는 출장지로 달려오는 대신 이런 말만 했다. "어쩌면 갈 수도 있어. 날 한번 거기 가도록 만들어봐."(「공룡」, 38쪽) 물론 그는 후에 남편이 될 그 남자, 이 작품집의 제목이 된 "널 사랑하게 해봐!"란 대사의 주인공이다. 그에게서 분리불안을 제거해줄 어떤 행동을 기대하기는 힘들어 보인다. 그가 아니었더라도 사정은 마찬가지이다. 정정희의 인물들에게 분리불안은 소멸 불가능한 성질의 것이다.

어쨌거나 결국 '나'와 친구는 서울로 돌아온다. 순서대로라면 이제 그가 있는 어둡고 칙칙한 방으로 서둘러 걸음을 옮겨야 할 참이다. 이미 보았듯이 그녀는 분리불안을 겪고 있기 때문이다. 그러나 소설의 서사 진행과는 아무런 상관도 없이, 인물의 성격에도 전혀 어울리지 않게, 그야말로 개연성 없이 둘은 '교보문고 근처의 유명한 낙지집'에 들른다. 마치 서울의 한복판에서 무언가 확인해야 할 것이 있다는 듯이 말이다. 쥐가 튀어나온 곳이 바로 거기다. 말하자면 그들은 서울의 한복판에 쥐가 살고 있다는 사실을 확인하러 거기에 들렀던 셈이다. 쥐는 결국 예고 없이 서울 한복판으로 튀어나온다. 이 느닷없는 쥐의 출현을 어떻게 해석해야 할까?

우리가 모르는 새 서울 한복판에 쥐가 산다면, 서울은 '전체적으로 불안하다'. 게다가 느닷없이 튀어나온 쥐(이 설치류 동물은 또한 프로이트가 불안의 하위범주로 놓고 분석한 '공포증(phobia)'의 더할 나위 없는 대상이기도 하다)에 대해 누구도 사과하지 않고, 누구도 용서를 구하지 않는다면, 그곳은 참 무서운 곳이고 부조리한 곳이다. 정정희가 심리학자가 아니라 작가가 되는 지점이 여기다.

교보문고 근처가 서울 전체로 확대되고 서울이 현대적 도시 일반으로 확대되게 하는 논리는 순수하게 '문학적'인 추론방식이다. 현대의 한복판에 쥐가 산다. 공포증의 대명사, 전염병의 대명사, 이유 없는 불안의 대명사인 쥐가 산다. 게다가 그것은 식사시간을 포함해서 언제라도 튀어나올 준비가 되어 있다. 누군들 불안하지 않겠는가? 불안과 우울증에 대한 탐구가 문학적 장치의 힘을 빌려 개인적 연원에서 사회적 연원의 탐구로 넘어간다.

게다가 '쥐의 출현'이 정정희 소설 속에서 불안의 사회화를 위한 유일한 소도구인 것도 아니다. 여러 번 소설 속으로 사회가 출몰한다. 혹은 사회는 여러 번 소설 속에, 그리고 정정희적 주인공들의 정신병리 속에 각인된다.

불안의 사회적 연원

쥐가 출현하기 전까지, 우리는 정정희적 인물들의 이상심리 속을 헤매기만 했다. 그러나 쥐의 돌연한 출현은 우리의 주의를 바깥세상으로 돌려놓는다. 그렇다면 이제 그들의 심리 밖, 세상 속으로 잠시 나가보는 것도 좋겠다.

먼저, 그들은 어디에 사는가? 물론 아파트에도 살고, 단독주택에도 살겠지만, 무엇보다도 오피스텔에 산다. 그것도 혼자 산다. 오피스텔이란 어떤 곳인가?

오피스텔에서 집들이라니 웃기는 사람들이 아닌가. 여기는 자장면이나 피자 같은 걸 배달시켜 먹어야 마땅한 곳이다. 여기는 혼자 사는 사람들의 배타적인 유니언 같은 구역이다. 음식에 손님에 고성방가라니. 행복한 신혼부부는 하루빨리 이 고요한 빌딩에서 제거되어야 한다. 그들이 빠른 시일 내에 수도권에 있는 소형 아파트 분양권에 당첨될 수 있기를.(「공룡」, 40쪽)

오피스텔이란 '혼자 사는 사람들의 배타적인 유니언 같은 구역'이어서, 그곳에서는 손님을 불러도 적절하지 않고, 행복한 신혼부부가 사는 것도 적절하지 않다. 집들이는 말할 것도 없고, 심지어 음식도 '직접' 해 먹기보다는 '간접적으로' 시켜 먹는 게 어울린다. 말하자면 관계와 접촉을 최소화한 채로 분리/연루불안의 상태를 유지하며 살아야 제격이다. 화자의 분리/연루불안은 주거공간의 선택에도 그대로 적용된다.

그러나 역으로 생각해보자. 혹시 오피스텔이라고 하는 주거환경이 그녀의 불안에 대해 일말의 책임이라도 있는 것은 아닌가? 불안은 사회적 연원 또한 갖고 있는 것은 아닌가? 연루／분리불안이란 가급적 연루되지 않고 그러나 완전히 분리되지도 않고 살아가기를 택한 현대인들에게서 주로 나타나는 전형적인 징후는 아니겠는가? 그렇다면 불안이 그녀로 하여금 오피스텔을 택하게 한 것이 아니라, 오피스텔로 표상되는 현대적 공간 분할이 그녀의 불안에 병인의 하나로 작용했다고 말할 수도 있을 것이다.

그들의 국적은 어디인가? 한국인이기도 하고 미국인이기도 하지만, 대개는 무국적인들이다. 왜냐하면 그들이 입양아이기 때문이기도 하고, 한 나라에 대한 소속감을 전혀 느끼지 못하기 때문이기도 하고, 그들에게서 발견되는 '한국적'인 특성이 전혀 없기 때문이기도 하다. 정정희 소설의 가장 뚜렷한 특징 중 하나가 바로 이것이다. 그들은 모두 연고가 없다.

그러나 그들만 그러한가? 실제로 현대의 일상을 정의할 때 '문화적 무국적 상태(혹은 다국적 상태)'라는 말보다 더 정확한 것이 있을까? 그리고 분리／연루불안에 관한 한 국적, 즉 연고가 없는 이들 말고 누구에게서 그런 증상들이 더 잘 발견될 수 있겠는가? 정정희 주인공들 중 입양아들이 많은 비율을 차지하는 이유, 무대가 한국과 미국을 구분 없이 넘나드는 이유, 그들이 입는 옷과 먹는 음식 듣는 음악과 말하는 방식 또한 전혀 국적과 무관한 이유, 말하자면 국적을 불문하는 이유도 여기에 있다. 연루불안과 분리불안은 무국적 상태와 아주 흡사하다. 연고가 없다 함은 애초부터 자신의 기원과 분리되어 있는 존재란 말에 다름아니다. 태초에 분리가 있었다. 결핍은 원초적이다. 그처럼 태생적으로 신체에, 무의식에 각인된 결핍을 이겨내려는 연약한 존재들의 몸부림이 분리불안과 연루불안을 결과한다는 것은 어렵지 않게 유추가 가능하다. 현대의 무국적성은 불안의 또다른 병인인 것이다.

그들은 어떻게 의사소통하며 사는가? 일단 '대화'는 배제된다. 그들은 '직접적인' 대화를 두려워한다. 가령 「곧 잊혀질 어느 오후」의 화자는 단도직입적으로 "나도 그녀도 똑같이 대화란 걸 두려워하고 있었다"(111쪽)라고 말한다. 그렇다면 그 외에 어떤 방식이 있을까?

그들은 전화로 의사소통한다. 특별히 「전화의 저편」에서 우울증에 걸린 여성 화자의 비참한 통화를 상기해보자. 그녀는 오로지 전화로만 죽은 애인과 의사소통한다. 전화는 죽은 애인에 대한 그녀의 분리불안을 유일하게 잠재워주는 의사소통 수단이다. 물론 인터넷도 있다. 「지하철에서 그녀가 음악을 듣고 있었을 때」의 '나'의 직업을 상기해보자. 그리고 그가 아내 아닌 다른 대상들과 의사소통하는 유일한 방식이 바로 인터넷의 익명성 너머로 숨는 것이었음을 상기해보자. TV도 있다. 「공룡」의 '나'는 소설의 마지막에 공룡과도 같은 일상으로부터 어디로 도피하던가? 그들 모두 생필품은 홈쇼핑으로 조달하고, 설사 오랜만에 동창들을 만나더라도 노래방 기계 없이는 의사소통하지 못한다. 요컨대 돈이나 직업, 혹은 현대적 통신수단이나 문화 매체의 매개가 없는 대화란 그들에겐 서툴고 부조리한 말장난에 불과할 뿐이다.

그런데 매개 없는 대화에 대한 두려움이란 연루불안의 사회적 이름이 아닌가? 그럼에도 불구하고 시도하는 의사소통, 그것의 사회적 이름은 또한 분리불안이 아닌가? 불안의 사회적 병인이 여기 또 있었다.

이처럼 오로지 개인들의 정신병리로만 보였던 불안으로부터 사회적 각인들을 찾아내는 일이 정정희 소설 속에서는 그리 어려운 일이 아니다.

이 적막강산에

요컨대 정정희는 탁월한 심리학자일 뿐 아니라 사회학자이기도 하다. 그리고 무엇보다도 정신병리적인 사실과 사회적 사실들을 드러나지 않도록 교묘하게 배치해 '소설'을 만들어낼 줄 아는 많지 않은 '작가들' 중 하나이기도 하다.

그리고 바로 이 작가로 하여 우리는 이제 어느 날 텅 빈 지하철에서 누군가 느닷없이 자신의 허벅지를 허기진 듯 물어뜯더라도(「지하철에서 그녀가 음악을 듣고 있었을 때」), 그의 기나긴 사후애도를 이해할 수 있게 되었다. 그의 병은 또한 그만큼은 외롭고 병리적인 우리들의 현대가 겪고 있는 병이기도 하기 때문이다.

오죽했으면 그랬을까? 그의 영혼만큼 우리의 시대도 적막강산이 아닌가?

작가의 말

처음으로 작품집을 묶는다. 오래 전에 쓴 것도 있고 최근에 쓴 것도 있다. 문장도 달라지고 심지어 비슷한 상황을 바라보는 시각까지 변한 것 같아서 교정을 보면서 좀 혼란스러웠다. 그래서 일부러 아무런 맥락 없이 차례를 정했다.

글 쓰는 일이 내 인생의 전부라고는 말하지 못하겠다. 그런 방자한 호기는 거의 사라졌다. 하지만 글을 쓰지 않고는 제대로 견뎌내지 못할 거라는 것도 새삼 깨달았다. 소박하지만 명징한 눈으로 끈기 있게 쓰고 싶다는 다짐을 해본다.

2003년 봄
정정희

문학동네 소설집
널 사랑하게 해봐
ⓒ 정정희 2003

초판인쇄 | 2003년 3월 27일
초판발행 | 2003년 4월 7일

지 은 이 | 정정희
책임편집 | 김현정 조연주 이상슬
펴 낸 이 | 강병선
펴 낸 곳 | (주)문학동네
출판등록 | 1993년 10월 22일 제22-188호

주   소 | 136-034 서울시 성북구 동소문동4가 260번지 동소문빌딩 6층
전자우편 | editor@munhak.com
전화번호 | 927-6790~5, 927-6751~2
팩   스 | 927-6753

ISBN 89-8281-656-9 03810

* 이 책의 판권은 지은이와 문학동네에 있습니다.

　이 책 내용의 전부 또는 일부를 재사용하려면 반드시 양측의 서면 동의를 받아야 합니다.

* 잘못된 책은 바꿔드립니다.

www.munhak.com